아주
오래된
농담

박완서 장편소설

이 도서의 국립중앙도서관 출판시도서목록(CIP)은 e-CIP홈페이지
(http://www.nl.go.kr/cip.php)에서 이용하실 수 있습니다.
(CIP제어번호 : CIP2011000337)

차례

허무의 예감

의사 심영빈은 한광, 유현금과 초등학교 동창이다. 영빈과 광은 줄창 반에서 일이등을 다투었고, 현금은 그 또래 계집애들 중에서 군계일학처럼 도드라졌으니 서로 무심할 수 없는 사이였는지는 몰라도 친하게 지낸 것 같지는 않다. 그들은 중학교도 시험을 쳐서 들어갈 때 초등학교에 다녔으니까 지금은 사십 대 중반이다. 세 사람은 초등학교 육 학년 때 딱 한 번 같은 반이었다 뿐, 그 후 한 번도 같은 반은 고사하고 같은 학교에 다녀본 적이 없이 삼십 년 동안 각자의 길을 걸어왔다. 삼십 년이면 친하지 않았던 초등학교 동창의 이름쯤 잊어버리고도 남을 세월이다. 그러나 영빈은 광이나 현금을 보고 싶어하거나 궁금해하는 일 없이도 두 사람의 존재를 잊지 못하고 살아왔다. 사람이 살다 보면 좋은 일이건 나쁜 일이건 간에 남의 이목을 의식해야 할 일이 생기는 법이다. 그럴 때도 심영빈은 한광과 유현금의 눈길을 제일 먼저 떠올리곤 했다. 그러고 나서는 문득 자신의 통제하에 있다고 믿어온 의식의 회로에 새는 구멍이 생긴 것 같아 내가 왜 이러지? 하고 자신을 남처럼 수상쩍게 여기곤 했다.

그건 아마 그 사건이 있고부터였을 것이다. 영빈도 광도 현금도 각각 응시한 중학교에 붙은 뒤였지만 졸업식까지는 며칠이 더 남아 있는 어중간한 때였다. 일, 이차 다 떨어진 애는 아예 결석을 해버리고, 출석을 한 아이들도 놀고 싶다는 욕구만 강할 뿐 시험공부 말고는 할 줄 아는 게 없어서 무작정 떠들고, 뛰고, 치고받느라 통제불능상태가 되었을 때, 담임이 시험지를 나눠주었다. 버릇이란 무서운 거여서 시험지만 보고도 아이들은 긴장을 하면서 제자리를 잡고 조용해졌다. 야간대학에서 교육학 석사 과정 중인 선생님이 낸 설문지였다. 반사적으로 긴장했던 아이들은 정직하게 있는 그대로 답하되 이름을 밝힐 필요가 없다는 주의사항을 이해할 수 없었다. 이 세상엔 익명으로 하고 싶은 거 천지였지만 할 수 있는 건 아무것도 없다는 게 그 또래의 경험의 한계였다. 만일 입학시험지를 익명으로 낼 경우, 육 년 공부가 도로아미타불이 된다는 건 너무도 엄혹한 이치여서 꼭 자신이 그런 끔찍한 실수를 할 것만 같은 공포감에 문득문득 가위눌렸던 게 바로 엊그저께였다. 아이들은 허가 맡은 익명성 때문에 하나도 신기할 것 없는 설문사항을 가슴을 짜릿짜릿해하면서 작성했다. 이십여 항이 넘는 설문 중에는 장래 뭐가 되고 싶은지를 묻는 것도 있었다. 바로 그 설문 때문에 영빈과 광은 익명성을 보장받지 못했다. 설문지를 거둬서 펄렁펄렁 넘겨보던 선생님은 공부 좀 한다 하는 녀석들은 그저 의사 아니면 법관이라니까, 그렇게 혼잣말처럼 중얼거리더니 대뜸 한광 넌 어떤 의사가 될 건데? 하고 물었다. 비꼬는 투였다. 영빈도 의사라고 써냈기 때문에 가슴이 콩닥거렸다. 광은 목에 힘줄을 세우고 장차 훌륭한 의사가 되어서 돈 없어 병원에 못 가는 사람들을 거저로 치료해주겠노라고 낭랑하게 대답했다. 영빈이 듣기에 나무랄 데 없는 정답이었지만 이미 빼앗긴 정답이었다. 선생님은 여전히 비꼬는 투로 심영빈, 넌? 하고 물었다. 영빈은 숨 돌릴 새 없이 얻어맞은 것처럼 참담한 기분으로 유명한 의사가 되어 돈을 많이 벌겠다고 대답했다. 자신의 진실은 그게 아닌데 싶었지만 고질적인 모범생 기질 때문에 한광하고 같은 대답을 하는 건 커닝을 하는 것만치나 수치스러워 차마할 수가 없었다. 요구하지도 않은 익명성을 주었다 뺏었다 한 선생님은 실실 웃으면서 설문지 다발을 파일 북에다 집게로 고정시키고 나서 더는 아무 말도 하지 않았다.

그날 하굣길에 광이 영빈을 뒤쫓아왔다. 영빈과 광은 집이 같은 방향이 아니었다. 광이 영빈에게 할 말이 있는 것 같았다. 광은 학교에서 멀지 않은 큰길가에 있는 커다란 개인병원 원장 아들이었다. 영빈의 어린 소견으로도 광이 의사가 되는 건 떼어놓은 당상처럼 여겨졌기 때문에 자기도 의사라고 써낸 것이 계면쩍어 광을 피하고 싶었다. 그러나 광은 일이등을 다투던 라이벌 의식에서 비로소 홀가분해진 듯, 앞으로 친하게 지내고 싶어하는 표정으로 다가왔다. 광이 뭐라고 말을 걸기 전에 어디서 툭 튀어나온 것처럼 느닷없이 현금이 그들을 가로막았다. 그리고 소리를 내서 웃었다. 계집애의 웃음이 하도 날카롭고 도발적이어서 두 사내 녀석들은 저절로 방어적으로 될 수밖에 없었다.

느네들 둘 다 의사 될 거라면서? 잘났어. 난 훌륭하고 돈도 많이 버는 의사하고 결혼할 건데. 약 오르지롱. 메롱, 하고는 분홍색 혀를 날름 드러내 보이곤 나풀나풀 멀어져 갔다. 영빈은 그녀의 분홍색 혀가 그의 맨몸 곳곳에 도장을 찍고 스쳐간 것 같은 전율을 느꼈다. 생전 처음 느껴보는 고통스럽고도 감미로운 떨림이었다. 광은 어떤 느낌이었을까? 물어보거나 눈치챌 새 없이 도망치듯이 사라져버렸지만, 영빈은 계집애처럼 하얀 광의 얼굴이 살짝 붉어지는 걸 본 것처럼 기억하고 있다.

영빈은 현금의 집을 알고 있었다. 이층집이었다. 여름이면 이층 베란다를 받치고 있는 기둥을 타고 능소화가 극성맞게 기어올

라가 난간을 온통 노을 빛깔의 꽃으로 뒤덮었다. 그 꽃은 지나치
게 대담하고, 눈부시게 요염하여 쨍쨍한 여름날에 그 집 앞을 지
날 때는 괜히 슬퍼지려고 했다. 처음 느껴본 어렴풋한 허무의 예
감이었다. 이층집에 대한 막연한 동경과 현란한 능소화 때문에
그 집이 그 동네서 특별나 보인 것이지, 그 안에 누가 사느냐는
그다지 중요하지 않았다. 그러나 그 일이 있은 후 그 이층집은 확
실하게 현금의 집이 되었다. 영빈에게 그 집이 특별한 집이 되었
을 때는 이미 겨울이어서 능소화의 자취는 이층 난간에 검부러기
처럼 겨우 남아 있었고 베란다로 난 창문도 굳게 닫혀 있었다. 통
유리로 된 창문 뒤에서 현금이 내다보고 있을 것 같아 영빈은 그
집 앞을 지날 때마다 걸음걸이가 부자연스러워졌다. 우스꽝스럽
게 걸었다는 낭패감 때문에 그 집 앞을 비켜가고 싶기도 하고, 요
다음에는 더 멋있게 걸을 수 있을 것 같아 그 집 앞을 통과할 수
있는 기회가 기다려지기도 했다. 일없이 괜히 배회할 용기는 나
지 않았다. 창문 뒤에서 현금이가 그의 속마음까지 빤히 바라보
고 있을 것 같아서였다. 그 무렵 그는 곧잘 능소화를 타고 이층집
베란다로 기어오르는 꿈을 꾸었다. 꿈속의 창문은 검고 깊은 심
연이었다. 꿈속에서도 그는 심연에 도달하지 못했다. 흐드러진
능소화가 무수한 분홍빛 혀가 되어 그의 몸 도처에 사정없이 끈
끈한 도장을 찍으면 그는 그만 전신이 뿌리째 흔들리는 야릇한

쾌감으로 줄기를 놓치고 밑으로 추락하면서 깨어났다. 심연에 도달하지 못한 미진한 느낌은 쾌감인 동시에 공포감이기도 했다. 현금의 창은 꿈속에서는 한 번도 도달하지 못한 심연이었고, 현실에서는 이 세상의 비밀을 다 삼켜버린 것처럼 깊고 은밀해서 그는 울고 싶도록 지독한 소외감을 느꼈다. 마침내 사춘기였다.

시도 때도 없이 그의 꿈속의 능소화가 만발하는 것과는 달리 그 이듬해 여름부터 현금이네 집에는 능소화가 피지 않았다. 원래의 간결한 쇠파이프 난간은 레이스처럼 섬세한 주물로 변했고, 외벽에는 흰 돌 조각을 붙여 중후한 암갈색 오지벽돌 집이 하얀 집이 되었다. 그제서야 영빈은 그 집 문패가 유씨 성이 아닌 성으로 바뀐 것을 알았다. 영빈이 고등학교에 진학한 해에 그의 집도 그 동네를 떠났다. 과장급 공무원이던 아버지가 수뢰사건에 연루되어 파면당하고 그 충격으로 어느 날 갑자기 쓰러지더니 며칠 만에 세상을 떠났다. 그나마 오래 앓지 않은 게 다행이었지만 영빈의 어머니는 임신 중이었다. 두 살 터울의 형제 중 막내인 영빈이 열여섯 살에 아우를 본 것이다. 아이들 교육비가 극에 다다른 사십 대에 과부가 되고 유복자까지 밴 어머니가 세울 수 있는 최초의 생활대책은 집을 줄이는 일이었다. 아버지의 불명예스러운 퇴직과, 죽음과, 이사와, 유복녀의 출생이 한 해 동안에 연달아 일어났다. 영빈의 여동생 영묘는 새로 이사 간 변두리의 작은 집에서 태어났다. 아버지와 교체하듯이 태어난 생명은 아버지에 비해 그 존재가 너무도 작고 미미해서 불필요한 이물질 같기도 하고 서투른 거짓말 같기도 했다. 어머니는 마흔이 넘은 나이에 본 늦둥이를 애지중지하지도 구박하지도 않았지만, 남편이 죽은 후에 아이를 낳은 걸 불륜보다 더 수치스럽게 여겼다. 해산하기 전에 서둘러 이사를 한 것도 동네 사람들한테 보이기 싫어서가 아닐까 의심스러워질 정도로 새로운 동네에서는 이웃과 교류를 끊고 살았다. 심지어는 본인에게도 그 사실을 영구적으로 숨기려는 듯, 출생신고 할 때 생일을 아버지 생전의 날짜로 앞당겨 신고했고, 아들들에게도 누이동생의 생일을 그렇게 알고 있으라고 엄하게 일렀다. 그러나 어머니가 유복녀를 낳은 것보다 더 견딜 수 없어 한 건 아버지가 부정공무원으로 불명예스러운 파면을 당했다는 사실이었다.

너희 아버지처럼 청렴한 공무원이 그런 누명을 쓰게 될 줄 누가 알았겠느냐? 자세한 말씀은 안 하셨지만 당신을 이끌어준 상관의 잘못을 대신 뒤집어쓰실 수밖에 없었지 않나 싶다. 의리를 중하게 여기신 분이셨으니까. 오죽 말 못 할 사단이 많고 억울하셨으면 화병으로 돌아가셨겠느냐. 너희들도 살아보면 알겠지만 와이로 먹을 배짱이 있는 사람은 절대로 화병 같은 거 안 걸린단다. 만의 하나라도 아버지가 그 많은 돈의 떡고물이라도 챙겼다면 시방 우리가 이렇게 어렵게 살 리가 없지 않느냐.

어머니는 이런 말을 집요하게 되풀이했다. 아버지가 청렴했다고 어머니가 주장할 수 있는 유일한 근거는 현재의 가난이었다. 영빈보다 먼저 대학생이 된 형이 악착같이 고액과외로 돈을 벌고, 어머니도 신설시장에 점포를 하나 싸게 분양받아 양품점을 낸 게 자리가 잡혀, 실상 영빈은 한 번도 끼니나 학업을 이을 수 없을까 봐 전전긍긍해야 할 정도의 밑바닥 가난을 맛보진 못했다. 그럼에도 불구하고 영빈은 청년 시절을 줄창 가난에 짓눌려 산 것처럼 느끼고 있었다. 그건 아마 가난이라기보다는 도덕적 강박관념이었을 것이다. 청렴결백의 증거로서의 가난은 엄청 도덕적이어서 순수한 가난보다 아니꼽고 고통스러웠다. 법대 다니는 형을 이어 영빈은 의대에 들어갔다. 공부 잘하는 아들을 둔 어머니는 의기양양했다. 어머니의 소원은 한 아들은 권력을 쥐는 거였고 한 아들은 돈을 잘 버는 거였다. 그러나 아무리 돈이 좋아도 개같이 천하게 벌거나 수단방법 안 가리고 부도덕하게 버는 건 질색이었다. 적당히 존경받으며 하자 없는 수입으로 윤택한 생활을 누릴 수 있는 직업이 의사라는 게 어머니다운 상식이었다. 그러나 영빈이 의과대학에 간 건 어머니의 소망과는 무관했다. 그는 의사가 되고 싶은 게 아니라 될 수밖에 없다고 생각했는데 그건 기억 때문이었다. 영빈은 현금이 분홍빛 혀를 날름 내밀며 메롱, 하던 순간을 잊지 못했다. 그 빛나는 기억만 아니었으면 설문지에 장래의 희망을 의사라고 써낸 것 따위는 아무것도 아니었다. 그건 정말 아무것도 아니었다. 너 커서 뭐가 될래? 그건 어릴 적에 누구나 흔히 듣는 질문이고, 더는 아무것도 될 수 없는 어른들의 심심파적일 따름이다. 아이들은 운전수, 교통순경, 로봇, 군인, 가수, 사장, 대장, 탤런트, 판사, 박사, 과학자 등등 수없이 말을 바꾸어도 일일이 기억할 필요도, 책임질 필요도 없었다. 어디서 현금은 기억하고 있을까. 어릴 적 무심히 내보인 한 치 혀가 한 사내를 특정 기억에 못 박았다는 것을.

의과대학의 고된 과정이 힘에 부쳐 때려치우고 싶을 때면 문득 그런 생각이 들곤 했다. 그러나 현금의 얼굴을 떠올릴 수는 없었다. 어디서 뭘 하고 있는지 어떤 모습의 어른이 되었는지 상상이 안 되는 건 딴 초등학교 동창들과 마찬가지였다. 알아볼 만한 단서도 떠오르지 않았다. 현악기를 타고 있을 것처럼 여긴 적은 가끔 있었다. 그럴 때도 신비하고 몽롱한 의상과 심금을 날카롭게 긋는 선율만 떠오를 뿐 구체적인 악기도 얼굴도 떠오르지 않았다. 하필 현악기인 것은 현금(玄琴)이라는 이름 때문일 것이다. 광을 만난 적은 있었다. 우연히 길에서 만나 그도 의과대학에 다닌다는 걸 알았다. 의업은 어떤 직업보다도 대물림이 잘 되고 있는 직업이었으니까 광이 의과대학에 간 것은 태어날 때부터 예정된 것일 수도 있었다. 그러나 영빈은 광이 의과 대학생이라는 걸 확인하자마자 떠오른 생각은 너도 같은 기억에 못 박혔구나 하는 연민과 적의였다. 혹시 광은 현금의 소식을 알고 있을지도 모른 다고 생각했지만 묻지 않았다. 영빈이 찌들고 고달픈 데 비해 광 은 훤칠하고 여유 있어 보였다. 그 도드라진 차이 때문에 문득 비 참해지려고 했지만 그가 다니는 의과대학이 광이 다니는 대학보 다 세상이 더 알아주는 명문이라는 천박한 비교가 그나마 위안이 되었다. 이렇게 광을 우연히 만난 날 영빈은 굉장히 우울했다.

두 사람은 또 만나는 일 없이 다시 몇 년의 세월이 흘렀다. 영 빈이 레지던트 일 년차일 때 형은 미국으로 유학을 가버렸다. 형 은 어머니가 바라는 고시공부를 하지 않았다. 고액과외로 돈 버 는 데 맛을 들인 형이 고시공부를 할 수 있을 것 같지는 않았지만 어머니는 군대만 갔다 오면 그 공부를 시켜야지 단단히 벼르고 있었다. 어머니가 형을 안심시키려고 이제 학비 들어갈 자식은 영묘밖에 없고, 그 애가 큰돈 들 대학생이 되었을 때는 영빈이 어 련히 학비 대겠느냐, 그리고 내가 경영하는 양품점도 유명한 속 옷회사 대리점을 맡고부터는 월급쟁이 정도의 안정적 수입이 보 장된 마당에 왜 네 앞길을 열어주고 싶지 않겠느냐고 마치 연하 의 연인에게 프로포즈하는 노처녀처럼 가만가만 수줍게 제안을 했다. 형도 제 갈 길을 가고 싶다는 데 동의했지만 고시공부는 아니었다. 유학을 가겠다고 했다. 당분간 지낼 돈도 꿍쳐놓았다고 했다. 이재에 밝은 형다웠다. 어머니는 판검사 아들 대신 박사 아들을 꿈꾸게 되었다. 그러나 영빈은 형이 면한 건 고시공부가 아니라 장남 자리라는 걸 눈치챘다. 일찍이 돈맛을 안 형에겐 어머니가 가풍처럼 굳혀놓은 도덕적 억압도 참아내기 힘들었을 것이다. 형이 떠난 후 어머니는 영빈에게 중매가 들어오는 게 낙이었다. 그는 번번이 적당한 말로 거절을 했다. 저렇게 까탈스러우니까 연애도 못 걸지. 어머니는 숨을 좀 크게 쉬는 것처럼 푸우 하는 한숨을 쉬었지만 연애도 못 거는 아들이 싫지 않은 모양이었다. 나는 정말 연애를 못 거나, 영빈은 자신이 한심스러워질 때마다 반사적으로 현금이 생각났지만 다만 이름뿐, 이미지로도 마음속에 그녀는 남아 있지 않았다. 그녀를 길에서 만나더라도 아마 못 알아보고 스쳐갈 것이다. 영빈은 근래에 능소화도 못 알아본 일이 있었다. 무슨 가든 자가 붙은 교외 음식점으로 회식을 하러 갔을 때였다. 주차장에서 강변으로 면한 회식장까지 가는 길은 주황빛 꽃으로 뒤덮인 아치형 터널을 통과하게 돼 있었다. 그는 그 생전 시들 것 같지 않은 견고한 현란함 때문에 조화려니 했다. 그러나 터널 속에는 무수한 꽃송이가 떨어져 있었고 후배 여선생이 아, 능소화 하면서 허리를 굽혀 마치 종이컵 겹치듯이 꽃을 주워 차례차례 겹치는 걸 보자 가슴이 찔린 것처럼 아팠다. 그러나 별관에 자리 잡고 바라본 능소화 무더기는 여전히 헤프고 천박해 보였다. 방금 내 가슴을 찌른 건 능소화의 실체인가? 다만 능소화라는 울림인가? 영빈은 느닷없이 막막하고 헛헛한 기분으로 그렇게 생각했다.

레지던트 삼 년차 되던 해에 광한테서 만나고 싶다는 연락이 왔다. 영빈은 내과, 광은 산부인과 전문의 과정을 각자의 모교 부속병원에서 거치고 있는 중이었다. 서로 어디 있다는 건 알고 있었지만 만날 일을 만들어본 적은 없었다. 무슨 일인지 알고 싶어 하는 영빈에게 곧 결혼하는데 너한테만은 만나서 결혼청첩장을 직접 건네주고 싶다고 했다. 영빈은 약속시간까지 일이 손에 잡히지 않았다. 직접 청첩장을 건네고 싶다는 건 무슨 뜻일까. 현금이와 관계가 있을 것 같았다. 그들은 그동안 쭉 연애를 해오다 마침내 결혼에 골인했는지도 모른다. 그렇다면 이 무슨 낭비란 말인가. 그는 마치 있지도 않은 헛것에 홀려 그의 인생을 낭비한 것처럼 억울했다. 먼저 와 기다리고 있던 광은 영빈이 앉자마자 능글맞게 웃으며 청첩장을 내밀었다. 초저녁인데도 광한테서는 술 냄새가 났다. 과장된 웃음과 술 냄새 때문에 광은 마치 지금 장난을 치고 있을 뿐이라고 말하고 싶은 것처럼 보였다. 그럼에도 불구하고 영빈은 날카롭게 관찰당하고 있는 것처럼 긴장하여 애써 태연을 가장하며 신부 이름부터 찾아 읽었다. 유현금이 아니었다. 안심했냐? 광이 그의 마음을 들여다보고 있었다는 듯이 회심의 미소를 지으며 말했다.

"뭘?"

"우리 사이에 시침 뗄 것 뭐 있냐."

"뭐얼?"

영빈은 자신도 모르게 역정을 내고 있었다.

"그럼 자넨 내 신부가 혹시 현금일지도 모른다는 생각 안 해봤어? 나 같으면 자네가 결혼한다면 제일 먼저 그 생각부터 했을 것 같은데."

"난 초등학교 졸업하고 한 번도 그 애를 만난 적도 풍문에라도 소식을 들은 적도 없어, 정말이야."

"그건 나도 마찬가지야. 근데 참 이상하더라. 지금 내 색시 될 여잔 오래 연애하던 동기고, 과 커플로 우리 동기뿐 아니라 선후배들도 다 인정해주는 소문난 사이인데, 정식으로 청혼을 한 건 최근이야. 못 하겠더라구. 현금이 그 계집애한테 찍힌 게 암만해도 께름칙해서……. 나 혼자 찍힌 것도 아닌데 말야. 우습지. 지금 이 여자하고 연애하는 동안도 나 여자관계 복잡했다, 너. 그렇지만 그건 다 일시적인 재미고, 지금 이 여잔 직업적 파트너로서나 조강지처로나 최적격자라고 여긴 거지. 난 어차피 아버지 병원 물려받아 개업할 거니까. 우리 집에서도 날더러 여자 보는 눈

하나는 있다고 좋아하시면서 늑장부리다 놓치면 어떡할 거냐고 조바심할 지경이었으니까. 그런데도 현금이 고 계집애가 꼭 풀어야 할 매듭처럼 걸리는 거야. 고 계집애한테 안 알리고 하는 결혼식은 몰래 결혼식 같고, 만약 고 계집애가 우리 결혼식장에 나타나면 난 신부 손을 놓고 고 계집애가 잡아끄는 데로 날개 돋친 듯이 달아나버릴 것 같고. 그래서 어렵게, 어렵게 제 년을 찾아냈더니 글쎄 벌써 결혼을 했더라구. 나쁜 년. 그뿐인 줄 아냐? 제 년이 그때 우리를 찍은 것도 까맣게 잊어버렸더라구. 일부러 시침 떼는 게 아니라 정말 잊어버린 게 확실하더라구. 거짓말쟁이, 나쁜 년, 나쁜 년……."

그래. 맞아. 현금이는 나쁜 년 말고는 다른 아무것도 될 수 없다고 영빈도 벼락같이 공감했다. 그의 공감은 하도 격렬해서 하마터면 광을 한바탕 패줄 뻔했다.

영빈은 광보다 훨씬 늦게 군대까지 갔다 오고 나서 결혼했다. 남들이 흔히 말하는 연애 반 중매 반이었다. 그러나 그건 어머니가 좋아하는 말이고 영빈은 연애 반 중매 반이란 말이 한국적 민주주의라는 말만큼이나 구역질이 나려고 했다. 어머니는 영빈만한 의사 아들이라면 이쪽에서 얼마든지 골라잡을 수 있는 재벌이나 명문가에서 중매가 줄을 이을 줄 알았다. 그러나 상류층과 연줄이 별로 없는 집안에 그런 혼처가 생길 것을 기대한다는 것은 감나무 밑에 입 벌리고 누워서 연시가 입 안으로 떨어져주기를 기다린다는 것과 다름없다는 걸 어머니는 곧 알아차렸다. 직업적 중매쟁이를 대보고 싶은 마음도 있었지만 차마 못 했다. 다분히 위선적인 것이긴 했지만 어머니의 도덕적 결벽증은 여전했다. 아무리 털어도 먼지 안 나게 살고 싶었고, 물질적 풍요도 남 누리는 것만큼 누리고 싶었다. 아들이 의사가 되길 바란 것도 한국사회에서 그 두 가지 떡을 양손에 확실하게 거머쥘 수 있는 드문 직업 중의 하나라고 생각했기 때문이다. 그러나 의사 짓이라는 게 본인의 뜻이 어정쩡한 상태에서 타의에 의해서 될 수 있는 일도 아니거니와, 본인의 뜻이 아무리 확고해도 학교 성적이 뛰어나지 않으면 역시 될 수 없는 노릇이었다. 어머니는 자기가 그어놓은 금을 한 번도 우회하거나 이탈하지 않고 수월하고 반듯하게 걸어가준 아들이 대견하고 자랑스러웠지만 아들이 이끌리고 있는 맹목의 힘에 대해서는 짐작도 못 했다. 전 국민에게 의료보험이 실시되면서 의사가 개업만 하면 월급쟁이의 몇 배는 존경받으면서도 고수익을 올리게 되리라는 예상도 빗나갔다. 어머니는 영빈이 교수가 되어 모교 부속병원에 남길 바랐다. 그러려면 남보다 고되고 긴 수련의 과정을 거쳐야 하고 학위도 따야 하고 운도 따라야 한다는 걸 똑똑한 어머니가 모를 리 없었다. 영빈은 졸업성적에 있어서나 인턴 레지던트 때의 평점에 있어서나 티오만 있으면 학교에 남는 걸 기대해볼 만했다. 운이 따라 교수로 남게 되더라도 박사님, 박사님 하면서 건네주는 촌지 따위에 초연한, 권위 있고 존경받는 특진의가 되는 게 소원이었다. 그런 과정을 넌지시 뒷받침해줄 만한 집안과 사돈을 맺고 싶었는데 그런 입에 맞는 떡을 기다리는 동안 아들의 나이가 서른이 되고 말았다. 내 아들이 뭐가 부족해서……. 딸하고 달라 나이 먹는 거 초조해할 거 없다는 주위의 위로조차 어머니의 자존심을 상하게 했다. 어머니는 욕심을 한 단계 낮추면서 부쩍 서두르기 시작했다. 생전에 손자를 안아보고 싶다느니, 수발 들기 지겹다느니, 왜 이렇게 삭신이 쑤시는지 모르겠다느니, 아들 가진 어머니가 며느리 보고 싶다고 보채는 레퍼토리는 뻔했다. 그런 성화가 극에 달했을 때, 어머니만 괜찮으시다면, 하고 보인 색시감이 지금의 아내 수경이었다. 영빈이 인턴 때 어머니 친구의 소개로 맞선 본 아가씨였다. 그때 어머니는 눈이 다락같이 높을 때였다. 친구가 하도 보채서 한번 봐보게 한 것이지 성사가 되길 바란 건 아니었다. 지금은 그런 일이 있었는지 생각도 안 나는 혼처였다. 영빈이 본 수경의 첫인상도 참한 아가씨라는 것밖에는 아무것도 없는 밍밍한 것이었다. 결혼하고 싶은 상대를 만났을 때는 억제할 수 없는 어떤 힘이 강한 상호작용을 일으키리라 그는 막연히 믿고 있었다. 남들처럼 자주는 아니라고 해도, 어머니나 스승 또는 선배들의 주선으로 맞선을 보지 않을 수 없는 일이 그 후에도 종종 있었지만 한결같이 보고 나면 그뿐 누가 누군지 구별할 만한 인상도 남아 있지 않았다. 그러나 수경하고는 애프터를 신청한 바도 없는데 또 만날 일이 잊어버릴 만하면 우연히 생기곤 했다. 몹시 지친 날 병원 복도에서 웬 낯설지 않은 여자가 알은체를 한다. 수경이에요. 여자가 먼저 누구라는 걸 밝힌 연후에야 비로소 아, 네에, 하고 나서 여긴 웬일이냐고 형식적인 질문을 하고, 아는 사람 문병 왔다 간다고 대답하고 그럼 이만, 하고 스쳐가려다가 여자의 얼굴에 떠오른 거의 무방비 상태의 친근감이 옮아붙어 열없게 웃으며 머뭇거리는데 마침 자판기가 코앞에 있길래, 바쁘시지 않으면 커피나 한 잔 하면서, 주머니를 뒤지는데 동전도 천 원짜리도 안 나와 쩔쩔맬 때, 여자가 저어, 여기요, 하면서 동전지갑에서 꺼낸 백 원짜리나 오백 원짜리를 그의 손바닥에 한 개씩 똑 똑 떨구어줄 때, 누가 고 손이 참 귀엽다고 생각하지 않겠는가. 그러나 그런 느낌은 아버지의 사후에 태어났고 나이 차이도 십여 년이나 돼 동기간이라기보다는 부성애에 가까운 책임감을 느끼게 되는 영묘를 보면서도 자주 갖게 되는 상투적인 느낌이었다. 친구의 결혼식장이나 전철 안에서 만나질 적도 있었다. 그럴 때마다 그녀는 호들갑스럽지도 데면데면하지도 않게 알은체를 해주었다. 그런 우연한 만남이 일 년에 한두 번 정도로 겹치다 보니 서로 동시에 고개

를 갸우뚱하면서 둘 사이의 우연을 신기해했고 전화번호도 교환
하게 되었다. 여자가 먼저 전화번호를 물어봤는데, 병원에 아는
사람이 있으면 편할 것 같아서요,라는 토를 달았으니까 생각해보
면 그것도 지극히 자연스러웠다. 서로 연락할 수 있게 되고부터
편해진 건 오히려 영빈 쪽이었다. 쌍쌍으로 가지 않으면 불편한
모임이 있을 때 별 부담 없이 동행을 부탁할 수 있는 이성이 생겼
으니까. 그런 일도 몇 번 되지 않았고 추억이나 부담이 될 만한
사건도 생기지 않았다. 그런 사건까지 우연이 만들어주는 건 아
닌 모양이었다. 영빈이 군의관으로 근무한 지방에 수경의 외갓집
이 있었다는 건 마지막이자 결정적 우연이 되었다. 그사이에 수
경은 대학을 졸업하고 중학교 국어선생이 되어 있었다. 여름방학
에 외가에 내려와 있던 수경과 또 우연히 만난 거였지만 그 여름
에는 처음으로 자주 만나게 되었고, 그녀의 외가에 초대받아 밀
전병과 닭백숙을 얻어먹는 획기적인 진전까지 있었다. 아무리 열
정 없는 우연이라지만 거듭되니까 운명의 손길 같은 걸 느끼게
되는 건 여자 쪽이 더 빠른 것 같았다. 수경이 먼저 우리 혹시 결
혼하게끔 운명 지워진 거 아닐까요,라고 얼굴 하나 붉히지 않고
덤덤하게 말했다. 글쎄 말이에요. 난 결코 부담 준 일 없는데, 수
경 씨만 한 여자가 아직도 시집을 못 가고 있으니 나도 자꾸 이상
한 생각이 들려고 하네요. 영빈도 당황하지 않고 솔직하게 말했

다. 잘났어, 부담 안 준 게 그렇게 잘한 일이라고 생각해? 수경이 안 하던 반말지거리로 언성을 높였다. 영빈은 지금 말장난을 하고 있는 게 아니로구나, 번쩍 정신이 들었다. 지금 당장 책임질 말은 못 한다 해도 위로라도 해줘야 할 것 같았다. 영빈은 말주변이 없고 농담 따먹기에도 서툴렀다. 그는 그의 능력으로는 도저히 연애 걸 시간을 낼 수 없었던 인턴 레지던트 시절에 대해 진지하게 설명을 하기 시작했다.

"대학병원 정도의 병원에는 얼마나 여러 계급의 의사가 있는지 알아요? 줄줄이 상전이에요. 교수급의 특진의가 있고 그 아래로 전문의를 마치고 교수나 일반병원 스태프가 되기 전에 수련받는 펠로우(fellow)라고 하는 전임의, 그 아래로 각과 전문의가 되기 위해 수련 받는 레지던트 과정이 일 년차 이 년차 삼 년차 사 년차까지 나누어져 있고 이들 사이에도 서로 계급이 존재하고 하는 일도 달라요. 그 밑 제일 하바리에 인턴이 있는 거예요. 딴 과하고 달라 육 년씩이나 공부시킨 부모는 그 어려운 학교 졸업도 시켰겠다, 국가고시도 합격했겠다, 의사 다 된 줄 알고 한참 기대에 부풀어 있을 때지만 인턴이라는 게 순전히 잡일꾼이에요. 피검사 결과지나, 방사선과 필름을 찾아온다거나 채혈이나 정맥 주사를 놓는 일 따위. 외과를 돌 때는 수술실에 들어가기도 하죠. 집도의를 따라 수술실을 나올 때면 수술실 밖에서 초조하게 기다리는 가족들 보기에 우리가 하느님같이 보인다는 게 느껴져 우쭐할 적도 있지만 인턴이 수술실에서 하는 일이란 집도의가 수술 부위를 잘 볼 수 있도록 쨴 부위를 감자로 당기고 있는 게 고작이에요. 그 일만으로도 잔뜩 긴장해서 수술이 어떻게 진행되는지도 잘 몰라요. 그럴 때 수경 씨를 소개받은 거예요. 무슨 경황이 있었겠어요. 인턴 마치고 희망한 대로 내과 레지던트가 됐지만, 신역 고된 거나 정신적 스트레스나 인턴 때보다 더하면 더했지 나아질 리가 없죠. 일 년차 때 주치의 노릇을 해야 되니까요. 내과에서 주치의가 하는 일은 병실에 입원환자를 관리하는 일인데 교수나 지정의가 같이 보지만 모든 환자를 꼼꼼히 볼 수 없으니까 주치의가 환자들의 병력 채취나 차트 작성, 조직검사나 늑막에 물 뽑는 일 등 간단한 처치, 환자나 환자 가족에게 설명하는 일, 환자의 상태를 파악하는 일 등 중요한 일을 맡게 되죠. 병원의 하루가 얼마나 일찍 시작되는 줄 알아요? 전날 당직이라도 한 날이면 한잠도 못 자고 아침 일곱시에 모여 당직보고를 해야 되는데 될 수 있으면 여섯시쯤 미리 나와 환자의 차트와 간호기록을 찬찬히 살펴 환자의 상태를 미리 파악하고 있으면 더욱 좋죠. 당직 보고는 치프 레지던트가 받는데 환자에 대한 정보가 미흡하다 싶으면 사정없이 갈구는 게 치프들의 특기이자 취미니까요. 그리고 나면 여덟시부터는 교수들도 참석하는 컨퍼런스에 나가야죠. 최근에 발간된 논문을 정리하여 발표하거나 치프가 어느 분야에 대하여 정리하여 발표하는 중요한 시간인데 일주일에 한 번은 사망한 환자에 대하여 사망원인이 무엇인가, 의사로서 잘못한 것은 없었는지에 대하여 토의를 해야 하는 날이 있는데 주치의들은 자기가 본 환자가 사망하였기 때문에 죄인이 되고 여러 의사들로부터 집중공격을 당하기 마련이지요. 그러고 나면 아홉시부터는 병실을 돌면서 밤 사이에 무슨 일이 있었는지 어저께 세운 계획 중 제대로 돌아가지 않는 건 없는지 파악하고 환자에 대한 처치도 대개 이 시간에 이루어지죠. 인턴이나 레지던트 때 유능하단 소리 들을 수 있는 첫째 조건은 바로 검사를 빨리빨리 진행하는 일이거든요. 환자나 특진의나 모두 빨리 검사가 진행되기를 바라는데 CT나 MRI, 위 내시경, 기관지 내시경 등은 미리 예약을 해야만 검사가 가능하기 때문에 잘하는 주치의들은 환자에 대한 계획을 잘 세워 미리미리 예약을 해서 검사에 차질이 없도록 하지만 하나라도 빼놓은 검사가 있으면 혼나기 때문에 검사실에 전화를 걸어 사정을 하기도 하고 검사실의 아는 선배에게 간청을 하기도 하죠. 검사에 따라서는 미리 굶어야 하는 경우가 많은데 시간에 차질이 생길 경우 점심까지 굶고도 결국 검사를 못 하게 돼요. 그럼 욕을 바가지로 먹는 거죠, 특히 VIP 환자의 경우는 교수들이 신경을 쓰고 검사실에서도 빠르게 해주는 경향이 있으니까 그들은 아예 레지던트의 말은 듣지도 않기 때문에 이럴 때는 내가 과연 의사인가 아니면 검사계획을 잡고 세우는 잡일꾼인가 회의를 하게 되죠. 내과의 경우는 그나마 점심 먹을 시간은 낼 수가 있으니 다행이죠. 오후에는 새로 입원하는 환자를 보게 되고, 그 환자에 대한 계획도 세워야 하지만 교수가 회진을 오면 따라 돌아야 하죠. 한 주치의가 한 교수의 환자를 보는 게 아니기 때문에 자기 편한 시간에 회진 오는 교수를 따라 돌려면 다른 일을 하다가도 벌떡 일어나야만 하죠. 그뿐 아니라 환자에게 다른 과 문제가 있으면 그 과 교수에게 협진 의뢰를 하게 되는데 이때에도 따라 돌아야 하니까 오후 시간도 어떻게 가는지 모르게 금방 가버려요. 그렇다고 쉽게 간다고 생각하진 말아요. 회진 돌면서 교수가 환자의 상태에 대해 물으면 정확하게 대답해야 하고, 무언가 지시하면 아무리 사소한 것도 놓치지 않고 기억했다가 시행해야 하니까 그냥 따라다니는 것하고 달리 긴장상태를 유지해야 되거든요. 잘못된 환자가 있으면 야단도 맞아야 하고, 일부 교수는 환자 면전에서, 네가 의사냐 이 따위로 환자를 보면 어떻게 하느냐고 면박을 주는 일까지도 있어요. 그러고 나면 환자나 가족들이 주치의를 무시하게 되니 죽을 맛이죠. 그래도 어떤 교수가 좋아진 환자 앞에서 아무개 선생이 잘해서 다 나았네요,라고 말해주면 진짜로 내가 고친 것처럼 으쓱하고 살맛이 나죠. 일희일비가 교수의 일거수일투족에 달렸다고나 할까요. 그러고 나서도 또 한 차례의 컨퍼런스가 있고 저녁을 먹고 나면 이때부터 주치의가 진짜로 일하는 시간이죠. 늦게 입원한 환자를 보고 검사결과를 확인하고 자기가 혼자 회진을 돌아 환자의 상태를 파악하고 오더를 내야 하니까요. 삼교대로 일하는 간호사들은 오더 빨리 내달라고 아우성이지만 오더 내는 데 다음 날 새벽 두세시까지 걸리는 경우도 있어요. 중환자라도 생겨 거기 매달리다 보면 일을 못 하기 때문에 일이 자꾸 늦어지는 거죠. 중환자도 VIP 중환자는 가족이 얼마나 골치 아프게 군다구요. 자기가 VIP인 줄 아는 인간들은 거의가 베리 임포턴트가 아니라 베리 이그너런트 퍼슨인데 그래도 VIP라면 절절매는 교수도 있으니 한심하죠. 레지던트 이 년차가 되고 나면……."

"그만해두세요, 영빈 씨."

수경이 조심스럽게 영빈의 장광설의 중툭을 잘랐다. 표독하게 군 흔적은 남지 않았다. 영빈도 그제서야 누구한테도 그렇게 오래 일방적으로 지껄인 일이 없다는 걸 깨달았다. 왜 그랬을까? 결정적인 말을 해야 할 중요한 순간을 유예하고 싶어서였을 것도 같고, 수경이가 자기한테 정떨어지길 바라고 그런 것도 같았다. 그의 그런 불순한 의도와는 달리 수경은 한없이 유순해져 있었다.

"더 이상 설명 안 해도 의사 되기가 얼마나 어렵다는 거 알아요."

"돼봤댔자 점점 더 별 볼 일 없어지는 게 그 노릇이랍니다."

"돈 많이 버는 건 바라지 않아요. 교수 되고 싶어하는 거 힘껏 뒷바라지하고 싶어요. 개업시켜줄 만한 재력은 없어요, 우리 집."

여자는 말귀를 잘못 알아들은 것 같았다. 그는 완곡하게 거절할 셈이었다. 너무 완곡했나. 연애나 결혼을 생각할 여유도 가질 수 없는 비인간적인 직업환경에 대해 설명한다는 게 그만 신세한탄처럼 돼버린 건 인정한다 하더라도 그게 그렇게 될 줄은 몰랐다. 아무것도 돌이킬 수 없었다. 영빈은 너무 길게 말한 걸 마치 돌아갈 수 없는 길로 너무 많이 가버린 것처럼 느꼈다.

"전 아마 이 세상에서 가장 긴 청혼을 받은 여자가 되겠네요. 더 간단히 한마디만 해도 되는 건데……."

여자가 아쉬운 듯이 말했지만 여자가 바라는 한마디가 무엇인지 묻지도 않았고 생각하기도 싫었다. 두 사람은 계속 엇갈리고 있었다.

어머니는 영빈이 결혼하겠다는 여자가 인턴 때 맞선 본 수경이라는 소리를 듣자 마치 내 아들이 물불 안 가리고 첫사랑을 관철한 것 같고, 그래서 그동안 그 좋은 혼처를 다 시큰둥 놓쳤구나 싶어서, 이런 못난 녀석 같으니라구, 실망과 시기부터 앞섰다. 그러나 그땐 어머니가 이미 눈높이를 대폭 낮춘 후였다. 수경은 영빈보다 다섯 살이나 아래인데다 중학교에서 국어를 가르치는 아리땁고 얌전한 재원이었다. 집안도 부모님이 구존하고 법도 있는 중류가정이어서 어머니를 안심시켰지만 무엇보다도 어머니가 마음에 들어한 건 튼튼한 직업이었다. 원래 소원이 재벌이나 세도가였다고는 하지만 고상한 직업여성도 차선(次善)치고는 웬 떡이냐 싶게 탐탁했던 것이다. 그러나 영빈은 결혼식 날까지도 무언가 불완전한 느낌에서 헤어나지 못했다. 눈먼 연애결혼이 아니더라도 적어도 결혼을 피할 수 없다는 느낌 하나는 막다른 골목처럼 확실하게 육박해와야 결혼식장에 들어설 수 있는 게 아닐까, 하는 부질없는 생각은 덧난 부스럼 딱지처럼 기분 나쁘고도 집요했다. 수경이 흡족하지 않다는 것하고는 달랐다. 상식적으로 나무랄 데 없다는 게 오히려 결격사유처럼 느껴졌다. 이런 느낌으로 결혼이라는 걸 해도 상관이 없는지, 아무한테나 물어보고 싶었다. 아니, 아무한테나가 아니었다. 광한테 물어보고 싶은 거였다. 광은 어떻게 현금을 넘어섰을까. 그러나 맨정신으로 그렇게 할 수 있을 것 같지가 않았다. 광도 결혼식 날 받아놓고 미친 척 술김에 그를 찾아오지 않았던가. 광이, 그 자식이 하고 나면 그게 그 밖에는 딴 도리가 없는 정답이 돼버리는구나, 영빈은 무슨 팔자 한탄을 하듯 그렇게 생각했다. 영빈은 술을 못했다. 신입생 때 멋모르고 남 하는 대로 받아 마시고 정신을 잃은 적이 있었다. 체질적으로 안 맞는지 소량으로도 몸을 못 가누고 추태를 부리는 걸로 소문이 나 차차 술 마시는 자리에서 따돌림당하게 되었다. 그는 알코올뿐 아니라 알코올을 강권하는 사회에 대해서도 공포감을 가지고 있었다. 단지 술을 못한다는 이유만으로 영빈은 광을 만나러 가지 않은 채 수경이하고 결혼했다. 결혼하고 생각하니 만약 술을 할 줄 알아 광을 만나러 갔다면 그게 무슨 코미디 같은 꼴이었을까 싶어 아찔했다. 영빈은 코미디 소질이라곤 손톱만큼도 없는 진지한 남자였다.

수경이하고 결혼하고 나서 영빈에겐 대충 좋은 일만 있었다. 모교에서 전문의 자격과 박사학위를 따고 나서도 펠로우라는 불안한 지위를 참고 기다린 보람이 있어, 모교에서 발령을 받을 수가 있었다. 그리하여 지금은 병원에서는 한 소대나 되는 인턴 레지던트 간호사들을 줄줄이 거느리고 근엄하고 전능한 얼굴로 회진을 도는 박사님이었고, 집에서는 성공한 아들, 존경받는 남편이었고 의대생들 사이에서는 학점에 짠 악몽 같은 교수가 되어 있었다. 툭하면 텔레비전에도 얼굴을 비치어 그가 전공한 호흡기내과 질환에 대한 자문에 친절하고 알기 쉽게 설명하는 걸로도 정평이 나 있었고, 일 년에 한두 번은 외국에서 열리는 내과학회에 참석하여 논문발표를 하기도 했고, 해외의 유명한 의학저널에 그의 논문이 실리기도 했다. 늘 공부하는 교수로 정평이 나 있으면서도 돈에 연연하지 않을 만큼의 정당한 수입도 보장되어 있었다. 어머니가 꿈꾸던 모든 것이 이루어진 것이다. 수경은 교사 노릇을 계속하면서 예쁜 딸을 둘이나 낳아주었다. 영빈은 딸들한테 사족을 못 썼다. 결혼 전의 불완전한 느낌은 고 예쁜 것들을 위해 남겨놓은 빈자리였구나 싶을 정도로 그는 아버지가 된 후 비로소 충족되었다. 그 애들은 영빈에게뿐 아니라 가족관계를 전반적으로 매끄럽고 원활하게 해주었다. 수경은 교직을 좋아했고 보람을 느끼는 일을 계속하기 위해서 시어머니를 필요로 했고, 어머니는 계속해서 집안에서 없으면 안 될 중요한 식구다운 존엄성을 유지할 수가 있었고, 오빠와의 십여 년의 나이 차이 때문인지 마냥 응석만 부리던 영묘도 성큼 자라 그 나이다운 정신연령을 회복했다.

일탈의 예감

외래(外來)에서 오전 환자를 보고 진찰실을 나오던 심영빈 박사는 웬 여자의 쏘는 듯한 시선을 의식하고 걸음을 멈추었다. 잘 빠진 몸매에 착 달라붙는 검정 원피스, 한쪽 어깨에 길게 늘어뜨린 진홍색 스카프가 도발적이었다. 여자는 모난 턱을 거만하게 치켜들고 몇 발자국 다가오더니, 야아 영빈아, 너 영빈이 맞지? 하고 큰 소리로 외쳤다. 영빈은 심 박사님 아니면 심 선생님으로 통한 지 너무 오래되어 느닷없이 홀라당 옷 벗김을 당한 것처럼 어쩔 줄을 몰랐다. 인턴만 돼도 하늘같이 우러러보이는 교수도 함부로 이름을 부르지 않고 깍듯이 아무개 선생이라고 부르는 게 그 의과대학의 전통이었다. 그의 장모조차도 언제부터인지 그를 심 서방이라 부르지 않고 심 박사라고 부르고 있었다. 놀란 건 영빈만이 아니었다. 외래 진찰실들이 나란히 붙은 복도 대기실에는 아직도 꽤 많은 환자들이 남아 있었다. 호기심이 자글자글 끓는 듯한 그들의 시선이 일제히 이쪽을 보고 있었다.

"영빈아, 나야, 나 현금이."

"아, 현금이."

"영빈이 너 왜 그렇게 삭았냐? 못 알아볼 뻔했잖아."

그의 체면을 박살낼 듯이 당돌하고 무례한 현금의 말투에 영빈은 모욕감을 느끼는 대신 가슴이 방망이질하듯 힘차게 울렁거렸다. 영빈이 틀림없다는 걸 확인한 현금이 성큼 다가와 한 팔로 그의 어깨를 살짝 안았다가 놓았다. 오래간만에 만난 친구끼리의 친근감의 표현 이상도 이하도 아닌 의례적인 포옹이었다. 현금의 키는 영빈과 대등했다. 영빈도 큰 키인데도 그녀가 영빈을 안았다 놓는 눈 깜빡할 사이에 두 사람의 귓바퀴는 정확하게 같은 부위끼리 스치고 지나갔다. 그는 소년처럼 귓바퀴를 붉혔다. 최신 첩보영화에서 뛰쳐나온 것처럼 대담하고 세련된 현금에게선 뜻밖에도 마늘 파 젓갈 같은 것이 혼합된 다대기 냄새가 났다. 짧고 피동적인 포옹이어서인지 그 냄새는 환각처럼 어렴풋하고 감질이 났다.

"오래간만이다. 네가 여기서 날 기다리다니, 꼭 꿈만 같다."

영빈은 터질 듯 벅찬 감회를 숨기지 못했다.

"왜 내가 널 기다리냐? 네가 정말 의사 됐다는 소리는 들었지만 여기 있는 것도 지금 처음 알았는데."

"그럼 어떻게 된 거야?"

"네 바로 옆방 차 박사가 우리 엄마 주치의야. 엄마가 혈압이
높거든. 십 년도 넘어. 동네 병원서 치료를 받다가 하도 큰 병원,
큰 병원 상성을 하셔서 이리로 옮긴 지는 일 년 좀 넘을걸, 아마."

"근데 이제야 만나다니……."

영빈은 마치 돌이킬 수 없는 실수를 아쉬워하듯 장탄식을 토해
냈다.

"난 오늘 처음 왔어. 쭉 혼자 다니셨는데 요새 어리광이 느셔
서 늙은이가 혼자 다니니까 주치의가 무시하고 궁금한 걸 아무리
물어도 안 가르쳐주고 만날 똑같은 약만 준다나 어쩐다나 하면서
오빠한테 징징거리셨나 봐. 올케언니도 골골하거든. 그래서 내
가 중책을 맡은 거지. 대기하는 동안 옆방에 붙은 오늘의 진료교
수 이름을 보니까 심영빈이잖아. 암만해도 너 같아서 너 나올 때
까지 여기서 기다리고 있었던 거야."

"그럼 어머닌?"

"약 타는 데 내려가 계시라고 했어. 엄만 아까 아까 의사 봤거
든."

"그래 차 박사가 너한텐 시원한 소리 하든."

"한 달 치 약 주고 한 달 후에 와서 같은 검사 하라는 거지 뭐.

너라면 보호자가 미인이라고 처방이 달라질 수 있겠어? 그럼 한 달 있다 또 봐. 엄마하고 병원 다니는 일 따분할 줄 알았는데 네가 여기 있으니 재미있을 것 같다."

현금이 획 돌아섰다. 한쪽 어깨에만 슬쩍 걸친 진홍색 스카프가 앞에서 볼 때는 상반신 길이이더니 뒤에서 보니 롱스커트 길이하고 같다. 쫓아가 부여잡고 싶은 강한 욕망에 몸을 떨며 그는 성마른 소리로 부르짖었다.

"야아, 그냥 가면 어떡해? 이 나쁜 년아."

이 나쁜 년아, 소리는 실제로 소리가 되어 입 밖으로 나오진 않았다. 노을빛 능소화가 타고 올라가던 이층집을 바라보던 소년과, 친구의 나쁜 년 소리에 온몸으로 공명하던 청년이 하나가 되어 그에게 들이닥쳤다. 그는 마흔보다는 쉰에 더 가까운 자신의 나이를 믿을 수가 없었다. 그럴 리가 없었다. 자신의 피돌기가 심장을 출발해서 손끝 발끝까지 달음질치는 회로를 선연히 느낄 수 있는 이 기쁨은 내가 건너뛴 젊음의 희열 그 자체가 아닌가.

현금이 붉은 스카프 자락을 꼬리처럼 흔들며 획 돌아섰다.

"그냥 안 가면? 한 달 있다 또 온댔잖아."

현금이 거만하게 미간을 찡그렸다.

"그래도 그렇지 몇 년 만에 만난 줄 알아? 우리, 지금."

"나 그 따위 따지기 싫어. 몇 년 만이 무슨 상관이야."

현금이 냉담하게 돌아섰지만 그는 졸졸 약국이 있는 아래층까지 따라 내려갔다. 그의 어머니보다 화려하게 차려입었지만 칠십대라는 걸 숨길 수 없는 노부인이 약봉지를 들고 이층에서 내려오는 에스컬레이터를 지루하게 바라보고 있었다. 현금은 영빈을 돌아보며 잠깐 기다리라는 시늉을 한 것 같았다. 달려가 어머니의 어깨를 다정하게 감싸더니 뭐라고 속삭이며 함께 병원 밖으로 나가버렸다. 현금이 다시 나타날 때까지 영빈은 별의별 생각을 다했다. 빠이빠이 하는 인사를 기다리라는 시늉으로 받아들인 게 아닌지, 그렇다면 난 얼마나 바보 멍텅구린가. 제까짓 게 날 따돌린다고 내가 못 찾아낼 줄 알구. 차 선생한테 물어보면 요 다음 예약날짜와 집 주소까지도 알아낼 수 있을걸. 찾아내서 뭘 어쩌겠다는 건지 영빈은 주먹에 힘까지 주며 그렇게 별렀다. 현금이 혼자서 회전문을 밀며 나타났다.

"뭐가 그렇게 오래 걸리냐? 가버린 줄 알았잖아."

"올지 말지 반반이었어. 내 마음이 아니라 엄마 마음에 달린 거니까. 엄마가 혼자 가기 싫다면 같이 가야지 별수 있어? 오늘은 내가 엄마를 책임지기로 했으니까. 근데 우리 엄마 웃기더라. 내가 초등학교 동창을 만났는데 이 병원에서 알아주는 유명한 내과 박사가 되어 있더라고 했더니 자기는 혼자 가도 되니까 나는 남아서 잘 친해놓으래. 의사 하나쯤 알아두면 급하게 입원할 일 생겼을 때 써먹을 수 있을지 누가 아느냐는 거야. 택시 태워주고 오는 길이야."

영빈은 시계를 아주 살짝 곁눈질하듯 보며 앞장서 지하로 내려갔다. 시간에 쫓기고 있다는 티를 내고 싶지 않았다. 오후에는 회진도 돌아야 하지만 그 전에 자기 방에서 봐주기로 한 환자가 있었다. 특별대우를 받고 싶어하는 VIP 환자였다. 연구실 담당간호사에게 얘기해놓았으니까 밖에서 기다리는 일이야 없겠지. 자신이 VIP라고 생각하는 족속에 대해 구역질이 치밀었다.

지하에는 직원식당 말고도 다방, 스낵 가게, 한식집, 양식집, 일식집 등을 고루 갖추고 있어서 여느 식당가와 다르지 않았지만 맛을 찾아다니는 손님을 상대하는 데가 아니어서 맛은 형편없다는 소문이었다. 영빈은 직원식당 외엔 가본 적이 없었다. 그는 한 바퀴 돌아보고 나서 양식당으로 들어갔다.

"이 집이 젤로 잘해?"

"보면 모르냐. 손님이 젤로 적잖아. 젤 맛없고 비싼 집일 거야."

영빈은 그가 골라잡은 식당의 오붓하고 한적한 분위기가 마음에 들어 비로소 여유 있게 굴었다. 현금은 주문받으러 온 청년에게 이 집이 이 동네서 젤 맛없는 집 맞냐고 물어보고 나서 커피 포함해서 만 원 하는 돈까스를 시켰다. 영빈도 같은 걸로 시켰다.

"넌 우리가 몇 년 만에 만났나 따지는 거 안 좋아하는 것 같지만, 우리가 초등학교 졸업한 지 삼십 년도 넘는다 너. 삼십 년 만에 만났는데 이렇게 하나도 안 변했다는 거 이건 굉장한 일 아니니, 난 막 감동할려구 그런다."

"애, 너 왜 이렇게 웃기냐? 넌 네가 얼마나 삭았는지 정말 몰라? 내가 널 알아본 건 순전히 이름 때문이야."

"나 말고 너 말야. 넌 그 능소화 핀 이층집에서 살 때하고 똑같아. 하나도 안 변했어."

"그럼 누가 좋아할 줄 알구. 난 그 시절에 대해 생각하기도 싫어. 지금이 훠얼 나아. 앞으로도 훠얼 재미있게 살 거구."

현금의 훠얼이라는 발음은 특이했다. 마치 깃털 달린 말에 입김을 불어 날려 보내려는 것 같았다. 영빈은 속으로 그래 맞아 네가 아직도 열네 살처럼 보이는 건 외모가 아니야. 그 말하는 방법의 생뚱스러움 때문이야. 넌 나하고 분명히 동갑내기일 텐데 사십 대 중반의 여자가 너처럼 억압적이지 않게 말할 수 있다는 게 나는 믿어지지를 않아. 영빈은 그의 이런 생각을 이상하게 돌려서 말했다.

"너한테 어머니가 계시다는 게 너무 이상해."

"건 또 무슨 뚱딴지 같은 소리야. 하늘에서 내려온 천사 같다는 소린 아닐 테고 버릇없다는 뜻이구나."

"그건 아니고 아무도 길들이지 않은 것처럼 자유롭게 말하는 게 신기해서 그래. 어른 밑에서 자랐으면 그럴 순 없는 거 아냐."

"그건 천성이야. 나는 말을 가지고 꼬거나 비트는 건 질색이거든. 생각한 대로 정직하게 말할 뿐이야."

"정직하다는 건 틀려. 넌 그때 광하고 나한테 외눈 하나 까딱 안 하고 거짓말을 시켰잖아."

"난 생각도 안 나는 것 갖고 광이 나한테 노발대발하더니 이번엔 네 차례니? 바보들, 웃겨. 농담도 못 해. 놀려먹고 싶어한 말이 아니라면 그땐 그렇게 생각했을 수도 있는 거지. 중요한 건 내 말이 거짓말이었나 정말이었나가 아니잖아. 너희들이 내 말을 곧이곧대로 믿고 싶었던 건 내 미모 때문이야. 못생긴 계집애가 그런 소릴 했어봐라. 에잇 재수없어 하면서 그 자리에서 당장 귀라도 썻고 싶었을걸. 내 말 틀려?"

현금이 모난 턱을 쳐들고 추궁하듯이 영빈을 쏘아보았다. 이 여자는 뭘 믿고 이렇게 자신만만한 걸까? 네 눈빛이 아무리 옛날처럼 겁없이 빛난다 해도 더는 영롱하지 않고, 그 동그스름 귀엽던 볼도 패기 직전처럼 가파르다. 열네 살 소녀가 자꾸만 어른거리는 나의 착시현상만 아니었으면 별수 없이 넌 중년여성일 뿐이야. 네 나이의 의미를 너는 아니? 머릿속에 든 거라곤 호르몬 주사와 성형수술로 얼마든지 젊음을 연장할 수 있을 것 같은 헛된

정보밖에 없는 폐경기의 그 무르익은 속악(俗惡)을. 영빈은 여자의 확실한 나이를 물어보지 않고도 알고 있다는 게 마치 확실한 약점을 쥐고 있는 것처럼 든든했다. 그러나 입술은 옛날보다 더 아름답다. 열네 살 적 입술이 꽃봉오리라면 지금의 입술은 당연히 만개한 꽃이다. 무엇보다도 그 입술 안에서는 건강하고 고른 치열이 있고 그 안에는 '메롱' 하면서 내밀던 분홍빛 혀가 지칠 줄 모르고 생동하고 있을 것이다.

"너 혹시 나 이혼한 거 알고 이러는 거니?"

"내가 뭘 어쨌게?"

"그럼 왜 그렇게 탐욕스러운 눈으로 사람을 보냐 보길."

마침 돈까스가 왔다. 현금은 마요네즈가 찍 뿌려진 양배추에다 식탁에 비치된 몇 가지 소스를 더 뿌려서 비빔밥처럼 골고루 버무리더니 아귀아귀 먹기 시작한다. 그건 남자한테 잘 보이고 싶어하는 여자의 식사태도가 아니다. 영빈은 자존심이 상한다. 먹는 일에 열중한 여자를 여유 있게 뜯어본다. 삼십 년 동안의 매혹이 어이없어진다. 아무리 봐도 현금은 미스 코리아나 탤런트하고 헷갈릴 만한 데라곤 털끝만큼도 없다. 그런 통념상의 미인을 신봉하는 눈으로 본다면 차라리 추녀에 가까울지도 모르겠다. 아무하고도 바꿔치기 할 수 없는 비주류의 미라고나 할까. 걸려들기가 잘못이다. 그런 생각 때문에 현금이 이혼했다는 사실에 별로 놀라지 않았다. 오히려 나 결혼한 몸이야, 어쩌구 했으면 이상했을 것이다. 현금이 세 사람 중 제일 먼저 결혼했다는 건 광한테서 예전에 듣고 있었다. 그럼에도 불구하고 현금이 영빈아, 하고 부른 순간부터 그녀는 다만 현금이었던 것이다. 그녀에겐 소위 임자 있는 몸다운 소속감이랄까 딱지가 어디에도 안 붙어 있다.

"난 느네가 이사 갔다는 거 느네 집에 능소화가 피지 않는 걸 보고서 처음 알았어. 되게 섭섭하더라. 우린 느네보다 몇 년 더 그 동네서 살았거든. 어쩜 이사 갈 때 능소화까지 파갔냐?"

"얘는, 멍청한 소리 하고 있네, 그때 우리 쫄딱 망해서 그 집 쫓겨났는데 무슨 수로 꽃나무를 파가냐? 파가길. 그 집 빼앗아 이사 온 아버지 친구도 우리 집에 전화 걸어 제일 먼저 한다는 소리가 어떻게 사느냐는 안부가 아니라 딴 정원수들은 다 잘 있는데 유독 능소화만 여름이 되도록 기척이 없다고 혹시 우리더러 죽이고 간 게 아니냐고 항의하는 소리였어."

"그럼 저절로 죽었단 말이지."

"저절로 죽긴 어떻게 저절로 죽냐. 자살을 한 거지."

"자살? 나무가 말야?"

"그래 그 나무는 나를 좋아했으니까. 나를 좋아하지 않음 내 창가에 어떻게 그렇게 예쁜 꽃을 피울 수가 있겠어. 우리 집 능소화처럼 화려하게 피는 능소화를 난 어디서고 본 적이 없어."

"그래도 그렇지 나무가 어떻게 자살을 하냐?"

"애 좀 봐. 왜 못 해. 나무는 자살할 수 없다고 누가 그래? 나무 우습게 보지 마라 너. 나무도 사랑을 잃으면 자살할 수도 있다는 걸 우리 집 능소화가 확실하게 보여줬잖아? 그래도 못 믿겠어?"

못 믿겠다면 무슨 일 낼 것처럼 눈을 똑바로 뜨고 다그쳤다. 입가엔 튀긴 빵가루 부스러기가 묻어 있고, 포크에는 돈까스 조각이 꽂힌 채였다. 영빈은 어이가 없어 그냥 픽 웃고 말았다. 현금도 따라 웃으면서 나머지 고기 조각을 입에 넣고 오물거리며 말했다.

"능소화가 만발했을 때 베란다에 서면 마치 내가 마녀가 된 것 같았어. 발밑에서 장작더미가 활활 타오르면서 불꽃이 온몸을 핥는 것 같아서 황홀해지곤 했지."

"어떻게 그 나이에 그런 불순한 생각을 할 수가 있냐?"

"잔다르크처럼 되는 꿈이 왜 불순해. 이 세상엔 분명히 자기를 희생할 만한 가치 있는 것이 있다고 믿어 의심치 않던 내 가장 순수했던 시절을 모독하지 마."

영빈이 성적인 상상력을 쑥스러워할 새도 없이 내과 병동에서 심영빈 선생을 찾는 원내방송이 울렸다. 그의 입원환자 중 상태가 급하게 나빠진 환자가 생긴 모양이다. 식사만 겨우 끝냈다 뿐 차도 마시기 전이었다.

"대견하다 야, 넌 그래도 이 병원에서 중요한 사람이구나. 차는 나 혼자 마셔도 되니까 어서 가봐."

"그래 갈게. 카운터에 메모 남겨줄래? 연락해서 만나고 싶어. 나라고 이렇게 줄창 바쁜 것만은 아냐. 분위기 있는 곳에서 천천히 시계 보지 않고 너하고 얘기하고 싶어."

그는 여자에게 다가가 귓전에 빠르게 속삭이고 자리를 떴다. 현금의 시야를 벗어난 그는 야호, 하면서 점프를 하고 싶은 충동을 못 이겨 에스컬레이터도 엘리베이터도 안 타고 계단을 이용했다. 계단을 두 개씩 뛰어올라도 속에서 자꾸 힘이 남아도는 걸 주체할 수가 없었다. 집에서 기르는 요크셔테리어 생각이 났다. 줄창 아파트에만 갇혀 사는 강아지를 한 달에 한두 번쯤 그가 데리고 산책을 시킬 적이 있다. 그럴 때면 강아지는 너무 좋아 몸을 길길이 솟구치면서 앞서가곤 했다. 어떤 때는 솟구친 몸을 공중에서 회오리바람처럼 한 바퀴 돌릴 적도 있었다. 동물 아니면 표현할 수 없는 환희의 극치였다. 영빈도 지금 그러고 싶은 거였다. 남의 이목만 아니라면 공중으로 솟구쳐 한 바퀴 회오리바람을 일으키면서 야호, 현금이가 이혼했대,라고 외치고 싶었다. 처음 들었을 때 하나도 기쁜 줄 몰랐었는데 지금 가슴에서 회오리바람을 일으키고 있는 환희의 정체는 바로 현금이 이혼했다는 사실이었다.

현금이 남기고 간 메모의 전화번호 밑에는 '남자의 커피까지 마시고 난, 할 일 없는 여자는 쓰네'라는 추신이 붙어 있었다. 영빈의 내부에서 다시 한 번 참을 수 없는 기쁨과 불안이 소용돌이쳤다. 그건 일탈(逸脫)의 예감이었다. 그는 아직까지 한 번도 어머니의 기대와, 학교와 병원이라는 제도권의 테두리를 벗어나본적이 없다. 전화번호는 쉽게 입수했지만 통화는 쉽게 되지 않았다. 그가 전화를 걸 때마다 부재중이었다. 신호음이 세 번만 울리고 나면 전화를 받을 수 없으니 메모를 남기라는 녹음이 나왔다. 그 소리가 현금의 목소리가 아니어서 그는 메모를 남기지 않았다. 현금이 전화번호를 일부러 틀리게 가르쳐줬을 것만 같았다. 모르는 집에 자기 목소리를 남기기가 싫었다. 제도권이 그에게 가르쳐준 처세술은 그렇게 완강했다. 초조하고 불안해진 나머지 그는 비슷한 꿈을 되풀이해서 꾸었다. 꿈속에서 그는 부화하지 못한 새가 되었다. 날개와 부리와, 날고 싶은 욕망까지 다 형성이 되었건만 그의 부리는 그를 둘러싼 껍질을 깨뜨리기엔 역부족이었다. 완강한 껍질과의 악전고투 끝에 깨어나면 그는 젖은 새처럼 지쳐 있곤 했다. 여러 차례 허탕을 치고 나서 마침내 용기를 내어 나 영빈인데, 만날 어딜 그렇게 싸다니냐? 하고 말을 걸었다. 다음 말을 하기도 전에 냉큼 현금이의 목소리가 들렸다. 반가운 김에 그럼 여태 집에 있고도 전화를 안 받았느냐고 짜증을 냈

더니,

"그럼 날더러 누군지도 모르고 전화를 받으란 말이야? 바빠 죽
겠는데…… 넌 그럼 문밖에서 누가 초인종만 누르면 누군지 미
리 알아보지도 않고 문부터 확 여냐?"

분명히 억지는 억지인데도 지당한 말을 들은 것처럼 영빈은 반
박할 말이 생각나지 않았다. 누군가에게 휘둘리고 있다는 게 이
렇게 좋은 것을, 하는 생각까지 들었다. 그 후 두 사람은 주로 현
금이 원하는 장소에서 현금이 괜찮은 시간에 잠깐씩 데이트를 즐
겼다. 영빈은 만날 때마다 조급증을 자제하지 못했다. 감히 흑심
같은 걸 품어서가 아니라 그동안 뭘 하고, 무슨 생각으로, 어떻게
살았는지, 그가 모르는 현금의 삼십 년 동안을 파악하고 싶어서
몸이 달았다. 현금은 신세한탄 같은 걸 할 여자도 아니었지만 군
데군데 비밀을 장치해놓고 어줍잖게 자신을 신비화시키려는 잔
재주도 부릴 줄 몰랐다. 있는 그대로 턱 쳐들고 당당하게 굴듯이,
살아온 그대로에 너무도 당당했다.

내가 중학교 일 학년 때 아버지 사업이 쫄딱 망했다. 그 해는
여러 가지로 재수없는 해였다. 다섯 살 때부터 피아노를 배워온
나는 중학교도 예능계를 쳤는데 보기 좋게 미끄러져서 일반 중학
교로 진학을 해야 했다. 나는 그때까지도 내가 피아노에 소질이

없다는 걸 잘 몰랐다. 피아노 선생은 언제나 엄마 아버지 듣기 좋은 말만 했고, 아버지는 음악은 돈 있는 집 자식이나 한다는데 우린 돈이 있으니까 너는 문제없다고 늘 나에게 용기를 주었다. 큰 신문사에서 하는 콩쿠르에서 일등이나 이등 먹는 순서까지 돈으로 정해진다고 생각하는 이가 아버지였다. 콩쿠르에 입상하고 나서 교향악단과 협연하고 줄리어드로 유학 가고, 세계적인 콩쿠르에 나가고, 귀국독주회를 찬란하게 열고 그게 아버지의 꿈의 순서였다. 아들 셋에 막내로 딸을 본 아버지는 나에게 사족을 못 썼다. 오빠들이 평범하고 착실하여 별로 돈 들 일 없이 자라는 게 아버지는 오히려 불만스러웠던 것 같다. 너에겐 돈을 팡팡 써도 안 아까우니까 건수만 만들라는 투였다. 그러나 내가 돈의 위력을 안 것은 아버지가 돈을 잃고 무일푼이 된 후였다. 아버지는 피신을 하고 능소화가 있는 집은 아버지 친구한테 넘어갔다. 오빠들은 친할머니한테로, 나하고 엄마는 외할머니한테로 당분간 가 있기로 했다. 외가가 더 넉넉하기 때문이었다. 아버지는 곧 죽어도 여자가 고생하는 건 못 보는 사람이었다. 아버지 친구는 나쁜 사람인 줄 알았는데 좋은 사람이었다. 그런 방법으로 아버지 곤경을 면하게 해주었고 나중에 아버지가 재기하는 데도 그 사람의 도움이 컸다고 한다. 그렇지만 그때는 그 사람이 아버지의 전 재산을 뺏은 사기꾼같이만 여겨져서 그 사람에게 눈을 보얗게 흘겨

주었다. 그래도 그 사람은 내가 우리 집안의 공주마마라는 걸 알아보고 나한테 잘해주려고 무진 애를 썼다. 엄마의 화류장농이나 응접실에 있는 대물림의 고가구들은 다 못 가져가게 했지만 나한테는 뭐든지 원하는 대로 가져가도 좋다고 했다. 나는 내 그랜드 피아노를 가져가겠다고 했다. 그는 쾌히 승낙을 했다. 나는 내가 외갓집에 가 있게 되었다고 해서 조금도 불안하거나 기죽지 않았다. 나는 늘 외갓집에서도 공주님 대우를 받았고 특히 외할머니가 나한테 절절매는 건 아버지보다 더하면 더했지 조금도 덜하지 않았으니까. 사촌 언니 오빠들도 다 나를 귀여워했다. 외갓집은 명륜동에 있는 오래된 한옥집이었다. 외할머니는 슬픈 얼굴로 우리를 맞았지만 외숙모는 보통 때보다도 더 호들갑스럽게 우리를 환영했다. 그러나 뒤따라오는 짐이 그랜드 피아노라는 소릴 듣고는 안색이 변했다. 방이 여럿이고 사랑채까지 따로 있는 상당히 큰 한옥이었지만 칸살은 양옥에 비해 작았다. 대청마루가 가장 큰 공간인데 거긴 이미 사촌 언니들이 치는 피아노가 놓여 있었다. 설사 그 피아노가 없다고 해도 그랜드 피아노를 놓고 운신할 만한 넓이는 못 됐다. 외숙모는 처음에는 설마 그런 일이 정말로 일어나는 건 아니겠지, 믿을 수 없는 표정이더니, 인부들이 대여섯 명이나 들이닥쳐 어디다 놓을갑쇼, 하면서 집 안을 여기저기 기웃대는 걸 보고서야 비로소 현실감이 든 것 같았다. 대문 밖으로 뛰어나가 집채만 한 그랜드 피아노를 확인하더니 대경실색, 엄마를 마치 살짝 돈 사람 취급을 했다. 고모 지금 제정신이야? 고모부 사업 실패한 건 안됐지만 한때 떵떵거리고 살다 보면 그럴 수도 있는 거잖우. 이렇게 타이르는 조로 나오는 외숙모를 엄마는 같잖다는 듯이 흥 하고 콧방귀를 한 번 뀌고 나서, 그래서? 하고 시비조로 나오니까 외숙모도 지지 않고 몸을 뒤로 활처럼 휘고는 삿대질까지 하면서 악을 썼다. 그래선 뭐가 그래서야. 똑똑히 알아두라구. 지금 고모 처지가 집도 절도 없이 식구들이 뿔뿔이 헤어져 친정에 얹혀살러 오는 주제야. 두 몸을 한 몸처럼 오그려도 눈에 거슬릴 판에 그랜드 피아노가 아랑곳이야? 도대체 무슨 위세야. 보다시피 우리 집에 그거 놓을 자리가 어딨어? 지금 방 한 칸 치워놓는 것도 내 자식들 불편하게 하면서 내가 이게 무슨 팔잔가 싶어 속이 부글거리는 판에 뭐 그랜드 피아노? 정 내 집에 들이려면 현금이더러 제 방에 이고 앉았으라고 해요. 나를 들먹이자 엄마는 더 서슬이 퍼래졌다. 현금이 피아노는 대청마루 한가운데다 놓을 테니 그런 줄 알아요. 이 집은 아버지 유산이니까 나도 반은 내 마음대로 쓸 수 있는 권한이 있다고 생각해요. 현금아, 너 하나도 기죽지 말고 온 집 안이 쩡쩡 울리게 매일매일 피아노 연습해야 된다. 대청마루에서 당당하게 알았지? 외숙모가 회까닥 돈 것처럼 입에 거품을 물고 악을 썼다. 아니 딸년은 다 도둑년이라지만 아무리 알거지가 됐기로서니 세상에, 넘볼 게 따로 있지 시부모 모시고 조상 제사 지내는 장손이 달랑 집 한 채 물려받은 걸, 글쎄 출가외인이 반을 쪼개달라는 일이 세상천지 이 집구석 말고 어디 또 있을까. 외숙모가 흥분할수록 엄마는 유들유들해졌다. 남을 약 올리는 실력에 있어서는 엄마가 한 수 위였다. 출가외인 좋아하네, 꽉꽉 돈 쓸 때는 세상에 없는 효녀처럼 추켜세우더니 며칠 신세 좀 지러 왔다고 출가외인이라. 내가 오빠보다 이 집에 못 한 게 뭐가 있는데? 내가 없었으면 이 집도 유지 못 했어. 다 알면서 왜 이래요. 잊어버렸으면 다시 한 번 읊을까요? 엄마는 이러면서 외삼촌이 몇 번씩 잡혀먹은 집 찾아준 얘기, 외할아버지 입원했을 때 엄마 혼자서 음식 해나르고 입원비까지 전담한 얘기, 장례식 때 엄마 쪽에서 들어온 부의금이 훨씬 더 많았는데도 장례비로 쓰고 남은 돈을 엄마는 한 푼도 안 찾아간 얘기, 외할머니 회갑 때 해드린 패물과 옷의 목록을 일일이 열거를 하고 나서 그 값이 아들이 부담한 잔치 비용의 열 곱은 될 거라는 둥, 다달이 드린 용돈이 얼만데 만날 돈 없다고 칭얼대시는 걸 보면 그것까지 외숙모나 아이들이 알겨먹었을 거라느니…… 나는 엄마의 너절한 이야기에 치를 떨었지만 이왕 시작한 토악질, 똥물까지 토할 때까지 기다릴 수밖에 없었다. 외숙모도 그런 심정으로 끝까지 들어줬는지 한결 싸늘해진 표정으로,

좋다. 그럼 안 말릴 테니 집을 반으로 딱 잘라가지고 내 눈앞에서 썩 꺼지라는 판결을 내렸다. 그래도 엄마가 외숙모보다 한 수 위였다. 이까짓 집은 잘라다 뭣에다 쓰게? 내가 지금 아쉬운 건 불쏘시개가 아니라 우리 모녀 남의 눈치 안 보고 발 뻗고 잘 수 있는 몇 평 땅이라우. 그러면서 그 유들유들하던 엄마의 목소리에 미미하지만 흐느낌이 섞였다. 외할머니까지 나서서 엄마의 울음에 힘을 실리자 집안은 아수라장이 되었다. 그때부터 나는 아무 소리도 알아들을 수가 없었다. 마침 외삼촌이 들어왔다. 듣기 싫다는 일갈에 여자들은 거짓말처럼 입을 다물었고, 외삼촌은 그랜드 피아노를 대청마루 한가운데다 놓을 것을 지시했다. 그때부터 외갓집에 얹혀 사는 일 년 남짓한 동안 한 번도 그때 외삼촌이 단칼에 평정한 분란이 재발하는 일은 없었다. 그의 평정은 완벽했다. 나는 외삼촌의 배려로 피아노를 계속할 수 있었지만 레슨도 연습도 피아노 선생 집에 가서 한다는 조건이었다. 그랜드 피아노는 앉을 자리를 얻었을 뿐 소리를 낼 수는 없었다. 그래도 쓸모가 아주 없는 건 아니었다. 나 대신 구박을 받는 거였다. 외숙모는 부엌에서 마루로 올라올 때도 안방에서 건넌방으로 건너갈 때도 피아노를 안 보려고 고개를 외로 꼬고 다녔다. 우리가 외갓집에 얹혀 사는 동안 외숙모의 고개는 아마 30도쯤 기울어졌을 것이다. 사촌들은 나 보란 듯이 피아노를 한 번씩 걷어차고 다녔다.

외할머니와 외삼촌의 배려로 외갓집에서도 좋은 음식만 골라 먹고, 좋은 옷 입고, 용돈도 궁하지 않았건만 한참 자랄 나이에 체중이 늘지 않았고, 멘스가 다 끊겼다. 한지붕 밑에 사는 식구끼리의 관계가 원활하지 못하다는 게 나의 성장을 일시적으로 멈추게 했다. 그러나 그동안 정신은 획기적인 발전을 했다고 생각한다. 그건 사람과 사람 사이를 원활하게 움직여주는 힘은 결코 사랑 따위가 아니라 돈이라는 걸, 확실하게 알아버렸기 때문이다. 엄마와 외숙모는 인두겁 뒤의 숨은 오장육부를 까발려 그 사실을 적나라하게 보여주었던 것이다.

아버지가 재기하여 식구들이 다시 한지붕 밑에 모여 살게 되었다. 나는 예고에 진학하는 데 실패했지만 외갓집에서 보낸 동안이 공백기간으로 인정돼 아무도 탓하거나 섭섭해하지 않았다. 고등학교 삼 년 동안 아버지가 아낌없이 돈을 쏟아부은 덕인지 내 쥐꼬리만한 소질 덕인지, 비록 부모의 기대에 미치는 대학은 아니지만 음대에 진학할 수 있었다. 졸업하고는 줄리어드는 아니지만 미국으로 유학도 다녀왔다. 비록 피아노 공부를 도중에 포기하긴 했지만 가보길 참 잘했다고 생각한다. 내 또래 중에 나 정도로 피아노를 치는 사람은 쎄고 쎘다는 것을 알게 되었기 때문이다. 아버지는 음악은 돈이 있어야 할 수 있다는 것만 알았지 돈으로 극복할 수 없는 경지가 음악처럼 빨리 보이는 예술도 없다는 건 미처 몰랐던 것이다. 나의 이런 지적을 아버지는 순순히 받아들였다. 내가 뭐 나 좋자고 그 돈 많이 드는 피아노를 시킨 줄 아냐? 다 너 시집 잘 보내려고 한 노릇이지, 내가 돈은 좀 벌어놨다만 재벌 축엔 못 들잖냐? 부족한 걸 돈이 많이 드는 예술이라는 걸로 벌충해서 어떤 재벌가나 세도가 집안하고 혼사를 맺게 되더라도 꿀리지 않게 해주고 싶었단다. 아버지에게 그런 열등감이 있는 줄은 몰랐다. 그 후 아버지는 또 한 번 사업상의 불운을 겪고 재기하지 못한 채 돌아가셨다. 그때 이미 오빠들은 은행이나 대기업에 취직하여 일가를 이루고 안정된 생활을 할 때라 타격을 받은 건 나 혼자였다. 나는 돈이 있다가 없어지면 사람이 어떻게 된다는 데 대해 공포감을 가지고 있었다. 명륜동 외갓집에서 엄마하고 외숙모하고 악다구니를 치던 말들을 한마디도 잊지 않고 기억하고 있었다. 그 후 그 집에서 겪은 일 년 동안의 평화가 얼마나 참을 수 없는 침묵이었다는 것은 더군다나 어찌 잊으랴. 나는 돈 없이 가난뱅이로 사느니 차라리 죽는 게 낫다고 생각했다. 내가 좋아하는 건 돈밖에 없다는 건 태어날 때부터 이미 운명 지워진 것이라는 생각까지 들었다. 내 이름은 아버지가 멋 부려 짓느라고 몇 날 며칠 머리를 굴렸다고 하는데 아버지가 멋 부린 아리송한 안개만 걷어버리면 곧장 돈[現金]이 되는 것까지 나는 거역할 수 없는 팔자처럼 생각했다. 내가 마음만 먹으면 당장 결혼할 수 있는 남자를 서너 명도 더 내 주위에 거느리고 있다고 믿었는데 그중 돈 있는 남자는 한 사람밖에 안 됐다. 나는 골라잡고 말 것도 없이 그 남자와 결혼하기로 했다. 현금을 많이 가진 것으로 그 바닥에선 소문난 사채업자의 아들이었다. 한 번도 돈을 벌어본 적이 없이 돈 쓰는 것만 좋아하는 외아들 때문에 골치를 썩이던 남자의 집에서는 나를 며느리로 맞이하면서 아들이 심기일전하기를 바라는 것 같았다. 나는 만날같이 놀러만 다닐 수도 없고, 남자가 온종일 집에 붙어 있기는 더욱 못할 노릇일 테니, 아침이면 집을 나갈 수 있는 소일거리를 마련하기 전엔 결혼해줄 수 없다고 일단 한 번 튕겼다. 내 말을 그대로 집에다 전한 듯했다. 그의 집에서도 오래 기다리고 바라던 바라고 레스토랑이나 카페나 그런 걸 내주고 싶어했다. 마땅한 장소를 물색하고 업종을 정하는 구체적인 일은 결혼 후로 미루고, 우리는 식부터 올리고 하와이로 호화판 신혼여행을 갔다. 첫날밤을 치르고 나서 남편이 된 그가 너 처녀가 아니었지? 하면서 나를 때리려고 했다. 그가 폭력을 행사하기 일보 직전에 잽싸게 그의 팔목을 잡아 비틀면서 넌 그럼 총각이었냐고 따졌다. 팔목을 얼마나 몹시 비틀었던지 그는 대답 대신 비명을 질렀다. 그는 허우대만 그럴듯했지 저력이 없었다. 반면 이십 년 이상 피아노 건반을 두드려온 내 손힘은 내가 생각해도 신기할 정도로 강인했다. 바로 이 순간을 위해 아버지는 그 많은 돈을 들이고, 나는 하루도 쉬지 않고 건반을 두드려댔구나, 감개무량해하며 느긋하게 나의 악력(握力)을 시험했다. 잘못했으니 제발 이 손 좀 놔달라는 신랑의 애원을 듣고서야 나는 그를 놓아주었다. 남편은 두 번 다시 그런 걸 묻지 않았고 때릴 엄두는 더군다나 못 냈다. 술버릇이 좋지 않아 술김에 유흥가 여자를 패서 그 뒷수습에 골치를 썩인 일이 한두 번이 아닌 그의 부모는 며느리가 맞지 않고 사는 것만 보고도 아들이 사람 됐다고 기특하게 여겼다. 우리는 곧 따로 살림을 났고, 돈을 물 쓰듯 하는 재미로 시간 가는 줄 모르고 재미있게 살았다. 그렇게 사는 십여 년 동안 레스토랑이니 카페니 디스코텍이니 하는 집들을 대학로나 신촌 양평 등지에 개업했다가 싫증이 나면 권리금 받고 팔아넘기기를 기분 내키는 대로 되풀이했다. 신경 안 쓴 깐으로는 그다지 손해본 것 없다고 흰소리쳤지만 그와 그의 아버지는 돈 계산하는 방법이 근본적으로 달랐다. 아버지는 금리 계산에 철저했지만 그는 본전만 따졌다. 그는 돈 버는 일엔 소질도 없고 취미도 없거니와 돈 때문에 어디 매이는 건 더욱 질색이라고 아버지 앞에서도 서슴없이 밝혔다. 그래, 밑으로 새지만 않으면 위에서 아무리 퍼내도 내 돈 바닥나는 일은 없을 테니 쓰고 싶은 대로 쓰되 애비 모르는 빵꾸는 내지 말도록 하라는 게 그 노인의 아들에 대한 최소한의 기대였다. 그는 즐기면서 되는대로 살고 싶어했다. 나도 되는대로 사는 데는 동감이었다. 그러나 그도 모르는 나만의 원칙은 있었다. 나는 그와 쾌락은 공유하되 다른 공유물을 갖고 싶지 않았다. 그건 순전히 나 혼자만의 결정이었기 때문에 그와 의논하지 않고 나만의 피임법을 철저히 지켰다. 또 하나는 아무리 그가 원해도 나 하기 싫은 건 안 하고 사는 거였다. 나는 그를 위해 밥 짓고 반찬 만들기가 싫었다. 친정에서도 안 해본 짓이 그 일이었다. 집에서는 가정부 아니면 파출부를 부렸고 맛있는 집은 원근을 가리지 않고 찾아다니면서 식도락을 즐겼으니 내가 밥 짓고 반찬 할 겨를도 없었다. 남들처럼 집들이라는 것도 해봤지만 요리사를 불러다 시켰다. 그때 엄마가 와서 도와주고 싶어했지만 나는 질겁을 하고 말렸다. 우리 엄마가 행주치마 두르고 내 집 부엌에 선다는 건 생각만 해도 심청이보다 더 뜨거운 효심이 북받쳐서 참을 수가 없었던 것이다. 그러나 나도 남편을 위해 먹을 것을 만들기가 싫다는 걸 알아낸 것은 그보다 훨씬 뒤였다. 아마 결혼생활을 십 년도 더하고 나서였을 것이다. 단지 싱싱한 칼치회를 먹기 위해, 또는 맛있는 두부를 먹기 위해 제주도나 강릉으로 날아가는 것도 불사하던 식도락에 권태가 왔을 때 입주 가정부도 집에 무슨 일이 생겨서 다니러 가고 없었다. 한 끼 간단히 때울 거면 동네 상가에도 얼마든지 음식점이 있는데 그는 나가기도 귀찮다며 내가 한 밥 한 끼 얻어먹는 게 소원이라고 색다른 주문을 했다. 그때까지도 나는 그에게 그의 부모가 봐도 흠잡을 나위 없는 남편 대접을 해주며 살아왔다고 여겼는데 그게 아니었나 보다. 나는 그의 당연한 요구를 꼴값하고 있다고 생각했다. 나는 밥 할 줄 모르니까 나가서 사먹자고 했고, 그는 죽이 되든 밥이 되든 상관없다, 집 밥이면 족하다고 계속 고집을 부렸다. 집 밥이란 말이 이상해서 가정부가 한 밥은 집 밥이 아니고 뭐냐고 물었다. 그는 그건 하숙밥이지 집 밥이 아니라고 했다. 어디서 들은 풍월인지 하숙밥 너무 오래 먹으면 골속에서도 뼛속에서도 진기가 빠져버린다는 소리도 못 들었느냐, 지금 내가 바로 그런 심각한 영양부족 상태라고 엄살을 부렸다. 그래도 내가 밥 지을 척을 안 하자 집 밥이 아니면 굶겠다고 공갈을 쳤다. 그는 정말 굶기 시작했고, 나도 바깥에 못 나가게 했다. 손목을 비틀어본 경험이 있는지라 몸싸움을 불사한다면 나 혼자서 사먹고 들어오는 건 문제도 없다고 생각했지만 왠지 그러기가 싫었다. 검은 머리 파뿌리가 되도록은 아니라 해도 십여 년을 같이 산 남자를 그렇게까지 비참하게 만들어선 안 될 것 같은 생각이 들었다. 그는 꼬박 이틀을 굶었다. 참을성 없는 그가 그런 일을 할 수 있으리라고는 그 자신도 뜻밖이었을 것이다. 나도 같이 굶으면서 그를 위해 밥을 짓기는 죽어도 싫다는 내 마음을 섬뜩하도록 명료하게 들여다보고 있었다. 배고픔은 고통스러웠지만 황홀했다.

옛날 여자들이 정절을 지키는 것도 이런 자기 도취 때문이 아니었을까. 아무렇게나 사는 줄 알지만 이 정도의 원칙은 지키며 산단다. 어딘가에서 지켜보고 있을지도 모르는 내 삶의 목격자를 향해 그래주고 싶은 거였다. 엉뚱하게도 나는 그런 내 마음을 옛날 여자들의 정조관념과 동일시하고 있었다. 사흘째 되는 날 가정부가 돌아왔다. 사흘 만에 배불리 먹고, 미친 듯이 서로의 몸을 탐하고, 그리고 아무 일도 없었던 것처럼 다시 되는대로 살기 시작했다. 그 후 헤어질 때까지 다시는 내가 지은 밥을 먹고 싶다고 말하지 않았다. 그건 그의 권한 밖이라는 걸 알아버린 듯했다.

우리 사이에 금이 가기 시작한 것은 그때부터였을 것이다. 나는 문득문득 골속에서도 뼛속에서도 진기가 빠져버렸다던 그의 말을 떠올렸다. 집 밥이 필요한 건 내가 더하다는 생각이 들기 시작했다. 우리 사이에 쾌락은 있었지만 기쁨은 없었다. 쾌락은 자꾸 탐하면 물리게 돼 있다. 우린 다 같이 지쳐가고 있었다. 우리에게 결핍된 건 기쁨이었다. 피고 지는 꽃처럼, 퍼내고 나면 다시 솟는 샘물처럼, 새로 태어나는 기쁨이 우리 사이엔 없었다. 그가 병원에 같이 가보자고 했다. 손자를 기다리는 부모님을 위해서라도 최소한의 노력은 해보고 싶다는 거였다. 부모님은 핑계일 뿐 우리 생활에 돌파구가 필요하다는 건 그 자신의 갈망이라는 걸 내가 모르고 있을 리 없었다. 그는 내가 피임을 하고 있다는 걸 모르고 있었다. 늦둥이라는 말도 있긴 하지만 특수한 경우고, 보통 여자의 가임기가 얼마 안 남았을 때였다. 사는 게 견딜 수 없이 지루해서 도대체 얼마나 더 살아낼 수 있을까 막막할 때이기도 했다. 나는 그에게 거짓말을 시켰다. 내가 병원에 안 가봤을 것 같으냐. 벌써 가봤는데 불임의 원인은 나한테 있다고 하더라고 둘러댔다. 그는 마음으로부터 슬퍼하는 것 같았다. 부모님한테는 불임의 원인이 자기에게 있는 것처럼 말하겠다고 했다. 그는 그렇게 착하고 단순한 데가 있었다. 우리처럼 나태하고 황폐한 인간도 아이만 생기면 달라질 수 있다고 믿는 것도 그런 단순성 때문이었을 것이다. 나는 그의 부모에게 불임의 원인은 나에게 있다고 말하면서 이혼하고 싶다고 했다. 은근히 손자를 기다리던 노인들은 요새 세상에 아이 못 낳는다고 조강지처 내치는 법은 없다지만 네가 알아서 그렇게 해주겠다면야 어쩌겠느냐는 투로 마지못한 척 승낙을 했다. 돈 많은 시부모의 동정심을 충분히 산 나는 넉넉한 위자료를 받고 물러났다. 나는 돈 많은 사람들이 어떻게 돈을 쉽게 버는지 알고 있었기 때문에 아무리 많은 위자료에도 질리지도 않았지만 감사할 줄도 몰랐다. 시누이 부부는 미국에 살고 있었고, 시아버지는 그 사위와 손발이 잘 맞아 해외로 재산을 도피시키고 싶어하는 부자들을 도와 막대한 차익을 남기는 일도 하고 있었다. 그런저런 일로 나에게 인색하지 않게 해주는 게 후환이 없다고 생각한 듯했다.

호적을 가르고 나서 제일 먼저 하고 싶었던 것은 내 안의 나태를 극복하는 일이었다. 나는 단순 소박하고 외롭게 한번 살아보고 싶었다. 그러기 위해서는 나 자신과 구별이 안 되는 나태라는 악령 먼저 몰아내야 한다고 생각했다. 일단 그런 생각이 들자 육체노동에 대한 갈망이 신흥종교에 대한 광신처럼 걷잡을 수 없이 나를 사로잡았다. 내가 이상으로 삼은 정직하고 순결하고 최소한의 보상을 받을 수 있는 육체노동의 본이 농사였다. 본보기는 제대로 정했다고 생각한다. 생각만으로 벌써 딴 사람이라도 된 것처럼 신바람이 났다. 처음에는 엄마까지 적극적으로 호응해주었다. 도시생활의 소요와 퇴폐에 지친 딸이 전원생활을 꿈꾸는 것으로 말귀를 잘못 알아들은 거였다. 그게 아니라는 걸 누누이 설명해봤댔자 농사는 아무나 짓는 게 아니라는 연민 어린 말뿐, 상대도 해주지 않았다. 행동으로 보여줄 수밖에 없다고 생각했다. 먼저 농토를 장만하자. 농사는 땅이 있어야 지을 수 있으니까. 땅을 사는 일에 엄마의 협조를 얻는 것은 뜻밖에 쉬운 일이었다. 위자료를 허투로 탕진하지 않고 토지에 투자하고 싶은 것으로 여긴 것 같았다. 내가 엄마의 협조를 얻고 싶었던 것은 시골에 연줄이 있는 친척은 외할머니 쪽밖에 없었기 때문이다. 팔순의 노구에도 자식들에게 의지하지 않고 혼자서 시골집을 지키는 외할머니의 사촌동생 집을 거점으로 마땅한 땅을 알아보러 다니는 사이에 건강한 노동력으로 지을 수 있는 적당한 농토가 이천 평 정도라는 것도 알아냈다. 나는 주민등록까지 이모할머니네로 옮기고, 기분 내킬 때 옷 한 벌 사는 것처럼 아무렇지도 않게 논과 밭을 합해 이천여 평을 장만했다. 누가 말리고 말 새도 없었다. 도시에 나가 별로 잘된 자식이 없는 이모할머니네 집은 불편하고 누추했지만 그런 생활에 적응하는 것도 농사지을 각오를 다지는 방편이라고 생각했다. 그러나 농사는 아무나 짓는 게 아니라는 걸 뼛속까지 절절하게 느끼기까지 일 년도 채 걸리지 않았다. 내 딴에는 몸을 사리지 않고 농사꾼 노릇을 했다고 생각하지만 서툴게 농사의 흉내를 낸 것에 불과했나 보다. 그런 얼토당토않은 왕초보가 유기농까지 해보겠다고 날쳤으니 마을 사람들 눈에 얼마나 꼴불견으로 보였을지는 말해 무엇하랴. 나의 논밭이 남의 논밭에 비해 눈에 띄게 황폐해 보이는 것도 자존심이 상했지만 솔직히 말하면 나는 겁에 질려 있었다. 한여름 동안의 나의 피부는 한꺼번에 이십 년은 더 늙은 것 같았고, 자외선 크림을 아낌없이 처바른 얼굴과 팔다리는 벌이나 파리 모기의 좋은 공격대상이 되었다. 이모할머니를 비롯해서 그 마을에 남아 있는 이들은 거의 다 일생을 농사일에 바쳐온 여자 노인들인데 자세히 보면 체형이 도시의 노인들과 현저하게 달랐다. 어깨, 허리, 팔, 다리, 손목, 발목, 걸음걸이까지 이상하게 굽고 비뚤어져 있었다. 나의 나태가 그들을 그렇게 만들었다고 누가 나를 단죄한다 해도, 그저 죽여줍쇼 하고 순종할 각오까지 있다고 해도 그들처럼 새까맣고 쭈글쭈글한 피부로 그들처럼 어기적어기적 걷기는 싫었다. 나의 긴 머리를 베어 그들의 신을 삼고 싶을 만큼 그들을 존경한다 해도 그들처럼 되기는 싫었다. 앉으나 서나 주님밖에 모르는 골수 예수쟁이들도 십자가에 못 박히기는 싫어할걸. 나는 나의 허위의식을 이렇게 어거지로 합리화시키면서 그 해가 가기 전에 이모할머니네를 떠났다. 그분이 생존해계시는 동안 기름값은 보장하기로 하고 보일러를 설치해드리는 걸로 숙식을 제공해준 데 대한 보답을 대신했다. 그동안 공짜로 얻어먹은 것도 아니고, 내가 낸 밥값에 비해 그 집 음식의 조악함은 끔찍할 정도였기 때문에 그 정도면 할 도리를 다했다고 생각했다. 이모할머니는 나한테 기름값을 삼 년도 못 얻어쓰고 돌아가셨다. 그러나 그 삼 년 안에 내가 사놓은 땅값은 믿을 수 없을 만큼 높이 뛰었다. 가까이에 스키장이 들어서게 되었다고 했다. 엄마는 내가 절대로 농사를 지을 수 없다는 걸 알고도 땅 사는 걸 적극적으로 말리지 않은 건 땅에 투자해서 망한 사람은 못 봤기 때문이라고 좋아해주었다. 전남편까지도 어디서 그 소문을 들었는지, 너한테 그런 재주가 있는 줄은 몰랐다, 너하고 이혼하고는 마치 어린애 물가에 내보낸 것처럼 하루도 마음이 안 놓였는데 이제부터는 안 그래도 될 것 같다는 축하인지 비아냥거림인지 모를 전화를 걸어주었다. 그러나 나는 이모할머니네 가서 어설프게 농사놀음을 한 생각만 하면 부끄럽고 부끄러워 자취도 없이 꺼지고 싶었다. 그 목격자들이 어서 죽어버렸으면 하는 생각에 스스로 소스라칠 적도 있었다. 그런 같잖은 짓을 하기 전으로 돌아가 다시 살고 싶었다. 딴 어떤 짓을 해도 그 서툴고 즉흥적인 농사놀음보다는 나을 것 같았다. 농사놀음의 후유증인지 철이 좀 난 건지 돈과는 상관없이 무언가 밥벌이를 하면서 살아야 하지 않을까 하는 생각은 그 후에도 한동안 나를 괴롭혔다. 내가 사람을 잘 안 만나고 집에만 틀어박혀 있자 호텔에서 이태리 식당을 하는 친구가 저녁때 한 시간씩 나와서 피아노를 쳐주지 않겠느냐고 했다. 세미클래식이나 영화음악 같은 것도 좋고 클래식도 괜찮다고 했다. 꽤 괜찮은 보수를 약속했고 원하면 몇 군데 더 알선해주는 것도 문제없다고 했다. 전공도 살리고 돈도 벌 수 있는 일자리가 나를 위해 남아 있다니, 꿈만 같았다. 그러나 나는 농사놀음 때처럼 허둥거리지 않고 신중을 기했다. 생각하고 또 생각한 끝에 아까운 일자리를 거절했다. 오랫동안 뚜껑도 안 열고 끌고만 다니던 피아노를 조율하고 연습을 하는 대신 거울에 내 모습을 비춰보면서 아직도 아름다운가 무슨 옷을 입을까, 화장은, 표정은, 하고 내 미모를 팔 생각만 하고 있는 자신을 발견했기 때문이다. 나에게 그런 제안을 한 친구도 내 분위기의 상품가치를 인정한 것이지 피아노 실력 같은 건 아무래도 좋았을 것이다. 나는 다시는 그 함정에 빠지지 않을 것이다. 그러나 그걸 거절할 수 있는 건 역시 돈의 힘이 아닌가. 나는 내가 가진 넉넉한 돈에 감사하며 서서히 돈이 주는 향락의 세계로 복귀하고 있었다. 내 나이는 어차피 새롭게 시작하기보다는 놀던 물이 편한 나이였다. 밤새도록 춤추다가 전남편을 만난 적도 있었다. 여전했다. 세상에 잡놈, 잡년이 어디 하나둘인가. 아무렇지도 않았다.

어느 날, 이르지도 늦지도 않은 저녁시간에 집으로 돌아가다가 음료수를 사려고 슈퍼에 들렀다. 그날 모임은 내키지 않는 자리여서 나로서는 이른 귀가였지만 열시까지 하는 동네 슈퍼는 문닫기 직전이었다. 매장은 한산했지만 계산대를 지키는 여직원은 그곳을 놓여나기까지의 마지막 오 분이 몹시 힘겨운 듯 몇 안 남은 손님을 쓸어내버릴 것처럼 조급한 표정을 짓고 있었다. 아마 이런 분위기 때문이었을 것이다. 퇴근하는 길로 보이는 여자가 카트를 느리게 밀면서 꼼꼼하게 물건을 고르는 모습이 나도 모르게 신경이 써졌다. 두부, 콩나물, 시금치, 실파, 버섯, 생굴, 생선 토막 따위 반찬거리를 조금씩 사면서 하나하나 선도를 살피고 제조일자를 확인하는 걸 보면 알뜰주부는 틀림없겠는데 몸에 밴 직

장여성 티하곤 암만해도 안 어울렸다. 생수 파는 데서 나는 에비
안을 고르고 그 여자는 크리스탈을 골랐다. 우리 둘만 남았나 봐
요. 내가 먼저 말을 시켰다. 장보기를 빨리 끝내자는 뜻도 있었
다. 이맘때는 항상 이래요. 여자가 여유 있게 말했고, 나는 그럼
늘 이 시간에 장을 보느냐고 물었다. 그 여자하고 얘기를 더하고
싶어 나는 그 여자를 따라 멸치와 미역과 국간장 따위를 샀다. 그
러면서 그 여자가 늘 이 시간에 퇴근하는 건 아니고, 연말정산 때
문에 당분간만 그렇다는 것과, 혼자 산다는 것과, 피할 수 없는
회식이 있을 때를 제외하고는 꼭 집에 와서 밥을 지어 먹는다는
걸 알게 되었다. 그럼 지금 가서 밥을 지어 먹는단 말이죠? 저기
김밥도 있고 닭튀김도 있고, 간단히 한 끼 해결할 게 이렇게 많은
데……. 나는 별 딱한 사람 다 보았다는 듯이 반찬가게 쪽을 가리
키며 말했다. 그런 것만 먹고는 못 버텨요. 집 밥을 먹어야지, 오
래 직장생활 하다 보면 집 밥만 한 보약은 없다는 걸 알게 되지
요. 그 여자는 시장해 보였지만 생기가 없어 보이지는 않았다. 집
밥이란 소리에 이혼한 남편 생각이 났다. 남편이 먹고 싶어한 집
밥은 아내가 지어준 밥이었는데 저 여자는 제 손으로 지어 먹을
거면서도 집 밥이라고 하는구나. 좀 딱한 생각이 들었다. 그러나
오랜만에 들은 집 밥이란 말은 계속해서 내 의식을 갉죽거렸다.
집에는 간장도 있고, 된장, 고추장도 있었다. 산 게 아니고 친정

에서 갖다놓은 거였다. 어머니는 그런 걸 갖다줄 때마다 주문처럼 이제 그만 도깨비처럼 살고 사람 노릇 좀 하라는 잔소리를 빠뜨리지 않았다. 혼자 지어 먹는 것도 집 밥이 된다는 데 용기를 얻어 어느 날 집에서 밥을 지어보았다. 찾아보니 전기밥솥을 비롯해 냄비 후라이팬 등 밥과 반찬을 만들 만한 기구도 아쉽지 않게 갖춰놓고 살고 있었다. 밥을 안치고 나서 몇 가지 반찬을 만들기 시작했다. 밥이 뜸드는 냄새와 된장찌개, 굴비 굽는 냄새가 어우러지면서 이곳이 바로 사람 사는 집구석이로구나 하는 생각이 들었다. 그리운 냄새였다. 나는 밥 냄새를 통해 내 유년기와 맺어지고 있었다. 나는 그냥 되는대로 반찬을 만들고 있는 게 아니라 내 입맛을 형성한 시기의 맛을 흉내 내고 있는 거였다. 남자하고 살 때, 가정부도 음식을 만들려면 부엌에서 냄새를 풍겼다. 나는 집에서 그런 냄새가 나는 게 싫었다. 팬을 돌려도 음식 냄새가 완전히 가시는 건 아니었다. 나는 그것 때문에 늘 아줌마한테 짜증을 내곤 했다. 아줌마, 냄새 좀 안 나게 반찬 만들 순 없어요? 부엌은 기웃대기도 싫었지만 어쩌다 들여다볼 때면 이러면서 손사래를 쳤다. 집에서 그런 구질구질한 냄새를 피우기가 싫어서 그렇게 외식을 좋아했는지도 모르겠다. 마침내 다 된 밥과 끓고 익어가는 반찬의 냄새가 어우러져 더 이상 좋을 수는 없는 절정에 달했다. 오장육부가 아우성치듯 맹렬한 식욕이 솟구쳤다. 그러

나 꾹 참고 식탁 위에다 격식을 차려 밥상을 차렸다. 나는 반듯하
게 차린 밥상을 받으며 자랐다는 자의식이 아무도 보는 사람 없
는 데서도 그런 절차를 생략할 수 없도록 했다. 일단 상차림이 끝
나자 짐승처럼 게걸스럽게 먹기 시작했다. 그렇게 맛있는 식사는
생전 처음이었다. 나에게 음식솜씨가 있다는 것은 놀라운 발견이
었다. 이 나이에도 내 안에 발견할 게 남아 있었다는 건 또 얼마
나 신선한 충격이던지.

전남편은 재혼하여 자식도 보았다. 나는 마음으로부터 축하해
주었다. 그의 소식을 들을 기회도 많았고 가끔 만나질 적도 있었
다. 집에서 밥을 해먹게 되었다고 해서 그 사람하고 단골로 다니
던 유흥가를 아주 끊은 건 아니기 때문이다. 시간 가는 줄 모르게
하루를 흘려보내는 일에 도가 튼 패거리들은 거의 그와 공유한
친구들이었고, 나는 아직 혼자서 달리 시간을 보낼 수 있을 것 같
지가 않았다. 그는 기회 있을 때마다 나에게 보챘다. 전부인을 정
부로 만들고 싶어하는 이상한 남자의 버릇을 고쳐주기 위해 그를
집으로 초대했다. 그를 앉혀놓은 채 행주치마를 두르고 저녁식사
를 마련하기 시작했다. 그는 놀라서 멍청한 눈으로 나의 일거수
일투족을 바라보기만 했다. 내가 차린 저녁상에서도 그는 말없이
밥만 먹길래 뭐라고 말 좀 해보라고 했더니 '천국의 맛'이라고 했
다. 허풍 떨지 마, 네가 원하던 집 밥의 맛이야. 나는 이렇게 살

아. 너하고 살 땐 안 되던 게 혼자서는 되는 게 나도 신기해. 그이상 우리가 다시 어떻게 될 수 없다는 걸 설명할 필요는 없었다. 그가 식탁을 박차고 일어서면서 소리쳤다. 나쁜 년, 네가 나한테 이럴 수가 있는 거니? 나는 지금까지도 너하고 산 세월을 내 생애에서 가장 행복했던 시절로 기억하고 마음속에다 고이 모셔놓고 사는데 거기다 넌 지금 외눈 하나 까딱 안 하고 오물을 뿌린 거야, 이 나쁜 년아. 나는 아무 말도 안 했다. 우리 사이가 확실하게 끝난 건 그날부터였을 것이다.

현금이 영빈과 따로 통과해온 삼십여 년의 시간에다 사이키 조명을 들이대듯 두서없이 현란하게 밝힌 바를 재구성해놓으면 대강 그러하였다.

떨어지는 가면

영빈은 현금이 점심을 차리는 동안을 앉아서 기다리지를 못하고 서성인다. 남쪽으로 한강이 보인다. 강북의 아파트는 이래서 좋단 말야, 그의 중얼거림에 현금은 아무 말이 없다. 그의 아파트는 강남에 있다. 그의 집에서 한강이 보이진 않지만 강가로 산책을 나가면 강 건너로 사선으로 현금이네를 바라볼 수가 있다. 손맛이 있는 사람이 흔히 그렇듯이 현금이도 음식 만드는 동안이 가장 충족되어 보인다. 작품이라도 만드는 것처럼 푹 빠질 적도 있다. 지금도 아마 그럴 것이다. 영빈은 다시 잠자코 회색빛으로 고여 있는 것처럼 보이는 강물을 뚫어지게 바라본다. 느닷없이 한 떼의 새가 하늘을 향해 비상한다. 새들이 날아오르기 전까지 강 위에 그들이 떠 있는 걸 보지 못했다. 새들의 행방을 좇느라 비로소 먼 하늘을 본다. 겨울하늘답지 않게 째지게 푸르다. 대낮의 정사를 위해 영빈은 지금 현금의 아파트에 와 있다. 이런 일이 일어나기 전까지 그의 생애에 이런 일이 있을 줄은 꿈에도 몰랐다. 그러나 그런 일이 실제로 일어날 때는 예정된 것처럼 부드럽고 매끄럽게 일어났다.

처음 점심초대를 받은 날이었다.

"소문난 음식솜씨 맛 좀 볼래?"

현금은 자기 아파트에서 식사를 같이 하잔 소리를 그렇게 했다.

"소문이란 남들이 입에서 입으로 전하는 소리여야지 어떻게 네 생각이 소문이냐?"

영빈은 이렇게 가볍게 핀잔을 주었지만 속으로는 마침내 기다리던 순간이 왔구나 싶었다. 그녀가 전남편을 식사에 초대한 게 완전한 결별을 위해서였다면 새롭게 초대받은 남자는 의당 새로운 시작을 의미할 거려니 생각했다. 그러나 첫날부터 그렇게 될 줄은 몰랐다. 그녀는 식사를 준비해놓고 부른 게 아니었다. 그에게 잔심부름까지 시켜가며 몇 가지 음식을 만들었고, 밥을 안치는 것도 조리를 하다 말고였다.

"앞으로 45분은 더 있어야 식사를 할 수 있을 테니까, 심심하면 그동안 낮잠이라도 좀 자둘래?"

더는 부려먹을 게 없어지자 그녀가 반짝거리는 글라스와 아름다운 식기를 꺼내 새하얀 행주로 닦으면서 말했다. 영빈은 그 전에 혼자서 집구경을 했다. 40평이 좀 넘어보이는 아파트는 간소하고 편리하게 꾸며져 있었다. 침실로 쓰는 안방 외에는 눈에 띄는 가구 없이 방들이 비어 있었다. 그림이 몇 점 걸려 있는 방도 있고, 명함만 한 흑백사진들을 빈틈없이 다닥다닥 붙여놓은 커다란 액자가 걸려 있는 방도 있었다. 학생 때 친구 따라 가본 시골집 안방 장지문 위에서 그와 비슷한 사진들이 걸려 있는 걸 본 적이 있었다. 그걸 유심히 보는 영빈에게 친구는 되게 촌스럽지? 우리 집 족보야, 하면서 쑥스럽게 웃었다. 영빈은 옛날의 친구처럼 미소 지으며 현금의 유년기와 그 시대가 붙박인 사진들을 오랫동안 바라보았다. 옛날 사진 때문인지 언제 한번 와본 것처럼 전체적으로 편안한 느낌을 주는 집이었다. 부엌이 바라보이는 거실에 놓여 있는 예의 그랜드 피아노도 눈에 거슬릴 정도로 육중해 보이지 않았다. 집구경을 대충 끝낸 그는 소파에 길게 다리 뻗고 누워 그랜드 피아노를 바라보다가 스르르 잠이 들었다. 그 역시 피아노의 선율보다는 건반 위에서 은어처럼 생동할 현금의 긴 손가락, 열정적인 몸짓, 몸의 곡선이 그대로 드러나는 우아한 비단옷 등을 상상하며 군침을 삼키다가 단잠이 들었을 것이다. 얼마나 잤는지 현금이 그를 흔들어 깨웠다. 연민이 눈물처럼 고인 눈이 그를 굽어보고 있었다. 왜 그런 눈으로 보는 걸까. 그녀답지 않은 어른스러운 눈빛이었다. 밥 다 됐냐고 물어보면서 벌떡 일어나려는 그를 현금은 소파로 찍어누르면서 말했다.

"밥은 벌써 다 됐지만 하도 곤히 자길래 그냥 내버려두려고 했는데 잠꼬대를 해서 할 수 없이 깨웠어."

"잠꼬대? 뭐라고?"

"놀랄 거 없어. 간호사를 다급하게 부르기도 하고 이 선생, 김 선생 하면서 알아들을 수 없는 영어를 섞어가며 중얼대는 게 꿈도 병원 꿈을 꾸는 것 같아서 측은해지지 뭐야."

"내 생활이 그게 전부니까. 집사람한테도 그런 얘기 가끔 들어."

"그럼 집에서도 잠꼬대를 하는구나. 안됐다, 너. 그런 불편한 버릇이 있는 줄은 몰랐네."

"불편하긴 뭐가 불편하다고 동정씩이나 하려고 하냐?"

"나쁜 짓도 못 할 게 아냐."

"나쁜 짓이라니?"

"소위 집사람이란 여자들이 싫어할 나쁜 짓이 뭐겠어. 뻔하잖아."

연민이 그렁하던 눈빛이 어느 틈에 악랄한 장난기로 변해 있었다. 나쁜 년이라고 욕하던 한광의 말이 생각났다. 나쁜 년하고 나쁜 짓을 하고 싶다는 욕망이 그의 온몸을 사정없이 비틀었다. 어디 할 수 있으면 한번 해보시지, 하고 조롱하듯 야릇한 웃음을 띤 현금의 얼굴이 그의 얼굴 위로 가면이 떨어지듯 확 다가왔다. 그는 눈을 감으면서 메롱, 하던 계집애의 분홍빛 혀를 입 안 가득 받아들였다. 현금의 몸은 살아 있는 물고기처럼 매끄럽고 탄력 있고, 살아 있는 물고기처럼 그의 조급한 소유욕을 안타깝게 했다.

그렇게 시작한 한낮의 정사는 가을 가고 겨울이 끝나려 하는 지금껏 계속되고 있었다. 그동안은 하필 연휴가 많을 때였다. 연휴 아니라도 주말이면 어떡하든지 처자식을 데리고 고적이나 명승지를 답사하고 하룻밤 자고 들어오는 게 가을이면 그가 가장 부담 없이 하는 모범가장 노릇이었다. 번잡스러운 데를 즐기지 않는 그의 성질을 잘 아는 아내는, 그래서 만백성이 산과 바다에 벌산을 하는 여름휴가에는 빠지고 싶어하는 그의 마음에 말없이 동의해주곤 했다. 그러나 지난가을엔 거의 그런 좋은 아빠 노릇까지 빼먹었다. 의사만큼 못 쉬는 핑계를 대기에 편리한 직업도 없었다. 휴일에도 나가 봐야 할 위급한 환자, 신경 써지는 환자, 특별대우를 바라는 VIP 환자 등 둘러댈 구실은 얼마든지 있었다. 마침 그가 과장이 되고 나서 생긴 새로운 현상이기 때문에 어머니도 아내도 신분이 높아지면 책임도 그만큼 무거워지는구나, 알아서 기뻐하며 양해를 해주는 것 같았다. 딸들은 부모도 모르는 사이에 성큼 부모하고 놀러 다니는 걸 떫어할 나이가 되어 있었다. 눈치 볼 데는 가족이 아니라 현금이었다. 휴일이라고 마음대로 현금이네 갈 수 있는 건 아니었다. 그가 어떡하든지 휴일을 비워놓는 데 반해 현금은 어떡하든 딴 건수를 만드는 게 아닌가 의심스러울 정도로 이리 핑계 저리 핑계 그를 따돌릴 적이 많았다. 몸이 달을 때는 저녁시간에 현금이네로 달려가고 싶은 때도 한두 번이 아니었지만 그는 직업상 직책상 한 번도 집에 일찍 들어간 적이 없었다. 그렇게 딴 직업의 곱절에 가까운 시간을 투자해야 환자 보는 일과 학생 가르치는 일이 차질없이 돌아가도록 길들여진 시간관리를 쥐어짜면서까지 나쁜 짓을 할 시간을 내서는 안 된다는 건 그의 최소한의 직업윤리였다.

이런저런 생각을 굴리는 사이에 맛있는 냄새가 진동하면서 뱃속에서 꼬르륵 소리가 났다. 그는 참지 못하고 현금이 부르기 전에 식탁으로 달려가 수저도 놓고 술은 뭘로 할까 물어보기도 했다. 현금은 음식과 술의 조화에 까다롭게 굴었다. 해삼요리를 중국식으로 했으니 죽엽청주를 한 잔씩 하자고 했다. 그는 베란다 쪽에 있는 광에 가서 지적한 술을 찾아 가지고 왔다. 처음에는 푸성귀도 다듬게 하고 김도 쟁이게 하는 등 뭐든지 부려먹지 못해 하더니 그가 그런 일을 통 안 해봤고 늘 지쳐 있다는 걸 눈치채고부터는 그냥 내버려두었다. 그러나 식사하기 전에 그녀를 안아본 건 처음날 말고는 다시는 못해봤다. 그녀는 마치 그들이 만나는 주목적은 한 끼 식사를 같이하는 것이고, 섹스는 있어도 그만 없어도 그만인 후식밖에 안 되는 것처럼 굴었다.

지금 이 순간을 위하여…… 술잔을 부딪히며 현금이 하는 말은 정해져 있었다.

"왜 한숨 자두지 않구……."

현금이 손위누님 같은 시선으로 그의 부수수한 얼굴을 보며 말했다. 그는 어느 때보다도 머리가 복잡하고 울적했다. 예감 때문이었다. 어제 걸려온 영묘의 전화는 심상치가 않았다. 식구들 안 듣는 데서 오빠하고만 의논할 게 있다고 했다. 송 서방 때문일 것이다. 일요일이지만 병원에 있을 테니 전화 걸라고 했다.

"잠꼬대할까 봐 겁나서 어디 자겠냐."

영빈은 짐짓 명랑하게 말했다.

"그러고 보니 처음 우리 집 온 날 말고는 한 번도 눈 붙인 적 없구나, 참. 그렇다고 집에서도 안 자지는 않을 거 아냐?"

"사람이 어떻게 안 자고 사냐?"

"집에서는 잠꼬대해도 괜찮고 나한테는 안 된다 이거지? 거참 이상하네, 내가 아는 상식대로라면 남자들이 비밀 들킬까 봐 두려워하는 건 조강지처한테라는데, 넌 그 반대 아냐."

"너답지 않게 별걸 다 가지고 시비를 거냐 걸길."

"나다운 게 뭔데?"

"넌 한 번도 우리 와이프를 의식하는 눈치조차 보인 적이 없잖아."

"이건 느네 집사람을 염두에 두고 하는 소리가 아냐. 바로 너지. 네가 집에서는 안심하고 잘 수 있는 건, 나라는 여자가, 이 현금이가 네 잠꼬대에 절대로 등장할 염려가 없기 때문 아니냔 말야. 내 말 틀렸어? 너한테는 내가 그렇게 아무것도 아니니?"

"난 잠꼬대도 병원 얘기, 환자 걱정만 한다더라. 너도 한 번 겪어봤잖아? 직업이란 그렇게 무서운 거야. 이 바보야."

"정말? 의사가 그렇게 스트레스 많이 받는 직업인 줄은 몰랐어. 돈도 많이 못 번다면서."

현금이 순식간에 따지기 좋아하는 표정을 거두고 다시 누님처럼 굴었다.

"스트레스 안 받는 직업이 어딨냐? 얼마 전에 죽은 환자 하나는 지방 금융기관의 차장인가 하는 아주 젊은 사람이었는데 아마 고객상담이 주업무였나 봐. 캔서는 아무리 말기라도 정신이 오락가락하는 일이 거의 없는데 이 사람은 아주 달랐어. 부모는 물론 꽃 같은 아내와 귀여운 자식도 못 알아보고, 고객이나 직장상사 취급을 하는 거야. 가족한테도 그러니 담당의사나 간호사는 말해 무엇하겠어. 한때 주치의나 간호사까지 그의 은행의 신상품은 타은행보다 이율이 영 점 몇 프로 높은지, 무슨 펀드는 이율이 얼마고, 무슨무슨 예금은 얼마까지 세금공제 혜택을 받을 수 있는지 환하게 꿰게 되었다면 말 다했잖아. 그의 고객 노릇을 해주다가 너무 속상해서 복도로 나온 부인은 그놈의 직장이 남편 잡았다고 간호사들에게 하소연하고 했었지. 늘 소화가 안 된다고 괴로워하면서도 구조조정 당할까 봐 스트레스 받아서 그런 줄 알고 병원에 갈 생각은 안 하고 소화제만 들입다 먹었다나 봐. 피를 토하고 나서야 병원 응급실로 실려왔더라구. 밥줄이 뭔지."

영빈이 입 안에서 해삼을 우물거리며 쓸쓸하게 말했다.

"제발 그런 얼굴 하지 마."

현금이 날카롭게 명령조로 말했다.

"내 얼굴이 어떤데?"

"너도 죽을 때 꼭 그 은행원처럼 죽을 것 같은 얼굴이야."

"그럴지도 모르지."

"태어나는 것은 우리의 선택이 아니지만 어떻게 죽나 정도는 선택할 수 있는 거 아닐까."

"삶에서 우리가 선택할 수 있는 것은 너무 적다는 걸 네가 어떻게 알겠냐."

"얘가 사람 우습게 보네, 보자 보자 하니."

"우습게 보긴 부러워서 그런다. 넌 적어도 자유인 아니냐."

"너 따귀 맞고 싶니? 시방."

현금이 양손으로 식탁을 짚으며 발딱 일어섰다. 손톱을 짧게 깎았는데도 뷔페가 그린 여인의 손가락처럼 일직선으로 강인해

보이는 손가락이 도전적으로 식탁 위에 펼쳐져 있었다. 때릴 것 같지는 않았지만 빈정거리는 투로 말한 건, 맞아 싸다고 생각했다. 그러나 아무 일도 안 일어났다. 현금은 일어설 때처럼 교만하고 탄력 있게 앉으면서 말했다.

"밥상만 아니었으면 넌 정말 맞았을 거야."

"고맙다."

"밥상 때문이라니까. 먹을 때는 개도 안 때린다잖아."

영빈은 탄하지 않고 비운 잔에다 자작으로 투명하고 독한 술을 넘치게 부었다. 해삼요리뿐 아니라 딴 음식에서도 중국의 독특한 향료 냄새가 났다. 그 냄새와 죽엽청주의 향기가 코끝에서 어우러지면서 행복에 가까운 풍요하고 나른한 기분을 자아냈다. 그러나 이건 집 밥하곤 다르다. 아주 많이. 어느 틈에 이렇게 멀리 와버렸나. 그는 몽롱한 기분으로 자신이 돌이킬 수 없이 멀리 와버렸다고 생각한다.

"요샌 중국요리를 배우러 다니나 보지."

현금이 혼자 있는 대부분의 시간을 전통음식, 궁중요리, 지방 따라 다른 토속음식 따위를 배우러 다닌다는 걸 알고 있는 영빈은 또 빈정거리고 싶어진다.

"왜 입에 안 맞아?"

"요새 세계화가 유행이라지만 집 밥까지 세계화시킬 건 없잖

아. 아무리 시간이 남아돌아도 호기심이 지나쳐."

"이건 단지 호기심의 문제가 아냐. 알잖아. 난 처음으로 나에게서 소질을 발견한 거야. 처음엔 그게 신통했지만 이젠 신통해하는 정도로는 만족 못 하겠어. 직업화시키고 싶어. 그래서 지금 열심히 모색 중인 거야."

"이제 좀 감이 잡힌다. 요릿집을 해보겠다, 이거지? 중국집을 할까, 한식집을 할까, 일식집을 할까, 양식집을 할까, 피잣집을 할까, 지금 모색하고 있는 게 어디 그뿐이겠냐. 이름은 무슨무슨 가든이 좋을까, 파크가 좋을까, 궁이 좋을까, 관이나 원이 좋을까도 모색할 만한 중요과젤걸."

"너 왜 그런 것들을 그렇게 모멸스럽게 말하냐? 느네 의사들을 우리들이 뭐라고 하는 줄 알아? 외과 의사를 칼잡이, 산부인과의를…… 그만 할래. 너희들이 더 잘 알 테니까."

"생각해줘서 고맙다. 개업은 언제 할 건데?"

"왜 그런 얼굴로 묻냐? 기분 나쁘게……."

"걱정이 돼서 그래. 음식점도 전문화시켜야지 한집에서 자장면도 팔고, 돈까스도 팔고, 냉면도 팔아먹을 수 있다고 생각하는 건 변두리 싸구려 음식점에서도 요즈음은 해당이 안 될걸. 넌 누가 뭐래도 고급 취향 아냐."

"내가 언제 그런 촌스러운 음식 백화점을 낸댔어?"

"아니면 뭣하러 그렇게 세계 각국의 요리를 배우러 다니냐?"

"호기심이랄까, 탐구정신이야. 시작한 김에 진수에 도달해보고 싶은…… 직업화시키려면 그 정도는 그 방면의 전문성을 갖춰놓고 출발하고 싶어. 그렇지만 음식점을 차릴 거라고 넘겨짚지마. 아니니까."

"그럼 어떻게 직업화시키겠다는 거니?"

"너처럼 음식점 경영을 경멸하는 건 아니지만 그건 안 되겠다 싶은 건, 내가 음식점을 하면 어떻게 주방에서 솜씨나 부리고 있겠어? 손님들 테이블 사이를 꼬리 치며 누비고 다니고 싶어할 게 뻔해. 인물 팔아먹기 싫어서 레스토랑의 피아니스트를 사절한 것과 같은 이유로 음식점은 안 할 거야."

"그게 뭐가 나쁘냐? 주인 마담이 상냥하게 손님한테 인사하는 건 서비스업의 기본 같은 거 아냐?"

"내가 시험해보고 싶은 건 자신의 능력만으로 밥벌이를 할 수 있나 없냐야. 미모 때문에 조금이라도 유리해지길 바라는 마음까지도 극복하고 싶어. 난 내 미모하고 싸우고 싶다니까."

예쁘지도 않으면서 미모에 대한 저 자신감이라니, 현금은 분명히 예쁜 얼굴은 아니다. 그러나 한번 찍고 끌어당겼다 하면 절대로 안 놔줄 것 같은 갈고리 같은 걸 숨기고 있다. 소수의 마니아를 거느릴 미모랄까. 그러나 네가 극복 안 해도 미모란 어차피 시들게 되어 있다. 네가 극복해야 할 것은 미모가 아니라 그 터무니없는 자신감, 아니 자기 황홀이다. 영빈은 스산해진 마음으로 그런 생각을 굴린다. 현금의 표정에도 그늘이 지면서 가라앉은 목소리로 말한다.

"음식솜씨에 확실하게 자신이 생기면 하고 싶은 돈벌이가 뭔줄 알아? 오피스가에 따끈한 도시락을 공급하는 일이나 가정집 대소사에 출장요리 나가는 일이나 둘 중의 하나야."

현금이 되고 싶다는 게 너무 뜻밖이어서 농담이겠지, 하는 표정을 짓고 있을 때 소파에 벗어놓은 영빈의 윗도리에서 핸드폰이 울렸다. 영빈은 그 소리를 현금의 눈이 세모꼴이 되는 것과 동시에 알아들었다. 현금은 화가 나거나 사나워졌을 때 눈꼬리가 파르르 처지면서 세모꼴로 변하는 버릇이 있었다. 두 사람은 거의 동시에 소파 쪽으로 달려갔다. 현금이 먼저 등받이에 걸쳐져 있던 윗도리를 낚아채면서 온몸으로 덮쳤다. 그 위로 영빈이 덮치면서 몸싸움이 시작됐다. 정욕없이 그렇게 격렬하게 두 몸이 부딪혀보긴 처음이었다. 영빈은 맹수처럼 거칠게 숨쉬는 현금의 몸뚱이에 참을 수 없는 혐오감을 느꼈다.

"놓아, 놓지 못해. 만일 네가 지금 그 전화 받으면 우리는 끝장이야. 당장."

그 말 한마디에 현금은 영빈의 몸을 떨치고 일어섰다. 영빈은 안 할 말을 했다고 생각했지만 현금의 표정을 살필 여유도 없이 전화부터 받았다. 영묘였다. 현금의 집에 드나들기 시작할 무렵 영빈은 핸드폰을 가지고 다니면서 꼭 병원에서 받는 것처럼 전화를 받곤 했다. 휴일에 그를 찾는 전화는 거의 아내로부터였다. 선생 노릇을 계속하고 있는 아내는 쉬는 날 남편하고 오순도순 의논하고 싶은 게 많았다. 도둑이 제 발이 저리어 빨리 끊지 못하고 어느 정도는 상대를 해주는 영빈을 보다 못한 현금은 자기 집에 들어서는 순간 핸드폰 먼저 꺼놓으라는 엄명을 내렸다. 안 그러면 자기가 받아 여기는 병원이 아니고 자기 집이라는 걸 폭로하겠다는 협박에 순종 안 할 도리가 없었다. 막상 당하면 설마 못 그러겠거니 기대할 수 있는 여자가 아니었다. 오빠, 지금 그리로 가도 돼? 전화론 안 돼. 만나서 얘기하고 싶어. 언제 들어도 여리여리한 영묘의 목소리는 지금 떨고 있었다. 오빠가 지금 병원 아닌 데 있다는 건 아마 상상도 못 할 것이다. 그는 병원까지 택시로 달려갈 수 있는 시간을 재빠르게 계산하고 나서 그렇게 하라고 말하고 전화를 끊고 나서 윗도리를 걸쳤다. 그냥 달려나갈까 하다가 식탁을 향해 돌아서 있는 현금이한테로 다가가 뒤에서 가볍게 상체를 안으며 말했다.

"가봐야겠어. 미안해. 영묘야. 영묘 알지. 그 애한테 안 좋은 일이 있는 것 같아. 그 애가 전화를 걸어오기로 되어 있었기 때문에 일부러 핸드폰을 안 꺼놨던 거야. 이해해주라."

현금은 대답도 안 했지만 뿌리치지도 않았다. 영빈이 현금이한테 유일하게 가족 얘기를 한 게 영묘였다. 살인을 밥 먹듯이 하는 비디오를 같이 보면서 그가 생전 처음 느껴본 살의에 대해 얘기한 적이 있었다. 영빈이하고 십오 년이나 차이가 지는 여동생 영묘는 공부도 잘하고 자태도 더할 나위 없이 곱고 순결해서 영빈이 그 동생한테 느끼는 애정은 좀 유별났다. 아마 태어날 때부터였을 것이다. 어머니는 남편이 죽고 나서 태어난 핏덩이를 부끄럽고 뜨악하게 여겼지만 영빈은 그 어린것의 성장이 놀랍고 눈부시기만 했고, 백합처럼 티없이 곱게 자라면서 속까지 깊은 영묘가 자랑스러워 생각만 해도 마음이 뿌듯해지곤 했다. 공부밖에 모르던 영묘가 대학 가서 사랑하는 사람이 생겼을 때 영빈은 첫눈에 마음에 안 들었다. 사귄 지 일 년도 안 된 녀석이 여자를 그만큼 길러놓은 식구들 앞에서 마치 자기가 여자를 꽉 잡고 있는 것처럼 굴었다. 어디서 저런 녀석한테 걸렸나 괘씸하고 억울해서 무슨 수를 써서라도 갈라놓고 싶었다. 그러나 누이동생에 대한 그의 유난스러운 사랑을 못마땅하게 여겨온 아내가 그에게 당신은 어떤 매제감이 나타나도 도둑놈 보듯 할 거라고 말했다. 그건 따끔한 일침이었다. 어머니까지도 그 청년을 장차의 사윗감으로 여기는 듯 기회만 있으면 집에 초대하고 싶어했다. 그는 고립됐고 자기의 사람 보는 눈이 틀렸을지도 모른다고 생각했지만 그 녀석을 좋아할 수는 없었다. 그래도 그는 자신의 감정을 최대한으로 억제하고 잘 대해주려고 노력했다. 대학 졸업을 앞두고 영묘는 그 녀석으로부터 버림받았다. 결혼상대로 더 조건이 좋은 여자를 택하겠다는 것이 결별의 변이었다고 한다. 제 방에 들어박혀 온종일 운 영묘의 베개와 침대보는 마치 어린애가 오줌을 싸놓은 것처럼 질펀하고 광범위하게 젖어 있었다. 꼴 좋다. 오빠가 뭐라던. 회심의 미소를 지으며 이렇게 자신의 선견지명을 일단 한번 뽐내고 나서 동생을 다독거려주려고 그 방에 들어간 거였지만 그 많은 눈물자국을 보자 회까닥 돌 것 같았다. 맹렬한 살의로 살점이 부르르 떨렸다. 당장 그 녀석을 쏴 죽여 영묘의 눈에서 흐른 눈물의 몇 곱절의 피가 심장에서 분출하는 걸 보고 싶었다. 그러기 위해서는 칼도 몽둥이도 아닌 꼭 총이어야만 했다. 내 그 녀석을 당장 쏴 죽이고 말 테다. 그는 이렇게 고함치며 있지도 않은 총을 찾아 핏발 선 눈을 굴리며 온 집 안을 좌충우돌했고, 식구들은 벌벌 떨며 그에게 매달렸다. 영묘까지 겁에 질려, 그 사람하고 아무 일도 없었으니 제발 이러지 말라고 애걸하며 씩씩한 얼굴이 됐다. 동생의 눈물을 피로 갚고 싶었을 뿐 무슨 일이 있었는지를 걱정한 건 아니었건만 결국은 그 소리가 위로가 되었는지, 도저히 제어할 수 있을 것 같지 않던 살의가 슬그머니 열없어졌다. 현금이에게 그 얘기를 할 때는 범죄형이 따로 있는 게 아니라 누구든지 우발적으로 살인도 저지를 수 있다고 말하고 싶어서였을 것이다. 그러나 현금은 살의가 보편적이냐 아니냐보다는 영묘에게 더 관심이 있어 했다. 영빈이 같은 이기주의자한테 그런 무분별한 보호본능이 있는 줄은 몰랐다며, 어떻게 생긴 동생인지 한번 보고 싶다고 했다. 그때 영빈이 보기에 영묘에 대한 현금의 관심은 호의적인 것이었다.

택시는 금방 잡혔지만 영빈은 자기 병원 이름도 동네 이름도 떠오르지 않았다. 기사가 재차 어디로 갈 것인가를 묻자 그는 얼떨결에 강변북로라고 둘러댔다. 강남에 있는 그의 아파트는 강가는 아니지만 밤에 북쪽으로 통유리가 달린 다용도실로 나오면 앞 동과 동 사이로 강변북로를 지나는 차들의 불빛이 보였다. 현금의 아파트를 알게 된 후로 그는 강변북로의 불빛을 볼 때마다 가슴이 후둑후둑 소나기 오기 직전의 숲처럼 설레곤 했다. 곁에 있어도 한강만큼의 거리가 느껴지는 현금, 헤어져 있어도 예민한 현(絃) 같은 게 당겨주고 있는 것처럼 느껴지는 그녀, 그 소통의 끈은 미세한 바람에도 오묘하게 떨릴 것처럼 긴장돼 있었고, 영빈은 그 소리를 가슴으로 들을 때 살아 있음의 번뇌와 희열을 오싹하니 실감하곤 했다. 다용도실은 그의 집에서 유일하게 정돈되지 않은 채 버려진 여백이었다. 그 0.7평의 공간에서 누릴 수 있는 자유가 한 개비의 담배보다 더 속절없다 해도 그보다 중요한 건 이 세상에 아무것도 없다는 텅 빈 느낌은 얼마나 황홀한가. 그는 술도 담배도 못했다. 술은 체질적으로 안 맞아서 못했고 담배는 대학교 갈 때까지 절대로 안 된다는 어머니 때문에 배울 기회를 놓쳤다. 호흡기내과를 전공하면서는 검증된 흡연의 해로움 때문도 있었지만 환자한테 가장 자주 해야 되는 말이 담배 끊으란 소리인데 뒤로 담배를 피울 수가 없어서 못 피웠다. 그렇게 그는 모범생의 정도만을 걸어왔다. 그 결과 그는 동기 중에서도 가장 성공한 의사 축에 든다. 모교에 남을 수 있었다는 것도 그렇고, 내과학계에서의 지명도에 있어서도 그렇지만, 몇 번인가 신문과 TV를 통해 한국의 명의로 소개된 적이 있은 후에는 그에게 특진을 받으려고 줄 선 환자가 날로 늘어나 대중적인 인기까지 누리고 있었다. 한눈 한 번 안 팔고 도달한 지점은 아직도 올려다볼 고지가 없는 것은 아니나, 거기 그대로 머물 수만 있다고 해도 자족할 만하고, 누가 넘보거나 흔들어댈 수 없는 확실한 자리이다. 아파트와 아파트 사이로 빠끔하니 뚫린 공간을 통해 불빛이 질주하는 강변북로를 보고 있으면 그 모든 성취감이 숨이 막히게 답답하고 무의미하게 느껴졌다. 허망감을 모를 때는 설렘도 없었다. 설렘이 시작되자 차곡차곡 쌓아온 경력의 켜가 쉬어터진 시루떡만큼도 중요하지 않아졌다.

강변북로로 잘못 들어섰기 때문에 그가 A대학병원에 도착한 것은 예정보다 이삼십 분 늦은 시간이었는데도 영묘는 와 있지 않았다. 그동안 영묘에게 너무 무관심했다는 생각이 문득 들었지만 가책하기가 싫어서 머리까지 흔들어가며 그런 생각을 부정했다. 첫사랑에 실패하고 영묘는 몇 년 동안 고시공부에 매달렸다. 법과를 간 것부터 영묘의 의사보다는 공부 잘하는 딸에 대한 어머니의 입김이 더 많이 작용한 것 같아 영빈은 탐탁지가 않았다. 법관 대신 박사학위를 딸 것처럼 고시공부를 포기하고 미국으로 가버린 형은 장삿길로 들어서 어머니를 실망시켰다. 어머니가 그 실망을 딸한테서 벌충하려는 것만 같아 영빈은 모성애라는 걸 별로 신뢰하지 않았다. 고시 패스란 공부만 잘한다고 해낼 수 있는 일이 아니었다. 질긴 데라곤 없이 여리여리해 보이기만 하는 동생에겐 법대공부부터가 가당찮아 보였다. 재학 중에 연애를 할 때 그 놈팽이는 싫었지만 고시 할 기미가 보이지 않는 것 하나는 마음이 놓였다. 그러나 실연하고 나서 영묘는 빠르게 슬픔을 딛고 고시공부에 매달렸고 이런 딸을 바라보는 어머니는 날로 신바람이 나는 듯했다. 형제가 하나는 법대 하나는 의대 다닐 때의 어머니의 탐욕스러운 생기를 기억하는 영빈은 왜 또 저러나 혐오스럽기까지 했다. 법관 자식 하나 두기가 소원인 어머니의 꿈 때문에 형이 피해 간 함정으로 동생이 걸어 들어가려는 것만 같아

조마조마했다. 일차에 합격한 일이 딱 한 번 있었을 뿐 몇 년을 내리 실패한 끝에 그 일을 전격적으로 그만두게 된 것은 두번째로 애인이 생기고 나서였다. 오빠, 우린 첫눈에 반했어. 이런 걸 운명적인 만남이라고 하나 봐. 영묘는 흥분해서 딴 사람처럼 들뜬 목소리로 이렇게 말했다. 또 시작이냐. 영빈이 짐짓 시큰둥하게 그녀의 남자 보는 눈을 못 미더워하자 발끈 화를 냈다. 첫눈에 반했다니까. 전기가 통한다는 게 뭔지 처음 알았어. 운명이 짜릿하게 두 사람을 동시에 관통하는 느낌, 오빠도 그건 모를걸. 그것도 모르고 결혼해서 행복한 줄 알고 사는 사람들이 지금 나한테는 다 불쌍해 보여. 그때 건어채이길 얼마나 잘했나 몰라. 나도 그때 그 사람도 서로 저울질하고 탐색하면서 그만하면 손해는 안 보겠다 싶었던 게지 사랑한 건 아니었어. 저울질이 기우니까 건어찬 거구. 이 사람은 보자마자 빈털터리든 무식쟁이든 심지어 기혼자라도 아무 상관이 없다고 생각했어. 그 사람도 마찬가지였나 봐. 나하고 함께라면 죽어도 좋을 것 같다고 했으니까. 집안에 이런 열병환자가 생겼는데 아무렇지도 않으면 그건 가족도 아니었다. 영빈네처럼 끈끈한 가족은 더군다나 말할 것도 없었다. 그러나 아무런 대책 없이 제각기 나름대로 우두망찰을 하는 혼란기는 그리 오래가지 않았다. 영묘가 한눈에 반한 송경호는 빈털터리도 무식쟁이도 기혼자도 아니었다. 그는 재벌급 건설회사인 Y

건업의 맏아들이었고, 미국 유학에서 돌아온 지 얼마 안 되는, 결혼경력 없는 총각이고, 인물 또한 준수했다. 두 사람 다 친구의 결혼식에 참석했다가, 양가의 친척과는 따로 신랑 신부의 친구들이 합석하는 자리가 마련돼 있었는데, 첫눈에 반했다는 데가 바로 거기였다. 그 후 두 사람은 매일같이 만나다가 마침내 결혼할 뜻을 밝혔다. Y건업은 송경호의 조부가 토건업으로 시작하여 이대째인 경호 아버지 형제들이 가구, 유리, 포장, 호텔업 등 사업을 확장하면서 랭킹 50위 안에 드는 기업으로 키웠다고 했다. Y건업 하면 다들 재벌로 알아줬다. 영자신문에도 재벌은 번역하지 않고 재벌 그대로 표기하는 걸 보면 구미에는 없는 한국적인 기업형태인 듯했다. 영빈네 식구들은 어느 만큼 큰 자본이라야 재벌이라고 하는지 감도 잡을 수 없었지만 그 배타적이고 독점적인 이미지 때문에 영묘가 또 한 번 상처받을까 봐 겁부터 났다. 덕을 바라는 마음이 전혀 없으니 열등감을 느낄 필요도 없다고 생각하는 것조차도 식구들끼리 서로 열심히 격려한 결과였다. 그러나 혼사는 오래전에 닦아놓은 길을 달리듯이 신속하고 순조롭게 진행됐다. 창업주인 송경호의 조부는 노가다 출신이었다고 한다. 그러나 그의 아들 삼형제는 하나같이 KS 마크였다. 돈 냄새를 자제할 줄 아는 양식을 가진 지식인끼리라는 동질감이 양가의 첫 모임을 부드럽고 화기애애하게 했다. 그쪽에서는 영빈이 같은 고

명한 의학박사 집안과 사돈을 맺게 된 것을 영광스럽게 생각한다
는 소리로 말문을 텄다. 이쪽을 기죽지 않게 하려는 배려라 해도
듣기 좋았다. 그렇다고 이쪽에서도 부자와 사돈을 맺게 되어 기
쁘다고 답할 수도 없는지라 미거한 거 아무쪼록 예쁘게 봐달라는
정도로 응했으니 다 된 혼사였다. 첫눈에 반했다는 걸 불안하게
생각하는 건 그쪽도 마찬가지여서 약혼하고 결혼날짜는 좀 멀찍
이 잡았다. 그동안 영묘는 언제 고시공부를 했더냐 싶게 경호한
테 푹 빠져 지냈다. 둘이 손잡고 장차의 시집과 처가를 뻔질나게
드나드는 걸 서로 기다렸다가 꽃 본 듯이 보는 것도 양가의 공통
된 낙이었다. 어머니도 영묘가 고시공부를 그만둔 걸 하나도 아
까워하지 않았다. 고시 패스보다 재벌 며느리가 얼마나 더 흡족
한지, 영빈이한테 너마저 그저 그런 월급쟁이였으면 그 집에서
우리를 거들떠나 봤겠느냐고 의학박사 아들을 추켜세웠다.

결혼하자마자 애가 들어서서 영묘는 시집살이하는 동안에 첫
아들을 낳았고, 살림을 나고 나서 연년생으로 둘째를 낳았다. 일
년만 시집살이시키겠다던 당초의 약속을 칼같이 지킨 것이다. 어
머니는 한 고비 넘겼다고 좋아했다. 팔십 고령의 시할머니까지
모시는 시집살이였다. 영묘는 시할머니가 특히 귀여워해준다는
자랑을 자주 해서 어머니를 안심시켰지만 영묘의 시집살이에는
실상 어머니가 모르고 있는 게 더 많았다. 시집갈 때 혼수를 간소

하게 하라는 간절한 요청은 불감청이언정 고소원이어서 부잣집과 사돈을 맺는 데 따르는 부담감을 일시에 벗겨주었다. 그러나 시집살이하는 동안만은 한복을 입을 것, 부득이한 경우 홈드레스까지는 봐주겠으나 종아리가 나오는 것은 절대 불가라는 시집살이 지침은 영묘를 당황하게 했다. 그런 걸 몇 벌 구색으로 해주려는 어머니에게 청바지로 족할 것처럼 말해버렸기 때문이다. 영묘는 어머니에게는 비밀로 해달라며 영빈에게 구원을 요청했다. 영묘가 어머니보다 오빠에게 더 비밀얘기를 잘하는 건 어려서부터의 버릇이었고, 영빈도 그걸 받아주는 데 기쁨을 느껴왔으니 그렇게 키웠다고도 볼 수 있었다. 영빈은 영묘가 시집살이하는 동안 철따라 얼마나 많은 한복과 홈드레스를 사날랐는지 모른다. 손님이 그칠 날이 없는 집안이고, 꽃 같은 새며느리가 항상 비단옷을 잘잘 끌며 시중들기를 바란다니 싸구려를 사줄 수도 없었다. 긴 옷에 익숙지 못해 쉬 더러워진 옷의 크리닝까지 은밀히 해보내야 할 적도 있었다. 영빈이 아내도 모르게 어머니도 모르게 그런 일을 처리하면서 참 별놈의 집안도 다 있다 싶은 눈치를 보이면 영묘는 이렇게 말하곤 했다.

오빠, 그 집은 좀 이상해. 우리 집하고 많이 달라. 그렇지만 우리 집이 옳고 그 집이 틀린 건 아닐 거야. 서로 다를 뿐이지. 우리끼리 살면 절충해서 살 거야. 송 서방도 그러자고 했어.

그러나 살림을 따로 나고부터는 생활비를 보태줘야 할 일까지 종종 생겼다. 인턴 사원으로 겨우 교통비만 받고 다니던 경호가 일 년 만에 기획실로 가서 아버지를 보필하게 되면서 정당한 보수를 받게 되긴 했지만 시집에서 붓기를 바라는 적금 액수가 월급의 반이 넘는다고 했다. 영묘가 둘째아이를 뱄을 때는 귤이 귀한 계절이었다. 귤 대신 자몽이 먹고 싶다고 해서 병원 지하매장에서 한보따리를 사다 놓고 불렀더니 집에 가져갈 새를 못 참고 앉은자리에서 그 크고 신 걸 세 개나 먹는 것이었다. 흰 원피스 자락으로 국물을 뚝뚝 떨어뜨리면서 정신없이 먹어대는 누이동생을 보면서 영빈은 못된 꿈을 꿀 때처럼 고함치고 싶으나 소리가 되어지지 않을 때 같은 고통을 진저리치면서 참아내야 했다. 둘째로 또 아들을 낳고 나서 영묘도 살림에 요령이 좀 생겼는지, 송 서방의 월급이 올랐는지 아쉬운 소리를 안 하고 잘 견딘다 싶어 마음이 좀 놓일 무렵 영묘는 뜬금없이 결핵에 대해 꼬치꼬치 알고 싶어했다. 요샌 결핵 같은 걸로 죽는 사람 없지?,라는 말로 시작했지만 동생의 불안은 청진기를 대고 듣는 것처럼 확대되어 들리곤 했다. 그럴 때마다 영빈은 돈으로 해결할 수 있는 문제면 좋을 것을, 하고 덩달아 불안해지곤 했다. 남의 일처럼 물어보던 게 송 서방의 일이라는 게 밝혀진 게 며칠 전이었다.

송경호는 한 달 전부터 왼쪽 옆구리가 결리기 시작했다. 마침 그 무렵 집에서 역기를 들기 시작했기 때문에 시간이 가면 낫겠지 하고, 하던 운동은 즉시 중단했다. 그래도 숨 쉴 때마다 통증이 더 심해지고 빨리 걸으면 숨이 차곤 해서 그대로 나을 병 같지가 않아서 인애병원으로 갔다. 인애병원이 집에서 가까운 건 아니지만 돌아가신 초대 회장 때부터 송씨 일가의 건강을 돌봐온 가정의였다. 송씨 집안에서는 눈병이나 귓병이 나도 일단 인애병원 박 원장을 거치게 되어 있었다. 왕년에 남편이 폐병에 걸린 걸 박 원장이 고쳐준 걸 잊지 못하는 할머니가 만들어놓은 불문율이었다. 남편을 도와 재산을 불린 할머니는 아직도 집안의 최고 권력이었다. 인애병원 박 원장은 칠십이 넘은 고령이어서 대진의를 두고 있었지만 자주 갈렸다. 예전엔 어땠는지 모르지만 지금은 파리 날리는 병원이었다. 송 회장까지도 인애병원에 가족의 건강을 맡기는 걸 가장 안심스러워했다. 선대의 병력과 가족의 체질을 훤히 알고 있는 의사가 하루 환자를 오십 명씩 보는 종합병원의 박사보다 믿을 만하다는 건 일리가 있는 말이었다. 그러나 송 회장의 그런 생각은 가족의 건강까지도 보안대상으로 여기는 터무니없는 과대망상과 일맥상통하는 데가 있었다. 한식구 같은 박 원장 외의 의사가 가족의 건강의 이상을 발견한다는 것은 마치 산업스파이한테 회사의 귀중한 기술을 도난당하는 것처럼 절대 안 당하고 싶어했다. 지금까지 그래왔건만 초대 회장이 칠십을 넘어 살고 죽은 것 외엔 박 원장이 송씨네서 더는 임종을 지킨 일이 없었으니 박 원장이 큰소리칠 만도 했다. 그렇다고 잔병치레를 다 박 원장이 고친 건 아니었다. 허약한 사람에겐 보약 잘 짓는 데도 가르쳐주고, 민간요법, 대체의학도 이 집에 필요하다 싶은 건 적절히 연결을 시켜주었고, 물론 임산부는 산부인과로 보냈다. 식구들이 대체로 건강한 편이었다.

박 원장은 젊은 대진의 제치고 손수 송경호한테 청진기도 대보고 몇 마디 묻기도 하더니 감기 기운일 거라면서 약을 주었다. 약을 먹을 동안은 조금 통증이 사라지는 것 같다가도 약 기운이 떨어지면 다시 아파지곤 해서 다시 병원에 갔더니 가슴사진을 찍자고 하면서 그 병원과 연계된 방사선과 병원을 소개해주었다. 영묘는 방사선 촬영시설을 갖춘 큰 병원으로 가고 싶었으나, 경호는 감기 정도 가지고 너무 수선 떨 것 없다고 방사선과 병원에 들렀다가 곧장 출근하고 영묘가 사진을 들고 인애병원으로 갔다. 경호는 옆구리가 결리는 걸 애써 감추고 출근을 거르지 않고 있었다. 건강을 과신하는 것도 그 집의 가풍이었다. 웬만한 병은 정신력으로 극복할 수 있다고 믿었고, 경호는 정신력에 있어서 동생들보다 못한 평가를 받을까 봐 은근히 두려워하고 있었다. 사진을 본 박 원장은 흉막에 물이 찼다고 했다. 영묘가 잘 못 알아들으니까 늑막염이라고 하면서 우리나라에서는 대부분의 늑막

염이 결핵성이니까 결핵약을 먹자고 했다. 그러면서 결핵약은 독하지만 제대로 먹지 않으면 내성이 생겨 잘 낫지 않게 되니까 밥은 걸러도 약은 꼭 먹어야 된다, 복용하는 동안 간이 나빠질 수도 있으니 다른 약, 특히 한약 같은 것하고 섞어 먹을 생각은 절대로 말라는 등 겁을 주었다. 이제 두 살, 세 살밖에 안 된 어린것들에 대해서도 이미 전염이 되었을지도 모른다는 식으로 깊은 우려를 나타냈다. 박 원장은 송씨가가 대대로 결핵에 약한 체질을 타고 났다고 믿는 것 같았다. 초대 회장을 치료한 얘기를 자랑스럽게 늘어놓았다. 박 원장이 지어준 결핵약은 양이 어마어마하게 많았다. 알약, 캡슐약, 하얀, 빨간, 노란, 색색가지 약들이 열댓 알은 되는 것 같았다. 밥 안 먹고도 배부를 것 같은 부피 때문인지 그 약을 복용하면서 통 밥을 못 먹고 기운도 탈진해서 더는 회사에서 아무렇지도 않은 척할 수가 없었다. 한 일주일 정도만 복용해도 증상이 좋아질 테지만 그렇다고 약을 중단하면 안 된다는 주의를 누누이 들었는데 열흘이 돼도 옆구리는 더 결리고 얼굴에도 병색이 완연해지는지라 다시 병원에 갔더니 한 번 더 가슴사진을 찍어보자고 했다. 다시 그 방사선과 병원에 가서 사진을 찍었다. 방사선과 의사가 물이 아주 많이 찼다며 큰 병원에 가보는 게 어떻겠냐고 말하는 게 암만해도 이상해서 영묘는 그 의사한테 매달려서 이것저것 물었다. 그 의사는 곤혹스러워하면서 내성균 때문에 그럴 수도 있고, 일시적으로 물의 양이 늘었다가 결국은 좋아질 수도 있지만 혹시 다른 병일까 봐 그런다는 거였다. 다른 병이라면? 영묘는 다급하게 물었다. 그럴 리야 없겠지만 암의 가능성도 아주 배제할 수 없다고 말했다. 영묘는 가슴속에 얹혀 있던 납덩이 같은 게 차갑고 무겁게 내려앉는 걸 생생하게 느꼈다. 경호는 이미 영묘가 첫눈에 반한 그 늠름하고 싱그러운, 약간은 철없는 청년이 아니었다. 그동안 너무 혹사당해서 그러려니, 그의 몸 안에서 돌이킬 수 없는 일이 일어나고 있다는 걸 못 알아본 자신을 쥐어뜯고 싶었다. 이러고 있을 게 아니라 오빠에게 도움을 청해야지. 오빠는 나를 위해서라면 죽은 사람도 살려낼 거야.

개와 늑대의 시간

누이는 영빈이 기다리다 지쳤을 무렵에서야 나타났다. 영빈이 지겨웠던 건 기다리는 시간보다 누이의 시댁에 대해 나쁜 생각만 떠오르는 거였다. 비싼 한복과 터무니없이 장식적인 홈웨어를 구메구메 사나르고, 생활비까지 보태줌으로써 유지됐던 영묘의 시집살이는 바로 재벌가의 스캔들 그 자체였다. 누이는 오빠의 편견이라고 몰아붙였지만.

오빠 그 집은 좀 이상해. 우리 집하고 많이 달라. 그렇지만 우리 집이 옳고 그 집이 틀린 건 아닐 거야. 서로 다를 뿐이지. 영빈이 사돈집의 며느리 길들이기에 대해 참 별놈의 집구석도 다 있다 싶은 눈치를 보일 때마다 영묘가 한 소리였다.

영묘는 기다란 모피코트를 입고 있었다. 저건 옷이 아니라 몸에서 돋아난 깃털일지도 모른다는 착각이 들 정도로 부피가 느껴지지 않는 호릿한 밍크였다. 색깔도 세상에 저런 검은색도 있나 싶게 고혹적인, 초콜릿색이 온갖 색상을 다 잡아먹어 갈 데까지 간 것처럼 깊이 모를 흑색이었다. 어머니한테 얻어들은 말이 생각났다. 부잣집은 다르더라. 영묘네 시집 말이다. 첫아들 낳자 턱하니 아파트 한 채 장만해서 세간을 내더니 둘째 낳고는 엄청나게 비싼 밍크코트가 상급으로 내렸다는구나. 병원 안은 고루 난방이 잘 돼 영빈의 방도 후텁지근했다. 미안해 오빠, 무엇이 미안하다는 건지 이렇게 중얼거리며 영묘는 엑스레이 필름을 탁자 위에 놓고 나서 코트를 벗었다. 수수한 평상복 속의 누이는 허깨비처럼 가볍고 기운 없어 보였다. 보기만 해도 행복해지던 미모 대신 대책 없이 착해빠진 얼굴이 매달리듯이 그를 바라보고 있었다. 그는 연민인지 분노인지 분간할 수 없는 감정을 드러내지 않으려고 누이의 눈길을 피해가며 전혀 무게가 느껴지지 않는 코트를 받아 걸고 가슴사진을 뷰박스에 걸었다. 불을 켜면 뷰박스 안의 형광등은 일이 초 푸드덕대다가 켜진다. 그때가 의사로서 가장 긴장되는 순간이다. 모호하던 것이 그 실제를 드러내기 직전의 긴장감은 짜릿한 쾌감에 가깝다. 그러나 이번엔 그럴 수가 없다. 후두둑후두둑 떨리는 마음을 가라앉히려고 형광등이 푸드덕대는 동안보다 더 오래 기도하는 심정으로 눈을 감고 있다가 뜬다. 늑막에 물이 많이 차 있다는 걸 확인할 수 있었다. 결핵일 수도 암일 수도 있었다. 요새 세상엔 절대로 치유될 수 없는 병이란 있을 수 없다고 생각하는 게 현대의학에 대한 일반의 상식이지만, 치료가 시작되기 전, 단지 암이냐 결핵이냐를 결정하는 데만도 목숨을 담보로 해야 할 만큼 고통스러운 고비를 예비해놓고 있는 것 또한 현대의학의 당당한 횡포였다. 경험 많은 전문의로서의 엑스레이 소견이 아무리 암 쪽으로 확실하게 기운다 해도 암세포를 확인하기 전엔 아무것도 말할 수 없고, 확인하고 나서 치료가 시작된다 해도 미친 세포에 대한 공략은 인간을 소외시키기 마련이다. 미친 세포에 대한 적의가 누구보다도 열정적이었던 영빈은 자신이 쌓아온 이런 경륜에 오한처럼 기분 나쁜 염증을 느꼈다. 넌더리가 났다. 그건 치료가 아니라 한 인간이 망가지고 패배하는 시간을 연장시키는 일에 불과했고, 그 인간을 둘러싼 종래의 화해로운 관계망을 엉망으로 교란시키는 일에 지나지 않았다. 매제를 치료하는 일만은 면하고 싶었다. 송씨집에 대해 별로 호의적이지 못한 그였지만 누이가 첫눈에 반한 늠름하고 아름다운 청년 경호에 대한 호감과 믿음은 아직도 변함이 없었다. 어떻게 그 보기 좋은 한 쌍, 끝끝내 행복을 지켜보며 덩달아 즐거워하고자 했던, 마스코트 같은 한 쌍에게 이런 일이 일어날 수 있단 말인가. 누이가 불쌍해서 숨이 막힐 것 같았다. 아직 단정하긴 이르다고 생각하면서도 자꾸 나쁜 쪽으로만 기우는 예감을 어쩔 수가 없었다. 오빠, 누이의 나직하고 겁에 질린 부름에 영빈은 미처 표정을 가다듬을 새 없이 돌아서고 말았다.

"송 서방 안 좋은 거죠? 그죠? 결핵보다 더 나쁜 거죠?"

영빈이 엑스레이 필름을 판독한 것보다 더 정확하게 지금 그의 표정이 누이에 의해 판독당하고 있었다. 누이의 판독은 전광석화처럼 순간적이어서 그는 자신의 표정에 어떤 속임수도 쓸 새가 없었다.

"정말인가 봐, 설마 했는데."

누이의 속삭임 같은 혼잣말이 영빈의 가슴을 관통했다. 그는 시침을 떼기 위해 힘겹게 헛웃음을 웃으며 말했다.

"뭐가? 영묘야, 뭐가?"

"방사선과 병원에서 그랬어요. 결핵 아닐지도 모른다구요. 암일 수도 있다구……"

"너는 느네 시댁에서 대물림으로 건강을 맡기고 있는 박 원장보다 방사선과 의사를 더 믿냐?"

"아니 오빠를 더 믿어. 오빠 얼굴에 그렇게 써 있어."

"지금 이 사진만 보고는 아무것도 단언할 수 없단다. 다만 떡은 남의 떡이 커 보이지만 액(厄)은 내 것이 더 커 보이는 것만은 어쩔 수가 없었다. 나도 모르게 최악의 경우까지 생각했는지도 모르겠다."

누이를 위로하기 위해서라기보다는 자신의 방정맞은 생각을 다독거리기 위해 이렇게 말하고 나니 한결 마음이 가벼워졌다.

"앞으로 어떻게 해야 되는지, 우리가 해야 할 일을 가르쳐줘요, 오빠."

"정밀검사를 받으려면 오늘이라도 당장 입원을 시켰으면 좋겠다만 네 마음대로 해도 되겠냐?"

"실은 그래서 늦었어요. 인애병원에 들러서 오는 길이에요. 박 원장 만나보고 송 서방을 종합병원에 보내는 게 좋겠다고 시아버지한테 말해달라고 부탁했어요. 박 원장도 그 가슴사진 보더니 안색이 변하면서 그렇게 하는 게 좋겠다구 동의해줬구."

"종합병원은 여기 아니라도 많다. 더군다나 유능하고 이름난 호흡기 전문의는 나 말고도 얼마든지 있구."

영빈은 매제의 치료를 맡는 걸 피하고 싶은 심정을 구태여 감추려 들지 않았다. 스스로를 나는 특별한 대우를 받아야 하는 중요인물이라고 생각하는 환자든, 정말 우리 사회가 무시 못 할 세도가든 저명인사든 간에 소위 VIP 환자가 영빈은 질색이었다. 그들은 병동 내의 필요한 규칙을 무시하기를 즐기고, 검사나 수술의 순서를 남보다 조금이라도 앞당겨야만 직성이 풀리고, 병원 내의 역할분담 같은 건 안중에도 없이 자기 몸에 관한 거라면, 간호사나 수련의가 해야 할 관장이나 채혈까지도 그 과에서 가장 위계질서가 높은 과장님 박사님이 해주길 바라고, 그러고도 부족해서 의술과는 상관없는 병원의 권력구조가 의료진에게 압력을 가해주길 바라고, 외국 의료기관에 대해선 어느 병원은 무슨 과가 세계적이라는 정보가 터무니없이 빠삭해서 여차하면 비행기 탈 준비가 되어 있는 사람들이었다. 스스로 특별대우를 요구하는 환자가 아니더라도 잘 알려진 유명인사에 대해서는 잘해줘야지 하는 스트레스 때문에 간단한 수술도 만족스럽게 안 되는 수가 수련의들 사이엔 드물지 않게 있어서 저희들끼리 VIP 신드롬이라고 부르면서 기피하는 경향이 있었다. VIP보다 더 신경이 써지는 건 가족이었다. 아무리 노련한 외과의도 자식이나 아내의 수술은 직접 집도하기를 꺼리는 걸 영빈은 종종 보아왔다. 냉정할 자신이 없기 때문일 게다. 정확성이란 차가운 마음이다. 피붙이나 사랑하는 이의 살을 찢고 그 안의 것을 들여다보는 일은 얼마나 용서받지 못할 모독인가. 그 안은 조물주의 성역인 것을. 조물주는 자신의 성역의 비밀을 지키기 위해 완벽한 미를 창조했다. 완벽한 미(美)란 그 자체로서 초월적인 힘이요. 넘볼 수 없는 권위요, 불가침의 요새이다. 감히 그 안을 넘본다는 것은 근친상간처럼 혐오스럽고 용서받을 수 없는 죄악의 예감마저 든다. 영빈은 같은 의사이면서 외과의에 대해서는 이렇듯 경원하는 마음이 있었다. 그에게 있어서 완벽한 수술이란 숙명적인 잔혹성과 동의

어였다.

송경호는 영빈의 매제일 뿐 아니라 재벌의 후계자다. VIP인 동시에 가족을 겸했다. 둘 다 의사 영빈이 기피하고 싶은 뜨악한 조건이다. 송씨 집안에 대한 그의 감정도 문제였다. 사돈집하고 변소간은 멀어야 한다는 옛날식의 거리감에서 한 발자국도 더 가까이 가고 싶지 않은 이상한 집구석, 더 노골적으로 말하면 구릿한 집구석이었다. 생각이 거기까지 미치자 영빈은 단호해졌다.

"네 뜻대로 하지 말고 시댁 어른들이 하자는 대로 해라. 송 서방이 느이 집안에서 얼마나 중요한 사람인지 너도 잘 알지 않니? 박 원장이 손뗐다고는 하나 지금까지 느이 집안에서 건강관리를 해온 방법대로라면 박 원장의 발언권도 무시 못할 게다. 느이 시아버지가 박 원장하고 의논해서 결정하건, 당신 혼자서 결정하건, 너는 잠자코 따르는 게 좋을 것 같다. 만약 송 회장님이 나한테 의논해온다고 해도 딴 병원이나 의사를 추천해줄 수는 있어도 내가 맡을 생각은 없다."

"덤터기 쓸까 봐?"

영묘가 슬픈 얼굴로 물었다. 커다란 눈에 금세 눈물이 핑 도는 걸 보면서 영빈은 누이를 외면했다. 누이의 슬픔이 얼마나 신속한 전염성을 갖고 있는지 그는 경험으로 알고 있었다.

"야아, 우리가 어쩌다가 이렇게 심각해졌지? 아직 밝혀진 건 아무것도 없는데 말야. 이 오빠가 객쩍게 군 것 같다. 바로 이런 감정과잉 때문에 가족을 환자로 받고 싶지 않아 하는 거란다. 우리 기분 풀자. 나가서 저녁이나 먹을까. 너하고 팔짱 끼고 근사한 식당에 들어가고 싶구나. 너 시집가고 나서 이 오빠한테 한 번도 그런 기회 안 준 거 아니?"

"오빠 제발 농담 좀 그만해요. 그이 지금 숨 쉬는 것도 괴로워하면서 누워 있어요. 그이를 살려줘. 꼭 살려주겠다고 약속해. 안 그러면 나 울어버릴 거야. 약속 받아낼 때까지."

"울면 안 되지, 우리 영묘가 울면 안 되지."

영빈은 아득한 기억을 더듬듯이 띄엄띄엄 말하며 누이 뒤로 다가가 어깨를 보듬었다. 누이가 와락 영빈의 팔을 부여잡으며 말했다.

"오빠 나 울고 싶어, 실컷. 정말 왜 이러는지 모르겠어요. 그이가 병들기 전부터 울음을 참고 살았다는 생각까지 드는 거 있지? 그렇지만 정말 운 적은 한 번도 없었어요. 이왕이면 오빠 앞에서 울어야지 하고 주리 참듯 참았나 봐 바보처럼."

"꼭 남의 말하듯 하는구나."

"내가 오빠 앞에서 엄청 운 거 생각나요? 첫사랑의 남자한테 배반당하고 눈물이 쏟아지는데 나는 내 몸이 다 액체가 되어 어디론지 흘러가는 줄 알았어. 그때 오빠가 내 방에 들어와 내가 버림받아 그 꼴이 됐다는 걸 알고 뭐라고 했는지 생각나요? 그 자식을 당장 쏴 죽이겠다고 길길이 날뛰면서 있지도 않은 총을 찾아온 집안을 좌충우돌하는데 그때 오빠 기운도 세구 얼굴은 또 어찌나 무섭던지. 아무튼 식구들이 다 벌벌 떨었으니까. 지금이니까 얘긴데 그때 난 오빠가 하나도 안 무서우면서, 풋 하고 웃음이 날려고 해서 혼났다우. 그 사람한테 버림받은 게 아니라 놓여났다는 생각이 들지 뭐야. 어쩌면 마음이 그렇게 순식간에 바뀌는지, 내가 생각해도 어처구니가 없더라구요. 오빠 그 자식 싫어했잖아요. 그래서 마음을 고쳐먹는 게 그렇게 쉬웠나 봐요. 순식간에 온 집안이 난장판이 된 사건이었는데도, 오빠, 나는 그때 생각만 하면 지금도 행복해진다우. 내 뒤에는 나를 위해 살인도 저지를 수 있는 굉장한 빽이 있다, 이 세상에 나처럼 빽 센 사람 있으면 나와봐라, 혼자서 그렇게 으스대면 얼마나 기분이 좋아지는지 오빠 아마 모를걸. 그이가 나쁜 병일지도 모른다는 소리 듣고도 즉각 그때 생각을 하니까 위로가 되더라구요. 우리 오빠는 나를 위해 살인까지도 서슴지 않을 사람이다. 우리 오빠에겐 죽이는 일보다 살리는 일이 훨씬 더 쉬울 텐데 그걸 안 해주랴. 이렇게 생각하니까 하나도 안 무섭더라. 송 서방 살려줄 거죠? 오빠가 책임지구."

"죽이는 일보다 살리는 일이 더 쉬우면 얼마나 좋겠니."

"오빠 의사야. 의사가 죽이는 일보다 살리는 일이 더 어려우면 그게 무슨 의사유."

"말 되는구나."

"그럼 송 서방 살려주는 거지?"

"그래 그래 울지만 말아다오."

영빈은 누이의 억지에 수긋이 말려들며 절망적으로 중얼거렸다. 그제서야 영묘는 잔뜩 부여잡고 있던 영빈의 팔을 놓아주며 일어섰다. 영빈은 누이에게 코트를 입혀주면서 나른한 밍크의 감촉에 무너져내리고 싶은 충동을 느꼈다. 지독한 피곤이었다.

"데려다주고 싶다만 할 일이 좀 남아 있어서……."

영빈은 혼자 있고 싶었다. 영묘는 내일 아침에라도 당장 입원할 수 있다는 다짐을 받고서야 떠나갔다. 영빈은 피곤하디피곤한 몸을 소파에 던지고 눈을 감았다. 가죽소파가 체중을 못 이겨 끈 끊어진 엘리베이터처럼 한없이 추락하는 것 같은 기분이 들었다. 근심의 무게가 그에겐 그렇게 버거웠다. 잠깐 졸았던지 난방이 썰렁해지는 것 같아 눈을 떴을 때는 창밖의 밝음이 미미하게 사위어가고 있었다. 그의 방은 전망이 좋았다. 입원환자들이 산책하기 좋게 설계된 녹지대가 곧장 바라다보였다. 겨울이라 분수는 마르고 나무들은 앙상했지만 낮 동안 햇빛을 흠뻑 빨아들인 잔디밭은 따숩고 푸근해 보였다. 빛은 하늘로부터 쏟아지지만 어둠은 땅에서 고요히 피어오른다. 아스팔트에서 피어오르는 어둠 다르고, 잔디에서 피어오르는 어둠이 다르다. 휠체어를 밀고 있던 아가씨도 그걸 느끼는지 보도블록이 깔린 오솔길을 벗어나 잔디밭 한가운데로 휠체어를 몰아붙인다. 타고 있는 환자가 여자인지 남자인지 젊었는지 늙었는지는 분간이 되지 않았다. 다만 호흡기 환자는 아니지 싶었다. 호흡기 질환으로 입원까지 할 정도면 폐렴의 위험을 경고해뒀을 터였다. 기온이 내려가는 시간에 얄팍한 환의만 입고 산책 같은 걸 할 리가 없지, 그렇게 생각하다가 자신의 못 말리는 직업의식에 쓴웃음을 지었다. 휠체어를 미는 게 아가씨라고 생각한 것도 뒤통수에 질끈 묶은 긴 머리 때문인데, 남자들도 얼마든지 그런 머리를 즐기는 세상 아닌가. 긴 머리가 잠바를 벗어 환자의 어깨에 걸쳐주고 휠체어 앞에 다리 뻗고 앉았다. 긴 머리는 턱 쳐들고 환자를 올려다보고 환자는 어깨를 수긋이 긴 머리를 내려다보면서 도란거리기 시작했다. 모자라도 부녀라도 남매라도 그만인 보기 좋은 실루엣이다. 환자는 아마 골절쯤일 거라고 영빈은 생각한다. 확실하게 고칠 수 있는 병으로 입원한 환자는 건강한 사람보다 더 행복해 보인다.

아무 일 없이 현금이하고 하루를 보냈다고 해도 이맘때쯤이면 집에 가야 할 시간이다. 아름다운 술과 좋은 음식을 즐기고 나서 처음 눈이 맞은 야생동물처럼 신선하고 발작적인 섹스를 하고 나면 죽음처럼 거역할 수 없는 잠이 엄습했다. 충분히 자고 나면 그들은 여한 없는 일생을 보낸 노부부처럼 평화로워져서 나란히 앉아 조용한 음악을 들으며 창밖을 내다보곤 했다. 창밖으론 한강이 흐르고 강 건너로는 강남의 아파트 단지가 바라보였다. 아파트의 무수한 창들이 점등하기 전, 하늘은 물빛이 되고 강은 하늘빛이 되어 잠시 흐름을 멈추고 호수처럼 잔잔해졌다. 작은 일에 감동하고 싶은 시간은 순식간에 지나갔다. 벌써 땅거미가 지는군. 영빈은 집에 가야 할 시간이라는 소리를 이렇게 돌려 말하곤 했다. 그러면 현금은 아니야, 지금은 '개와 늑대 사이의 시간'이라고 맞받곤 했다.

내가 좋아하는 어느 불문학자의 글에서 읽은 건데 불란서 사람들은 해가 지고 사물의 윤곽이 흐려질 무렵을 개와 늑대 사이의 시간이라고 한대. 멋있지? 집에서 기르는 친숙한 개가 늑대처럼 낯설어 보이는 섬뜩한 시간이라는 뜻이라나 봐. 나는 그 반대야. 낯설고 적대적이던 사물들이 거짓말처럼 부드럽고 친숙해지는 게 바로 이 시간이야. 그렇게 반대로 생각해도 나는 그 말이 좋아. 빛 속에 명료하게 드러난 바깥세상은 사실 나에겐 만날 만날 낯설어. 너무 사나워서 겁도 나구, 나한테 적의를 품고 나를 밀어내는 것 같아서 괜히 긴장하는 게 피곤하기도 하구. 긴장해봤댔자지, 내가 뭘 할 수 있겠어. 기껏해야 잘난 척하는 게 고작이지.

그렇게 위협적인 세상도 도처에 잿빛 어둠이 고이기 시작하면 슬며시 만만하고 친숙해지는 거 있지. 얼마든지 화해하고 스며들 수도 있을 것 같은 세상으로 바뀌는 시간이 나는 좋아.

이렇듯 현금이 가장 좋아하는 시간에 영빈은 그 집을 떠나곤 했다. 적나라한 외설의 현장에서 견고한 일상으로 은근슬쩍 스며들기 위해.

집에선 어머니 혼자 저녁 준비를 하고 있었다. 아내가 지지고 볶을 때하곤 다른 냄새가 났다.

"두나 에미는요?"

"오늘 하나 피아노 레슨 데리고 가는 날 아니냐?"

"피아노 선생 집이 어딘데 다 큰 아이를 데리고 다닌답니까?"

"이 동네였을 땐 혼자 다녔지. 선생이 대학 교수라는데 괴짠가 보더라. 방학 동안엔 양평의 별장이라나 시골집에 혼자 틀어박혀 한 발자국도 안 나온다더라."

"나오기 싫으면 그만두라죠. 거기까지 데리고 갈 건 또 뭐랍니까."

"부산 대구에서도 비행기 타고 돈 싸들고 그 선생한테 레슨 받으러 올 만큼 유명한 선생이라니 에미도 지고 싶지 않겠지."

"혼자 틀어박히구 싶으면 돈을 벌지 말든지, 그 자식 순 사기꾼 아냐?"

"얘가 왜 안 하던 욕까지 하고 그래. 에미 듣는 데선 행여 그런 소리 말아라. 시에미가 꼬치꼬치 고해 바친 줄 알라. 그 자식이 아니고 여자 교수란다. 돈도 많대. 방학 동안엔 학생도 안 받고 싶어하는데 부득부득 쳐들어가는 거란다. 배가 많이 고픈가 보구나. 우리 박사님이, 조금만 참아라, 착하지. 엄마가 우리 박사님 좋아하는 거 많이많이 만들었단다."

어머니가 별안간 갓난아기를 어를 때처럼 혀 짧은 목소리를 내면서 영빈을 핥듯이 바라봤다. 어머니가 아들하고 단둘이 있을 수 있는 기회는 아주 드물었지만 어쩌다라도 그런 기회를 잡으면 꼭 한 번씩은 그렇게 이상하게 굴었다. 영빈은 그런 어머니가 질색이었다.

"아뇨, 아직은 생각 없어요. 씻고 나서 하나 에미 들어오면 먹겠어요."

영빈은 어머니를 밀어내듯이 차갑게 말했다.

"차가 엄청 밀린다더라. 너보다 늦을까 봐 안달을 하더라. 거진 다 왔다는 전화 온 지 얼마 안 되니 곧 들어올 게다."

"하여튼 그놈의 차하고 핸드폰이 문제로군요. 두나는요?"

"걔도 과외 갔다 조금 아까 왔는데 지 방으로 쏙 들어가더니 내다도 안 보네."

딸의 방이지만 똑똑 노크까지 하고 영빈은 두나 방을 열어보았다. 두나는 돌아보지도 않고 컴퓨터 게임에 몰입하고 있길래 아무 말 안 하고 그냥 조용히 문을 닫고 나왔다. 아직은 문을 걸어 잠그지 않고 저 하고 싶은 짓을 하는 것만 고맙다고 생각했다. 두나의 책상머리에 딱 하나 걸려 있는 액자가 학사모를 쓴 유치원 졸업사진인 것도 영빈을 마음 놓이게 했다. 영묘가 시집가기 전 하나와 두나는 자매니까 이층침대를 놓고 한방을 썼다. 어머니는 영묘를 시집보내고도 당분간은 그 방을 그대로 놔두고 싶어했다. 그러나 고모가 시집가기 전부터 그 방은 내 거라고 점찍고 있던 두나가 즉시 고모 침대를 점령했고 다음날부터 고모의 흔적을 하나하나 들어내고 제 방으로 꾸며버렸다. 물론 그런 일은 어린것이 혼자서 할 수 있는 일이 아니어서 어머니는 손녀에 대해서보다는 며느리에 대해 더 섭섭해하고 있다는 걸 알고 있었으나 영빈은 모른 척했다. 영빈은 두나의 방과 마주 보고 있는 하나의 방 문도 열어본다. 하나의 방은 피아노 때문인지 두나 방보다 좁아 보인다. 주인이 없으니까 눈치볼 일이 없어서 영빈은 마음놓고 하나의 방을 두리번거렸다. 책상, 책장, 컴퓨터, 오디오, 시디 박스, 침대, 서랍장에 화장대까지 있다. 침대 옆엔 둘이 마주 보고 앉을 수 있는 동그란 탁자까지 있어서 다리 뻗고 앉을 맨바닥은 한군데도 없다. 그는 앙증맞은 의자에 어설프게 앉는다. 그리고 한집에 사는 딸의 방에 들어와 보기가 처음이라는 생각을 한다.

거짓말 같다. 요새 아이들이 돈도 벌어보기 전에 이렇게 많은 걸 소유하고 있다는 것 또한 거짓말 같다. 비어 있는 곳은 침대가 놓인 쪽 벽뿐인데 벽도 공백은 아니다. 빈틈없이 사진이 붙어 있다. 맨 위에 걸린 두 개의 금테두리 액자 하나는 베토벤이고 하나는 바흐다. 베토벤은 눈빛이 유난히 강렬하고 바흐는 가발을 쓰고 있다. 그가 어렸을 때도 흔히 볼 수 있었던 이들의 초상은 딸이 조금이라도 그들의 위대한 천재성으로부터 영향받기를 바라는 아내의 발상일 게 뻔하고, 그 밑에 빈틈없이 붙어 있는 것들은 아마 하나가 수집한 것 같다. 그중에서 영빈이 누구라고 알아볼 수 있는 건 비틀즈와 에쵸티와 장영주밖에 없다. 하나의 방도 두나의 방도 물건들이 넘친다. 그 애들이 원해서 사준 것도 있고 원하기 전에 미리 사준 것도 있을 것이다. 그 애들은 결핍을 모른다. 모든 것들이 으레 거기 있는 것으로 돼 있다. 물론 고마운 것도 모를 것이다. 아침에 학교 갈 때 입고 가고 싶은 옷을 금방 못 찾아도 소리를 지르고 화를 낸다. 원하는 것을 못 사주면 어떻게 될지 잘 상상이 안 된다. 식구들이 원하는 것을 못 사주게 될까 봐, 그렇게 열심히 공부하고, 남보다 나은 직업과 직장을 위해 한눈한 번 안 팔고 매진한 것일까. 그는 쓸쓸하고 망연해진다.

마흔다섯 평짜리 그의 아파트는 방이 네 개다. 영묘를 시집보내고 나서 남은 식구는 삼대 다섯 식구다. 제각기 방 하나씩 차지

하고 나면 영빈만 방이 없게 된다. 영빈은 아내와 같이 쓰는 안방을 제 방이라고 생각해본 적이 없다. 그건 아내가 아내의 취향에 맞게 꾸미고 뭐가 어디 있는지 알기 쉽게 질서를 잡아놓고 남편을 맞아드릴 준비가 되어 있는 방이다. 아내는 혼자 있고 싶을 때 영빈더러 조금 나가 있으라고 내쫓지만 영빈이 혼자 있고 싶을 때는 스스로 걸어나온다는 사실만 갖고도 명백해진다. 영빈의 의식 속의 삼대는 가장 안정된 가족 구도고, 많은 식구도 아니다. 그러나 칠십 대와 사십 대와 삼십 대와 십 대가 한지붕 밑에 산다고 생각하면 얼마나 위태로운 구도인가. 그가 모르고 있다 뿐 식구들은 끊임없이 지지고 볶고 싸우고 화해하고 미워하고 갈등하며 겨우겨우 모여 살고 있을 뿐일지도 모르겠다. 영빈은 그 안의 균형이 아슬아슬해질수록 가족이라는 본래의 외피는 견고해질 수밖에 없다고 생각했다. 안의 잡음이 밖으로 새어나가는 것도 싫지만 밖으로부터 균형이 위협받는 것도 싫었다. 영빈은 가족 안에 자신의 방이 없는 대신 자신이 가족을 한울타리 안에 보호하고 있는 단단한 외피라고 생각했다. 영묘를 사랑하지만 영묘 때문에 어머니가 울고불고 집안이 시끄러워지기를 원치 않았다. 그의 배타적이고 이기적인 생각이 미처 갈피를 잡아가기도 전에 아내하고 하나가 들어오는 소리가 났다. 그는 나쁜 짓을 하다가 들킨 것처럼 시침떼고 하나의 방에서 나왔다.

"레슨 받는 날짜를 바꾸든지 해야지 차가 유난히 밀려서 왜 그런가 했더니, 글쎄 스키 갔다 오는 사람들 때문에 그렇다는군요. 서울 사람들이 이용하기 쉬운 스키장은 다 그쪽 길로 해서 가게 돼 있지 뭐유. 우리처럼 세상물정 모르고 사는 사람들도 없어요. 그동안에 스키 인구가 그렇게 는 것도 모르고 살았으니."

"나 운동신경 없는 거 당신도 알잖아."

영빈은 아내가 우리 식구도 스키를 배우자고 말하기 전에 이렇게 방패막이를 했다. 아내가 밉지 않게 눈을 흘기고는 외출복 위에다 앞치마를 두르고 상을 차리면서 아이고, 너희들 먹을 게 없어서 어떡허니 구시렁댄다. 어머니가 해놓은 음식에 대한 타박인데도 어머니는 언짢은 기색없이 조용히 앉아 있다. 어머니의 죽여줍쇼, 하는 표정이 영빈이 보기에 과장되어 보인다. 그는 이 진부한 평화를 조심스럽게 견디며 식사를 하고 나서 혼잣말처럼 중얼거렸다.

"웬 난방을 이렇게 몹시 하나, 기름 한 방울 안 나는 나라에서……."

그건 사실이기도 하지만 다용도실로 자연스럽게 스며들기 위한 구실이기도 했다. 다용도실은 한 평도 채 안 되지만 북쪽 벽이 속 시원한 통유리일 뿐 아니라 난방이 안 들어오는 유일한 공간이다. 그러나 거기서도 속시원하게 강변북로를 바라볼 수 있는 건 아니다. 인색하게 뚫린 앞의 동과 동 사이에 낀 강변북로의 불빛은 불똥처럼 허망하게 생성하고 소멸한다. 강북의 아파트도 한 동이 겨우 보인다. 현금의 아파트가 아닌데도 그중 불 꺼진 창이 그녀의 집일 것 같다. 그 여자는 아직도 그냥 거기 있을까. 그런 생각이 들자마자 가슴이 거칠게 후둑거린다. 황혼 속으로 걸어들어가 자취도 없이 스며들었을 것 같다. 아니면 저녁 어스름이 그녀에게 스며들어 텅 빈 어둠으로 집 안을 가득 채우고 있을지도 모르겠다. 그녀와 나눈 한낮의 유열이 잘 믿기지 않는다.

"전화예요. 사돈어른이에요. 그분이 이 밤중에 웬일일까요?"

아내는 무선전화기를 손바닥으로 잔뜩 틀어막고도 숨죽여 말했다.

"여기서 받겠소."

그는 손사래를 쳐서 아내를 내보내고 헌 잡지와 신문지 같은 것들을 모아놓은 과일상자 위에 거북하게 걸터앉아 전화를 받았다.

"전화 바꿨습니다. 회장님."

송 회장을 어떻게 부를까 영묘를 시집보내면서 어머니에게 물어보았더니 사장(査丈)어른이라고 부르라고 해 그대로 했다. 그러나 송 회장은 사장이 아니라 회장이라오 하고 고쳐주었다. 영빈이 송 회장을 별로 좋아하지 않게 된 건 아마 그후부터였을 것이다. 어머니는 그 소리를 듣더니 돈도 많고 학벌도 좋은 집안이라 신경 쓰이더니 근본은 없는 집안인갑다. 그저 공부만 젤로 알고 아무것도 안 가르쳐 보냈는데 소탈한 집안인 것 같으니 잘됐구나,라고 듣기 좋은 해설을 해주었다. 송 회장도 영빈을 깍듯이 심 박사님이라고 불렀다. 그러나 이번엔 처음 들어보는 호칭으로 영빈을 불러 얼떨떨하게 만들었다.

"상훈이 외삼촌, 그동안 격조했소이다, 나 상훈이 할애비외다⋯⋯"로 시작된 통화는 거의 한 시간이나 끌었다. 그 어느 때보다도 호방하고도 은근한 그의 목소리는 경호가 결핵이라는 걸 거듭 강조하면서 영빈도 그걸 믿게 될 때까지 계속될 것처럼 집요했다. 그건 대화가 아니라 일방적인 세뇌였다. 영빈은 간간이 아직 진찰 전이라는 걸 말해보기도 했지만 허사였다. 글쎄 그건 이미 결정난 일이라니까 그러시네, 하면서 병원 외의 질병의 최고 결정권자가 따로 있는 것처럼 말해서 영빈의 말문을 막았다.

"새애기가 그렇게 놀라고 호들갑을 떨 줄 알았으면 혼인시키기 전에 우리 집안의 나쁜 내력에 대해 미리 양해를 구하는 건데⋯⋯. 뭐 별로 좋은 내력도 아니라서. 선친은 회갑 넘어 사셨지만 그 선대는 대대로 마흔을 못 넘긴 단명한 집안이었는데 알고 보니 다 결핵으로 그렇게 단수하신 거였어요. 그 체질을 물려받았다는 걸 안 건 선친이 마흔도 되기 전에 선대하고 똑같은 증상으로 시난고난 앓기 시작하시고였지요. 우리가 지금 가정의로 모시는 박 원장은 그때 막 대학을 졸업하고 개업한 젊은 의사였는데도 청진기만 대보고도 단박 결핵이라는 걸 알아맞히더래요. 선친을 도와 가산을 일군 우리 어머니는 그때부터도 여장부답게 사람 보는 눈이 있으셨나 봐요. 젊은 의사였는데도 신뢰감이 가더래요. 전적으로 맡길 테니 살려만 달라고 매달렸다나 봐요. 그때만 해도 파스니 나이드라지트니, 새로운 결핵약이 한참 쏟아져 들어올 때이기도 했지만 어머님은 어머님대로 그 병에 좋다는 민간요법은 다 해보셨나 봐요. 지금도 어머님은 어려운 병을 고치려면 의사하고 환자의 보호자가 손발이 잘 맞아야 된다는 확신을 갖고 계시니까요. 그래도 어머님은 아버님이 완치하신 후에도 그 공을 전적으로 박 원장한테 돌리고 평생 은인처럼 대우하셨죠. 워낙 실력이 있는 의사라 그 후에 그 병원은 날로 번창했지만 어머님은 우리 식구 건강뿐 아니라 아버님이 창업하신 회사 사원의 건강진단까지 그 병원에 의뢰했으니까요. 물론 지금처럼 회사가 크기 전이고 박 원장의 한창때이기도 했지만요. 박 원장도 많이 늙었어요. 그래도 선대의 체질까지 환히 파악하고 있는 의사가 늘 대기하고 있다는 건 얼마나 든든한 일인지 몰라요. 체질의 유전 그거처럼 무서운 건 없더라구요. 내가 다, 재계에서도 알아주는 건강체질인 내가 다 결핵을 앓았다면 믿으시겠어요. 사원들의 정기적인 건강진단이 의무화되고 나서 나도 간부사원들하고 같이 종합병원에 입원까지 해가며 온갖 검사를 다 받은 일이 있는데 그때 처음으로 폐에 결핵을 앓은 흔적이 남아 있다는 걸 알았죠. 결핵은 감기처럼 가볍게라도 꼭 한 차례 앓아야 하는 게 우리 송씨 집안의 피할 수 없는 운명이라는 걸 심 박사님도 꼭 유념해 주셨으면 합니다. 새애기한테 아무리 우리 집안의 체질적 내력을 믿게 하려 해도 잘 안 되더라구요. 하긴 지 속으로 낳은 송씨집 핏줄이 둘이나 되는데 그까짓 좋지도 않은 선대의 병력을 믿고 싶겠습니까. 새애기가 다녀왔다니 보셨겠지만, 도대체 무슨 생각을 하고 그렇게 속을 끓이는지, 요 며칠 사이에 얼굴이 조막만 해졌어요. 박 원장도 늙었단 핑계로 이제 그만 손떼고 싶어하고, 새애기도 종합병원 상성을 하니 심 박사님이 맡아주시는 게 순리가 아니겠습니까. A병원도 그렇지만 심 박사님의 명성도 익히 알고 있습니다. 마침 잘됐어요. 박 원장의 연세로 보아 저희 집안의 주치의도 갈아야 할 때가 된 것 같아요. 저는 아직도 천금 같은 가족의 건강을 시설이나 기계나 명성만 믿고 맡길 순 없다고 생각해요. 남의 목숨을 중히 알고, 입이 무겁고, 어딘지 인간적으로 믿음이 가는 의사를 박 원장 후임으로 찾고 있던 차였어요. 박사님이 우리 송씨집 체질에 입문하는 셈치고 상훈 애빌 맡아주십시오. 차제에 부탁드리고 싶은 것은 모든 일을 저하고 먼저 의논해주십사 하는 겁니다."

한마디도 영빈이 끼여들 틈을 주지 않고 자기 말만 하던 송 회장이 이 대목에서 처음으로 호흡을 끊고 영빈의 동의를 구했다. 영빈의 불쾌감이 극도에 달했을 때였다. 말없음으로 불쾌감을 나타낼 동안도 기다리지 않고 송 회장은 하고 싶은 말을 계속했다. 손자의 결핵을 눈치챈 팔십 노모가 몇 대째 내려오는 결핵균이니 얼마나 독하겠냐면서 지금 시골에 사람을 풀어 백사(白蛇)를 구하는 중이라는 둥, 자기도 중국을 드나드는 약종상한테 진짜 백두산 산삼을 부탁해놓고 기다리는 중이라는 둥, A병원엔 영빈 아니라도 원장을 비롯해서 그 병원에서 꼽히는 박사들이 거의 다 그와는 고등학교 선후배 사이여서 언제라도 VIP 대접받으며 입원할 수 있다는 둥, 대학동기는 같은 과 아니면 잘 모르기 때문에 이용가치가 제한돼 있지만 고등학교는, 특히 예전 명문고교는 각 계각층 어디라도 줄이 닿기 때문에 세상 사는 데 거칠 것이 없다는 학벌 자랑까지, 어떻게 그렇게 정나미 떨어지는 소리만 골라서 하는지, 이제 더는 참을 수 없어질 무렵에야 전화를 끊었다. 게다가 말투까지 느끼하여 그 느글느글한 불쾌감이 좀처럼 가실 것 같지 않았다. 요약하면 경호는 틀림없이 결핵이라는 거였다. 한 환자를 놓고 가장 가까운 가족이 한쪽에선 결핵이라 우기고, 한쪽에선 암일 거라고 떨고 있었다. 요즘은 의학에 대한 전문지식까지 대중화된 게 많아 의사가 개입할 여지를 주지 않는 환자나 환자 가족이 드물지 않지만 사돈집의 경우는 그게 너무 지나쳤다. 영묘와 송 회장 사이에서 부대끼고 난 영빈은 온몸이 무두질을 당한 것처럼 피곤하여 몸을 가눌 기력조차 남아 있지 않았다. 앞으로 그가 싸워야 할 대상은 질병이 아니라 송씨가의 이상한 가족관계가 될 것 같은 예감이 그렇게 끔찍했다.

아직도 그 여자는 그냥 거기 있을까? 그런 생각은 의혹인데도 괴롭지 않고 감미롭다. 아직도 그 여자는 그냥 거기 있을까? 딱한 구절만 생각나는 시를 읊조리듯이 그 생각을 반복하는 사이에 좁고 누추한 다용도실은 잔잔한 호수에 띄운 작은 배처럼 미미하지만 쾌적하게 흔들린다.

"이 밤중에 사돈한테서 웬 전화냐? 무슨 일이 있는 거 아니냐?"

어머니가 다용도실 문을 열고 묻는다. 그 전화가 사돈으로부터라는 걸 며느리한테 듣고 참다참다 못해 묻는 표정이다.

"그냥 안부전화예요."

"안부 무슨 안부, 사돈간에 무소식이 희소식이지. 그리고 무슨 놈의 안부전화가 그렇게 길어. 사돈이라도 처남 매부 간이라면 벗할 수도 있지만, 누이의 시어른은 달라. 아무리 아래위턱 없는 요즘 세상이라도 상전 중의 상전이란다. 책잡히지 않으려면 멀리

하는 게 수구, 통화도 짧게 하는 게 수야."

불안해하는 어머니의 얼굴을 보면서 영빈은 누이로 인하여 자기 집의 평화까지 깨지는 일만은 면하고 싶었다. 내 집이 흔들리는 건 0.7평짜리 다용도실이면 충분하다. 0.7평 정도 흔들려도 끄떡없을 정도로 내 집의 전체적인 안정은 견고해야 된다. 애정인지 이기심인지 분간이 안 되는 이 사명감으로 그는 별안간 단호해진다.

"알았습니다. 주무세요."

영빈은 어머니의 등을 밀면서 다용도실을 나와 안방까지 따라 들어갔다. 영빈이 어려서부터 낯익은 구식 세간들이 얌전히 자리 잡고 있다. 안방에 들어와본 지 얼마 만인지 모른다. 어머니도 어리둥절한 낯빛이다. 문갑 위의 사진틀에는 잘생긴 청년이 나란히 앉아서 웃고 있다. 정장에 넥타이를 매고 있어서 어른스러워 보일 뿐 아직 소년일 수도 있다. 미국에 있는 그의 형은 아들만 둘이다. 하나와 두나보다 먼저라는 것만 알지 조카들의 자세한 나이는 모른다. 몇 년에 한 번씩 어머니를 초청한 것 외에 형은 한 번도 귀국하지 않았다. 영빈이 비교적 자주 미국에 가는 편이나 날잡아 놀러간 적은 한 번도 없기 때문에, 딱 한 번 형이 사는 도시에서 학회가 열렸을 때 말고는 형의 집에 못 가봤다. 사진 속의 아이들이 그때보다 몰라보게 큰 걸 보면 최근 사진인 것 같다. 딸

밖에 없는 영빈은 이 잘생긴 청년들이 핏줄을 떠나서도 눈부시다. 형은 미국에서도 몇 번 거주지를 옮겨서 지금 어디서 사는지, 들었으련만 잘 생각나지 않는다.

"형네 좀 다녀오시지 그러세요."

영빈은 불쑥 말하고 나서 만약 그렇게만 된다면 짐이 한결 가벼워질 듯싶어 간절한 눈빛이 된다.

"형네가 조오기 이웃동네냐? 그렇게 쉽게 말하게."

"여비 때문에 그러세요. 해드릴 게요."

"싫다. 오라지도 않는데 내가 거긴 왜 가?"

어머니가 샐쭉해진다.

"그럼 형한테 전화 걸어서 어머니를 초청하도록 할게요. 그럼 괜찮으시겠어요?"

영빈은 절박한 마음을 전하고 싶어 어머니의 어깨를 보듬으려고 했다. 그러나 어머니는 매몰차게 뿌리치면서 앙칼진 소리를 냈다.

"설마설마 했더니 너도 이제 이 에미가 귀찮아진 게로구나. 실컷 부려먹고 나서 쓸모없어지니까 형한테로 떠넘기려고. 애비 너한테서 그런 꾀가 나왔을 리는 없구, 에미가 그렇게 시키던? 어머니는 의당 장남이 모셔야 하는 거 아니냐구. 그 늙은이만 없으면 우리끼리 얼마나 오붓하게 살겠느냐고……."

어머니의 말씨가 험악해지면서 흐느낌이 섞였다. 그제서야 그게 아니라구 쩔쩔매봤댔자 어머니의 폭발적인 분노를 가라앉히기엔 역부족이었다.

"아니긴 뭐가 아니야. 에미 오라고 해라. 이건 내 집이야. 아버지 재산을 오막살이로 줄여먹긴 했지만 그 오막살이가 이 집 장만하는 종자돈이 된 걸 왜 몰라. 그뿐이냐. 제가 살림은 거저 늘 군 줄 아남. 시에미가 거저로 아이 길러주지 않았으면 제가 무슨 수로 이날 입때 직장을 다녀? 지가 번 돈이 그렇게 귀하면, 시에미가 뼛골 빠지게 일한 대가는 왜 생각을 못하냔 말야. 나가고 싶으면 지나 나갈 일이지 언감생심 시에미 내쫓을 궁리를 해. 이건 내 집이야. 친구 집에 갔다가 하룻밤 자고 가라고 붙들어도 며늘년 좋아할까 봐, 젊은것한테 그런 맛 보이면 안 되지 싶어, 어떻게든 기어든 내 집이란 말이다. 에미야, 나 좀 보자."

영빈이 사색이 되어 쩔쩔맬수록 어머니는 며느리 들으라는 듯이 일부러 문 쪽을 향하여 목청을 돋구었다.

"어머니, 제발 믿어주세요. 제 혼자 생각이라니까요."

"못난 것. 네가 그런 생각을 어떻게 혼자서 해. 넌 네가 잘난 줄 알지만 이 에미가 그저 내 아들 잘났다, 잘났다, 추켜세우니까 남들도 그런 줄 알고 너도 잘난 줄 알지만 여편네하고 같이 벌지 않으면 이까짓 아파트 하나 장만 못하는 고지식한 의사 노릇이 뭐 그렇게 잘났냐. 박사면 뭘 하고, 교수면 뭘 해. 집안 경제에 대핸 암것도 모르면서…….”

“어머니 제발 고정하시라니까요. 그 사람하곤 전혀 상관없는 일이에요. 어머니가 미국 손자들 사진만 걸어놓고 보시는 걸 보니까 얼마나 보고 싶어서 저러시나 싶은 생각이 불쑥 든 거예요. 솔직히 조금은 샘도 나구요. 그뿐이에요.”

영빈은 급한 대로 자기가 무슨 말을 하는지도 모르고 둘러댔다. 그러나 그 말 한마디에 어머니는 거짓말처럼 단박 흥분을 가라앉히고 은근하고도 처연한 얼굴이 됐다.

“쯧쯧 아범도 이제야 남의 아들 부럽다는 실토를 하고 마네그려. 못난 사람 같으니라구. 여편네 무서워서 내색도 안 하더니만…….”

영빈은 어머니의 고성이 가라앉은 것만 고마워서 그저 네, 네, 어머니 주무세요, 하면서 안방을 물러났다. 내가 방금 건드린 건 뭘까? 그가 가장 마음 편하게 의지하고 있는 가족이란 제도 속에 숨겨진 추악한 아우성에 그는 벌집을 잘못 건드린 아이처럼 놀라자빠질 것 같았다.

오래된 농담

영빈이 일러준 대로 누이는 아침 일찍, 병원 진료시간 전에 환자를 데리고 그의 방으로 찾아왔다. 그보다 더 일찍 출근해 기다리고 있던 영빈은 그들이 들어서는 걸 보고 이 두 사람이 그가 늘 꽃 본 듯이 보면서 즐거워하던 그 아름다운 한 쌍이 맞나, 믿어지지 않았다. 두 사람을 함께 가장 최근에 본 게 언제였더라. 영묘가 둘째아이를 순산하고 산후조리가 끝난 후, 영빈이 어렵사리 시간을 맞춰 마련한 양가 회식자리였을 것이다. 그때 화제는 단연 영묘의 몸매관리였다. 누가 아이를 둘씩이나 낳았다는 걸 믿겠느냐, 꼭 처녀 같다는 아내의 찬탄은 질투일지언정 조금도 과장이 아니었다. 어머니도 만족해서 남편 잘 만나 사랑받고 고생모르니 늙을 일이 뭐가 있겠느냐고 흐뭇해했다. 엽렵한 어머니지만 너무 만족한 나머지 그게 결혼하고 이날 입때 맞벌이로 바스라진 며느리 마음을 상하게 하고, 아들 입장을 난처하게 할 수도 있다는 데까지는 생각이 못 미친 듯했다. 아내의 눈흘김에도 불구하고 영빈도 기분이 좋았다. 영묘의 이상한 시집살이에 대해 누구보다도 잘 아는 영빈은 이제야말로 얘들이 사는가 싶게 사는구나, 부럽고 마음이 놓이기도 했다. 아내는 영묘를 처녀 같다고 했지만 남자와 여자가 가장 아름다운 시절은 처녀 총각 때가 아니라 관능의 유열이 절정에 올라 서로에게, 그리고 사는 맛에 가장 탐욕스러워진 청춘의 절정기라는 걸 그 두 사람은 시위하듯이 보여주고 있었다.

병색이 완연한 경호도 그렇고, 화장기 없이 입술까지 터진 영묘도 그렇고, 그 행복하고 화창했던 날의 주인공들이었다는 걸 어찌 믿을까. 왜 행복의 절정엔 비극이 스며 있기 마련이라는 걸 몰랐을까. 난 의사니까, 검증을 거친 것만 믿게 돼 있는 양의사니까, 의사의 소견으로도 결핵으로 그럴 수는 없는 일이었다. 경호는 숨이 가빠했고 숨쉴 때마다 통증을 호소했다. 그보다는 기침할 때 피가 나오는 게 가장 기분 나쁘고 신경이 써진다고 했다. 청진기로 들어보면 호흡음이 떨어져 있고 두드려보면 둔탁한 음이 들렸다. 어제 가슴사진으로 확인한 대로 늑막에 물이 차 있다는 건 쉽게 진단이 가능하지만 왜 물이 찼느냐를 말할 수 있는 단계는 아니었다. 경호는 감기 기운이 있자마자 치료를 받았는데 어떻게 각혈까지 하게 됐는지 모른다고 불안해했지만, 어디까지나 결핵의 진행상태를 두고 하는 말이지 딴 가능성에 대해서는 생각도 안 하는 것 같았다.

우선 응급실을 통해 입원절차를 밟고 모든 검사가 신속하게 이루어졌다. 전산화 단층촬영에서 늑막의 물과 함께 폐 안의 종괴가 관찰되긴 했지만, 가래에서도, 늑막 천자나 늑막 조직검사에서도 암세포나 결핵균은 발견되지 않았다. 영빈은 송 회장을 만나 흉강경 수술을 제안했다. 째고 떼어내는 수술이 아니라 해도 위험성이 아주 없는 수술도 아니기 때문에 가족의 동의서도 있어야 했다. 수술 소리만 듣고도 송 회장은 안색이 변했다.

"결핵 걸린 폐를 떼어내는 수술을 하자는 겁니까?"

"아닙니다. 그런 엄청난 수술은 아니고 조직검사를 위해서입니다. 아직 아무것도 증명된 게 없으니까요."

"결핵이라는 걸 아직도 안 믿는군요."

"질병이 환자 원하는 대로 걸리는 건 아니니까요."

"큰 병원은 검사하다 사람 잡는다더니 틀린 말도 아니군요. 숨차 하는 고통 하나 해결 못 해주면서…… 이 병원에 와서 나아진 게 뭐가 있습니까."

말은 그렇게 하면서도 송 회장의 표정에 불길한 예감이 스치는 걸 영빈은 놓치지 않았다. 영빈은 뜻하지 않게 경호의 질병이 가족들이 원하는 대로 진행이 안 되고, 그의 심중대로 가고 있다는 데 죄책감을 느꼈다. 내가 돌팔이라도 좋으니 결핵이었으면 싶었다.

"흉강경 수술을 권하는 것도 정확한 진단을 위해서지만, 우선 환자의 고통을 덜어주기 위해서이기도 합니다. 늑막의 물을 빼주어도 금방 또 차서 환자가 그렇게 숨이 차 하는 거니까, 더 이상 늑막에 물이 차지 않도록 늑막을 유착시키는 수술도 겸하게 됩니다. 그러면 한결 증상이 좋아질 겁니다. 원인치료는 아니라 해도……."

"최선의 방법입니까?"

"지금 현재로서는……."

"내 보기에도 송 실장 증세가 심상치 않아 외국의 유명 병원도 알아보고 있는 중이오. 좀 때늦은 감은 있지만…… 이중으로 어려운 검사를 받도록 하고 싶지 않은 마음도 있는데 박사님 생각은 어떠신지."

송 회장이 아들을 실장이라고 부르기는 처음이었다. 이성적으로 대처하려는 노력같이 보여서 영빈은 그게 되레 안쓰러웠다.

"그런 경우 이쪽의 검사결과와 소견을 첨부해서 보내도록 하니까요. 불필요한 검사를 처음부터 반복하는 일은 없을 겁니다. 그리고 이런 결정은 저 혼자 내린 게 아니라 스태프들과 충분히 의논했고, 또 원장님께서도 많이 걱정하시고 최선을 다하도록 신신당부하셨습니다."

원장은 예방의학의 권위자였다. 부탁을 받은 것만큼 관심을 보여줬을 뿐이지만 VIP 대접을 받고 싶어하는 송 회장의 심리를 아는지라 다소 비위가 상하는 걸 참고 그렇게 말해주었다.

"아아, 그 친구 벌써 문병까지 왔더라구요. 뭐 불편한 거 없냐구."

그렇게 해서 겨우 수술하는 데 동의했지만, 동의서를 쓸 때 최악의 경우까지 설명해야 하는 건 괴로운 노릇이었다.

"아무리 간단한 수술이라 해도 폐렴 같은 합병증으로 위독해지는 경우가 아주 없는 건 아닙니다. 수술 후에도 가슴에 튜브를 꽂고 있어야 되는데 대부분 2, 3일이면 제거할 수 있지만, 사람에 따라서는 공기가 새거나 유착이 제대로 되지 않아 오랫동안 튜브를 가지고 있을 수도 있으며, 유착이 아주 안 되어 다시 시키는 경우도 20퍼센트가량 됩니다. 직접 눈으로 보면서 조직검사를 하기 때문에 진단이 안 되는 경우는 적지만 흉강경 수술로도 진단이 안 되는 수도 있습니다."

"꼭 그렇게 심한 얘기까지 해야겠소?"

"최악의 경우를 말씀드리는 겁니다."

"왜 상훈이 에미한테 동의서를 받지 않고 나를 보자고 한 거요."

송 회장이 가늘게 떨리는 손으로 서명날인을 하며 말했다.

"저는 회장님이 떠시는 건 담당의사의 입장에서 바라볼 수 있지만, 누이가 떠는 건 오래비로서 볼 수밖에 없는 게, 괴로워서 피하고 싶었습니다."

"가벼운 수술이니까 박사님이 해주시는 거죠?"

"아닙니다. 결정은 제가 했지만 수술은 흉부외과 의사가 하게 되죠. 그건 염려 마세요. 믿을 만한 흉부외과 의사와 마취과 의사한테 부탁해서 스케줄을 앞당기도록 했으니까요."

"박사님이 입회라도 해주셔야죠. 그건 가능하겠죠."

"그 정도야 가능하지만, 만약 제가 외과의라고 해도 가족의 수술을 직접 할 수 있을 것 같지는 않은데요. 떨려서요. 그래서 외과의가 못 됐는지도 모르지만요."

그 정도면 완곡한 거절이 된 줄 알았는데 영묘의 애걸은 당해낼 수가 없었다.

"오빠, 그이는 내가 상훈이 상국이 낳을 때 아무리 바빠도 병원까지 달려와 내 손 잡고 끝까지 지켜봤어. 내 친구들 중에도 나처럼 복 좋게 애 낳은 경우 하나도 없다우. 그 생각하면 나도 수술장에 따라 들어가고 싶지만 그건 절대로 안 된다니 오빠가 내 대신 해주세요. 오빠는 할 수 있잖아요. 의사들이 실수할까 봐도 겁나지만, 그이가 마취당해 아무것도 모를 때, 함부로 취급당할지도 모른다고 생각하면 못 견디겠어요. 그런 일 없도록 오빠가 지켜보고 있어주세요. 그이도 자기가 정신이 나간 후에도 오빠처럼 믿음직한 박사 처남이 자기 생명줄을 지켜봐준다고 생각하면 얼마나 마음이 놓이고 힘이 되겠어요. 꼭 그렇게 해줘요, 오빠."

차마 못 그러겠다고 못하고 수술실에 들어가기로 했지만 생각보다 더 불안했다. 본과 1학년 때 처음 해부학 교실에 들어갈 때처럼 내가 왜 의사가 되고 싶어했을까, 의학공부 자체에 대한 회의까지 도지려고 했다. 예과 때 성적도 좋았고, 본과에서도 아무 문제없이 씩씩해 보이던 여학생 중에도 해부학 실습이 고비가 되어 의사 되기를 포기하는 예가 간혹 가다 있었기 때문에 남자가 그걸 못 참는다는 걸 수치스럽게 여기긴 했다. 그러나 견디기 쉬웠던 건 아니다. 짐짓 태연한 척하려고 그런다는 걸 알면서도 히히대면서 실습에 임하는 동료가 혐오스러웠다. 그는 밤에 몰래 이불 쓰고 울었다. 섬약한 자신에 대한 실망과 수치심이 시체에 대한 본능적인 두려움과 혐오감보다 더 견디기 어려웠다. 그리고 그는 누구였을까? 아무도 안 생각하는 걸 혼자서 생각해야 하는 건 지독한 외로움이었다.

수술실엔 의사들의 전용문이 따로 있었지만 영빈은 먼저 병실에 들러 영묘하고 같이 용원 아저씨가 미는 바퀴 달린 침대차를 따라 엘리베이터를 탔다. 아무 말도 안 하는 게 숨막혔던지 영묘가 떨리는 소리로 속삭였다.

"발가벗기고 팔찌까지 채웠어."

알몸에 환의만 입은 경호는 눈감은 채 창백하게 누워 있었다. 장차 의식이 없어지게 될 테니까 신분을 확인하기 위해 팔에 환자의 이름, 나이, 병력번호가 적힌 팔찌를 차게 돼 있었다. 영묘는 그것까지도 무서운 모양이었다.

"너도 왕년에는 그랬어, 인석아. 생각 안 나?"

영빈이 터무니없이 밝은 소리로 말했기 때문일까, 경호가 눈감은 채 희미하게 웃었다. 영묘는 못 알아들은 것 같았다. 수술실 앞에는 오늘 수술장에 들어가는 환자 가족들이 웅성거리고 있었다. 그중에서 영묘 시어머니와 친척인 듯한 부인이 영묘를 보고 달려오더니, 용원 아저씨한테 자꾸 뭐라고 물어보고 아저씨가 알은체하는 걸 영빈은 바라보기만 했다. 수술장 앞에서 흔히 볼 수 있는 광경이었다. 송 회장의 모습은 보이지 않았다. 수술장 입구 간호사로부터 다시 체크를 받고 나서 환자는 담당 마취과 의사와 함께 수술장 안으로 사라졌다. 영빈은 의사들의 전용문을 통해 수술장으로 들어갔다. 흉강경 수술에 임할 의사들이 갱의실에서 수술복으로 갈아입고, 수술장 방 앞에 있는 수도에서 소독약이 든 수세미 같은 기구로 손톱 밑에서 팔꿈치까지 소독을 하고, 간호사가 건네주는 소독된 타월로 물기를 닦은 후 역시 간호사가 입

허주고 묶어주는 대로 완전 소독된 수술가운으로 갈아입는 걸 지켜보면서 영빈은 초록색 모자와 마스크만 쓴 다음 수술장 안으로 들어갔다. 수술실 안에서 움직이는 사람들은 초록색 일색이다. 수술장 안은 넓은 편이지만 많은 기구들이 있기 때문에 수술에 참여하는 사람들 외의 사람이 있기엔 불편하다. 영빈은 비록 지금 집도할 외과 의사는 아니라 해도 수술받을 환자의 주치의건만 그냥 구경 온 사람처럼 구석에만 있으려 들었다. 그리고 몸이 어디로 빠져나갈 수 없는 대신 생각이라도 딴생각을 하려고 했다.

영빈이 이 세상에 태어난 누이하고 처음 대면했을 때도 아기는 팔목에 팔찌를 끼고 있었다. 아버지가 돌아가신 후, 그때 영빈네 집은 모든 것이 최악의 상태였다. 집을 줄여서 간 변두리 동네의 불편과 불결에 아직 익숙해지기 전이었고, 집을 줄인 목돈을 대책없이 빼먹어야 하는 불안과, 가족에게 궁핍뿐 아니라 불명예까지 넘겨주고 간 아버지에 대한 원망이 최고조에 달했을 때였다. 그 모든 것을 더는 견딜 수 없어 폭발시키듯이 어머니는 몸을 풀었다. 어머니에게도 노산이었지만 영빈이 중3, 형이 고3 때였다. 아무리 아버지가 남기고 간 씨라 해도 홀로된 어머니가 아기를 낳았다는 게 창피하고도 불길하게 여겨졌다. 밤새 누이동생을 보았단다. 아침에 병원에서 돌아온 외할머니가 짤막하게 말하고는 미역국을 끓였다. 아기만 받는 변두리 산원은, 오직 싸다는 이유

하나만으로 인기가 있어 성업 중이지만 미역국 맛은 형편없다는 것이었다. 외할머니도 우울해 보였지만, 영빈도 이 지경에서 식구가 하나 더 는다는 건 생각하기도 싫었다. 형도 내내 벌레 씹은 얼굴을 하고 있었다. 할머니가 보리차 끓이는 커다란 양은주전자에다 비릿한 미역국을 담아주면서 산원에 가서 아기도 보고 국도 데워서 엄마에게 권해보라고 했다. 첫국밥을 잘 먹어야 젖이 잘 나는 법이다. 느이 형편에 제 젖 먹는 것도 한 부주다. 형은 단호하게 가기 싫다고 했다. 그러자 할머니는 별안간 연탄집게를 휘두르며 때릴 듯이 형을 나무랐다. 그럼 이 할미가 이 무거운 걸 들고 가련? 인정머리 없는 녀석 같으니라구. 그러게 딸도 있어야해. 느이 놈들 중 하나가 딸이었어도 내 모른 척하지 한밤중에 달려오지 않았다. 느이 에미만 노산이 아니야. 이 할미도 해산 구완하기엔 너무 늙었다. 느이 에미 불쌍한 마음에 느이 외삼촌은 안된다고 펄쩍 뛰는 걸 무릅쓰고 해산 구완을 자청했다만 할 노릇이 아니더라. 따라온 사람들이 친정에미건 시에미건 나처럼 늙은이는 하나도 없더라. 늙은 것도 죈지, 괜히 쭈뼛쭈뼛 눈치가 보이더라니까. 게다가 애 아범이라도 있나? 아이고 내 팔자야. 느이들 이렇게 말 안 들으면 나 당장 우리 집에 갈란다. 영빈이 먼저 할머니한테 잘못했다고 빌고, 주전자를 들고 나섰다. 형이 따라와서 왁살스럽게 주전자를 빼앗아 들고 앞장섰다.

한방에 산모가 여섯 명이나 누워 있는 병원에서도 영빈 형제는 화제가 됐다. 형을 보고 산모들이 다 한마디씩 했다. 우리 신랑보다 더 점잖아 보인다느니, 저 나이에 첫아기를 보았다면 모를까 아우를 보았다면 누가 믿겠냐느니, 오빠들이 얼마나 귀여워할까, 오늘 태어난 공주님은 복도 많다느니, 제각기 한마디씩 놀려대는 말이 다 끝나기도 전에 형은 영빈의 소매를 잡아끌었다. 영빈은 그래도 그냥 갈 수가 없어서 어머니에게 국을 어디 가면 데울 수 있냐고 물었다. 어머닌 나중에 먹고 싶을 때 데워 먹을 테니 그냥 가라고 했다. 푸석푸석 얼굴이 부은 어머니가 낯설어서 영빈의 시선은 계속 불안하게 딴 데를 헤맸다. 출산에 대해 아는 것이 있을 리 없는 영빈은 어머니가 실컷 울다가 만 줄 알았고, 조금만 더 있으면 같이 따라 울 것 같아서 형이 끄는 대로 병실을 나왔다. 아기 보고 가라는 어머니의 힘없는 목소리가 등 뒤에서 들렸다. 신생아실은 한 층 아래라고 했다. 형은 그냥 가자고 했지만 영빈은 어머니가 알면 얼마나 서운해하겠어, 하면서 형을 잡아끌었다. 신생아실엔 아기바구니가 나란히 두 줄로 놓여 있었고, 복도에서 들여다볼 수 있는 통유리엔 미키마우스 등 만화영화 캐릭터 스티커가 어지럽게 붙어 있었다. 영빈은 비죽비죽 웃음을 참을 수 없는 얼굴로 신생아실 안을 들여다보고, 형은 스티커가 안에서 붙인 건가 밖에서 붙인 건가 궁금해 못 견디겠다는 듯이 손톱으로 긁어보고 있었다. 안에서 나이 지긋한 간호사가 나와서 아기 어머니 이름을 물었다. 박, 순, 애, 형은 못 들은 척했고, 영빈은 떨리는 목소리로 어머니의 이름을 말했다. 간호사가 들어가서 바구니에 붙은 이름표를 보고도 곧장 아기를 안고 나오는 건 아니었다. 꼭꼭 묶은 강보를 헤집고 아기의 한쪽 팔을 꺼내 팔목에서 팔찌를 확인한 연후에 아기를 안고 창가로 왔다. 그때 영빈은 똑똑히 보았다. 꼭 다문 모란꽃 봉오리보다도 작은 아기의 분홍빛 주먹을. 저렇게도 감동적인 건 이 세상에 다시 없을 것 같았다. 곧 그걸 만져볼 생각만 해도 형용할 수 없는 기쁨을 느꼈다. 아기가 가까이 왔지만 창 너머였다. 뭐가 통한 것처럼 아기가 눈을 떴다. 또렷하게 자기하고 눈을 맞췄다고 영빈은 생각했다. 그 안에 이목구비가 다 들어 있다는 게 믿어지지 않게 작은 얼굴이었지만 영빈은 숨도 못 쉬게 매혹되어 꼼짝도 할 수가 없었다. 저 애는 어디로부터 우리에게 온 것일까. 생전 그렇게 벅찬 감동은 처음이었다. 가자, 그만. 형이 무뚝뚝하게 말하며 영빈을 잡아끌자 간호사도 아기를 도로 바구니에 눕혔다. 영빈은 발길이 떨어지지 않았다. 고 작고 신기한, 살아 있는 것을 엄마하고 이어주는 끈이 팔찌뿐이라는 게 불안했다. 헷갈려서 못 찾으면 어떡해? 영빈이 신생아실을 돌아보면서 불안해하자 형이 넌 저 쬐그만 계집애가 예쁘냐고 물었다. 예쁘지 않구? 내 동생인데. 형이 딱하다는 듯이 영빈을 훑어보며 씹어뱉듯이 말했다.

재수 나쁜 계집애야. 난 싫어. 저 기집애 생겼을 때 생각 넌 안 해봤니? 아빠가 공직에서 쫓겨나고 이름이 신문에까지 오르내릴 때였어. 나는 우리 아버지 아들이라는 게 부끄러워 얼굴을 들고 다닐 수 없을 만큼 비참했어. 그래도 아버지 걱정을 얼마나 한 줄 아니? 혹시 아버지가 불명예를 견딜 수 없어 자살이라도 하면 어쩌나, 한밤중에도 그런 생각이 들면 잠이 안 와 두 분이 주무시는 안방의 인기척에 귀를 기울이곤 했더랬지. 나는 그때 아버지가 절망의 구렁텅이에 있는 줄 알았어. 오죽했으면 학교를 그만두고 불쌍한 아버지 대신 돈을 벌까 하는 생각까지 했단다. 난 장남이니까 의당 그래야 한다고, 정말 그럴 수도 있다고 생각했어. 아들이 그런 비장한 각오까지 하고 있을 때 아버진 엄마하고 히히대며 저 계집애를 만든 거야. 그게 너 말이나 된다고 생각하니? 왜 그렇게 놀라냐? 내 부모에 대해서 어떻게 그런 생각을 할 수가 있냐 그거지. 나도 아버지가, 지가 만든 아기에 대해 책임만 졌어도 이런 소리 뭣 하러 하겠냐? 곧 죽었잖아. 자기가 한 짓에 책임도 안 지고. 넌 그 계집애가 이쁠지 몰라도 난 하나도 안 이쁘다. 그 계집앤 내 짐이야. 짐이 어떻게 이쁠 수가 있냐?

아아 가엾은 형님, 그때 이미 어린 누이를 짐으로 느낄 수밖에 없는 형의 조숙한 책임감을 이제야 이해할 수 있을 것 같았다. 형이 영묘를 정말 안 예뻐했는지 어땠는지는 생각나지 않는다. 어떻든 형은 확실하게 책임을 졌다. 대학 다니는 동안 고액과외로 영빈의 학비와 가족들의 생계를 책임졌고, 영빈이 대신 그 짐을 질 수 있게 된 연후에 훌쩍 미국으로 가버렸으니까.

수술대 위에 똑바로 누운 경호는 좀 전까지도 마취과 의사가 묻는 말에 대답을 한 것 같은데 혈관에 마취제가 투여된 지 십 초도 안 되어 정신을 잃었다. 대개 전공의가 하게 돼 있는 마취를 스태프가 하고 있다. 그런 것 정도가 영빈이 경호를 위해 해줄 수 있는 특별한 대우다. 다음에는 마스크를 입에다 대고 인공으로 산소를 투여하다가, 후두경으로 성대를 보면서 기관 내에 튜브를 넣는다. 이때부터 환자가 숨을 쉬는 것이 아니다. 인공호흡기로 산소와 마취제가 계속 투입되고 팔목 동맥에는 혈압을 측정할 수 있는 기구를, 가슴에는 심전도를 측정할 수 있는 전극을, 손가락에는 산소포화도를 측정할 수 있는 기구를, 집어넣고, 달고, 붙인다. 그런 기구들이 지시하는 혈압, 산소포화도, 심전도가 안정됐다 판단한 마취과 의사가 흉부외과 의사에게 수술을 해도 좋다는 신호를 보낸다. 외과 의사가 수술하기 편하도록 환자의 위치를 잡는다. 수술 부위가 왼쪽 가슴이니까 왼쪽이 위로 올라갈 수 있도록 환자를 옆으로 눕힌다. 환자가 움직이지 않도록 옷 뭉치 같은 것으로 등과 배를 받치는 것 같다. 환자의 자세가 안정된 후,

수술장갑을 낀 손이 수술 부위를 보라색 소독약으로 광범위하게 여러 번 닦는다. 소독이 끝나고 같은 손이 소독된 방포로 수술 부위만 내놓고 환자를 덮는다. 영빈은 이제 팔찌 생각도 그 밖에 다른 아무 생각도 할 수가 없다.

다른 수술은 칼로 살을 째는 것으로 시작하지만 흉강경 수술은 트로카라는 기구로 가슴을 뚫는 것으로 시작한다. 가슴을 뚫자마자 빨간 물이 넘쳐 나온다. 늑막에 찬 물이 빨간색이라는 건 안 좋은 증거다. 한꺼번에 넘친 물이 방포와 의사의 가운까지 빨간색으로 적신다. 바싹 긴장한 마취과 의사가 모니터를 통해 혈압, 심전도, 산소포화도 등을 주시하며 링거의 양을 증가시킨다. 만약 이상이 생기면 경고음이 나겠지만 경고음을 못 들었는데도 영빈은 마취과 의사에게 괜찮겠냐고 물어본다. 수술장에 들어온 후 처음 해본 말이다. 구멍을 통해 흉강경을 집어넣는다. 비디오 화면을 통해 흉강 안이 선명하게 드러난다. 육안으로도 광범위하게 퍼진 암세포를 확인할 수가 있다. 간호사도 다 알아보았을 것이다. 비디오 화면에 쏠렸던 시선들이 잠깐씩 영빈하고 눈을 맞추고는 다시 수술 부위로 돌아간다. 다들 마스크로 얼굴을 반 넘어 가려 정확한 표정을 알 수는 없지만, 안됐다는 동정의 눈도장일 수도 있고, 가족이 지켜보고 있다는 걸 잊지 않고 있다는 성의 표시일 수도 있으리라. 영빈은 그런 시선이 몸이 쪼그라들 것처럼 불편하다. 집도의는 트로카로 두세 개의 구멍을 더 뚫어 조직검사를 할 수 있는 기구를 집어넣는다. 그 기구들이 손 대신 조직을 떼어내는 일을 한다. 비디오로 본 것이 아무리 확실해도 그건 이미지에 불과하고 실체가 있어야 하는 것이다. 영빈은 떼어낸 조직을 가지고 병리과로 달려가는 인턴을 따라갔다. 빨리 결과를 알고 싶은 것보다 더 절박하게, 수술등의 엄청난 밝음과, 핏빛과 초록색을 면하고 싶었다. 수술실 밖의 다양한 빛깔들과, 부드러운 그늘들이 그냥 거기 있는지 확인하고 싶었다.

가지고 온 조직을 병리과에서 급랭하여 얇게 잘라내어 슬라이드를 만들고 염색하는 데 십 분도 채 안 걸렸다. 현미경을 통해 조직을 관찰한 병리과 전문의는 암 중에도 선암이라는 진단을 어렵지 않게 내렸다. 영빈은 수술실로 연결된 전화로 집도의에게 결과를 전했다. 수술의 목적 중의 하나인 진단은 되었으니까 이제 늑막을 유착하는 일만 남았다. 이미 뚫어놓은 구멍을 통하여 두 개의 늑막을 유착시킬 수 있는 타크라는 가루를 뿌리고 나머지 구멍을 막으면 수술은 끝날 것이다. 흉관은 며칠 더 꽂고 있어야겠지만 숨 쉬는 것은 훨씬 편해질 것이다. 그러나 암은 암대로 번식을 멈추지 않을 것이다.

이를 어쩔 것인가. 그의 임상경험대로라면 경호가 살아남을 수 있는 확률은 거의 0퍼센트다. 그가 경호를 첫눈에 들어한 것은,

학벌이 좋아서도 얼굴이 잘생겨서도 아니다. 사람의 마음을 끄는 우수랄까, 그늘 같은 게 서려 있었다. 영묘도 그런 점 때문에 그에게 끌렸을 테고 재벌의 아들이라는 건 상상도 못했을 것이다. 이제 와 생각하니 그게 죽음의 그림자였던 것 같다. 단명할 운명이 돌연변이처럼 남다른 총명이나 착한 마음으로 나타나듯이. 단명하려거든 장가나 들기 전에 죽든지. 죽음을 수없이 봐온 의사가 왜 이러는 걸까, 스스로 생각해도 한심할 정도로 죽음에 대한 영빈의 생각은 이성을 잃는다. 남남이라 해도 경호의 젊음이 어찌 아깝지 않으랴. 젊음이란 웬만한 질병은 앓는 줄도 모르게 앓고 나고, 중병도 극복할 수 있는 힘을 말한다. 흔히 믿는 그런 저항력이 암의 경우에는 해당이 안 된다. 그 미친 세포는 젊고 싱싱한 몸에서 그 번식력이 훨씬 더 신속하고 왕성해진다. 고통도 그만큼 가속화될 것이다. 그 꼴을 어찌 보랴. 정신착란에 이르고 말 것 같은 고통, 그런 고통은 아무도 같이 나눌 수 없다. 영빈 또한 누이의 비탄과 절망을 같이 느낄 수는 없을 것이다. 의사라고 해도 환자와 같이 싸워줄 수는 없다. 이제 각자의 몫이 남아 있을 뿐이다. 그 외의 예측할 수 있는 건 아무것도 없다. 사람은 태어날 때 비슷하게 벌거벗고 순진무구하게 태어나지만, 죽을 때는 천태만상 제각기 다르게 죽는다. 착하게 살았다고 편하게 죽는 것도 아니고, 남한테 못할 노릇만 하며 살았다고 험하게 죽는 것도 아니다. 남한테 욕먹을 짓만 한 악명 높은 정치가가 편안하고 우아하게 죽기도 하고, 고매한 인격으로 추앙받던 종교인이 돼지처럼 꽥꽥거리며 죽기도 한다. 아무리 깔끔을 떨고 살아봤댔자 자식들한테 똥을 떡 주무르듯 하게 하다가 죽을 수도 있다. 다년간 생명운동인지 환경운동에 몸담아 왔다는 노인은 생각과 행동이 일치한 이답게 벌레 하나 들꽃 한 송이도 아낄 것처럼 자비로운 인상이었다. 그러나 자기가 치료할 수 없는 병에 걸렸다는 걸 알고부터는 혼자 죽기는 싫다고, 하늘과 땅이 맞닿아 맷돌질을 해서 삼라만상을 전멸시켜야 한다고 악을 악을 쓰다가 죽었다. 생전 땅 파는 것밖에 모르던 농투성이 노인은 부처님 가운데 토막처럼 악기라고는 없었다. 그 노인은 자식들과 장사 치를 사람들 걱정에 춥도 덥도 않은 봄이나 가을에 죽기 하나만을 소원했다. 너무 많이 바라면 안 들어주실 것 같아서 오직 그거 하나만을 천지신명께 빌며 죽을 날을 기다린다는 이 무욕한 노인이 최고기온을 기록한 푹푹 찌는 복중에 죽었다. 이렇게 사람은 각각 제나름으로 죽는다. 이 세상에 안 죽을 사람 없다는 걸 알면서도 죽을 때는 자기만 죽는 것처럼 억울해하는 건 이런 불공평 때문일까. 무(無)도 없는 무, 호기심조차 거부하는 미지(未知)에 대한 두려움 때문일까. 육신의 사멸은 의학이 예측할 수 있는 경과를 밟지만 정신의 사멸은 전혀 아니다. 가까운 사람일수록 정신의 사멸을 지켜보기가 힘든 것은 의사로서의 이런 무력감 때문일까. 그 집은 좀 이상해,라고 영묘가 힘들어 했던 송씨네 가족관계도 앞으로 겪어야 할 경호나 영묘의 고통에는 짐이 될 것 같은 예감도 영빈을 암담하게 했다.

송 회장이 영빈의 방으로 찾아온 것은 환자의 가슴에서 흉관을 뽑고 상태가 안정된 후였다. 흉관으로 배출되던 물의 양이 급격히 줄어 흉관을 뺄 수 있게 된 걸 보면 늑막 유착은 성공한 거였다. 다음 치료를 환자나 가족하고 의논할 차례였다. 수술 후 단둘이 얘기할 분위기에서 만난 건 처음이었다.

"상훈 애비가 결핵이 아니란 것은 알고 있습니다. 그 즉시 알았죠."

수인사 끝에 송 회장은 단도직입적으로 말했다. 전화로 집요하게 경호가 결핵이라고 주장해 영빈을 질리게 하던 때와 다름없는 느끼하고도 당당한 목소리였지만 침통해 보였다. 주치의를 통하지 않고도 검사결과를 알 수 있었다는 걸 굳이 나타내고 싶어하는 송 회장에게 영빈은 차라리 연민을 느꼈다. 어떤 경우에도 특별대우를 받았다고 믿고 싶은 VIP 근성에는 넌더리가 난 영빈이었지만 그래 봤댔자 곧 자식을 앞세운 노인에 불과하게 될 사람이 아닌가.

"어떻게 말씀드릴까 걱정했었는데 다 아시고 오셨다니 뭐라고 드릴 말씀이 없군요."

"선암은 수술로 완치가 가능하다고 하던데요?"

원장이 검사결과를 알려주면서 그 정도의 위로가 될 말은 했을 법하다. 주치의 빼고는 그 누구도 악역은 싫어한다.

"초기의 경우라면 수술로 떼어내는 게 최선의 방법이지만 송 서방의 경우는 늑막까지 퍼져 있기 때문에 수술은 가능하지 않습니다."

"어떻게 이런 일이…… 그 앤 아시다시피 우리 집안의 장손에다가 우리 Y그룹을 이어갈 놈입니다. 어릴 적부터 후계자 교육을 철저히 시켰죠. 마음은 여려빠진 애가, 달리 특별한 재주도 없으면서 사업가는 안 맞는다고 반발해서 애비를 실망시킨 적도 있었습니다만 결혼하고는 마음 잡고 열심히 경영을 익히려고 해서 한고비 넘겼다 싶었는데……. 무슨 수를 써서라도 그 애는 살려야 합니다. 무슨 수가 없겠습니까."

송 회장이 손수건을 꺼내 눈시울을 눌렀다.

"의사로서 말씀드리겠습니다. 이해해주십시오. 고통을 덜어주면서 생존할 수 있는 날을 최대한으로 연장해보자는 것밖에는 드릴 말씀이 없습니다. 또 평균적인 예상수명보다 훨씬 오래 사는 환자도 봐왔고, 유감스럽게도, 제 환자의 경우는 아닙니다만 의학적으로 설명할 수 없는 치료효과를 보인 환자가 종종 학회에까지 보고되는 수도 있습니다. 들으셨겠지만 항간에서 입으로 전해지는 기적사례도 비일비재하구요."

"우리 경호 얼마나 더 살 수 있겠습니까. 항암제를 안 맞을 경우 말입니다."

"팔 개월쯤 보는데 어디까지나 평균적으로 그렇다는 얘깁니다. 사람에 따라 다 다르다는 얘기죠. 이 년씩이나 생을 즐기면서산 사람도 있고 한 달 만에 죽은 사람도 있습니다. 그래서 평균이라는 겁니다. 병마를 이기는 데 가장 힘이 되는 젊다는 것도 암에있어서는 반대로 병을 가속시키기도 합니다. 항암제의 효과도 사람에 따라 다 다릅니다. 들으면 다행이지만 사람에 따라 안 들으면 안 듣는 것이기 때문에 딱 부러지게 말씀드리기가 어렵습니다. 그렇지만 항암제를 견딜 수 있는 건 역시 체력이니까, 젊은이쪽이 안 낫겠습니까. 항암제를 쓰다 보면 백혈구가 떨어져 면역도 떨어지게 되고, 폐렴이 걸리거나 하면 스케줄대로 약이 들어가지 못하고 연기되는 수도 많으니까요. 몸이 지탱한다 해도 약의 후유증을 못 견디어 환자가 거부하는 수도 있구요. 생존기간은 살아야겠다는 본인의 의욕에 따라서도 차이가 많이 납니다."

"좀더 부드럽게 말씀하시면 안 됩니까, 박사님."

송 회장의 표정이 참담하게 일그러졌다.

"희망적으로 말인가요? 저도 왜 안 그러고 싶겠습니까."

"병원이 이렇게 불친절하고 냉정하니까 돈만 좀 있으면 너도 나도 외국에 나가서 치료를 받고 싶어하는 거 아닙니까."

"외국 갈 힘이 없는 사람이라고 다 주치의만 믿고 의지하는 건 아니지요. 말기환자를 솔깃하게 하는 만병통치약이나, 도사나 도술까지 별의별 정보가 가장 활발하게 교환되는 곳이 바로 큰 병원 로비니까요."

영빈은 쓸쓸하게 말했다.

"의욕도 희망이 있어야 생기니까요. 차마 입에 담기도 싫은 자식의 병명을 알고 나서 지금까지 한약은 물론 각종 생약, 자연식품, 뜸, 기 치료, 희귀한 버섯 등 각종 대체의학에 대한 정보를 모아들이는 게 나의 유일한 희망이었습니다. 검부러기라도 잡고 싶은 심정이라고 생각하시겠지만 하나같이 기적을 장담하는 데야 어쩌겠습니까. 정말 그런 방법으로 살아난 사람이 있으면 데려와 보라고 하니까, 어디서 뭐해 먹고사는 누구누구라고 이름에다 신분까지 줄줄이 엮어대는 데야 어떻게 솔깃해지지 않을 수가 있겠습니까. 그리고 대체의학도 미국 쪽이 발달했다는 말도 들리던데요. 박사님 의견은 어떠신지요."

"회장님, 저는 제가 전공하고 임상경험한 서양의학의 견지에서밖에 말씀드릴 수가 없습니다. 미국에 그런 게 있다면 한의학이나 동양철학의 신비주의에 대한 관심에서 비롯된 거겠죠. 그렇다면 대체의학은 동양이 원조라고 봐야 하지 않을까요. 미국에서 암 치료법으로 정식으로 인정하고 있는 건, 제가 알기로는 제거 수술이나 방사선 치료, 화학요법 정도일 텐데요."

"역시 선생님은 병원 밖에서 완치할 가능성 같은 거, 전혀 안 믿으시는군요. 섭섭하외다."

"환자는 제 매제입니다. 상훈 에미가 저한테 어떤 동생이라는 걸 아신다면 제 마음도 회장님 못지않게 아프고 쓰리다는 걸 이해해주시리라 믿습니다. 게다가 주치의로서의 부담도 보통 환자와 같을 수가 없구요. 저도 기적을 믿고 싶습니다. 제발 기적이 일어나달라고 기도는 안 하는 줄 아십니까. 제 동료 중에도 백혈병으로 아이를 잃고 나서 한동안 제정신이 아니더니, 요즈음에는 대체의학에 지대한 관심을 가지게 된 의사가 있습니다. 혹시라도 살릴 수 있었는데 못 살린 게 아닌가 하는 자책 때문이겠죠. 그의 관심은 일시적인 관심에 그치지 않고 은퇴 후에는 대체의학이나 기 치료 등 입증되지 않은 방법으로 치료된 걸로 알려진 환자를 수소문해서 아직도 살아 있나, 살아 있으면 환자였을 당시의 진단 진료기록과 대조해보면서 정말 기적이 일어난 것인지, 확인해보는 작업을 해볼 것을 구상중입니다. 그렇지만 기적을 기적인가보다 믿지 못하고 파헤치고 검증해보려는 것 또한 어쩔 수 없이 서양의학적인 방법이라고 생각합니다."

영빈은 슬프고도 안타까운 마음이 벅차 점점 떨리는 목소리로 말했다.

"미국에서 성공한 절친한 친구한테 부탁해서 치료 가능한 병원을 알아보라고 했더니 여기서 나온 진찰기록을 보내달라는 팩스가 왔어요. 근데 그걸 요구했다는 병원이 내가 알 만한 병원이 아니고 독일의 무슨 박사가 개발한 자연식품 요법만으로 암을 치료하는 조그만 병원이라나 봐요. 위치도 미국이 아니고 멕시코구요. 그 친구가 직접 병원을 방문해서 자세한 설명을 듣고 그쪽에서 장담을 하면 환자를 데려오도록 하라는데 진찰기록은 떼어주실 수 있는 거죠?"

"네 그건 염려 마시라니까요. 그렇지만 그동안에 걸리는 시간을 생각하셔야죠. 미국이든지 멕시코든지 갈 때 가더라도 가기 전까지는 주치의로서 최선의 방법을 쓰고 싶습니다. 항암제 치료를 시작하도록 하겠어요."

영빈은 짜증이 나서 어쩔 수 없이 강경하게 말했다.

"안 됩니다. 그건 절대로 안 되죠."

송 회장이 펄쩍 뛰면서 강하게 반발했다. 워낙 고통스러운 치료라 망설이는 건 이해가 갔지만 그렇게 망설임 없이 치료를 안 받겠다고 할 줄은 뜻밖이었다.

"한 번이라도 일단 항암치료를 받고 나면 어떤 대체의학도 듣지를 않는다는 것도 모르십니까."

송 회장이 입가에 비웃는 듯, 무시하는 듯한 여유 있는 미소가 떠올랐다. 목소리도 본래의 느끼한 음성으로 돌아와 있었다.

"그걸 제가 어떻게 알겠습니까? 그러니까 아주 대체의학 쪽으로 정하신 거네요. 환자의 의견도 있을 텐데요. 송 서방이 결정하도록 하는 게 가장 옳지 않겠습니까. 상훈 에미도 발언권이 있다구 생각하구요."

"그건 더더욱 안 됩니다. 그 애들이 알아서 도움 될 게 뭐가 있다구요. 상훈 에미야 어차피 알게 되겠지만, 이미 알고 있는 눈치이기도 하고. 허나 우리 애는 절대로 안 됩니다. 그 앤 마음이 여려요. 어려서도 계집애같이 굴어서 애비를 얼마나 실망시켰다구요. 지레 삶을 포기해버릴지도 몰라요. 내가 항암제는 왜 절대로 안 된다는지 아십니까. 항암제 맞히면서 암이라는 걸 속일 수는 없기 때문입니다. 그 애한테는 절대루, 절대루, 알리고 싶지 않습니다. 나도 그러겠지만 박사님도 에미한테 단단히 일러놓으세요. 입조심하라구."

송 회장은 대공수사관처럼 능글능글하고 고압적으로 말하고 그의 방을 나갔다. 눈시울을 붉힐 때와는 딴판이었다. 영빈은 부들부들 가슴이 떨려서 소파에 무너져내렸다. 다시는 일어날 수 없을 것처럼 피곤했다. 그가 겪은 환자나 환자 가족 중에는 가끔 가다 그렇게 담당의의 진을 빼는 이들이 있었다. 그러나 이번처럼 기가 빠져보긴 처음이었다. 얼마 안 있어 과부가 될 젊은 며느리에게 어떻게 그런 식으로 말할 수가 있을까. 절대루, 절대루, 입조심하라구……. 송 회장이 강조한 말들이 귓속에서 길 잘못든 쉬파리처럼 붕붕거렸다. 영빈이 참을 수 없는 건 그 터무니없이 위세등등하고 무식한 말투 때문만은 아니었다. 그는 의사 노릇 하면서 환자 수보다 더 많은 환자 가족을 겪지 않으면 안 되었다. 그중 가장 견딜 수 없는 가족은, 좋은 소리 들을 때까지 한없이 무당집을 순례하듯, 환자를 이 병원 저 병원 끌고 다니고 싶어하는 사람도, 특효약이나 최신요법에 대한 정보가 의사보다 더 빠삭한 사람도, 침대 밑에다 뱀탕을 숨겨놓고 병원약보다 더 정성스럽게 먹이는 사람도, 성직자인지 도사인지 모를 사람을 불러들여 환자가 기진맥진할 때까지 기도를 시키는 사람도 아니었다. 환자에게 병명을 끝까지 숨기고 싶어하는 환자 가족이 제일 싫었다. 좋은 예후가 예상되는 초기암의 경우에 숨기고 싶어하는 가족은 거의 없다. 환자와 가족이 서로 격려해가며 씩씩하게 투병 태세를 갖추는 걸 볼 때처럼 의사로서 보람을 느낀 적도 없다. 환자의 상태가 중기나 말기라는 걸 알았을 때는 어떤 가족이든지 충격을 우려해 환자에게 알리는 걸 망설이게 되지만 항암치료나 그 밖의 민간요법을 받는 사이에 자연스럽게 알게 되는 것까지

막지는 않는다. 그러나 개중에는 집요할 정도로 환자에게 살날이 얼마 안 남았다는 걸 속이려 드는 가족이 있다. 점점 나빠지는데도 환자로 하여금 점점 좋아진다고 믿게 하는 걸 자식 된 도리라고 생각하는 효자도 있고, 여러 형제 중에서도 장남이나 어느 한 사람이 정확한 병세를 자기만 알고 딴 형제한테는 비밀로 해두는 경우도 있다. 영빈은 그런 효자가 가장 미심쩍다. 직업 외적인 육감 같은 거긴 하지만, 죽음을 이용해서 뭔가를 꾸미고 있구나, 음흉한 계략이 개입된 것처럼 느낀 적도 있다. 임종이 임박해 혼수상태에 빠진 환자의 병상 바로 옆에서 또는 병실 복도에서 유산을 둘러싼 동기간, 친척간의 고함소리가 들리는 것도 이런 가족들이다. 환자가 생전에 숨겨놓은 자식이라도 있다면 이런 염치 불구한 분쟁은 영안실까지 이어진다.

그렇게 복잡한 이유 없이도 충격 받으면 투병의지를 잃고 더 일찍 죽을까 봐 우려하는 착한 마음으로 환자를 속이는 경우가 실은 더 많다. 영빈은 그런 착한 마음에도 호의적이지 않다. 그가 죽을병 들었을 때, 그의 주치의나 가족이 어떡하든 그를 속이려 든다고 바꾸어 생각해도 그는 모욕감을 느낀다. 개인정보가 예금 액서부터 지문까지 어딘가에 차곡차곡 입력되어 있을 이 공포스럽도록 발랑 까진 대명천지에 내 몸에서 일어나고 있는 가장 중요한 변고를 나만 모른다는 건 말도 안 된다. 내 몸은 무언가? 이 세상의 하나밖에 없는 가장 확실한 나의 것이기도 하고 내가 일생 받들어 모신 나의 주인이기도 하다. 내 몸을 가지고 비록 자식이라도 나를 속여먹으려 든다면 결코 용서할 수 없을 것 같다. 영빈은 암 전문의답게 그 정복되지 않는 미친 세포 때문에 수없이 절망하기도 하고, 치를 떨기도 여러 번 했지만, 그놈의 세포에도 미덕은 있다고 생각한다. 거의 확실하게 죽음과 생존기간을 예고해주고, 죽을 때까지 정신은 말짱하다. 그 짧은 기간이야말로 마음속 깊이 원하던 것을 선택할 수 있는 동안이 아닐까. 삶에서 선택할 수 있는 건 너무 적다. 영빈은 특히 자기가 그렇게 살아왔다고 생각한다. 자기 시간을 낼 수 없는 의사라는 직업도 그가 원해서 된 건 아니었다. 피할 수가 없어서 되었을 뿐이다. 결혼도 피할 수가 없으니까 했고, 일을 피할 수가 없어 휴식을 못해봤고, 여행도 직업을 유지하기 위해 피할 수 없는 여행만 해봤지, 여행이 목적인 여행은 한 번 해본 적이 없다. 태어난 것도 죽는 것도 선택은 아니지만 어떻게 죽느냐 정도는 선택할 수 있지 않을까. 그 선택을 아주 잘함으로써 생존기간을 의사도 믿을 수 없을 만큼 연장시킨 환자를 영빈은 많이 알고 있다. 영빈도 좋은 선택을 하고 싶었다. 죽을병을 아니라고 속이는 것은 아주 귀중한 것을 선택할 수 있는 마지막 권리를 빼앗는 것과 다름없다.

영빈이 두서없이 이런 생각을 하고 있을 때 아내로부터 전화가 걸려왔다.

"늦을 거예요? 너무 늦진 말아요. 늦더라도 어머님께 무어라고 말씀드릴지 준비 좀 해가지고 들어오시라구요. 내일 문병 가시겠다고 오늘 수산시장에 가서서 전복도 사오시고, 입고 갈 옷 걱정까지 하시면서 법석인데……."

"그런 건 당신이 알아서 적당히 해줄 수 없소? 오늘 못 들어갈지도 몰라요. 송 서방도 그렇고, 브이아이핀지 뭔지, 특별히 부탁받은 환자가 오늘 밤 넘기기 힘들 것 같기도 하구……."

영빈은 역정이 치밀어 되는대로 꾸며대고 전화를 끊었다. 아내는 알고 있었지만 어머니는 사위가 정기적인 건강진단 결과 몇 가지 미심쩍은 점이 발견되어 핑계 김에 좀 쉬려고 입원해 있는 걸로 알고 있었다. 영묘에게 무슨 일이 닥칠지 알게 되면 어머니가 어떻게 나올지 영빈은 전혀 짐작이 안 됐다. 울고불고 난리를 치다가 기함을 할지도 모르고, 당신이 과부가 됐을 때처럼 꿋꿋하게 대처할지도 모른다. 그 어느 쪽을 상상해도 혐오스럽긴 마찬가지였다. 왜 그렇게 싫은지 모르겠다. 송 회장이 정떨어지는 것과는 또 다른, 자신도 잘 이해할 수 없는 고약한 느낌이다. 뜻대로 안 되고 말긴 했지만, 그런 꼴을 보고 싶지 않아 그 전에 어머니를 미국으로 보내려고 했다. 그건 어머니를 위하는 효성이 아니라 가장 이기적인 자기 보호본능 같은 거였다. 지금이라도 형에게 도움을 청하면 그게 가능해질지도 모른다. 그러나 이쪽에서 가만가만 수군수군 꾸미는 일을 앞질러 경호는 걷잡을 수 없이 나빠질 것이다. 저 아파트 옥상에서 추를 매단 상갓값이 추락하는 것만치나 걷잡을 수 없이 급전직하할 것이다.

영빈은 어느 틈에 현금의 아파트 앞에 와 있다. 영묘의 전화를 받고 뛰쳐나간 후 처음이다. 현금이는 그 일로 화내거나 토라지지 않았다. 먼저 전화한 일이 없는 그녀가 그동안 두 번이나 영묘에게 무슨 일이 생겼냐고 물어왔었다. 현금이한테는 아무것도 숨기지 않았다. 현금도 한 번도 만난 일 없는 영묘에게 호의적이었기 때문에 진심으로 걱정해주었다. 그나저나 어떻게 내가 여기 오게 되었을까. 아내의 전화를 받고 나는 분명히 집으로 가려고 했다. 밤에 현금이한테 와보기도 처음이지만 내 차로 와보기도 처음이다. 그는 손수 운전을 하고 왔는데도 차가 저절로 그를 현금이네 아파트로 데려온 것처럼 느낀다. 차가 무슨 김유신의 애마(愛馬)라도 되는 것처럼. 그러나 그는 차를 벌하고 싶기는커녕 신통해서 죽을 지경이다. 그 여자는 아직도 그냥 거기 있을까. 문득 그런 생각이 들면서 마음이 소년처럼 설렌다. 엘리베이터 안에 마침 아무도 없는 걸 기화로 그는 옷매무새와 헝클어진 머리를 가다듬는다. 표정이 놀랄 만큼 싱그러운 것도 마음에 든다. 미리 약속하지 않고 와보기도 처음이다. 현금이네 문 앞 천장의 외

등은 희미하다. 그 은밀함 때문에 그가 그 문 안에서 맛본 대낮의
유열이 실제로 있었던 일이 아닐지도 모른다는 생각을 들게 한
다. 그 문 안에 아무도 안 살고 텅 비어 있을지도 모른다는 허무
의 예감으로 온몸이 감미롭게 전율한다. 가볍게 밀기만 하면 열
릴 것 같은 문은 그러나 굳게 닫혀 있다. 영빈은 조급하게 초인종
을 누른다. 이윽고 그 여자가, 현금이 문을 연다.

"웬일이야? 이 밤중에."

그 여자가 눈을 동그랗게 뜨고 놀란다. 영빈은 그 여자가 그냥
거기 있다는 게 너무 신기해 그 여자에게 와락 무너져내린다.

"아이구 놀라라, 왜 이래 무슨 짓이야."

"잠깐만 이대로 있어, 정말 넌가 확인하려고 그래. 보고 싶었
어."

현금은 촉촉하게 젖어 있다. 양념 냄새 대신 땀 냄새와 몸 냄새
가 뒤섞인 그 여자만의 독특한 냄새가 난다. 마치 격렬한 정사 후
같은. 아직도 숨까지 차다. 그대로 곧장 그 냄새에 파고들고 싶어
하는 영빈을 밀어내고 현금은 하던 짓을 계속한다. 그녀는 뮤직
비디오를 틀어놓고 십 대의 록그룹이 추는 현란한 율동에 맞춰
춤을 추고 있었다. 현금은 영빈이 한 번도 본 적이 없는 헐렁하고
도 너덜너덜한 옷을 입고 있다. 주렁주렁 달린 게 많은 것이 흡사
영화에서 본 서양 무당의 옷처럼 그로테스크하다. 영빈은 그녀의

춤이 잘 추는 춤인지 서투른 춤인지 잘 모르겠다. 화면의 십 대들보다 덜 기교적이고 더 정열적이다. 그녀는 짬짬이 영빈더러도 같이 추자는 신호를 보낸다. 에라 모르겠다. 영빈도 어느 틈에 그녀의 춤을 따라 사지를 비틀기 시작했다. 춤추는 현금도, 자신도 현실 같지가 않다. 현실에서 이렇게 아무것도 묻고 싶지 않고, 아무것도 겁나지 않고, 무책임하고 자유스러울 수는 없다. 영빈은 마치 질병과, 질병을 둘러싼 인간관계의 지긋지긋한 리얼리티에서 훌쩍 사이버 공간으로 들어온 것처럼 느꼈다. 춤이 점점 잘 추어졌다. 그의 몸에서도 땀이 났다. 그들은 이제 뮤직비디오를 보지 않고 서로에게 탐닉하며 그들만의 춤을 추었다. 이 기쁨을 더는 참을 수 없다 싶었을 때 음악은 멎고 현금은 덩싱덩실 영빈을 침실로 이끌었다. 뭐든지 마음먹은 대로 되는 여기는 도대체 어디인가. 그들은 이제 죽어도 그만이다 싶은 격렬한 섹스 끝에 깊은 잠속에 엉겨들었다.

비몽사몽간에 시냇물 소리를 들은 것처럼 느끼면서 잠이 깼다. 이른 아침이었다. 눈을 비벼도 지저귀듯, 부서지듯, 속삭이듯, 상쾌하고 평화스러운 시냇물 소리는 계속됐다. 한강 물이 저런 소리도 내는구나. 영빈은 그 소리에 말할 수 없는 행복감을 느꼈다. 그는 현금의 침대 한가운데 누워 있었다. 그녀는 곁에 없었다. 그러나 집안 어디엔가에 있을 것이다. 가득 찬 분위기만으로 그걸 느낄 수 있었다. 창밖으로 날이 밝아오고 물소리는 이미 햇빛에 부서진 것처럼 기뻐 날뛰고 있지 않은가. 오늘도 뭐든지 마음먹은 대로 되던 어제의 연속이었으면 싶었다. 아아, 지금 이대로가 얼마나 좋은가, 영빈은 기지개를 늘어지게 켜며 중얼댔다. 현금이 살며시 들어왔다. 화장기 없이 청결한 얼굴이다. 어제의 그 너덜너덜한 옷이 아니고 착 달라붙는 옷이다. 현금에게는 몸매가 드러나는 옷이 잘 어울리지만 어젯밤의 그 서양 무당 같은 옷도 나쁘지 않다고 생각한다. 그는 현금을 끌어당겨 옆에 눕히면서 귓가에 속삭였다.

"저 물소리 좀 들어봐, 한강이, 그 큰 강이 어쩌면 저렇게 계집애 같은 소리를 내냐?"

"애 좀 봐, 너 아직 잠 덜 깼구나. 음악소리야. 너 깰까 봐 낮게 틀었어. 한강이 무슨 소리씩이나 내고 흐르냐? 그 큰 강이. 세느 강이라면 모를까."

"왜 하필 세느 강?"

"이 곡 이름이 〈세느 강의 정경〉이니까."

"우리 파리로 여행이나 며칠 갔다 올까."

"너답지 않게 왜 현실성 없는 소리는 하고 그러냐? 너 요새 많이 힘든 것 같더라."

"왜 내가 잠꼬대라도 했냐?"

"아니야. 했어도 아마 몰랐을 거야. 나도 정신없이 곯아떨어졌으니까. 아침에 먼저 깨서 너 보고 있으니까 괜히 슬퍼지는 거 있지. 조강지처처럼 먼저 깨서 잠든 남편 곰곰이 바라보는 느낌도 별로 좋은 것도 아니더라구. 아침에 너를 본 거 처음이잖아. 어찌나 꺼칠하고 진이 빠져 보이는지 이래서 조강지처들이 섹스한 날 이튿날엔 인삼이다 꿀이다 몸에 좋다는 걸 대령하는구나 싶더라니까."

"그래서 인삼 달여놨어?"

미쳤냐? 그러면서 현금은 영빈의 품에서 빠져나와 제 품에 그를 안고 한 손으로 그의 머리칼을 깊이깊이 빗질하며 소근거렸다.

"위로해주고 싶었어. 이렇게. 동생 때문에 그렇게 상심하는 오빠 처음 봤어. 영묘라고 했지? 그이가 부러운 생각이 다 들더라."

"아아, 기분 좋다. 지금 너무 편안하니까, 그 얘긴 그만해. 여기서라도 병원 생각 안 하고 싶어."

"알아. 그래서 여기 왔다는 거. 넌 도망치고 싶었던 거야."

"그런 생각도 없이 왔어. 내 차를 내가 운전하고 왔는데도 전혀 의식 없이 저절로 온 것 같아. 우리 집인 줄 알고 내려서 보니까, 이 동네더라구. 그동안에도 네 생각 많이 했어. 네 생각을 할 때마다 네가 여기서 그냥 살고 있을까, 혹시 그동안 감쪽같이 사라졌으면 어쩌나, 덜컥 두려워지곤 했지."

"그러니까 난 너에게 현실성 없는 사이버 세계였구나."

"지금 네가 나를 이렇게 기분 좋게 만지고 있잖아. 난 너를 확실하게 느끼고 있고, 이게 꿈이 아닌 확실한 현실인 게 고마워. 어젠 참 이상한 날이었어. 지긋지긋하게 고통스러운 리얼리티의 세계에서, 뭐든지 마음대로 되는 자유롭고 행복한, 딴세상으로 쓰윽 힘 안 들이고 빨려든 것 같은 느낌이었어. 정말이지 저절로. 사이버 세계도 인터넷을 통해야 들어갈 수 있을 거 아니냐."

"인터넷이 아니라면, 헤드넷이라고 해두자. 나도 너를 원했구, 난 정말 그동안 지독하게 너를 원했어. 그리고 너도 나를 그렇게 그리워했다면, 그런 두 사람의 마음이 통해서 만남이 이루어진 거니까."

"헤드넷…… 그럴듯하구나. 쌍방이니까 인간적이기도 하구. 그래, 그건 헤드넷이었을 거야. 김유신 장군도 딱하기도 하지. 상사하는 마음이 시켜서 천관녀의 집에 당도했다는 것도 모르고 애꿎은 말의 머리나 베었으니."

"애는, 그 남자가 그걸 몰라서 말 대가리를 잘랐냐?"

"그럼?"

"지가 지 대가리를 어떻게 자르냐? 그러니 말 대가리나 자를밖에……."

그러면서 현금은 사레가 들릴 정도로 심하게 깔깔댔다. 영빈도 따라 웃으면서 덩달아서 즐거워졌다. 이 세상에 깊이 생각할 건 아무것도 없다는 생각이 들었다. 그래도 현금이 먼저 그를 품에서 밀어내면서 현실감을 일깨워줬다.

"출근해야 할 거 아냐? 국 끓여놨으니까 간단히 아침 먹고 가. 집에 전화하고 싶으면 해. 나 상관 안 할 테니까. 거짓말 시키는 구경도 재미있을걸."

"안 해도 돼, 매제 때문에 안 들어오는 줄 알 거야. 매제 수술한 날도 집에 못 들어갔는걸. 매제 아니라도 병원에 남아서 지켜봐야 할 환자는 종종 생겨."

"어머니가 많이 상심하시겠다."

"가망 없다는 건 와이프만 알아. 실은 어머니가 아시게 될 생각만 해도 끔찍해."

아침 식탁은 된장국 계란찜밖에 없는 간소한 것이었다. 그나마 영빈만 먹게 하고 현금은 숟갈도 안 댔다.

"너 먹는 거 되게 좋아하는 줄 알았는데……."

"삼 시 집 밥을 먹으니까 살이 걷잡을 수 없이 찌는 거 있지. 그래서 두 끼로 줄이고 운동도 얼마나 열심히 한다구."

"무슨 운동을 하는데?"

"어제 봤잖아? 헬스에 다니다가 재미없어서 멋대로춤으로 바꾸었어. 난 의무적으로 뭐 하는 건 질색이잖아."

"넌 참 좋겠다. 넌 아마 하고 싶은 말을 참은 적도, 생각에 없는 말을 꾸며댄 적도 없을 거야. 너한테 하나 묻고 싶은 게 있는데 의사가 환자한테 바른말을 못하는 고민에 대해서 넌 어떻게 생각하니? 이를테면 조기 발견 못한 암으로 시한부인 환자에게 외국 같으면 당연히 당사자에게 알릴 것을 우리는 보호자에게 먼저 통고를 하고 보호자는 거의가 다 환자에게는 알리지 말아달라고 부탁을 하고…… 다들 왜 그렇게 속이려 드는지 모르겠어. 그것도 사랑의 이름으로. 생각해봐. 사람이란 거의 다 속아 사는 거 아니니? 사랑에 속고, 시대에 속고, 이상에 속고…… 일생 속아 산 것도 분한데 죽을 때까지 기만을 당해야 옳겠냐? 이런 거짓말을 강요당할 때처럼 의사라는 직업에 환멸을 느낀 적도 없다니까."

"애는, 그게 어떻게 거짓말이냐, 농담이지."

"농담?"

"그래 농담이지 듣는 사람이나 하는 사람이나 다 거짓말인 줄 알면서도 들어서 즐거운 거, 그거 농담 아니니? 의사라고 농담하지 말란 법 있냐? 특히 너처럼 꽉 막힌 애는 농담 좀 할 줄 알아야 돼."

"목숨이 달린 문제야. 자기 몸에서 일어나고 있는 사실을 받아들임으로써 남은 생을 보람 있게 뜻있게 살 수도 있구, 그렇게 해서 생긴 의욕 때문에 생이 훨씬 더 연장될 수도 있구. 이건 무엇보다도 삶의 질의 문제야.”

"그 반대의 경우도 얼마든지 있다, 너. 우리 친척 할머니 한 분은 유방암 수술하고 완치된 줄 알았는데 간암이 된 거야. 이번엔 수술도 안 되고 앞으로 일 년 살면 오래 사는 거란 진단을 받았대. 벌써 이십 년도 더 된 얘기야. 환자가 눈치채고 세상을 비관하여 매일 울고 짜는데 그러다가는 일 년도 못 채우고 지레 죽게 생겼더래. 근데 그때 여남은 살짜리 그 집 맏손자가 할머니 지금 돌아가시면 약속이 틀리잖아요, 나 장가가는 거 볼 때까지 살 거라고 해놓고선……, 하니깐 그 할머니가 당장 파안대소를 하면서 아니지 이 녀석아, 내가 언제 너 장가가는 것만 보고 죽겠다고 했냐? 첫아들 낳는 것까지 봐야 죽는다고 했지,라고 맞받아서 집안 식구들을 다 웃겼다는 거 아냐. 근데 정말 그렇게 된 거야. 그러고도 이십 년을 더 살았으니까. 그때 할머니나 손자가 믿고 그런 소리를 했겠어, 안 믿으면서 재미있으라고 해본 소리지. 그게 뜻하지 않게 극한상황을 완화시켜준 거지.”

"그럼 암은? 오진이었나?"

"알게 뭐야. 끼고 살았는지, 이겨냈는지. 팔십을 넘어 살고 노망까지 부려서 식구들을 애먹이다 돌아가셨으면 그만이지 그까짓 게 뭐가 궁금해."

전망 좋은 병실

경호의 입원실은 A병원 특실 중에서도 특별한 방이라고 한다. 영묘는 다른 특실과 비교해보지 않아서 잘 모르지만 시아버지가 그렇다니까 그러려니 하고 있다. 전망도 좋고 회의도 할 수 있게 넓은 응접실과 욕실과 간이주방과 가족의 침실이 따로 딸려 있고, 내장이나 설비가 고급스러운 게 병실이라기보다는 특급호텔 스위트룸 같다. 송 회장 말에 의하면 그런 병실은 돈만 있다고 다 입원할 수 있는 게 아니라고 한다. 웬만한 큰 병원은 고위층이나 재벌 회장이 입원할 경우에 대비해 그런 초호화판 병실을 한두 개씩은 마련해놓지만, 정말 특별한 고객 외에는 절대로 안 받는다는 것이다. 영묘는 그게 정말인지도, 송씨 집안이 이 병원에서 그런 특별한 고객인지도 잘 모른다. 경호를 이 병원에 입원시키게 된 건 병원 간판보다는 오빠가 호흡기내과 전문의이기 때문이었다. 송 회장도 박사 사돈만 믿는다고 했고 영묘도 오빠한테 전적으로 매달리는 심정이었다. 처음 입원할 때는 응급실을 통해서였고, 일인실이 날 때까지 며칠간 응급실에서 대기상태로 있지 않으면 안 되었다. 영묘 보기에 그때의 경호의 상태는 병실보다는 차라리 응급실에 있는 게 안심스러울 정도로 위험했다. 그러나 시어머니가 매일 한 번씩 전화로 물어오는 것은 느이 친정오빠가 그 병원에서 과장이라면서 일인실 하나 못 내주느냐는 불평이었다. 그렇게 일인실 타령을 하는 까닭은 응급실에 있으면 하루 입원비가 얼마나 나가는 줄 아느냐는, 돈걱정 때문이었다. 아무리 아들의 병이 얼마나 위중한지 모르고 하는 소리라 해도 재벌을 자처하는 부잣집에서 할 소리가 아니었다. 너무 야속해서 그럼 6인실이라도 나면 옮길까요 했더니, 우리 집안 체면이 있지, 너 우리 집을 뭘로 아느냐고 나무랐다. 그러다가 느닷없이 특실로 옮겨졌고, 그걸 마치 천부의 특혜처럼 즐기며 과시하고 있었다. 돈이 아까워서 응급실에 있는 걸 못 참아 하던 사람들이라는 게 믿어지지가 않았다.

영묘는 아직도 송씨 집안에 대해 뭘 안다고 할 수가 없었다. 모자간, 부자간, 형제간의 마음씀씀이도 친정하고는 많이 달랐지만 그들의 돈에 대한 관념은 하도 종잡을 수가 없어서 이해하기를 포기한 지 오래였다. 그녀가 툭하면 영빈에게 오빠 그 집은 좀 이

상해, 우리하고 너무 달라,라고 말한 것도 친정에 뭘 숨기려 해서
가 아니라 그렇게밖에 말할 수가 없어서였다. 그녀가 친정에서
그게 제일인 줄 알고 길들여진 중산층적인 생활의 법도로서는 도
저히 이해할 수 없는 부분도 바로 돈 쓰는 법이었다. 시어머니는
전화로 응급실에선 돈 많이 들 걱정만 했지, 수술 전에 아들의 문
병 한 번 온 적이 없었다. 연년생 손자를 데려다 봐주고 있으니
할 말은 없었지만 가정부가 둘이나 있다는 걸 생각하면 너무한다
싶었다. 이해 안 되긴 시아버지도 마찬가지였다.

　경호가 결핵이 아니라 암이라는 걸 알고 난 송 회장이 영묘를
불러 제일 먼저 한 소리는 절대로 환자에게 그 사실을 알리지 말
라는 거였다. 그 말을 하면서 송 회장은 조금도 고뇌나 자애를 나
타내지 않았다. 마치 회장님이 말단 사원한테 지시를 하는 것 같
은 태도에 영묘는 처음으로 정면으로 반발을 하고야 말았다.

　"당장은 아니라도 충격을 덜 받게 서서히 알려야 된다고 생각
합니다. 본인이 자기 병이 뭔지 모르고 어떻게 병과 싸울 수 있는
의욕이 생기겠습니까? 그이가 바보가 아닌 바에야 암인 줄 모르
면서 항암치료를 받게 한다는 것도 말이 안 되구요."

　"누구 마음대로 항암치료를 받아? 난 절대 그걸 받게 할 수 없
다. 살 가망이 충분히 있는 초기 환자도 그 주사 맞다가 지레 죽
은 예도 허다하다는데, 죽을 거 뻔히 알면서도 가만 놔두고 돈만

받아먹을 수가 없어서 실험삼아 해보는 치료를 왜 받냐? 우리가 무슨 모르모트냐? 느이 오빠 심 박사 말이다. 항암치료 받고도 예상 생존기간보다 몇 달을 더 살지, 혹은 덜 살지 아무것도 보장 못 하겠다더라. 안 받아도 그건 마찬가지래. 그런 무책임한 말이 어딨냐? 나는 내 자식을 고생만 시키다 죽이긴 싫다."

"그건 저도 마찬가지예요. 그리고 의사들이 최악의 경우만 말한다는 것도 인정하구요. 투병의지만 있으면 의사들도 놀랄 정도로 오래 사는 환자도 얼마든지 있대요. 그러니 아버님, 항암치료를 받을 것인가 말 것인가도 환자 자신이 결정하도록 해주세요. 제발 부탁입니다. 그인 저나 아이들 버리고 그렇게 호락호락 죽을 사람이 아녜요."

영묘는 말하면서 울어버렸다. 볼을 타고 눈물이 흐른다는 걸 의식하면서 영묘는 시아버지의 마음을 반은 움직인 거나 마찬가지라는 자신감이 생겼다.

"나는 그 애를 삼십 년을 길렀고 너는 그 애하고 산 지 삼 년밖에 안 된다. 누가 더 걔를 잘 안다고 할 수가 있겠느냐. 그 애는 착해빠진 대신 의지가 박약한 애다. 모질지 못해서 단념도 잘하지. 암이라는 걸 알면 비관해서 지레 죽고 말 거다. 이제 병원 말은 그만 듣자. 병원은 검사만 정확하게 해줬으면 할 일 다 한 거다. 병원에서 말기암을 고친 사례는 거의 없지만 항간에는, 말기

암에서 소생시킨 신비의 요법이 얼마든지 있다. 나는 지금 해외 지사에까지 명령을 내려서 대체의학도 그쪽이 더 발달했나 알아보고 있는 중이다. 지금까지 알아본 바로는 그쪽이나 이쪽이나 대체의학에도 공통점이 있더라. 그건 아무리 신비한 요법도 일단 한 번이라도 항암치료를 받은 환자에게는 듣지 않는다고 주장하는 점이다. 이래도 항암치료를 받아야겠니? 지금은 책임지고 살려놓겠다는 비법과 명의가 허구도 많아 누구 말을 들어야 할지 모르는 게 애로사항이지만, 그런 귀인들이 일제히 손을 뗀다고 생각해봐라, 난 절대 그 지경이 되게 내버려둘 수 없다."

그러면서 송 회장도 눈시울을 붉혔다. 영묘는 시아버지가 울 수 있다고 생각해본 적이 없었기 때문에 놀라고 감동을 해서 그의 뜻에 따르겠다는 약속을 했다. 얼떨결에 그러고 나서도 잘못했다는 생각은 안 들었다. 전혀 살릴 가망이 없다고 말하는 명의보다 책임지고 살려놓겠다는 돌팔이를 더 믿고 싶어하는 부정(父情)의 진정성을 믿지 않고 어쩔 것인가. 영묘의 눈물보다 송 회장의 눈물의 힘이 더 강했다.

흉강경 수술 후 경호는 신속하게 회복되는 듯해 보였다. 영빈은 늑막 유착이 잘 되어 더는 물이 고이지 않으니까 호흡곤란이 없어졌을 뿐 치유돼가는 건 아니라고 했지만, 영묘는 오랜만에 고통없이 숙면도 하고 먹고 싶은 것도 찾는 걸, 집에서 해오는 몸에 좋다는 각종 영양식이나 생약의 효험이라고 믿고 싶었다. 병원에서 해주는 건 거의 없었다. 회진 때 말고 영빈이 병실에 들른 적도 거의 없었다. 영묘는 영빈에게 경호가 거의 다 나은 것처럼 굴면서도, 그가 그걸 받아들이지 않고 짜증스럽고 조마조마해한다는 걸 알고 있었다. 병원에 입원해 있으면서 환자 치료에 주치의가 소외되는 현상이 영묘는 불안했지만 송 회장은 그걸 가지고도 무언가 뽐내고 싶어했다. 아들에게 용기를 주려고 지어내는 낙관적인 말도 주치의는 쑥 빼고 원장이 걱정해줬다느니, 아무개 박사가 좋은 경과를 축하해줬다느니 하는 식으로 호흡기와는 상관없는 과의 이름난 박사의 이름을 거론하곤 했다. 이렇게 필요 이상으로 넓고 호사스러운 특실에다 입원시킨 것도 병자나 가족의 편의를 위해서가 아니라 당신 체면 때문인 것 같았다. 아들이 병났다는 것까지 대외적으로 뽐냈는지, 회사 간부들뿐 아니라 각계각층의 인사들이 문병을 오기도 하고, 화분을 보내오기도 해서 송 회장의 광범위한 교류를 과시했다. 그들이 다녀가고 나면 아들 며느리한테 국회의원, 장관, 차관 따위 사회적 직위를 들먹여가며 자랑을 늘어놓았다. 경호는 아버지의 그런 과장된 몸짓에 아무런 감정도 나타내지 않았다. 그래도 영묘는 화분에 달린 리본에서 고위층 인사의 이름보다는 '축 쾌차' 따위 덕담을 읽어보는 게 즐거웠다. 어떤 때는 젊은 사원들이 서류를 가지고 경호한테 결재를 받으러 올 적도 있었다. 아들에게 용기를 주려는 송 회장의 배려 같아서 기쁘고 고마웠다. 조금만 덜 뽐냈으면 훨씬 더 점잖아 보일 수도 있으련만 하는 생각을 갖게 되는 것도 시아버지에 대한 친밀감의 시작이었다. 영묘는 아버지를 모르기 때문에 오히려 모름지기 아버지는 이래야 된다는 틀 같은 걸 가지고 있었다. 강하고, 돈 많고, 권위적인 것까지는 좋은데 모든 언동이 계략적으로 보이는 건, 이건 아니다 싶었다. 영묘도 특실에 입원한 걸 뽐내고 싶은 때가 있긴 있었다. 친정어머니와 시어머니한테였다. 전복죽을 쑤어 가지고 온 어머니는 호화판 입원실에서 느긋하게 텔레비전을 보고 있는 사위를 보고 휴양 겸 입원했다는 걸 조금도 의심하지 않았다. 시어머니에겐 응급실에 있을 때 당한 수모에 대한 복수심 같은 것 때문이었다. 영묘는 일 년이나 시집살이를 했지만 시어머니가 관대한지 째째한지도 안다고 할 수가 없었다. 주로 돈 씀씀이에서 느껴지는 인상 말고는 인간미를 짐작할 수 있는 틈을 안 보이는 분이었다. 아들의 병이 위중한 것보다 응급실에 있으면 입원비 많이 나올 걱정부터 한 것처럼 비싼 음식도 곧잘 썩혀서 버리면서도 냉장고의 과일도 갯수를 외워 두고 있다가 별안간 누가 다 먹었느냐고 난리를 치곤 했다. 가정부를 의심해서 그러려니 하면서도 그 부잣집에서 아기설 때 과일도 줄이고 산 것은 지금 생각해도 서럽고 억울했다. 그러나 알고 보면 시어머니도 불쌍한 여자였다. 영묘는 세간이라도 날 수 있었지만 그분은 여지껏 시어머니를 모시고 있었다. 영묘에겐 시조모가 되는 팔순의 노인은 아직도 정정할 뿐 아니라 집안에서 가장 막강한 실력자 노릇을 하고 있었다. 그건 그 집 자손들이 효성스러워서라기보다는 그 노인이 선대 회장을 도와 가산을 일구었다는 권위의식에서 비롯됐다는 게, 영묘 보기에는 가정도 기업윤리로 운영되는 것처럼 억압적으로 보였다. 언젠가 시어머니로부터 신세한탄 비슷한 소리를 들은 적이 있었다. 며느리 보는 앞에서 당신의 시어머니로부터 모욕적인 소리를 듣고 난 후였다.

넌 느이 친정 오빠가 의학박사니까 이 잘난 집에 시집 와도 꿀릴 게 없으니 얼마나 좋으냐. 난 친동생들이 다들 Y그룹에 취직해서 먹고살지 않냐? 다들 제 할일 열심히 하면서도 저 여왕회장 눈치 보여 승진하는 데는 오히려 불이익을 당하는 데도 저 노인은 나를 만날 친정 멕여 살린다고 저렇게 무시하고 의심한단다.

영묘는 그러잖아도 영빈을 미더워했지만 그 소리를 듣고 보니 영빈이 얼마나 든든한 빽인지 알 것 같았다. 시어머니가 여왕회장이라고 비꼬는 시조모도 영묘가 빽이 있어서 함부로 못하는지는 몰라도 하여튼 영묘에게는 보통 할머니처럼 흐물흐물 인자하게 대해주었다. 영묘가 일 년 만에 시집살이를 면할 수 있었던 것도 시할머니 덕이었다. 할머니도 아실까. 영묘는 경호의 소강상태에 안주하면서도 그동안이 오래가지 않을 것을 알기 때문에 항암치료를 받게 하고 싶단 생각이 문득문득 치밀 때마다 믿는 구석은 할머니였다. 할머니한테 사실대로 알리고 호소하면 자기 편이 돼줄 것 같았다. 그러나 할머니 역시 영묘가 이해할 수 없는 시집 식구 중의 하나일 뿐이라는 게 곧 밝혀졌다. 그 우환중에 이사를 하라는 명령이 떨어졌는데 할머니가 단골 점쟁이한테 물어본 결과 집터가 좋지 않으니 당장 이사를 하고 환자를 그 새 집으로 퇴원을 시키라는 점괘가 나왔다는 것이었다.

사람들이 십여 층에 걸쳐서 겹쳐서 사는 아파트에도 좋은 터나쁜 터가 있다는 것도 선뜻 이해가 안 됐지만, 영묘가 모르고 산 것은 그뿐이 아니었다. 점쟁이 말이 떨어지기가 무섭게, 살던 아파트를 낚시꾼이 자리 옮겨앉듯 냉큼 옮겨갈 수 있는 것은 그 아파트가 내 집이 아니고 전세를 살고 있었기 때문이었다. 이사 갈데도 물론 전세였다. 처음에 세간날 때 아무도 사주는 거라고 말해준 사람이 없었는데도 그녀는 사주는 것으로 알고 있었던 것이다. 어처구니가 없었다. 나는 왜 이렇게 멍청할까, 창피하기도 하고 시집의 사는 방법으로부터 철저하게 소외당한 자신이 차라리 대견하단 생각도 들었다. 도저히 화해할 수 없는 시집의 법도라면 이질감이라도 유지하고 싶었다.

이사 가는 것 조금도 어렵게 생각 말아, 구조와 평수가 같은 데를 구했으니까, 포장이사로 하면 그대로 갖다놓아줄 테니 너는 와볼 것도 신경 쓸 것도 없다고 했다. 이렇듯 통고라도 해주는 건 혹시 귀중품이 있으면 미리 시댁으로 갖다놓으라는 뜻 같았다. 결혼할 때 받은 예물이 값으로 따질 수 없을 만큼 굉장한 거라고 했지만, 그건 세간 날 때 은행 귀중품 보관함에 맡기라는 명령이 떨어져 경호가 그대로 한 걸로 알고 있었다. 손끝 하나 까딱 안 하고 하는 이사라고 해서 마음까지 편한 건 아니었다. 이사만 가면 곧 거뜬히 털고 일어날 거라고 했다는 점쟁이 말을 전해 들은 후부터 영묘는 되레 경호의 소강상태가 곧 파국을 맞을 것 같은 예감으로 내심 전전긍긍하고 있었다. 영묘는 경호가 그녀에게 처음 사랑을 고백할 때, 너하고 함께라면 죽어도 좋을 것 같다고 한 것까지 불길한 징조처럼 회상하고 있었다. 그는 그렇게 말해줬지만 그녀는 그렇게 말해줄 수가 없는 게 슬펐다.

환자복 대신 짙은 포도주색 모직 가운을 걸치고 문병객이 사온 시집을 뒤적이고 있는 경호의 모습이 보기 좋았다. 벌써 일주일 넘어 경호는 그렇게 고통 없는 휴식을 취하고 있었다. 이목구비가 당당하고 준수한데도 피부는 생각이 내비칠 듯이 투명하다. 당신과 함께라면 죽어도 좋을 것 같다는 말을 되돌려주고 싶은 순간이었다. 두 아이만 없다면 능히 그럴 수 있을 것 같았다. 결혼하고 한 번도 그렇게 오붓하고 한가로운 둘만의 시간을 가져본

적이 없는 것 같다. 무엇 하러 그렇게 허둥대며 살았나? 지금이라
도 이 순간을 붙들어맬 수는 없을까. 그런 생각은 하기가 잘못이
다. 여울물에 몸을 담근 것처럼 오싹하니 행복한 시간의 촉박함
이 피부를 스친다. 가슴이 두방망이질하면서 지금 이 순간부터
생의 방향을 바꿀 수는 있을 것 같다. 단 며칠이라도 지금까지 살
아온 진부하고 황당한 관습에서 벗어나 생의 진정한 비밀을 맛보
게 하고 죽게 할 수는 있을 것 같다.

"자기 혹시 아버님 사업 말고 하고 싶은 거 없었어?"

마음은 비상하는데 말은 변죽도 못 건드렸다.

"미대나 문과 계통의 과를 가고 싶다고 했다가 아버지한테 혼
난 얘기 안 해줬던가?"

"들었어, 그렇지만 어른들한테 반항하느라고 한번 해본 소리
지 소신껏 밀고 나간 건 아니었잖아. 그 후엔 한 번도 빗나가지
않고 적응도 잘했고……."

"당신이 몰라서 그렇지, 처음에 워낙 무섭게 당했거든. 다시
태어나면 모를까 아버지의 아들로 태어난 이상 아버지의 뒤를 이
을 수밖에 없구나 체념하게 되더라구."

"어떻게 당했는데."

"아버지가 나를 번쩍 들어서 이층 베란다에서 밖으로 내던졌
어. 너 같은 자식은 안 난 셈 치겠다면서. 내가 고함을 쳐서 식구

들을 불러냈지 아버지는 그러고 나서 내다도 안 보셨어."

"정말? 어떻게 그럴 수가⋯⋯."

"못 믿겠으면 그 증거를 보여줄까. 그때 나를 구해준 건 정원에 쳐놓은 텐트였어. 동생들이 마당에다 텐트를 치고 야영 흉내를 내고 있었거든. 아마 야영을 가고 싶어하는 걸 안 보내줘서 그런 방법으로 시위를 한 것 같아. 다행히 그 위로 떨어졌는데 텐트를 버틴 막대기에 엉덩이를 얼마나 깊이 찔렸던지 지금까지도 그 흉터가 남아 있어."

그러면서 그는 침대에 넙죽 엎드리더니 바지와 팬티까지 내리고 뒷손질로 흉터가 있다는 자리를 가리켰다. 엉덩이가 아니라 엉덩이와 넙적다리 사이의 금간 데여서 잘 보이지 않았다. 있다면 있고 없다면 없는 그저 그런 흉터였고 더군다나 본인의 눈으로 확인할 수 있는 자리가 아니었다. 영묘는 거기를 바로 보기 싫은 마음 때문에 더 안 보였는지도 모르겠다. 다들 좋아졌다고 하고 영묘도 그렇게 알고 있었는데 경호의 엉덩이는 늙은이처럼 탄력 없이 주름져 있었다. 그럴 리가 없었다. 병치레를 좀 했기로서니 삼십 대 청년의 엉덩이가 그럴 수는 없는 일이었다. 영묘는 못 볼 것을 본 것처럼 가슴이 내려앉아 서둘러 바지를 치켜주면서 말했다.

"됐네요. 엄살 부리지 말아요. 안 보이니까 되레 있으려니 꾸며서 생각한 거지, 정말 있는 건 아니니까 아버님 너무 원망하지 말아요."

"있어 분명히. 내가 거울로 얼마나 자주 그 흉터를 확인하는 줄 알아."

"뭣 하러 그런 짓을 해요. 거울로 보기도 힘든 자린데."

"나는 아버지 뒤를 이을 수밖에 없다는 걸 체념하기 위해, 그리고 우리 아이들은 저 되고 싶은 거 되라고, 자유롭게 키워야지 생각하고 싶어서."

"당신 아이들 보고 싶지 않아요?"

"입원실에 아이들 안 들여보내잖아."

"염려 말아요. 오빠도 있고, 아버님도 빽이 세신데 그것쯤 못 하겠어요. 어머님이나 할머님한테 당신이 부탁해요. 그럼 보내 주실 거예요."

경호는 그 즉시 집에 전화를 했다. 할머니가 받았다. 경호가 할머니한테 어리광 부리듯이 일부러 어눌한 소리를 내는 걸 영묘는 쓸쓸한 마음으로 지켜보았다. 저항하려면 빌붙기보다 몇 배의 힘이 든다. 경호에게 그런 힘을 기대할 수는 없는 일이었다. 전화 통화는 오래 걸렸다. 영양실조 걸린 아프리카 어린이와 다름없는 경호의 엉덩이를 생각하며 영묘는 기도하는 마음으로 그동안을 참아냈다.

"상훈이 상국이 다 보내주신댔어. 보내주실려면 그냥 선뜻 보내주시지, 사내자식이 그렇게 정에 약해서 무엇에 쓰냐고 한참 설교를 하시고 나서 겨우 허락을 내리시네. 그래도 할머니가 직접 받으시기가 얼마나 다행인지 몰라. 만약 어머니가 받으셨어 봐. 아무런 결정권도 없으시면서 자식한테는 안 그런 척하고 싶긴 하지, 그러니까 작은 일도 복잡하게 꼬이게 만드는 게 우리 어머니의 특기잖아."

"어머님이 그 정도도 실권이 없으셔?"

"다 그런 건 아니지만 우리 형제들 문제에 있어서만은 그런 셈이지. 할머니의 강박관념 때문이야. 노가다 출신 할아버지가 큰 돈을 모으게 된 건 할머니가 코치를 잘했기 때문이라는 건 우리 집안의 전설이야. 투기고 투자고 할머니가 하라는 대로만 하면 그대로 들어맞았다니까. 그렇지만 그건 다 당신은 뒤에 숨고 할아버지를 내세우고 싶어 훗날 그렇게 꾸미신 거고, 실은 당신이 직접 땅 장사로 한몫 잡고 난 연후에 할아버지한테 사업을 시키신 모양이야. 할머니 지금도 땅 부자야. 벼락부자의 강박관념이 뭔 줄 알아. 할머니는 삼대 가는 만석꾼이 없다는 옛말이 들어맞을까 봐, 돌아가시지도 못하겠대. 우리 형제들이 바로 삼대째잖아."

할머니가 허락을 내리셨기 때문에 아이들은 신속하게 배달이 되었다. 두 아이가 각각 기사와 가정부에게 보따리처럼 안겨서 한 시간 안에 나타난 게 영묘에겐 배달처럼 느껴졌다. 경호는 생전 아이를 처음 보는 것처럼 신기해했다. 자세히 들여다보고, 주물러보고, 안아보고, 냄새 맡아보고, 뽀뽀하고 좋아서 어쩔 줄을 몰랐다. 상훈이는 곧 이런 지나친 애무가 갑갑한지 용트림을 해서 아빠 품을 벗어나더니 이리저리 뛰어다니기 시작했다. 이 천둥벌거숭이는 의자를 자빠뜨리고 등받이에 앉아서 뛰뛰빵빵 자동차 놀이를 하지 않나, 한참 예쁘게 핀 양란을 뜯어서 입에 넣지를 않나, 꽃바구니를 뒤엎지를 않나, 전화기를 귀에 대고 마구 눌러대지를 않나, 좌충우돌 가만 놔두는 게 없다. 경호는 따라다니면서 같이 놀아주기도 하고 다칠 것 같은 물건을 미리 치워놓기도 했다. 호텔 방이나 사무실처럼 보이던 병실이 순식간에 사람 사는 집 같아졌다. 아빠 품에 안겼다 엄마 품에 안겼다 하던 상국이는 잠이 들었다. 젖먹이의 사랑스러움이 절정에 달했을 때야말로 천사의 시기이다. 천사 같다는 건 옳지 않다. 천사 그 자체다. 상국이를 바라보는 경호의 눈은 곧 그 아이에게 녹아들듯이 감미롭고 간절하다. 네 식구가 이렇게 오붓한 시간을 가져보기가 얼마 만인지 모른다. 처음인 것도 같다. 상국이 낳기 전엔 경호도 덜 바빴고, 살림을 따로 난 기쁨 때문에 식구들과 같이 보낼 수 있는 시간을 자주 마련했다. 그러나 상국이 낳고는 경호가 회사에서 중책을 맡게 됐고, 곧이어 병치레를 하게 됐다.

"내가 병이 나기 참 잘한 것 같아. 병 안 났으면 무슨 수로 이렇게 한가한 시간을 가질 수가 있겠소."

경호가 행복에 겨운 표정으로 가만가만 아기의 볼을 어루만지면서 말했다. 아기를 보는 시선이 하도 깊고 강렬해서 망막에 새겨두려는 게 아닌가 싶은 생각이 들었다. 장난을 치다가 뭔가 와장창 깨뜨린 상훈이가 놀라서 달려와 아빠 무릎 사이에 얼굴을 묻고 야단맞을까 봐 미리 엄살을 부린다. 괜찮아, 괜찮아, 아들을 달래면서 번쩍 안아올리려다 말고 경호는 힘이 부치는지 내려놓고 어색하게 웃는다. 녀석 20킬로는 되겠네. 힘에 부쳐도 즐거운 저 얼굴. 아이들은 훗날 아빠가 어떤 눈빛으로 바라봤다는 것을 기억할까. 못 할 것이다. 기억 못 한다면 태어날 때부터 아빠가 없었던 나와 무엇이 다른가. 영묘는 자기 아이들을 유복자처럼 키워야 할 것 같은 예감을 지우려고 도리머리를 흔들었다. 영묘는 아버지 얼굴을 아주 모른다 할 수는 없었다. 안방 어머니 머리맡 벽 한복판에는 인자하게 웃는 아버지 사진이 줄창 걸려 있었고, 영묘가 좋은 성적표나 상장을 받아올 때마다 어머니는 산 사람한테 하듯이, 여보 우리 영묘 칭찬 좀 해주슈, 하고 말을 시키곤 했다. 영묘는 영정사진을 마치 산 사람 대하듯 하는 어머니가 싫었다. 앨범에도 아버지 사진이 많았다. 유치원 다닐 때까지도 어머니가 제일 좋아한 영묘의 재롱은 사진첩에서 아버지의 얼굴을 아무하고도 헷갈리지 않고 꼭 집어내는 일이었다. 얼굴이 팥알만 한 단체사진 속에서도 아버지를 가려낼 수 있게 되자 어머니는 이산가족이 상봉이라도 한 것처럼 눈물까지 그렁이며 감격해 마지않았다. 그렇게 집요하게 딸에게 아버지의 얼굴을 심어주려고 한 어머니의 심정을 모르는 건 아니었다. 태어나기도 전에 아버지를 여읜 딸이 그렇게 불쌍하고 애달팠을 것이다. 그러나 영묘는 사진 속의 아버지가 아무리 다정하게 웃고 있어도 자기한테 한 번도 머물러 본 일이 없는 시선이라는 걸 알고 있었다. 그리하여 영묘에게 아버지의 시선은 다만 공허했다. 영묘가 아버지에 대해 확실하게 알고 있는 건 자신을 만들었다는 사실 하나밖에 없었다. 그녀에게 있어서 부성이란 적나라한 외설에 지나지 않았다.

이렇듯 그녀에겐 아버지에 대한 이미지가 없었다. 그래 그런가, 아이들을 바라보는 경호의 눈을 보면서 아아, 세상의 아버지들은 아이들을 저런 눈으로 바라보는구나 하는 가슴 뭉클한 감동을 맛보았다. 아이들은 이 순간을 기억 못 한다 해도 아버지에 대한 이미지는 갖게 해야 된다는 생각이 불현듯 영묘를 뒤흔들었다. 그러나 어떻게? 시간은 빨리 흐른다. 특히 행복한 시간은 아무도 붙잡을 새 없이 순식간에 지나간다. 영묘는 바로 이 순간이 최후의 축제라는 걸 안다. 영묘는 자리에서 앉았다, 일어났다, 입술을 깨물었다, 좌불안석을 했다. 왜 그러냐고 경호가 물었다. 시간을 붙들어놓을 수 있는 방법이 번개처럼 머리에 떠올랐다.

"잠깐만 혼자서 애들하고 놀고 있을래요. 그럴 수 있지? 오빠한테 좀 다녀올게. 우리 식구 노는 거 비디오로 찍어 달래야겠어."

"캠코더가 있을까."

"그거 하나 어디서 못 빌리겠어. 이 큰 병원에서."

외래가 없는 날인데도 영빈은 방에 없었다. 영묘는 방에서 기다리면서 삐삐를 쳤다. 급히 달려온 영빈은 누이가 은밀히 의논할 일이 있어서 일부러 방까지 찾아온 줄 아는 것 같았다.

"그이 아직까지는 컨디션이 아주 좋아요. 특히 기분은 오늘처럼 좋은 날이 없는 것 같아요. 아이들을 데려왔거든요. 신나게 노는 거 보면서 비디오에 담아놓고 싶단 생각이 들었어요. 오빠가 찍어줘야 해요. 나도 같이 찍히고 싶으니까요."

"기껏 찍사 노릇 해달라고 불렀단 말이지? 찍사도 연장이 있어야지. 내일 집에서 카메라를 갖고 나오마."

영빈은 영묘가 중대한 의논을 해올 줄 알았기 때문에 실망스럽기도 하고 화도 났지만 애써 부드럽게 말했다. 그동안 회진 때 눈을 마주치는 것 외에 남매가 조근조근 이야기를 할 기회는 거의 없었다. 항암치료를 거부하고 입원실만 차지하고 있는 환자니까 특별히 해줄 것은 없다고 해도, 환자가 남이 아니기 때문에 그가 할 수 있는 최선을 다해보고 싶은 희망을 아직도 버리지 못하고 있었다. 완치에 대해 아주 희박한 가능성이라도 있다면 기회를 달라고 애걸이라도 했을 것이다. 그러나 다만 몇 달이라도 더 산다면 그것이 최선이 되는 치료를 위해 엄청난 고통을 감수하는 것은 환자 자신의 의지에 달린 문제다. 어떻게든 살려보고 싶은 환자에 대해서는 의사라고 기적을 바라는 마음이 없는 것도 아니다. 다만 최선을 다하고 기적을 기다리고 싶을 뿐이다. 영묘도 그러고 싶어서 의논을 해올 거라고 기다리고 있었다.

"내일이면 늦을까 봐. 내일엔 나도 가져올 수 있어요. 오늘 같은 날이 또 있을 줄 알아요."

"알았다. 어디서 빌려라도 보마."

영빈은 누이의 간절한 시선을 견디지 못하여 얼른 이렇게 승낙을 했다. 영묘는 오빠가 그녀가 말 안 한 것까지 다 알아들었다는 걸 알고 안심하고 병실로 돌아왔다. 병원 안을 다 뒤져도 그걸 못 빌리면 비디오 촬영 전문점에서 대여라도 해올 것이다. 반 시간도 채 안 돼 영빈이 카메라를 들고 나타났다. 오빠가 그녀의 소원이라면 다 들어줄 줄 알면서도 그동안 네 식구의 화기애애가 깨질까 봐 피가 마르는 것 같았다. 잠들었던 상국이까지 부시시 눈을 뜨고 벙글거려서 마지못해 찍사 노릇을 하려던 영빈이까지 만족스럽게 레디 고를 하려는 찰나였다. 병실 문이 열리고 운전기사를 앞세운 시할머니가 나타났다. 은빛 모본단 두루마기에 수달피 목도리를 두른 할머니의 정정함이 눈부셔서 영묘는 눈길을 피했다. 할머니 뒤에는 가정부까지 따르고 있었다. 문병 겸 증손자들을 데리러 할머니가 손수 납셨다는 걸 알면서도 영묘는 큰 잘못을 하다가 들킨 것처럼 가슴이 떨렸다. 할머니의 갈고리 같은 눈이 병실 안을 한 바퀴 휘젓고 지나갔다.

"지금 뭐 하는 짓들이냐?"

우렁찬 목소리에 분위기가 심상치 않게 경직됐지만 영묘는 시집에서 가장 의지가 됐던 게 할머니였다는 걸 상기하며 어리광 섞인 목소리로 솔직하게 말했다.

"철딱서니 없는 것들, 아플 때 함부로 사진 찍는 거 아니란다. 뭘 몰라도 분수가 있지, 예사 사진도 아니고 비디오를 찍다니, 사위스럽게스리."

그러면서 카메라를 들고 있는 영빈에게 빼앗을 듯이 손을 내밀었다. 마치 담배나 못된 그림을 압수하려는 중학교 훈육주임처럼 당당하고 무자비하게 굴었다.

"이 기겐 제 겁니다."

영빈이 기막히고 황당한 심정을 노골적으로 드러내며 무뚝뚝

하게 말하고는 휙 나가버렸다. 좀처럼 만날 일 없는 사돈집의 가
장 웃어른이 오셨는데 인사가 아니었다.

"제가 찍어달라고 했어요. 찍게 해주세요, 할머니 제발 부탁입
니다. 이런 좋은 기회가 또 어디 있겠어요."

"없다니, 무슨 말을 그렇게 방정맞게 하누. 자고로 병자한테는
기 빠지는 일을 삼가게 하는 게 병구완하는 사람의 도리였느니
라. 사진 찍는 걸 꺼리는 것도 그런 조심성에서 유래됐을 게다.
좋다는 것도 이루 다할 수 없는 세상에 꺼리는 걸 뭣 하러 하려고
해."

영묘는 마지막으로 경호에게 도움을 청하려고 했지만 경호는
눈길을 피했다. 왜 그렇게 체념이 빠른가, 저 사람은. 영묘는 그
게 참을 수가 없어 할머니 앞에 무너져내리듯이 무릎을 꿇었다.

"할머니 허락해주세요. 우리도 하고 싶은 것 좀 하게 내버려두
세요."

간청하면서 밑에서 올려다본 할머니 얼굴이 무서웠다. 두상이
크고, 살이 풍부한 볼은 축 처지고 입귀도 처지고, 눈꼬리는 곤두
서고, 숱 많은 백발도 갈기처럼 불불이 곤두선 게 사자의 두상을
방불케 했다. 맹수는 될성부르지 않은 허약한 자식은 거두지 않
고 애저녁에 낭떠러지에서 떨어뜨려 죽게 내버려둔다고, 어디선
가 들은 얘기가 하필 그때 생각이 났다.

"허락할 걸 해달래야지. 아가야, 우리는 사위를 많이 하는 집안이다. 이날 입때 그렇게 살아온 할미가 살아 있는 한 안 되는 건 안 되는 거다."

할머니가 인자하면서도 단호하게 말했다. 영묘도 더는 무릎 꿇지 않고 일어섰다. 바로 본 할머니는 사자상은 아니더라도 자손들을 자기가 하고 싶은 대로 길들이는 데 한 번도 실패해본 적이 없는 씩씩하고 박진감 넘치는 얼굴이었다. 아아, 저 노인은 허약한 손자를 죽음으로 몰고 가는 데도 결코 실패하지 않으리라는 예감이 영묘를 소스라치게 했다. 사위스럽다는 게 뭔지 알 것 같았다. 할머니의 그런 표정이야말로 영묘에겐 생생하게 사위스러웠다.

"내일 퇴원하기로 날 받았다."

할머니가 손수 증손자들을 데리러 온 것은, 퇴원해서 그동안 옮겨놓은 새 집으로 들어가는 절차를 가르쳐줄 겸 해서였다. 할머니의 단골 점집에서는 퇴원날짜뿐 아니라, 집으로 들어갈 때 어떻게 들어야 한다는 방법까지를 전수해준 거였다. 반드시 대주가 앞장서서 손수 문을 열고 들어가서, 먼저 부엌으로 가서 솥뚜껑을 세 번 소리나게 열었다 닫아서 주왕님께 돌아왔다는 걸 고하고, 다음엔 화장실에 가서 소피를 보고 나서 집 안을 한 바퀴 돌며, 방마다 문을 열고 큰기침을 한 번씩 하고 나서, 맨 나중에 안방으로 가서 북쪽을 보고 정좌하고 향을 피운 다음 동쪽으로 머리를 두고 누울 것, 계주(季主)는 대주 뒤에서 그림자를 안 밟을 만큼만 뒤처져서 들어가되 대주가 안방에 좌정할 때까지 입도 뻥긋하지 말고 그냥 지켜보기만 할 것 등을 엄숙하게 일러주고 나서, 대주와 계주 몫의 부적을 건네주고 돌아갔다. 아이들이 빠져나간 병실은 함부로 분탕질을 당한 것처럼 황량해졌다. 경호가 말없이 침대에 누워 눈을 감았다. 다시 병색이 돌아온 경호의 얼굴은 침대에서 다시는 일어날 수 없을 것처럼 탈진해 보였다. 그 주름진 엉덩이가 이 남자의 것이라는 걸 이제는 믿을 수밖에 없구나, 영묘는 분노도 슬픔도 없이 그렇게 생각했다.

눈뜬 죽음

경호의 퇴원은 축제처럼 번잡스러웠다. 회사에서 경호의 동료뿐 아니라 중역까지 동원돼 이리저리 부산을 떨면서 짐을 나르고 퇴원수속을 하는 걸 영묘는 멍한 시선으로 바라보았다. 퇴원하는데 그렇게 많은 사람의 도움이 필요하다고 생각해본 적이 없었지만 여러 사람이 제각기 날칠 거리가 있다는 걸 확인하면서, 통증하나 없이 사지가 절단당한 것처럼 억울한 무력감에 빠졌다. 환자나 주치의는 아무것도 아니었다. 영묘는 그래도 영빈이 주치의로서든 오빠로서든 희망을 가질 수 있는 말을 건네주길 바랐지만 진통제 처방 외에는 아무것도 안 해줬고 배웅조차도 안 해줬다. 송 회장이 건네준 봉투를 가지고 나간 비서실 직원이 한참 만에 돌아와 송 회장에게 봉투를 도로 내밀었다. 안 받아? 네, 워낙 완강해서⋯⋯. 아랫사람으로서 명령을 제대로 수행하지 못한 게 죄스럽다는 듯이 손을 비볐다. 송 회장의 얼굴에 사람을 비웃는 듯한 표정이 엷지만 확실하게 스쳤다. 촌지를 거절한 건 아마 오빠였을 것이다. 영묘는 자부심과 모멸감으로 얼굴이 화끈하게 달아올랐다.

병원까지 와서 설치던 회사 사람들은 병자보다 앞질러 아파트 입구에 도열해서 마치 해외에서 굉장한 수주를 따내고 귀국하는 그룹 회장을 공항에 출영나온 중역진 같은 표정으로 경호를 맞았다. 경호는 영묘의 부축을 뿌리치고 그 사이를 어색하게 걸어 들어갔다. 화려하고도 이상한 퇴원이었다. 할머니의 지시대로 경호가 앞장서 문을 열었고, 영묘는 2미터쯤 뒤처져서 따랐다. 아무도 따라 들어오지 않았다. 집 안에서는 할머니와 흰 무명 바지저고리를 입은 눈빛이 예사롭지 않은 남자가 기다리고 있었다. 눈빛뿐 아니라 살갗도 일부러 광택을 낸 것처럼 반들거려서 한눈에 보통사람은 아니다 싶었다. 영묘가 입을 떼지 못하게 할머니가 소리 안 나게 쉿, 하는 입놀림을 하면서 집게손가락을 자기 입술에 갖다 댔다. 그러잖아도 집 안엔 무거운 침묵이 눅눅하게 고여 있었다. 도사 같은 남자가 지시하는 대로 경호는 어제 할머니가 일러준 대로의 절차를 하나하나 실수 없이 치르고 안방에 들어가 준비된 향을 피우고 동쪽으로 머리를 두고 누웠다. 도사 같은 남자가 방석 위에 앉자 할머니가 날아갈 듯이 큰절을 두 번 올렸다. 송씨가에서 할머니의 권위를 생각할 때 그건 상상도 할 수 없는 일이었다. 영묘는 선택의 여지없이 과학의 세계에서 신비의 세계로 넘어왔다는 걸 실감했다. 영묘는 그게 싫지 않았다. 기적을 부를 수만 있다면 그 광택 나는 남자에게 백팔 배인들 못 하랴 싶었다. 그러나 할머니는 영묘한테까지 큰절을 시키지는 않았다. 할머니는 도사에게 큰절을 하는 데 특권의식 같은 걸 가진 듯했다. 할머니까지 덩달아 빛나 보였다. 영묘에게 다과상을 드리라고 했다.

"우리 사장님 피곤하실 텐데 나가십시다, 큰회장님."

하면서 남자가 일어섰다. 도사도 별수 없이 아침에 능하구나 싶어 영묘의 입가에 엷은 비웃음이 떠올랐다. 집의 평수와 구조는 물론 가구의 배치나 벽지 조명등까지 전에 살던 아파트와 어쩌면 그렇게 달라진 게 없는지, 이사를 했다는 걸 믿을 수가 없었다. 영묘는 부엌에서 차를 준비하면서 싱크대와 찬장과 장식장 속의 식기와 다기, 찻잔, 크리스탈 등의 진열상태까지 손에 익은 그 자리에 있는 걸 확인하면서 차멀미를 할 때처럼 미식한 불쾌감을 느꼈다. 영묘는 다기와 더운물만 대령했고 차를 적당히 우려내는 일은 할머니가 했다. 다탁 위의 칠보 과자그릇 속에는 할머니가 집에서 해온 듯한 송화다식이 아기똥풀처럼 노랗게 웃고 있었다.

"너도 게 잠깐 앉거라. 이 할미가 소싯적부터 섬기던 큰스님의 제자이시다. 신통력이 큰스님 못지않으시지. 멀리 계룡산에 계시는데도 느이 사는 데를 환히 꿰뚫어보시고는 당장 집부터 옮기라고 일러주시더구나. 방위와 층수, 길일도 함께 잡아주셨지만, 하도 촉박해서 그건 어렵겠으니 좀 늦춰서 여벌로 하루만 더 길일을 잡아달라고 했다가 해보지도 않고 왜 안 될 생각만 하냐고 어찌나 호통을 치시는지, 꼭 내 정성이 부족한 걸 탓하시는 것만 같아 움찔하고 돌아왔지 뭐냐. 그랬더니 누가 잡아놓고 기다리고 있었던 것처럼 스님이 일러주신 조건에 딱 맞는 집이 마침 비어 있지 뭐냐. 그런 게 신통력이라는 거 아니겠냐? 큰스님 적부터 우리하고는 연대가 잘 맞아 내가 소원하는 건 뭐든지 다 들어주시더니만, 그 신통력에다 좋은 인연까지 작은스님에게 물려주시고 돌아가셨으니 이 늙은이 여생에 근심 걱정이 없다는 거 믿어도 되겠습죠?"

할머니는 말머리를 도사에게 돌리며 소녀처럼 감기는 소리를 냈다.

"신통력이라뇨? 큰회장님이 금강경을 육십 번도 더 베껴쓴 건 큰스님도 탄복을 하신 일 아닙니까. 그런 집안에서 자손이 창성하고 재복이 따르는 건 당연하죠. 아무 걱정 마십시오. 이렇게 좋은 터에서도 심신이 안정이 안 되면 경을 읽는 방법도 있으니까요."

영묘는 그들 곁에 엉거주춤 앉아서, 입은 옷도 그렇고, 머리 모양도 그렇고, 도무지 스님 같지 않은데 스님으로 불리는 남자를 미심쩍은 눈으로 바라보기만 했다. 남자도 영묘가 미심쩍어하고 있다는 걸 눈치챈 것 같았다. 품안에서 명함을 꺼내 영묘에게 건네면서 최 도사라고 자기 소개를 했다. 명함에도 포교원, 철학관, 운명감정소 따위 아리송한 기관들의 이름들이 한문으로 들어 있고 한가운데 최청하란 이름 석 자 위에는 버젓이 도사라고 명기돼 있었다. 첫눈에 도사밖에는 될 수 없는 사람처럼 느꼈음에도 불구하고 스스로 도사라 칭하는 데 있어서는 일말의 신비감마저 사라져버렸다. 최 도사는 작설차를 두 잔 마시고 송화다식은 한 개만 먹고 곧 일어섰다.

"스님 바래다 드리고 바로 집으로 갈란다. 좋은 꿈 꿔라."

"아이들은요? 제가 이따 데리러 갈까요? 보내주실래요? 애비가 찾을 텐데요."

영묘는 서둘러 최 도사 뒤를 따르는 할머니한테 다급하게 물었다. 할머니가 획 돌아서면서 차갑게 말했다.

"쯧쯧 철딱서니 하고는…… 애비는 폐병이야. 아이들을 위해서도 보고 싶은 것 참으라고 해라."

"할머님 그렇게까지 감쪽같이 속일 게 뭡니까? 네, 할머니."

영묘는 안타깝게 할머니한테 매달리며 부르짖었다.

"얘가 무슨 소리를 하고 있는 게야 시방. 애들은 애비가 털고 일어나 출근할 때까지 우리가 길러준다. 넌 그저 애비 병구완이나 성심 성의껏 잘하면 되는 게야. 며칠에 한 번씩은 보내줄 테니 그리 알고, 애비한테도 그렇게 일러라."

"결핵에는 부부가 너무 금실 좋은 것도 해로울걸요."

최 도사가 가래침을 뱉듯이 더러운 농담을 찍 한마디 던지고는 할머니의 승용차에 올라탔다. 영묘는 차가 단지 밖으로 사라진 후에도 한참 멍하니 서 있었다. 밖에 나온 김에 동네가 전에 살던 동네와 어떻게 다른가 찾아내려고 했지만 전에 살던 동네가 어떠했는지 거짓말처럼 생각이 나지 않았다. 전에 살던 아파트도 현대아파트였는데 이사온 아파트도 현대아파트였다. 전에도 대단지였는데 여기도 대단지인 듯했다. 앞뒤 좌우로 아파트밖에 안 보였다. 기분이 나빠지려고 해서 허둥대며 엘리베이터를 탔다. 집에 들어오고 나서야 습관적으로 숫자를 눌렀는데도 바로 찾아 들어왔다는 걸 알았다. 경호는 눈감고 누워 있었다. 여전히 기운은 없어 보였지만 평온해 보였다. 영묘는 혼자 평온하지 않은 게 서러워 울음이 나오려는 걸 참고 이사한 것이 틀림없다는 증거를 찾아 이 방 저 방을 기웃댔다. 아이들 방의 침대와 시렁과 소쿠리에 넘치는 장난감들이 가지런하지 못하고 곤두서고 나동그라지고 흩어져 있는 것까지 그녀가 집을 비우기 전하고 똑같은 것처럼 느껴졌다. 아이들이 없기 때문에 그 꾸며진 자연스러움에 소름이 돋았다. 포장이사를 하면 화장대의 화장품병들의 진열상태까지 똑같이 해주고 간다는 소리는 들었어도 이건 너무한다 싶었다. 영묘에겐 이 감쪽같은 이사가 마치 돈이면 안 되는 게 없다는 공갈협박처럼 여겨졌다. 그녀는 경호가 죽어가고 있다는 걸 깜박 잊고 느네 집이 그렇게 잘났냐고 대들고 싶은 격렬한 충동에 사로잡혔다. 발을 구르며 안방으로 돌진을 하려는데 넌지시 가로막는 게 있었다. 안방 문 위 흰 벽에 붙어 있는 부적이었다. 비슷한 부적이 주방 천장에도 화장실 문 위에도 붙어 있었다. 그녀가 해독할 수 없는 주사(朱砂)빛 한자를 둘러싼 선은 꼬불꼬불 섬세하고 장난스럽게 꼬여 있었다. 영묘는 말로 설명할 수 없는 공포감을 느꼈다. 이윽고 속에서 뭐가 망가진 것처럼 마음이 편안하게 누그러졌다. 그건 재기불능의 무력감일 수도 있었다. 그녀 품안에도 같은 부적이 있을 터였다. 어제 병원까지 할머니가 가져온 부적을 한 장은 경호 양복주머니에 넣어주고 한 장은 브래지어 속에다 간직하고 있었다. 그때는 부적의 영검을 믿어서도, 할머니가 시켜서도 아니었다. 마침 입고 있던 옷에 주머니가 없길래 잃어버릴 걱정 없는 데다 꾹 찔러넣는다는 게 브래지어 속이었다. 그러고는 한 번도 의식한 적이 없는 부적이 심장 근처에서 나여기 있다고 신호를 보내오는 것처럼 느껴졌다. 그것밖에 믿을 게 없는데 그걸 의심하고서 어찌 그 영험을 바란단 말인가. 그녀가 태어나기 전부터 송씨가를 수호해온 초월적 힘하고 무조건 감응하고 싶었다. 영묘는 양복 안주머니에 아무렇게나 넣어준 경호의 부적도 자나깨나 지닐 수 있도록 작은 주머니를 만들어 목에 걸어주어야겠다고 생각했다. 마치 품안의 부적과 문 위의 부적이 서로 감응을 해서 힘을 얻은 것처럼 영묘를 옴짝달싹 못하게 했다. 그녀는 혼자서 이를 드러내고 거품처럼 헤프고 무의미한 웃음을 웃었다. 필사적인 희망은 고통스러웠다. 기필코 광신이 그것을 치유해줄 것이다.

퇴원하고 편안한 날이 이어졌다. 반드시 나으리라고 믿는 것밖에 영묘는 아무것도 할 일이 없었다. 뭐든지 시댁에서 다 해주었다. 온갖 좋다는 약은 다 해 보내는 것 같았다. 한약도 있고 생약도 있었다. 영묘는 그런 것들을 때맞춰 먹이기만 하면 되었다. 냄새가 향기로운 것도 있고 역겨운 것도 있었다. 그러나 환자는 잘 받아먹었고 영묘 역시 그 약의 성분에 대해 알려고 하지 않았다. 모르고 믿는 게 신비감을 더했다. 얼마짜리 약이라고 어마어마한 약값을 알려줄 적도 있었다. 혹시나 복용을 소홀히 할까 봐 그러려니 하면 그만이었다. 한약과 생약뿐 아니라 각종 영양식과 무공해 녹즙 같은 것도 시댁에서 해날랐기 때문에 영묘는 덥힐 건 덥히고, 차게 할 건 차게 하기만 하면 되었다. 그렇다고 생약에만

의존하는 것도 아니었다. 며칠에 한 번씩 인애병원에서 간호사가 나와 주사를 놓고 갔다. 영양제라고 했다. 이런 걸 팔자가 늘어졌다고 해야 하나. 집안 청소하고 영묘를 시중 들 가정부까지 시집에서 보내왔다. 영묘가 시집살이할 때부터 시집에 붙박이로 붙어 있던 중년여자였다. 그 아줌마는 김칫거리나 반찬거리를 사가지고 와서 영묘 먹을 걸 해주기도 하고 시집의 밑반찬을 날라다주기도 했다. 영묘가 원하기 전에 뭐든지 다 알아서 해주었다. 영묘한테는 경호만 시중 들면 된다는 시집의 압력 같아 문득 아니꼬울 적도 있었지만 참을 만했다. 갈등할 일이 없으니까, 그만큼 마음고생이 없었다. 퇴원해서 영빈의 영향권을 벗어나길 참 잘했다 싶었다. 영빈은 단순한 주치의가 아니라 친정 식구이기도 했으니까. 영빈을 벗어났다는 건 친정과 시집 사이뿐 아니라, 과학과 신비, 저항과 복종 사이의 갈등에서 놓여난 것을 의미하기도 했다. 죽음을 확실히 내다보는 의사는 아무리 명의라 해도 벗어나는 게 수였다. 아이들이 보고 싶으면 시댁으로 보러 가면 되었다. 할머니가 아이들을 위해 그렇게 하는 게 좋다고 한 뒤 영묘는 정말 경호가 결핵을 앓고 있을지도 모른다고 생각하기에까지 이르렀다. 경호도 자기가 좀 악성의 결핵을 앓고 있다고 믿고 있음에 틀림이 없었다. 아이들 보고 싶다는 말을 입 밖에 내지 않았다. 영묘도 아이들이 병실에 와서 무법자처럼 날치던 생각을 하면 아이들을 부르고 싶지 않았다. 아이들도 듣고 싶지 않을 정도로 경호의 소강상태가 유지되는 동안의 평화는 소중하고도 아슬아슬했다.

영빈이 문병을 올 적도 있었다. 의사로서가 아니라 처남 매부 간의 도리를 위해서 들르는 것 같지만 영묘는 그것도 반갑지가 않았다. 누이를 바라보는 오빠의 측은해하는 눈길이 싫었다. 영빈이 다녀가고 나면 자기가 애써 엉구어놓은 평화가 허구였다는 걸 들키고 만 것처럼 마음이 혼란스러워졌다. 수치감 같기도 하고 신성한 것이 부정을 타고 말았다는 공포감 같기도 한 종잡을 수 없는 느낌이었다. 그럴 때면 이사를 했는데도 하나도 달라진 게 없는 데서 오는 이상한 이질감까지 도지려고 했다. 너무 똑같아서 낯설다는 걸 도대체 어떻게 설명해야 할지. 다행히 이사온 아파트는 근린공원과 인접해 있었다. 단지를 만들 때 동산의 일부를 차마 다 밀어버리지 못하고 남겨놓은 듯, 네 귀가 직선으로 잘려나가고 가운데만 무덤처럼 봉긋한 공원이었지만 그 안에는 조깅코스도 있고 배드민턴장도 있고 간단한 운동기구들과 벤치를 갖추어놓은 너른 마당도 있었다. 그 밖에는 야산 그대로였다. 어느 틈에 겨울 가고 봄이었다. 봄날은 숨 가쁘게 변했다. 흙빛 가랑잎 사이에서 보라색 제비꽃, 노랑제비꽃, 금강제비꽃, 남산제비꽃 온갖 제비꽃들이 피어나더니 인도를 싸바른 시멘트의 균열을 뚫고 노란 민들레가 피어났다. 그리고 진달래와 개나리가 피고지고 나면 봉긋한 동산이 일제히 파스텔조의 연녹색으로 몽실몽실 피어났다. 영묘는 그런 것들을 바라보고 있노라면 도처에서 아직도 삶이 계속되고 있다는 게 너무 슬프고 너무 기뻤다. 숲속을 거닐다가 아무 나무에나 기대 서면 땅의 왕성한 생명력이 나무를 타고 분출하는 소리가 들리는 듯했다. 나무 한 그루 한 그루가 크고 작은 분수였다. 모든 나무가 분수가 되어 연초록 물보라를 뿜는 숲은 황홀했다. 그러다가 나무와 자신을 구별할 수 없어지는 경지에 이르곤 했다. 다급하게 물오르고 있는 건 나무가 아니라 그녀 자신이었다. 경호가 죽은 후에도 그녀의 삶은 계속될 뿐 아니라 때때로 가슴 울렁거리는 감동도 없으란 법이 없을 거라는 숲의 소리는 악마의 속삭임처럼 달콤하니 고혹적이었다. 그러나 동산을 산책하고 들어오면 자기가 얼마나 생기 있어졌다는 걸 경호한테 숨겨야 할 것 같은 게 고통스러웠다. 경호하고 같이 산책하려는 시도를 안 해본 건 아니었다.

"어디 갔다 왔어?"

"기다렸군요. 미안해요. 바람 쐬고 왔어요. 예쁜 공원이 바로 지척에 있어요. 공원이 가까워서 이사하길 참 잘했다 싶어요."

"가까이 와봐. 당신한테서 바람 냄새가 나는군. 좋은 냄새야. 얼마 만인지 몰라."

"직접 맡으면 더 좋을걸요. 같이 산책 나가 볼래요?"

문병 오는 사람마다 좋아졌다고 했다. 하도 몸에 좋다는 것만 먹고 소화도 그런대로 잘 시켜서 그런지 영묘 보기에도 경호는 안색도 좋아지고 볼에 살도 오른 것 같았다. 그러나 걸음걸이는 퇴원할 때보다 훨씬 못했다. 비틀대는 걸 보이고 싶지 않은지 몇 발짝 걸어보지도 않고 포기했다.

"안 나가는 게 좋겠어. 어렵게 이만큼 회복했는데 감기라도 들어봐. 나한테 온 정성을 다하고 계실 부모님이나 할머니가 얼마나 실망하시겠어? 불벼락이 떨어질걸. 시키는 대로 해서 이만큼 좋아졌으니까, 조금만 더 참을래. 좋은 게 좋은 거잖아."

공포도 사람을 평화롭게 할 수 있다는 게 영묘를 참담하게 했다. 영묘는 헛것에 짓눌린 것 같은 억압적인 평화에 조금씩 지쳐가고 있었다. 단지 내의 벚꽃이 거짓말처럼 다 져버리고, 근린공원의 개나리 진달래도 자취도 없이 사라진 날, 봄을 탄다 싶게 기운이 땅으로 잦아드는 걸 겨우 추스르며 산책에서 돌아오는데 단지 진입로에서 장이 서고 있었다. 일주일에 한 번씩 산지 직송의 신선한 채소와 해산물을 파는 장이 서니 많이 이용해달라는 부녀회의 방송을 들은 것 같았다. 사는 사람이나 파는 사람이나 시끌시끌하고 활기 차 보였다. 슈퍼에서 포장된 야채나 생선을 말없이 주워담는 것보다 한결 사람 사는 맛이 났다. 시퍼런 고등어도 사고 싶고, 부드러운 혀를 날름대고 있는 갯조개도 사고 싶고, 노랗게 장다리가 오르려고 하는 봄동도 사고 싶었다. 그런 것들이 먹고 싶은 것하고는 달랐다. 실지로 아쉬운 건 아무것도 없었다. 고등어 같은 건 거들떠도 안 보는 집안이었다. 냉장고에는 미처 다 못 먹은 비싸고 싱싱한 것들이 그득했다. 그러나 그런 것들을 돈을 주고 사본 게 언젯적인지 몰랐다. 이사를 하고 퇴원을 한 후에는 경호의 약뿐 아니라 모든 생필품은 떨어지기 전에 미리미리 시댁으로부터 공급되었다. 하다 못해 아파트 관리비를 비롯해서 다달이 내야 하는 공과금까지 시집 쪽으로 자동이체가 돼 있어서 영묘는 돈 쓸 일이 없었다. 영묘는 사람들이 물건을 고르고 흥정을 하고 돈을 주는 행위를 홀린 듯이 바라보았다. 상행위가 그렇게 눈부신 줄은 미처 몰랐다. 몇 달 전까지 살림을 하던 끝이니 고등어 살 돈도 없지는 않을 것이다. 그러나 말이 부잣집 며느리지 생활비는 늘 빠듯했으니 목돈이 남아 있을 것 같지는 않았다. 저축을 먼저 하고 그 나머지로 생활하는 게 송씨가의 법도라는 걸 일러주면서 저축액까지 정해준 게 시어머니였다. 그러나 그때는 아껴 쓰는 재미라도 있었다. 전혀 경제권 없이 풍족하게 산다는 게 얼마나 못할 노릇인지 당해보지 않고는 아무도 모르리라. 그걸 이제야 깨닫다니, 나는 얼마나 멍청이인가. 돈을 써보고 싶어서 미칠 것 같았다.

영묘는 오래간만에 친정에 다녀오고 싶다고 경호에게 양해를 구하고 집을 나왔다. 택시를 잡아타고 A병원으로 갔다. 오전 진료가 끝나갈 무렵이어서 얼마 안 기다리고도 영빈을 만날 수가 있었다.

"어떻게 지내냐? 많이 힘들진 않구?"

"내가 힘드려니 하지 마요. 하나도 안 힘드니까."

"다행이다. 근데 웬일이냐? 이 오빠가 뭐 도울 일이라도 있냐?"

"오빠, 나 돈 좀 주라."

꾸물꾸물하다가는 말이 안 나올 것 같아서 단도직입적으로 말해버렸다. 영빈은 말귀를 못 알아들은 사람처럼 어리둥절한 표정을 지었다.

"왜냐고 묻지 말고 그냥 좀 주라, 응 오빠."

영묘는 눈물이 나려는 걸 얼버무리기 위해 짐짓 혀 짧은 소리로 어리광을 부렸다.

"너 뭐 시댁어른들 모르게 일 저지른 거 있냐? 혹시……."

"나 그런 위인 못 되는 거 오빠도 알잖아요. 내가 시집살이할 때, 오빠가 엄마나 언니한테도 안 알리고 한복이랑 홈웨어랑 사서 우리 시댁 식구 몰래 구메구메 날라준 생각나요? 난 아직도 그때처럼 대책 없는 맹추라우. 그때 오빠가 나를 곤경에서 안 구해줬어도 내가 시집을 못살지는 않았을 거야, 아마. 지금도 마찬가지야? 오빠가 돈 안 줘도 큰일날 일도 들통날 일도 없어요. 그냥 숨쉬기 조금 편해 보려고……."

"도대체 무엇에 쓸 건데?"

"큰돈 달라는 것도 아닌데 자꾸 물으면 나 안 달랠 거야."

영묘가 앵도라지면서 일어서려고 했다. 힘없는 위협이었지만 져주지 않을 수가 없었다.

"그냥 보내면 내 마음은 편할 줄 아냐? 가자. 지하에 현금지급기가 있으니까."

현금지급기 앞에서 얼마나 필요하냐고 물었지만 영묘는 대답하지 않았다. 그러나 영빈이 지급기로 한 번에 찾을 수 있는 최고액을 빼내고 나서 재차 카드를 넣는 걸 보고는 그만해도 된다고 못하게 했다. 허둥대며 돈다발을 핸드백에다 구겨넣는 영묘를 보고 영빈은 점심 전이면 같이 먹으러 가자고 했다. 그저 인사성으로 해본 소린데 영묘는 쉽게 승낙을 했다. 그러나 구내 식당은 병원 냄새가 나서 싫다고 했다.

"뭐가 먹고 싶은데?"

"이것저것 다."

"너 혹시 또 애 가진 거 아니냐?"

"그런 농담 싫어, 오빠."

영묘가 이마를 몹시 찡그렸기 때문에 영빈은 미안해서 얼른 가까운 호텔 뷔페가 어떻겠냐고 물었다.

"호텔은 좋은데 뷔페는 걸신 들린 것 같아서 싫어. 좋은 분위기에서 가만히 앉아서 시중 받으면서 우아하게 먹고 싶어."

그래서 남매는 가당치 않게도 점심을 호텔 양식당에서 정식씩이나 먹게 되었다. 영묘는 쫓기듯이 조급하게 칼질을 하면서 남은 음식 처치하듯이 맛없게 먹어치웠다. 영빈은 그런 누이를 물끄러미 바라보다 말고 한마디했다.

"영묘야, 음식을 왜 그렇게 신경질적으로 먹냐?"

"신경 쓰지 마. 아무것도 아니니까."

평소의 영묘답지 않게 쉿된 소리를 냈다. 영빈은 그 말이 이 세상에 죽고 사는 일 외의 모든 것이 아무것도 아니라는 소리처럼 들렸다. 그는 누이가 그렇게 황폐해지는 걸 속수무책으로 바라볼 수밖에 없는 자신의 입장에 울화가 치밀었다. 엊그저께 어머니한테 들은 얘기가 생각났다. 어머니도 사위가 폐병이라고 여기고 있었다. 요새 세상에 그 부잣집에서 폐병 하나 얼른 못 고치고 그렇게 오래 고생을 시키다니, 하는 한탄을 줄창 입에 달고 다녔다. 사돈집이 부자이기 때문에 이쪽에서 아무리 성의를 보여도 눈에 차 하지 않을 거라는 것도 어머니의 큰 고민거리였다. 며칠 전에는 퇴원한 영빈의 환자가 집으로 홍삼을 보내왔다. 그게 홍삼 중에도 극상품이어서 고가라는 걸 알고 어머니는 손수 딸네 집에 들고 가고 싶어했다. 이 정도면 부잣집에서도 알아주겠거니 노인네다운 으쓱한 마음도 있었을 것이다. 그러나 딸네 집에 다녀오는 어머니는 무슨 수모를 당했는지 집에 들어서자마자 눈물을 보였다. 마침 사돈마님을 만난 모양이었다. 비싼 선물을 가지고 갔으니까 사돈마님을 만난 것은 바라던 바랄 수도 있었다. 서로 극진히 반겼고 좋은 말로 위로도 하고 덕담도 하면서 길지도 짧지도 않게 머물다가 나온 것까지는 좋았다. 어머니가 택시를 잡으려는데 사돈마님이 자기 차로 모셔다 드리겠다고 잡아끈 것까지도 안 그랬으면 섭섭할 일이지, 조금도 예의에 어긋나는 일이 아니었다. 문제는 차 안에서였다. 기사가 들을세라 목소리를 낮추어 귓가에서 소근거린 소리가 어머니 가슴에 못을 박았다.

상국 애비는 목(木)이고 에미는 금(金) 아닙니까. 애비는 목중에도 작은 나문데, 에미는 땅이나 물 속의 금이 아니고 칼이나 도끼를 만드는 금이라지 뭡니까. 상극이죠. 말이 끔찍해서 안 하지 남편 잡을 사주 아닙니까. 결핵쯤이야 요즈음 세상엔 병 축에 들지도 않는 병인데 그래서 그렇게 오래 끌게 돼 있다는군요. 언짢아 하지 마세요. 우리끼리니까 말씀이지 아무한테도 입 밖에 내지 않았어요. 회장님도 모르시는 걸요. 그렇지만 염려 마세요. 우리 단골스님이 에미 살을 제하는 비방을 쓰고 있으니까요.

어머니는 그 소리를 전하면서 딸이 애물이라고 했다. 그렇게

점 치는 거 좋아하는 집에서 맏며느리 볼 때 사주도 안 봤을 리가 없는데 지금 와서 무슨 소리냐고 따지고 싶은 걸 주리 참듯 참은 것도 딸 가진 죄인이기 때문이 아니겠느냐는 거였다. 영빈인들 어머니를 위로할 말이 있을 리 없었다. 출가외인이에요, 그만 잊어버리세요. 벌컥 역정을 내서 다시는 어머니가 그 소리를 입 밖에 내지 못하게 윽박질렀다.

영묘는 식사를 마치자마자 자리에서 일어섰다. 그리고 또박또박 걸어나가 카운터에서 계산을 하려고 했다. 돈을 꿨다는 걸 그새 잊어버린 걸까. 불안해진 영빈이 뒤따라가, 얘가 왜 이래? 황급히 말리려고 하자, 왜 난 오빠한테 점심 한 끼도 사주면 안 돼? 하면서 눈을 흘겼다. 영빈은 누이가 핸드백에서 돈다발을 꺼내 세는 동안 야, 이런 데서 현금 내는 게 어딨냐, 하면서 재차 말리면서 먼저 카드로 계산을 하려고 했다. 오빠야, 나 좀 내 맘대로 하게 내버려두라, 그러면서 카드 위로 앙상하게 마른 손을 덮었다.

둘의 시선이 마주쳤다. 영빈은 누이의 공허하게 번들거리는 시선에 놀라 먼저 눈길을 피했다.

영묘는 장난감 돈을 세는 어린아이처럼 진지하게 돈을 세주고 나서 고개를 빳빳이 세우고 걸어나갔다. 잘 먹었다, 영묘야. 영빈은 아무 말이라도 해야 할 것 같아 이렇게 중얼대며 뒤쫓았다. 그러나 영묘는 영빈이 태워다주겠달 새도 없이 냉큼 택시를 잡아타고 해독할 수 없는 표정으로 손을 팔랑팔랑 흔들어댔다. 택시가 영빈의 시야에서 사라질 때까지 그는 마치 누이가 그 차를 운전하고 있는 것처럼 마음을 졸이며 그 꽁무니를 지켜보았다. 누이는 정신이 나간 사람 같기도 하고 뭔가에 쫓기고 있는 사람 같기도 했다. 왜 그렇게 서두르는지 짐작도 할 수 없었다.

영묘가 서둘러 간 곳은 집이 아니라 세일이 한창인 백화점이었다. 그녀는 사람들이 제일 많이 붐비는 기획상품 매장으로 뚫고 들어가 면티도 사고, 쫄바지도 사고, 팔부 바지, 반바지도 사고, 주머니가 주렁주렁 달린 등산용 조끼도 샀다. 다 부피만 많은 싸구려들이었다. 신나게 마구 한보따리 샀는데도 남은 돈을 만져보니까 두툼했다. 도저히 해 안에 그 돈을 다 쓸 것 같지 않았다. 나는 왜 이렇게 무능할까. 그러자 별안간 기력이 쑥 빠지면서 온몸이 잿더미가 된 것처럼 무력해졌다.

겨우겨우 집에 돌아와서는 물건에 대해서도 남은 돈에 대해서도 잊어버렸다.

다시 아무 일도 일어나지 않는 나날이 계속됐다. 아침에 눈뜨면 제일 먼저 경호에게 오늘은 좀 어떠냐고 물었고, 경호의 대답은 한결같이 어제보다 훨씬 기분도 좋고 기운도 난다고 했다. 그리고 정성스럽게 손수 면도를 했다. 면도까지 하고 나면 정말 경호는 병나기 전보다도 훨씬 살쪄 보였다. 결혼 전 경호를 처음 어머니에게 보였을 때 어머니는 장래의 사윗감을 보고 또 보면서 뉘 댁 자손인지 참으로 옥골선풍이라고 만족해했다. 경호도 영묘도 그 고색창연한 말뜻을 정확하게 이해하진 못했으나 듣기 좋은 말이었다. 영묘는 특히 그 말을 좋아해서 결혼하고 나서도 종종 써먹곤 했다. 그러나 지금 좋아진 경호의 얼굴에서 옥골선풍의 흔적은 찾아지지 않았다. 부옇게 살이 찌는 건 경호만이 아니었다. 영묘도 점점 더 기운이 없고 두루뭉술해졌다. 영묘는 경호의 얼굴에 자신의 모습을 비춰보면서 사육당하고 있으니까 별수 없다고 생각했다. 사육당한다는 건 마음의 움직임이 멈춰버린 상태이다. 영묘는 양계장의 닭들이 피할 수 없어서 부리를 비비듯이 경호에게 입을 맞추면서 얼굴과는 다르게 날로 앙상해지는 어깨를 품안에 느끼는 것이 무엇보다도 서러웠다. 그러나 차츰 그걸 즐기고 있을지도 모른다고 생각했다. 영묘는 희망의 잔혹함에 몸서리를 쳤다. 잊어버리고 있던 남은 돈을 쓸 일이 곧 생겼다. 경호에게 새로운 시술이 추가됐다. 뜸으로 못 고칠 병이 없다는 의사를 송 회장이 보내주면서 어떻게 어렵게 그 명의를 섭외했는지를 의기양양하게 영묘에게 설명했다.

"천안에 사는 유명한 뜸쟁인데 당분간 천안에서는 오전에만 환자를 받고 오후에는 경호 한 사람을 위해 일부러 상경을 하기로 했다. 말기암인데 거기 가서 꾸준히 뜸을 뜨고 완치된 환자가 있다고 해서 사람을 시켜 알아봤더니 정말이더구나. 병원에서 육 개월 살면 잘 산다고 한 환자가 뜸으로 고친 지가 오 년이 되는데 아직도 멀쩡하게 살아 있는 걸 눈으로 확인하고 왔다니까. 그 소리 듣고 의사한테는 내가 직접 뛰어가서 청을 들였느니라. 자식이 뭔지. 이름난 의사치고는 돈을 많이 받지 않아서 그런지 조그만 진료소가 미어터지더라. 종일 기다려도 못 본 사람은 번호표를 타고 아우성이야. 자세한 얘기를 하나도 숨기지 않고 했더니 꼭 고쳐주겠다는 장담은 안 하더라. 입이 무겁고 신중한 게 돌팔이는 아닌 것 같더라만 어찌나 비싸게 구는지. 그래서 내가 어마어마한 액수를 제시하면서 고쳐만 달라고 했더니, 하는 데까지는 해보겠다고 어렵게 승낙을 하더라. 제까짓게 돈에 회가 동하지 않고 배겨. 팔자 고칠 액수를 제시했으니까."

송 회장은 기회 있을 때마다 지금 경호가 먹고 있는 약에 대해서도 얼마나 귀하고 비싼 것인지 생색내고 싶어했기 때문에 그러려니 하면서도 어려운 홍정에 이골이 난 장돌뱅이 같은 말투에 영묘는 질리고 말았다. 뜸쟁이는 정확하게 세시 반에 와서 여섯시에 갔다. 첫날 영묘는 으레 그렇게 해야 하는 줄 알고 경호 옆에서 뜸뜨는 걸 지켜보려고 했다. 의사는 환자를 팬티만 남기고 발가벗도록 했다. 뜸을 떠야 할 곳은 온몸에 분포돼 있다고 했다. 푸석푸석한 얼굴과는 달리 경호의 몸은 삭정이처럼 마르고 핏기가 없었다. 경호에겐 최소한도의 수치심도 허용되지 않았다. 그게 이 늙도 젊도 않은 시골 의사의 유일한 카리스마였다. 환자는 마치 널에 누운 시신처럼 딱딱한 바닥에 반듯하게 뉘어졌다. 바싹 마른 몸 여기저기서 연기가 피어오르면서 경호가 괴롭게 몸을 뒤틀었다. 곧 경호의 몸이 활활 타오를 것 같아 영묘는 비명을 삼키며 손바닥으로 얼굴을 가렸다. 처녀 적 인도를 여행하고 온 친구한테 들은 얘기가 생각났다. 화장장에서 시체를 태우는 걸 목격했는데, 장작불이 시체로 옮겨붙기 전에 시체가 살아 있는 것처럼 몸을 뒤틀더라고 했다. 얼마나 놀랐는지 지금도 오징어를 구울 때는 그 생각이 나서 토할 것 같아진다고 했다. 그 얘기는 생각났다기보다는 생생한 악몽이 되어 그녀를 잡아당기는 것 같았다. 영묘의 과민한 반응에 당황했는지 의사는 그녀에게 나가 있으라고 했고, 경호도 비교적 침착한 소리로 그렇게 하라고 해서 그 자리를 모면한 영묘도 토할 것 같았다. 겨우 토할 것 같은 느낌이 경호와 나눌 수 있는 고통의 한계라는 것도 영묘를 참담하게 했다. 그녀는 문밖에서 마치 화장장 화구로 남편을 밀어 넣고 난 미망인처럼 소리내어 울었다. 의사가 다녀간 후 경호는 한결 몸이 가뿐해졌다고 좋아했다. 저녁에 송 회장한테서 걸려온 전화에도 그렇게 말하는 것 같았다. 몇 번이나 반복해서 날아갈 것 같다고 했다. 경호는 희망사항을 현실처럼 말하는 데 익숙해져 있었다.

뜸뜨러 온 지 사흘째 되는 날 뜸쟁이는 현관에서 미적미적 머
뭇거리더니 어렵게 입을 뗐다. 교통비가 없다는 것이었다. 네?
무슨 소리인지 못 알아듣고 반문하는 영묘에게 그간의 경위를 설
명했다. 큰 상급은 환자의 경과에 따라 주기로 했으니까 받을 수
도 있고 못 받을 수도 있는 거여서, 교통비는 하루에 십만 원씩
보장해줄 것을 요구했고, 그러기로 약조가 된 줄 알았는데 아직
한 푼도 못 받았다는 것이었다. 영묘는 전날 영빈한테서 받은 돈
이 남아 있다는 데 생각이 미치자 당장의 망신은 면할 수 있겠다
싶어 안심이 되었다. 뜸쟁이를 기다리게 해놓고 핸드백 속에 남
은 돈을 세어보니 삼십만 원은 넘어 남아 있었다. 영묘는 미처 생
각이 못 미친 걸 정중하게 사과하고 우선 사흘치 교통비를 건네
주었다. 가진 돈을 거의 다 써버렸기 때문에 교통비를 더 마련해
가지고 있어야 할 것 같아 저녁에 전화 걸어온 시아버지한테 그
얘기를 했다. 아이고, 내가 그걸 깜빡 잊고 있었구나, 할 줄 알았
는데 그게 아니었다. 일부러 안 줬다는 것이다.

"네? 일부러 안 주시다뇨?"

"내가 왜 일부러 안 줬는지 내일 보면 당장 알 게다. 아마 그 돌
팔이 시골놈 내일부터 안 올 게다, 두고 보렴. 서울까지 출장 오
는 거 처음부터 별로 내키지 않아 했거든. 그런 자들은 품삯을 밀

리게 해가지고 그걸 미끼로 삼아야 하느니. 미끼는 점점 커지고 욕심은 나고 제가 안 걸려들고 배겨. 그게 사람 부리는 요령이다. 넌 어째 그렇게 뭘 모르냐? 덜컥 돈 먼저 주다니."

시아버지는 장탄식을 했다. 정말 그다음 날 뜸쟁이는 오지 않았다. 그러나 그것 때문에 화내거나 속상해하는 게 아니었다. 돈을 받아갔다는 소리를 듣자마자 신비한 명의가 당장 시골 돌팔이로 변했으니까 아쉬울 건 하나도 없었다. 그보다는 재벌가의 맏며느리로서의 영묘의 자질이 심각하게 걱정되는 것 같았다. 사람 부릴 줄을 그렇게 몰라서 어떡하냐는 소리를 그후에도 여러 번 했다.

근린공원의 몽실대던 신록은 어느 틈에 기승스러운 녹음으로 변했다. 꽃이 피는 것도, 지는 것도, 모든 일이 어느 틈에 일어났다. 영묘는 어느 틈이라는 붙잡히지 않는 시간의 단위에 공포감을 느꼈다. 공원에 산책을 나가지 않게 되었다. 매일 어제보다 훨씬 기운이 난다고 말하면서 경호는 어느 틈에 화장실도 부축해야 갈 만큼 쇠약해져 있었다. 그러나 이상하게도 아무 데도 아픈 데는 없다고 했고, 어쩌다가 기침을 좀 하는 것 외에는 남 보기에도 한없이 편안해 보였다. 민간요법과 최 도사의 독경이 효험이 있긴 있는 모양이었다. 주기적으로 인애병원 간호사가 와서 영양주사 놔주는 일도 꾸준히 계속되고 있었다. 거기다 뜸까지 떠야 하는 일은 환자의 체력상 무리여서 영묘도 뜸쟁이가 안 오게 된 것은 조금도 섭섭하지 않았다. 그러나 뜸쟁이를 그런 방법으로 떼버린 건 생각날 때마다 진저리가 쳐질 정도로 기분이 나빴다. 뜸쟁이뿐 아니라 환자를 가지고도 장난을 친 생각을 하면 시아버지 아니라 시할아버지라고 해도 용서할 수 없다는 외람된 생각으로 가슴이 떨리곤 했다. 시집과 친정의 사는 방식이 판이하다는 건 결혼하자마자 느껴온 터였다. 시집살이할 때 가장 힘든 게 문화의 차이라는 건 먼저 결혼한 친구들한테 들어서 각오하고 있었기 때문인지 견딜 만했다. 서로에게 몰입해 있었기 때문에 웬만한 소외감은 신부가 신랑에게 응석 부리고 위로받을 수 있는 구실이 되었다. 그러나 이질적인 게 밖으로까지 비어져나가 친정에서 시집 식구들을 이상하게 보는 건 싫었기 때문에 나름대로 신경을 써왔다. 그래서 기회 있을 때마다 영빈에게 양쪽 집이 많이 다르긴 하지만 어느 쪽이 옳고, 어느 쪽이 그른 건 아닐 거란 소리를 되풀이해서 강조하곤 했다. 그러나 이번 경우는 달랐다. 풍속의 다름, 교양 정도의 차이에서 오는 낯설음이 아니었다. 피부나 언어가 달라도 인간끼리는 통할 수 있는 마지막 공통점, 인간성에 대한 믿음이 배반당한 느낌은 쉬 지워지지 않고 오래갔다.

좀 더 솔직히 말하면 영묘는 시집 식구와 공모해서 경호를 속여먹는 일에 지쳐가고 있었다. 혼자서라도 배반을 꿈꾸지 않으면 미쳐버릴 것 같았다. 환자는 단지 통증이 없다는 이유 하나만으로 나아가고 있다고 믿는 것일까. 저 남자는 그렇게 멍청한가. 어쩌면 영묘는 경호가 심하게 고통스러워하기를 기다리고 있는지도 몰랐다. 그렇지 않고는 진실을 공유할 가망이 없기 때문이다. 통증이 없다고 마음의 고통도 없는 걸까. 그렇다면 어떻게 살았다고 할 수 있단 말인가. 저 남자를 마냥 속아 살게 해서는 안 된다. 얼마 남지 않은 금쪽같은 시간을 저렇게 등신처럼 살게 해서는 안 된다. 단 며칠을 살아도 살맛을 온전하게 느끼며 살아야 할 게 아닌가. 사는가 싶게 살 수 있도록 도와줘야 한다. 이길 가망이 없다고 투지를 제거시킨다면 미리 죽게 하는 것과 무엇이 다른가. 암이 어때서? 암 아니라도 죽음과의 싸움에서 이긴 사람은 없다. 결국은 죽을 줄 아는 게 생을 아름답고 살맛나게 한다. 안다는 건 그렇게 좋은 것이다. 생전 안 죽을 것처럼 여기고 무진장 욕심을 부리는 것도 결국은 속아 사는 것이다. 투여되는 영양제나 생약이 몸을 보할지는 몰라도 환자 대신 병과 싸워줄 수는 없다. 싸울 수 있는 건 환자 자신뿐이다. 적이 무엇인지 알아야 싸울 게 아닌가. 불치의 병에 걸렸다는 걸 알고 분하고 억울해서 미칠 것 같다고 해도 그 또한 삶의 맛이다. 그게 가장 진미일 수도 있는 것을. 공포, 분노, 절망이면 왜 안 되나? 지금 우리에게 희망이 없는 것은 절망이 없기 때문이다. 아아, 저 멍청이, 제 몸에 대한 저

214

무심한 방기(放棄), 저건 죽음과 무엇이 다른가. 이런 생각이 하루에도 몇 번씩 영묘의 내부에 암광진 회오리바람을 일으켰다. 그러나 그녀는 실제로는 아무 일도 일으키지 못했다. 시집의 보호막은 영묘 따위가 감히 벗어날 엄두도 못낼 정도로 견고했다.

경호 내외만 보호막 속에 격리시킨 채 시집에서는 평상시와 다름없이, 아니 집안에 우환이 없었던 때보다 더 빠르고 활발하게 일상생활이 진행되고 있었다. 미국 유학 중인 경호의 두 동생이 귀국했다. 바로 밑의 동생 민호는 형의 결혼식 때 잠깐 다녀가서 영묘도 얼굴은 알고 있었으나 막내인 광호는 초면이었다. 민호는 학위가 끝나 귀국하기로 돼 있었지만 광호는 아직 멀었는데 애인이 생겼다고 했다. 유학생끼린데 서로 죽고 못 살아 양가 부모에게 승낙을 얻고 아주 결혼식까지 올리고 들어가려고 같이 나왔다는 것이다. 저희끼리 만나도 잘 만났더라. 부모님이 구존한 것도 고마운데 아버지는 고급공무원이고 어머니는 교수라니까. 너도 알다시피 우린 워낙 부자는 안 바라지 않니? 며느리는 좀 못한 집에서 데려와야 시집 어려운 걸 아니까. 시어머니는 미처 양가가 상견례도 하기 전에 영묘 들으라는 듯이 자랑부터 했다. 막내의 혼처가 만족스럽긴 하나 역혼(逆婚)은 안 된다고 했다. 그래서 상견례하기 전에 부랴부랴 둘째 혼처를 구하는 중이었다. 부자는 안 바란다고 하면서도 둘째는 재벌가와 혼맥을 맺고 싶은 눈치였다. 중매 들어오는 데가 다 무슨 그룹의 딸이나 누이 아니면 조카 딸이라고 즐거워했다. 그런 집안의 인륜대사가 경호네는 제쳐놓고도 하나도 아쉬울 게 없이 잘만 돌아가는 것 같았다. 그래도 되는 것인지 영묘는 문득문득 이상한 생각이 들곤 했다. 물론 아주 영묘를 따돌리는 건 아니었다. 선보는 데 같이 나가야 할 적도 있었고, 궁합 보는 데 같이 따라가야 할 때도 있었다. 결혼식은 형보다 나중에 하더라도 상견례는 먼저 하자고 막내가 졸라서 약혼식 비슷한 상견례를 하게 되었다. 그때는 시집에서 영묘에게 비싼 옷을 해주면서 상국 애비만 아프지 않았으면 이런 경사가 없으련만…… 하고 아쉬워했다. 그러나 그건 영묘에 대한 동정에 불과할 뿐 마음으로부터 우러나 걱정을 하고 있는 것 같지 않았다. 경호의 명이 병원에서 말한 시한부에 임박한 시점이었다. 일이 잘 손에 잡히지 않아 약식으로 해치우게 되는 게 인지상정이련만 대강 넘어가도 될 진부한 절차까지를 시집 식구들은 잘도 챙겼다. 특히 돈 문제에 있어서 남자 쪽에서 부담해야 할 비용과 여자 쪽에서 부담해야 할 몫을 칼같이 갈라 단 한 푼도 차질이 없도록 신경을 곤두세웠다. 나도 저런 절차를 밟아 이 집 며느리가 된 것일까? 경호한테 눈이 멀어 그런 것들을 하나도 보지 못한 처녀 적이 아득한 옛날 같았다. 빈번한 맞선 끝에 민호의 혼처까지 확정이 되었다. 학원 재벌의 딸이라고 했다. 학원 재벌이라는 말에 영묘가 약간 비웃음을 보였던가. 막대한 현금동원능력을 가진 알부자라고 했다. 인물들이 좋은 집안이었다. 민호도 광호도 젊고 잘생기고 건강한 청년이었다. 그리고 자신감과 행복에 겨워 남을 배려할 줄 몰랐다. 경호가 곁에 있을 때 그들의 젊음은 더욱 빛나서 잔인한 것이 되었다. 저들 처가에도 구닥다리 노인이 있다면 옥골선풍이라고 말하겠구나, 영묘는 쓰라린 마음으로 그런 생각을 했다. 다행히 그들은 자주 형을 보러 오지 않았다.

최 도사가 계룡산에 있는 암자에서 송씨가의 장손한테 붙은 온갖 잡귀를 물리치는 경을 백 일 동안 읽고 있는데 거진 백 일이 다 돼간다고 할머니가 알려줬다. 마지막 칠 일은 서울 와서 환자 내외도 동참한 가운데 마무리를 해야 최대한의 영험을 볼 수 있다고 최 도사가 통고해왔다는 것이었다. 볶아치듯이 두 시동생의 혼사가 정해지고 나서 미처 숨돌릴 새도 없이 또 일을 치러야 할 모양이었다. 이번에는 할머니도 영묘를 안쓰러워하는 것 같았다.

"이건 순전히 내 주머닛돈으로 내가 바치는 정성이니 아무 말 말고 마지막 한 이레는 네가 좀 같이 수고를 해다오. 송씨 집안엔 느이 시아버지나 시어머니도 모르는 원통하게 죽은 귀신이 여럿 있단다. 나만 아는 귀신을 최 도사가 조목조목 들춰내는 걸 낸들 어쩌겠니. 하라는 대로 할 수밖에. 너도 보다시피 그동안 우리 경호 얼마나 좋아졌냐. 그게 다 최 도사가 부처님 도력으로 귀신들

을 힘껏 누르고 있기 때문이란다. 너도 그렇게 믿어야 된다. 알았
쟈?"

"할머님은 지금 그이가 나아지고 있다고 생각하세요?"

"이게 무슨 소리야 사위스럽게. 중병에 더하지 않으면 낫는 게
지 뭘 더 바라. 백일 독경만 끝나면 훌훌 털고 일어날 테니 두고
보렴."

할머니뿐 아니라 시집 식구들은 다들 경호가 통증을 호소하지
않는 것만 가지고 나아가고 있으려니 믿는 눈치지만 경호가 조금
도 아파하지 않는 것은 아니었다. 요즘 들어 부쩍 자다가 길게 괴
성을 질러 옆의 사람을 놀래키는 일이 잦았다. 가위눌리는 것 같
아 흔들어 깨우면, 깨고 나서도 한동안 가슴을 움켜쥐고 신음을
계속했다. 아프냐고 물으면 꿈에 가슴과 어깨를 난도질당하는 끔
찍한 꿈을 꿨는데 그때 아팠던 게 남아 있어서 그렇지 정말 아픈
건 아니라고 했다. 낮에도 느닷없이 음산한 신음 소리를 낼 적이
있어서 아프냐고 물으면 아픈 것도 같고 안 아픈 것도 같다고도
했고, 직접적으로 아픈 게 아니라 한 다리 건넌 것처럼 간접적으
로 아프다는 이상한 소리도 했다. 왜 이렇게 답답하게 아픈지 모
르겠어. 마치 구두 신고 발등 긁는 것처럼 뭔가가 전달이 안 되고
있다는 게 미치게 답답하다고 했다. 경호가 자신의 고통을 표현
하는 데 그렇게 적극적이었던 적은 일찍이 없었다. 영묘는 그런

변화가 두렵고도 반가웠다. 간접적인 통증이 어떠한 건지 짐작이라도 해보려고 이리저리 머리를 굴리는 사이에 경호의 병이 경호에게 전달하고자 하는 메시지를 방해하는 뭔가가 있을 것 같다는 생각이 들기 시작했다. 그런 상상력은 최 도사가 송씨집에 붙어다니는 나쁜 귀신을 필사적으로 누르고 있는 이미지와 잘 맞아떨어졌다. 백일기도의 마지막 칠 일을 환자의 집에서 마무리하고 싶다는 건 도사 혼자의 힘으로는 아무래도 역부족이어서 가족의 정성으로 힘을 실어주기를 바라서가 아닐까. 이 지경에서 그것이 검부러기 같은 희망이라 해도 매달리고 싶었다. 퇴원하고 여지껏 영묘가 마음에서 우러나서 경호에게 해준 게 아무것도 없다는 것도 지금 와서는 후회가 되었다. 더 큰 후회를 남기지 않기 위해서라는 이기적인 생각도 있었지만 믿을 건 할머니밖에 없다는 서러움 때문이기도 했다. 집안 식구들이 다들 민호와 광호의 배필 정하는 일에 희색이 만면해서 살판난 것처럼 바삐 돌아갈 때도 할머니만은 식구들이 그런 경황이 있는 걸 마땅찮아 하는 기색을 감추지 않았다. 서로 수심이 통하고부터 영묘는 할머니가 무섭긴 해도 내 편이라는 것 하나는 믿어도 될 것처럼 여기고 있었다.

경을 읽기 위해선지 최 도사는 머리만 깎지 않았다 뿐 스님과 다름없는 복장을 하고 있었다. 장삼 비슷하게 넉넉하게 만든 잿빛 개량한복에다 염주를 걸고 왼쪽 어깨에서 오른쪽 겨드랑이에 걸쳐서 밤색 가사까지 두르고 있었다. 할머니의 도움으로 보료 위에다 방석을 두 개 더 포개서 마련한 높은 자리에 최 도사가 정좌했다. 할머니가 시키는 대로 영묘는 최 도사 앉을 자리 좌우에 촛불을 켜고, 앞에는 향을 피우고, 두 번 큰절을 올렸다. 환자는 절은 안 해도 되지만 경을 읽는 동안 일어나 앉아 있어야 된다고 했다. 독경은 한시부터 네시까지 꼬박 세 시간이나 걸렸다. 그 시간대가 환자에게 맞는 시간대라고 했다. 이미 계절은 복중으로 접어들어 있었다. 더군다나 그 시간대는 하루 중에도 가장 더운 때였다. 거실에 에어컨을 틀어놓으면 병실에서도 그다지 더위를 못 느꼈었는데 최 도사가 독경을 시작하고부터는 방 안이 한증막처럼 눅눅하게 달아올라 땀이 줄줄줄 주체할 수 없이 흘렀다. 도사님은 경을 읽는 동안은 물은 마셔도 주스 같은 건 안 된다고 할머니가 일러주었기 때문에 얼음을 채운 생수도 옆에 대령해놓고 있었다. 최 도사는 자주 물을 마시면서 땀도 많이 흘렸다. 광택이 나도록 유난히 빤질한 얼굴이 경호의 창백한 병색과 비교가 되어서 그런지, 어디 바닷가에라도 다녀온 건지, 알맞게 그을은 게 꼭 구리를 입혀놓은 것 같았다. 그 위로 흐르는 땀도 만지면 구릿빛 진이 묻어날 것처럼 끈끈해 보였다. 미쳐버릴 듯한 더위였다. 최 도사는 불경책과는 따로 한지에 적어온 것을 영묘에게 주면서 재난을 소멸케 하는 중요한 경이니 그 대목을 읽을 때는 영묘도 따라하라고 했다.

나모 사만다 못다남 아바라지 하다사 사나남 다냐라 옴 카 카 카혜 카혜 훔훔 아바라 아바라 바라아바라 디따 디따 디리디리 빠다 빠다 선지가 시리에 사하바

영묘는 모기 소리처럼 가냘프게 따라했지만 최 도사와 화음이 안 되어 모래처럼 겉돈다는 걸 또렷하게 느낄 수 있었다. 그녀는 자기 목소리에 놀라 꿈에서 깬 듯, 여기가 도대체 어디이며, 이게 뭐 하는 짓인가, 내가 어쩌다 여기까지 온 것인가, 하는 강한 의문에 사로잡히곤 했다. 그런 생각은 순간적으로 그녀의 정신을 서늘하게 했지만 곧 구리 녹은 물이 목소리로 바뀐 것 같은 최 도사의 독경 소리에 지고 말았다. 시간까지도 엿가래처럼 늘어나 시간감각이 마비됐을 무렵에나 독경은 끝났다.

"제호탕(醍醐湯)이란다. 도사님이 여름에 즐겨 드시는 음료니까 독경 끝나고 나면 내놓도록 해라."

할머니는 음료와 한과까지 집에서 준비해 가지고 와서 이렇게 일러주었다. 최 도사는 차게 식힌 제호탕과 한과를 딱 한 개만 먹고 일어섰다. 할머니가 서울서 편히 머물라고 호텔을 청해줬지만 서울 근교에 친구가 신장개업한 절에서 머물겠노라고 했다. 신선의 음료 같은 신비한 느낌을 주는 제호탕 먹은 입으로 어떻게 신장개업한 절이라는 천격스러운 말을 아무렇지도 않게 쓰는지. 출

신이 비루한 건 어떻게라도 드러나고 마는구나, 경멸할 꼬투리가
생긴 걸 고소해하고 있는데 한층 정떨어지는 소리를 했다. 현관
에서 눈을 내리깔고 아주 난처한 듯 머뭇거리더니,

"이렇게 큰 정성을 들일 때는 무엇보다도 부정을 안 타는 게 중
요하다는 건 아시겠죠. 부정 말입니다. 부부 합방을 금해달라는
거죠. 힘드시더라도 겨우 일주일이니까요. 그 정도는 상식적으
로 알고 계시리라 믿지만 양주가 워낙 한창나이라 혹시라도 실수
가 있을까 말씀드린 겁니다."

최 도사가 내려깔았던 눈을 슬쩍 한 번 치뜨면서 희미하게 웃
었다. 희미하지만 유들유들한 미소였다. 영묘의 뜨악하던 증오
와 경멸이 살의처럼 걷잡을 수 없이 달아올랐다. 할머니는 행여
도사 대접하는 절차에 소홀함이 있을까 봐 첫날은 지켜보았지만
다음 날부터는 너희끼리 하도록 하라고 했다. 할머니도 경호 내
외가 힘들어한다는 건 눈치챘는지, 벌써 하루가 갔잖니? 엿새 남
았다. 엿새만 지극정성을 다하거라. 반드시 영검을 볼 테니,라고
위로해주고 도사를 뒤따라갔다. 영묘는 복더위와 살의로 불화로
처럼 달아오른 몸을 샤워로 식히면서 소리내어 울었다.

매사에 수동적이던 경호도 최 도사한테는 강한 적개심을 나타
냈다.

"당신까지 도사 도사 하지 마. 당신 바보야? 돌팔이만도 못한

땡추를 가지고……."

이러면서 눈을 부라렸다. 기운이 난 것 같지는 않았지만 눈에 정상적인 감정이 생긴 게 반가웠다. 그게 비록 증오에 의한 거라 해도 영묘에게는 일루의 희망이 되었다.

"그러지 말아요. 할머니가 당신을 위해 지극정성으로 모시는 분이에요. 당신한테 붙은 송씨 집안의 나쁜 귀신들을 물리쳐줄 귀인을 만난 거라구요. 보통 스님들이 그런 궂은일을 하려 들겠어요. 땡추면 어때요? 최 도사는 귀신을 볼 줄 안답디다."

"우리 집안에 귀신이 왜 하필 나한테 붙겠어, 귀신을 보았다는 것보다 그게 더 큰 사기야."

"귀신이 사람 보고 붙수? 재수 나쁘면 걸려드는 거죠. 그래도 귀신이 있다는 건 믿나 보네요."

"할아버지 생존해계실 때, 난 아직 어렸지만 공사판에서 사고사한 가족들이 보상문제로 집까지 몰려와 울고불고 농성까지 하는 걸 몇 번이나 봤어. 어렸을 때고, 우리 집 사업도 지금과는 댈 것도 아니게 영세할 때였지만, 피해자한테 좀 더 잘해줄 수는 없을까, 우리 할아버지가 인정없고 인색한 분이란 인상은 지금까지 박혀 있어. 그들이 원귀가 됐다고 해도 왜 나한테 붙겠어."

조금은 기분 나쁜 얘기였지만 경호하고 그 정도라도 상식적인 얘기를 주고받을 수 있다는 게 영묘는 기뻤다. 몸이 망가지는 것보다 정신이 매가리없이 주저앉는 걸 지켜본다는 게 더 견디기 어려웠다. 영묘는 마치 못 먹이고 못 입힌 자식 올림픽에 내보내는 가난한 에미처럼 경건하게 정신력의 승리를 기원하며 그날 밤을 보냈다.

다음 날 경호는 땡추가 경 읽는 동안 일어나 앉아 있지 않겠다고 했다. 경호에게도 저런 면이 있나 싶게 단호했다. 최 도사는 환자에게 무리가 가지 않는 게 무엇보다도 중요하다며 경호의 거부를 순순히 받아들였다.

다음다음 날, 경호는 영묘에게 당신이 그 땡추한테 날아갈 듯이 절하는 건 차마 못 봐주겠으니 하지 말라고 했다. 만일 하면 죽어버리겠다는 극언까지 했다. 경호가 땡추를 참을 수 없어 한다는 건 알겠지만 그 노릇을 도중에서 그만둘 수 있는 뾰족한 수는 생각나지 않았다. 영묘는 도사를 현관에서 기다리고 있다가 환자가 원하니 큰절하는 걸 생략해야겠다, 만약 그런 절차가 꼭 필요하면 거실에서 미리 받고 들어가라고 청했다. 웬만하면 생략하는 데 동의할 줄 알았는데 그럼 여기서 받죠, 하면서 소파에 걸터앉았다. 영묘는 두 번 연거푸 큰절을 하면서 일부러 광을 낸 것처럼 반질반질한 도사의 얼굴에 깊숙하고 길다란 손톱자국을 내고 싶다는 광포한 갈망으로 치를 떨었다. 병실에서 경 읽는 걸 듣는 동안도, 나모 사만다 못다남을 같이 읽는 동안도, 그 갈망은 사그라들지 않았다. 갈망이 갈증이 되어 목구멍을 옥죄었다.

나흘째 되는 날, 칠 일의 가운데 날, 오늘만 넘기면 과반수가 넘는다고 억지로 인내심을 다독거리는데 경호가 별안간 기발한 소리를 했다. 어디 성경 없어? 코란이라도 괜찮아. 땡추를 혼내 줘야겠어. 간접적인 통증을 호소할 때처럼 섬뜩한 비명을 계속해서 질러댔다. 성경이나 코란으로 뭘 어쩌겠다는 건지 물어봤댔자 논리가 통하는 대답이 나올 것 같지 않았다. 눈에 아직도 희미하게 남아 있는 건 일말의 광기뿐 인격체로서의 정상적인 감정은 다 나가버린 사람이었다. 성경이든 코란이든 대령하는 것밖에 그의 비명을 멎게 할 방도가 없겠는데 집에 코란이 있을 리는 없고, 성경은 어디 있을 것 같은데 그의 빈약한 서재에서 그것도 쉽게 찾아지지 않았다. 한시가 임박하고 있었다. 도사는 시간을 칼같이 잘 지켰다. 급하게 허물어져가는 경호를 땡추에게 보이기 싫었다. 마침 성가책이 눈에 띄었다. 급한 마음에 그것도 반가워 가져다주었더니 성경책인 줄 아는 것 같았다. 회심의 미소를 지어 보이면서 그의 머리맡에 땡추가 잘 볼 수 있도록 놓아두라고 했다. 누가 이기나 내가 싸움을 걸 테니 당신은 구경만 해, 하면서 어깨를 으쓱했다.

곧 도사가 도착했다. 거실에서 큰절 받는 절차를 유유하게 즐긴 도사가 병실로 들어가 경호한테 의례적인 인사를 하면서 성가

책에 시선이 머물자 입가에 엷은 미소가 떠올랐다. 아무것도 예측할 수 없는 신비한 미소였다. 그날은 유난히 덥고 도사도 유난히 땀을 많이 흘렸다. 영묘는 미칠 듯한 더위를 견디며 구리를 입힌 것 같은 도사의 얼굴에 핏빛 선연한 손톱자국을 내고 싶다는 갈망으로 열 손가락이 뾰족한 송곳으로 변하는 것 같았다. 경을 다 읽고 난 도사가 느긋하게 웃으면서 경호에게 말을 시켰다. 전에 없던 일이었다.

"오늘은 경을 읽는데 삼매중에 예수가 나타났지 뭡니까. 삼매중에는 관음보살, 천수보살, 지장보살, 약사여래…… 만나고 싶은 부처님은 다 만나볼 수 있지만 예수가 나타나는 건 드문 일인데 마침 뵌 김에 귀하고 귀한 이 집 장손 왜 안 살려주냐고 따졌더니, 예수 가라사대 반드시 살 것이다 했으니 꼭 살아날 것입니다. 안심하십시오."

영묘는 그제서야 경호가 건 싸움의 뜻을 이해했다. 싸움은 경호가 걸었지만 도사의 적수가 되진 못했다. 도사의 간교함이 돋보이는 싸움이었다. 영묘는 이를 악물고 빈 주먹을 쥐었다. 주먹 가득히 뾰족하게 날이 선 손톱들이 만져졌다. 거실에서 도사한테 제호탕을 내놓으면서 내일은 거실이 아닌 현관에 딸린 작은방에서 도사와 독대를 해야 할 것 같았다. 까닭 없이 그냥 도사의 얼굴을 할퀼 수는 없지 않은가. 작은방에 단둘이 마주 앉으면 도사가 틀림없이 끈적끈적한 흑심을 드러낼 것이다. 그럴 수 있는 충분한 틈을 보이다가 접근해오면 여봐란 듯이 그 뻔뻔스러운 낯짝을 북 북 그어주고 살진 목덜미를 물어뜯고 말리라. 가해(加害)의 충동이 영묘의 피를 들끓게 했다. 도사는 그렇게 당해 싸지, 싸고 말고. 도사의 음탕한 마음을 자극하기 위해서라면 얼마든지 꼬리도 칠 수 있을 것 같았다.

다음 날부터 더는 경호의 머리맡에 성가책이 보이지 않았다. 도사가 경을 읽는 동안 경호는 눈 한 번 뜨지 않고 죽은 듯이 누워 있었다. 경을 다 읽고 난 도사가 사뭇 심각한 표정으로 고개를 갸우뚱거렸다. 경을 읽는 동안만이라도 부부 합방은 삼가해달라고 말씀드렸는데 잘 지키시나 모르겠네. 혼잣말 같기도 하고 경호 들으라는 소리 같기도 했다. 저 다 죽어가는 병자를 어떻게 저렇게 악랄하게 야유할 수가 있을까. 땡추의 입가가 비웃음으로 일그러지는 걸 보면서 영묘는 다시 한 번 가해의 욕망으로 치를 떨었다.

영묘는 허둥대며 작은방으로 다과상을 들여가며 에어컨 바람이 골치 아파서요,라고 안 해도 될 소리를 했다. 영묘는 제호탕 맛이 어떤지 입에 대본 적도 없었다. 땡추의 음료라는 상상만으로도 구역질이 날 것 같았다. 영묘는 자기 몫으로 따로 준비한 콜라로 목을 축이고 나서 선풍기를 틀었다.

"전 에어컨 바람이 싫지 않은데요."

그건 영묘가 전혀 예기치 못한 반응이었다. 작은방에 단둘이 마주 앉은 걸 조금도 달가워하지 않는다는 도사의 태도에 영묘는 모욕감을 느꼈다. 영묘가 콜라를 마저 마시는 걸 보더니 도사가 말했다.

"저도 콜라 한 잔 청해도 될까요?"

"제호탕만 드신다고 들었는데……."

"마시는 모습이 하도 시원해 보여서요."

오라 네가 슬슬 수작을 걸기 시작하는구나. 영묘는 속으로 그렇게 반기면서, 쟁반에 크리스탈 컵과 캔콜라를 받쳐 가지고 들어가 그의 면전에서 손수 땄다. 퍽 소리가 나자마자 그가 기다렸다는 듯이 한 손으로 옷소매를 팔꿈치까지 걷으면서 영묘 앞으로 팔을 쭉 뻗어 컵을 내밀었다. 드러난 팔뚝은 얼굴과는 달리 희고 단단한 근육질이었다. 굵은 정맥이 불끈 일어선 팔뚝을 물어뜯고 싶어서 영묘는 이뿌리가 근질거렸다. 그러나 단지 콜라를 원해서 뻗어 온 팔이었으므로 그녀는 왈칵 난폭하게 콜라를 따르는 게 고작이었다. 그는 콜라를 단숨에 들이켜고 나서 아아 시원타, 탄성을 지르면서 캔에 남은 콜라는 손수 따라서 마저 마셨다. 선풍기가 회전하면서 도사의 밤색 가사를 부풀리고 나서 영묘의 이마에 맺힌 진땀을 식혔다. 땀은 선풍기가 한 바퀴 돌아올 새를 못 참고 덧난 상처의 진물처럼 배어나와 앞머리 귀밑머리를 함부로 늘어붙게 했다. 미칠 듯한 더위였다. 더위 때문에라도 뭔 일을 저지를 것 같았다. 꼭 정당방위여야 할 필요가 있을까. 상대가 범하려고 하지 않는데 어떻게 정당방위가 가능한가. 영묘가 자신에게 떼를 쓰듯이 가해에의 욕망을 정당화하려는데 최 도사가 서늘한 얼굴로 일어서며 앞으로 백일기도가 이틀밖에 안 남았네요,라고 말했다.

안방의 경호는 경을 읽을 때처럼 여전히 미동도 안 하고 누워 있었다. 병자가 조금이라도 덜 초라하게 보이도록 덮어준, 화사하게 물들인 모시 조각이불이 미동도 안 했다. 숨을 쉬고 있는 것 같지 않았다. 가슴이 덜컥 내려앉은 영묘는 달려가서 모시이불 위로 엎어지면서 경호의 가슴 위에 귀를 댔다. 숨결을 확인하기도 전에 경호가 눈을 번쩍 떴다. 그리고 붉게 핏발 선 눈을 부라렸다. 생기 없이 번들대는 눈이 의안처럼 기분 나빠 영묘는 눈길을 피했다.

"왜? 죽은 줄 알았는데 안 죽어서 실망했냐? 이 화냥년아. 어디 붙어먹을 놈이 없어 그 땡중하고 붙어먹냐. 저리 비켜, 이 더러운 년아."

느닷없이 당해서 그런지, 영묘를 밀치는 경호의 손 힘은 믿을 수 없을 만큼 모질고 독했다. 영묘는 과장된 비명을 지르며 뒤로 나자빠졌다. 어처구니가 없었다. 건강할 때도 손찌검을 할 수 있으리라곤 상상도 할 수 없던 사람이었다. 그리고 생전 들어본 적이 없는 거칠고 야비한 말투였다. 드디어 미쳐가고 있구나, 영묘는 순간적으로 그래 좋다, 같이 미쳐버리자. 우리에게 그 밖에 구원의 여지가 없다면 못 미칠 것도 없지. 영묘도 지지 않고 씩씩하게 경호에게 돌진하여 그의 넋 나간 육신을 힘껏 흔들고 그리고 난폭하게 끌어안았다.

"당신 이제 보니 제법이네, 질투를 다 하고. 그럼 나에게 폐병을 옮겨봐. 땡추한테 이기고 싶으면 어서 폐병을 옮겨보라구."

그렇게 울부짖으며 증오와 경멸로 활활 타오르는 몸을 그의 몸에 밀착시키고 메마른 입술 안에 혀를 밀어넣어 보았지만 그의 시든 뿌리는 살아나지 않았다. 어차피 미친 짓이었다. 그는 격렬한 발길질까지 해가며 영묘를 밀어내고 욕설을 퍼부었다. 그러다가 혼자서는 역부족이다 싶었던지, 거기 누구 없냐고 집안에 저런 화냥년이 들었는데 그냥 두고 구경만 할 거냐고 혀 꼬부라진 소리로 징징대다가 나중엔 엄마와 할머니를 불렀다. 그리고 차츰 간질의 발작이 진정국면에 들어설 때처럼 간헐적으로 기운이 불끈 솟았다 말았다 하다가 어느 순간 축 늘어져버렸다.

영묘는 그의 시든 몸의 희미한 인기척에 귀를 대고 하염없이 생각했다. 우리는 겨우 이것밖에 안 되는구나. 결국은 이렇게 되고 말다니. 인간의 정신의 저 밑바닥에 마지막으로 숨어 있던 것의 정체가 겨우 이런 거였나. 그렇다면 우리가 견디어낸 시간은 뭔가? 겨우 이런 꼴을 보고자 함이었다니. 영묘의 눈에서 흐르는 눈물이 경호의 뺨을 적셨다. 당신 울고 있군? 경호가 겨우겨우 그녀의 등을 어루만지면서 말했다. 광기가 사라진 눈이 하도 쓸쓸하고 허전하여 영묘는 좀 전에 그가 보인 안 하던 짓이 정말 있었던 일 같지가 않았다. 그것마저 환상이었던가. 순식간에 지나간 그의 살아 있다는 표시가 당할 때는 끔찍했지만 지나가버리니 허전했다. 그러나 아주 지나가버린 건 아니었다. 다음 날도 그는 도사를 배웅하고 들어온 영묘를 보고는 발작처럼 땡추하고 몇 번이나 붙어먹었냐고 고래고래 악을 썼다. 땡추하고 붙어먹기는커녕 콜라 대신 준비한 맥주를 권할 기회도 없었다. 그는 선풍기 바람보다는 에어컨 바람이 좋다면서 작은방에 들어가지 않으려고 했고 음료는 역시 제호탕이 자기 몸에는 맞는다고 했다. 그리고 할머니가 해마다 그 음료를 얼마나 정성스럽게 해다 주시는지 처음에는 할머니 정성을 봐서 맛도 잘 모르면서 좋다고 했는데 그러다가 그만 인이 박힌 것 같다고 했다. 그런 재미없는 얘기만 하다가 내일이면 백일기도 마지막 날이 된다고, 할머니 정성을 봐서라도 좋은 결과를 봐야 할 텐데 하고 혼잣말을 했다.

마지막 날은 할머니까지 와서 지켜보는 가운데 도사의 독경은 장엄하고 숨 가쁘게 접신의 경지까지 치달다가 곤두박질 치듯이

어떤 여운도 남기지 않고 정시에 뚝 끊겼다. 할머니가 진저리치
듯이 안도의 한숨을 내쉬었다. 그때 영묘는 할머니의 표정에서
황홀한 해방감을 읽었다. 내가 구리가면 같은 땡추의 얼굴에 생
전 지워지지 않을 손톱자국을 내고 싶었던 것도 결국은 숨통을
조여오는 온갖 금기와 허위로부터의 해방이 아니었을까. 결국 그
녀는 그 무엇으로부터도 놓여나지 못했다. 할머니가 끝까지 지켜
본 마지막 날 경호는 난동을 부리지 않았다. 경호 또한 혼신의 힘
을 다해 이 세상에서 무언가를 읽어내려고 기를 썼지만 아무것도
해내지 못했다. 할머니는 거실에서 손수 제호탕을 도사에게 대접
하며 복중에도 불구하고 그 어려운 독경을 정성껏 무사히 끝마쳐
준 것을 거듭거듭 치하했다. 두둑한 봉투를 건네면서 차후에 후
한 시주까지 약속했다. 그리고 작별인사로 날아갈 듯한 큰절을
올렸다. 영묘는 죄를 짓는 마음으로 우리 할머니는 아직도 충분
히 요염하구나, 생각했다. 도사에게는 간드러지던 할머니가 영묘
한테는 지엄하게, 이제부터 환자가 병을 놓게 되는 건 틀림이 없
을 테니 너무 마음 급하게 먹지 말고 믿고 기다리고 있으라 했다.
그러문요, 그러문요, 도사가 옆에서 맞장구를 쳤다.

  미처 숨 돌릴 새 없이 상국이 돌이었다. 상국이 낳을 때는 아침
저녁 서늘해서 몸조리하기 좋은 때라고들 했는데 음력으로 돌잔
치를 하려니까 낳을 때보다 며칠 당겨진 듯했다. 푹푹 찌는 늦더

위에 빈사의 숨을 쉬고 있는 애아비 앞에서 꼭 돌잔치라는 걸 해야 되는지 영묘는 이해할 수 없었으나 이번에는 시어머니 주장이 더 강했다. 단시일 내에 두 아들 정혼하면서 발휘한 축제 분위기 연출을 이번에도 써먹고 싶어했다. 금싸라기 같은 내 손자의 경사를 조금이라도 허술하게 넘겼다가 나중에 맏며느리한테 무슨 소리를 들으려고,라고 영묘 핑계를 대는 소리를 들으면서도 영묘는 안 그래도 된다는 말조차 할 수가 없었다. 이 집안에선 어떻게 이렇게 지치지도 않고 큰일을 연달아 꾸미는지, 영묘는 타의에 의해 돌아가는 팽이가 된 것처럼 일의 진행에 몸을 맡겼다. 상국이 낳고 얼마 안 있다 경호가 발병하고 그 후 할머니가 떼어다가 길러서 그런지 상국이하고는 미처 정들 새가 없었다. 상훈이는 많이 보고 싶어했어도, 상국이는 생각하는 것 자체가 뜨악할 적이 있었다. 두 아이를 보러 갈 때마다 두 할머니가 상국이를 물고 빠는 것도 꼴보기 싫었다. 커서도 그들만 닮을 것 같기도 했고, 그들의 소유물이 돼버릴 것도 같았다. 그런 에미답지 않은 마음이 드러날까 봐 두려워하는 마음도 있어서 돌잔치에 그렇게 수동적이 됐는지도 모르겠다. 애비가 시퍼렇게 살았는데 돌잔치를 애비 못 보는 데서 할 수는 없다는 시집의 주장에 따라 영묘네서 치르기로 했다. 그렇다고 영묘가 따로 뭘 준비할 것은 없었다. 떡이고 돌상이고 다 맞춰오고 음식도 다 해가지고 온다고 했다. 하루

입고 말 돌쟁이의 여름 한복이랑 전복 복건 등 일습도 값비싼 본견 숙고사로 하고 인간문화잰가 하는 금박집에서 고전적인 금박을 박아온다고 했다. 집안내만 모이고 손님 초대는 생략하겠다면서 돈을 그렇게 처바르고 싶어하는 건, 아무도 그렇게 말은 하지 않았지만 경호에게 보여주는 이승에서의 마지막 선물로 삼으려는 의도인 듯했다. 그러나 도사를 질투해 난동을 부린 게 그의 정신의 마지막 섬광이었던 양 경호는 남 보기에 지극히 평온해 보였지만, 그가 다시 외부의 자극에 반응할 수 있을 것 같지 않았다. 고통에 겨워 머리를 짓찧는 자해행위처럼 그는 자신의 정신을 짓이겨 불능으로 만들어버린 듯했다.

아이들을 보는 게 얼마 만인데 별로 반가워하지도 않았고, 안아보거나 만져보고 싶어하지도 않았다. 아이들도 겁먹은 눈으로 아빠를 바라보기만 할 뿐 가까이 오려 하지 않았다. 영묘는 시어머니 지시대로 화사한 한복으로 차려입고 경호도 한복으로 갈아입혔다. 경호는 시키는 대로 순순히 몸을 맡겨줄 뿐, 무슨 영문인지 묻지 않았다. 왜 그래야 하는지 아는 것 같지 않은데 궁금해하지도 않으니까 등신 같았다. 외부 손님도 없는데 이게 무슨 짓인가 싶게 돈을 처바른 과시용의 돌상에다가, 남녀노소가 극채색의 한복을 펄럭이며 왔다갔다하는 모습은 영묘도 그중에 한 사람이면서도 환상 속에 편입돼 중력을 잃고 떠도는 것처럼 비현실적이었다. 사진사가 도착하고 돌을 잡혔다. 엊그저께까지 도사가 앉았던 술 두꺼운 방석에 상국이 올라앉았다. 한복이 거북해 칭얼대던 돌쟁이가 돌상에 눈이 팔려 활도 집고 붓도 집고 돈도 집었다. 그럴 때마다 식구들의 박수와 플래시가 터지고 돈을 집었을 때 제일 큰 환성과 박수가 터졌다. 돌쟁이와 엄마 아빠가 같이 찍는 순서도 있었다. 경호는 시키는 대로 했다. 김치이, 하니까 치이에다 입모양을 고정시키고 플래시가 터질 때까지 기다려주기도 했다. 온 가족이 돌상을 둘러싸고 찍는 순서도 있었다.

음식과 함께 따라온 가정부들이 차려놓은 잔칫상에 둘러앉아 축배도 들고 식사도 한 남자들은 늦은 출근을 하고 여자들만 남았다. 그동안 눕혀진 경호에게 시할머니가 손수 들고온 백항아리가 내려졌다. 백자 달항아리는 백지로 봉해 신비한 느낌을 주었다. 시할머니는 백항아리를 경호한테 내리면서 말은 영묘한테 했다.

"아주 어렵게 구한 비싼 약이다. 기사회생을 믿고 정성껏 먹이도록 해라."

백항아리를 개봉하는 일도 영묘의 몫이었다. 시할머니의 엄숙하다 못해 주술적인 태도에 질린 영묘는 조심조심 무릎걸음으로 백항아리 앞으로 다가갔다. 떨리는 손으로 종이를 꼬아만든 노끈의 고리를 풀고 한지를 벗겼다. 왈칵 한약제 냄새가 났다. 병수발드는 동안 익숙해진 냄새여서 안도하려는데 여운처럼 길게 동물적인 비릿한 냄새가 끼쳐왔다. 갈색빛이 나는 꺼룩한 액체 위에 떠 있는 게 흰 비늘 같다 싶으면서 구역질이 나려고 했다. 영묘 혼자서 제 맘대로 해본 암에 좋다는 민간요법은 거의 없었고, 또 그럴 새도 없었지만, 고단백 음식만은 열심히 피하도록 해온 터였다. 먹여선 안 될 것 같았다. 그러나 영묘가 역해하고 있다는 걸 시할머니의 갈고리 같은 눈에 들킨 게 잘못이었다.

"좋은 약은 입에 쓰다는 소리도 못 들었냐? 네 비위에 거슬린다고 행여 정성이 부족해질까 봐 걱정이구나. 약효의 반은 정성인 게야."

그러면서 시범을 보이듯이 미리 준비해 가지고 온 커다란 나무 숟가락으로 항아리 속의 액체를 떠서 경호 입에다 들이대면서 당신이 먼저 아, 하고 입을 벌려 보였다. 경호가 시키는 대로 입을 크게 벌렸고, 경호는 그렇게 세 숟갈을 연거푸 받아먹었다. 그러고 나서 곧 가슴을 움켜쥐더니 토할 것 같은 기미를 보였다. 영묘가 그럴 줄 알았다는 듯이 얼른 토사물을 받아낼 채비를 한다는 게 엉겁결에 입고 있던 갑사 남치마를 펼쳐서 들이댔다. 토사물은 한약이 아니라 피였다. 엄청난 양의 각혈이 갑사 치마를 검붉게 물들이면서 통과해 경호의 옥색 바지까지 피범벅으로 만들었다. 피를 보고 놀란 경호가 사람 소리 같지 않은 이상한 신음 소리를 길게 끌며 쓰러졌다. 밖에서는 잔칫상에서 가정부들이 식사를 하고 있고, 복건만 벗어놓은 돌쟁이와 그의 형이 아직도 한복인 채 나비처럼 나풀대며 장난을 치고 있는 사이에 그 일이 일어났다. 회사로 급한 연락이 가고 119가 오고 경호는 의식불명인 채 업혀서 나가고 시할머니와 시어머니와 그때까지 남아 있던 광호가 뒤따랐다. 잔치 뒷수습은 아랫사람들이 해준다 해도 아이들은 에미가 보고 있어야 한다는 게 할머니의 지시였다. 내가 곧 교대하러 들어오마 당장 무슨 일이야 있겠니, 하는 것은 시어머니가 남긴 말이었다. 식사를 하던 가정부들도 우두망찰 수저를 놓고 어쩔 줄을 모르고, 철부지 아이들만 희희낙락 넘어지고 자빠지고 옷을 더럽히며 하던 장난을 멈추지 않았다.

넋 나간 것처럼 가만히 앉아만 있는 영묘가 딱해 보였던지 아줌마들이 아이들은 저희들이 보살필 테니 지금이라도 뒤따라 가보라고 하기도 하고, 별난 댁도 다 있지, 이럴 때 으레 부인이 따라가야지 노인네들이 왜 나서? 뭐 좋은 일이라고, 하면서 이 집 흉을 보고 싶어하기도 했다. 그제서야 그러고 가만히만 있다는 게 저들에게 얼마나 못나 보일까 하는 생각이 들었다. 그들 눈에 지지리도 못나 보이지 않기 위해서라도 뭔가 하는 척이라도 해야 할 것 같았다. A병원으로 전화를 걸어 영빈이하고 통화가 되자마자 영묘는 울음을 터뜨렸다. 자신도 예상 못 했던 통곡이었다. 마치 격류에 휩쓸리듯이 의지를 상실한 몸이 곧 산산히 부서질 것 같았다. 말을 어우르지 못하고 울기만 하는 영묘를 보다못한 아줌마가 수화기를 빼앗아 이 집에서 일어난 일을 대강 설명하고 응급실에 가서 알아봐달라는 부탁까지 해주었다. 얼마 안 돼 영빈에게서 아직 환자가 도착을 안 했는데 언제 떠났냐고 묻는 전화가 걸려왔다. 그 소리에 퍼득 정신이 든 영묘는 울음을 그치고 병원에 갔다 올 시간도 넘었다고 대답했다. 무슨 연락 없냐고 영빈이한테서만 자주자주 전화가 걸려오고 119에 실려간 환자는 감감 무소식인 채로 시간이 흘렀다. 잘 생각하면 달리 알아볼 데가 떠오르련만 하다 못해 회사나 광호의 핸드폰 번호도 생각나지 않았다. 기억이 증발하고 속이 바싹바싹 타면서, 아무리 나쁜 일이 일어나 봤댔자 죽기밖에 더 할까, 최악의 경우가 위안이 되었다. 죽어도 눈물 한 방울 안 날 것 같았다.

경호가 위독하니 빨리 오라는 전화는 A병원으로부터가 아니라 S병원 응급실로부터였다. 영묘가 도착했을 때 경호는 방금 운명했다고 했다. 몸에 부착된 것들을 제거하는 중이었다. 죽었다는 게 믿어지지 않는 게 경호는 눈을 뜨고 있었다. 그러나 초점이 맞춰지지 않는 눈이었다. 영묘가 눈을 감기려고 했지만 망자가 마지막 힘을 다해 치켜뜬 눈꺼풀은 내려앉지 않았다. 영묘는 망자의 눈귀에서 귓바퀴로 흘러내린 아직 마르지 않은 눈물 자국을 보았다. 핏빛 눈물이었다. 피눈물 소리를 들어보긴 했어도, 정말 피눈물이 있는 줄은 몰랐다. 이제 네 댁 왔으니 눈 감으렴, 할머니가 살아 있는 손자 타이르듯이 인자하고 위엄 있게 말하면서 자신의 피둥피둥한 손으로 눈꺼풀을 쓸어내렸다. 그래도 망자의 눈은 감겨지지 않았다. 영묘는 망자가 그녀를 보고 싶어 눈을 못 감고 피눈물을 흘렸다고 생각하지 않았다. 뒤늦게지만 눈가림을 당하고 살아왔다는 걸 깨닫고 비로소 자신에게 무슨 일이 일어나고 있는지 똑바로 보려 했음이 아니었을까. 그는 한 번도 죽음과 맞서보지 못했다. 막판에 그가 격렬한 적의를 나타낸 것도 고작 땡추이지 죽음은 아니었다. 헛것만 보았지 한 번도 진실을 보지 못했다. 최후의 순간에야 자신에게 다가오는 죽음을 똑바로 보았을 것이다. 눈뜨고 죽은 모습이 보기 좋은 건 아니더라도 바보처럼 끝까지 속아 산 건 아니라는 게 영묘에겐 위안이 되었다. 요절했지만 불의에 중툭이 잘린 게 아니라, 나름대로 완성된 삶으로 보고 싶었다.

누군가가, 아마 의료진 중의 한 사람이, 그의 뜬 눈을 감기고 투명한 테이프로 고정시켰다. 영묘가 마지막으로 경호의 피눈물을 입맞춤으로 닦아냈다. 시신이 옮겨지고 모여든 회사 사람들과 어른들이 장례절차를 의논하는 걸 들으면서 영묘는 경호가 왜 A 병원이 아니라 S병원으로 옮겨졌는지 알게 되었다. 시설 좋기로 알려진 영안실 때문이었구나, 그걸 깨닫자 경호의 죽음은 그의 내부에서뿐 아니라 외부에서도 착착 오차없이 계획되어온 것처럼 느껴졌다.

고여 있는 시간 속의 뱀눈

  팔당 지나 퇴촌 쪽으로 가다 말고 포장도로를 벗어나 얼마 안 가서 송씨가의 가족묘지가 나왔다. 가족묘지라고 하지만 유택은 초대 회장의 묘 한 기밖에 없었다. 작은 공원처럼 꾸며놓은 아름다운 묘역이었다. 할머니가 자기도 곧 묻힐 곳이라며 이사 갈 집 꾸미듯이 해마다 알뜰하게 손을 본다고 했다. 경호가 묻힐 데는 그 묘역까지 올라가기 전에 새로 급하게 닦아놓은 길을 휘돌아 거의 초대 회장의 묘역을 등지다시피 한 곳에 위치해 있었다. 묏자리 보는 이가 순서를 어긴 불효 막심한 죽음이, 아직도 초대 회장이 후손에게 끼치는 좋은 기를 가로막으면 안 된다고 그렇게 묏자리를 잡았노라고 했다. 초대 회장의 묘에서는 한강이 보였지만 경호가 묻힐 데서는 저만치 고층 아파트군이 보였다. 초대 회장이 그쪽에 삼십여만 평의 야산을 사들인 것은 단지 자신의 누울 자리를 위해서는 아니었을 거라고 했다. 그때는 헐값으로 거저 줍다시피 한 땅이 지금은 유망한 전원주택단지로 떠올라 회사의 자금사정이 어려울 때 몇 천 평씩만 떼어 팔아도 자리도 안 나고 효자 노릇을 톡톡히 해준다는 것이었다. 지금 남은 큰 덩어리도 근처 위성도시의 대규모 아파트단지로 유력시 되는 곳이라니, 다 초대 회장의 선견지명이었다.

영빈은 고인의 유일한 처가 식구여서 송씨집 친척들과도 겉돌았고, Y그룹 중역 축에도 끼지 못했다. 변변치 못한 줄 알면서도 별 볼 일 없어 뵈는 평사원들 사이에 섞여 있자니 자연히 그런저런 소리들이 귀에 들어왔다. 경호 연배의 사원들이었지만 생전의 경호하고 특별한 친분관계가 있었던 것 같지는 않았다. 고인의 죽음을 슬퍼하는 말이나 생전의 고인을 추모하는 말은 한 마디도 들리지 않았다.

"일찌거니 회사 때려치우고 조상이 땅 사놓은 데 어디 없나, 전국을 한번 샅샅이 뒤져볼까, 까짓거."

"잘해봐라, 난 이래 봬도 천석지기 땅문서가 있다. 황해도 재령에서 월남하신 우리 할아버지는 만날 만날 통일 통일, 하루도 조국 통일의 염원을 못 버린 애국지사셨는데, 그 할아버지가 돌아가시면서 장손인 내 손을 꼭 붙들고 뭐랬는 줄 아냐. 통일 되면 당신 대신 제일 먼저 고향 땅에 달려가서 조상이 물려준 땅을 찾아달라는 유언과 함께 땅문서를 쥐어주시더라. 어때 환상적이지. 나 그런 사람야. 느이들 소작인, 장돌뱅이, 공돌이 들의 후예들하곤 근본이 다르다고."

찍찍 주고받는 이런 농담을 피해 영빈은 하관식이 진행되고 있는 묘소 근처로 옮겨갔다. 광중은 속광중까지 이미 조성이 돼 있는데도 하관하는 데는 시간이 좀 걸렸다. 흰 모시 두루마기에 파나마 모자를 쓴 신선 같은 노인이 나침반까지 들고 이미 파놓은 광중을 보며 깐깐하게 까탈을 부리는 듯했고, 개량한복을 입은 최 도사는 산신령께 드리는 축문을 읽고, 스님들은 염불을 했고, 송씨네 가족들은 장만해온 제수를 놓고 술을 뿌리며 절들을 했다. 영빈은 아마 유불선을 적당히 합친 송씨집 특유의 의식인가보다고 추측할 뿐 가까이 가진 않았다. 비디오 촬영기기 때문이었다. 거기까지 촬영기사를 불러들였다는 게 혐오스러웠다. 경호가 숨을 거둔 첫날만 빼고, 둘쨋날부터는 줄창 기사를 대기시켜놓고 연이은 문상객은 물론 이루 셀 수 없이 밀어닥치는 조화까지 찍게 했다. 문상객 중 송 회장이 중요하게 여기는 재계나 정계의 유명인사는, 송 회장의 눈짓 하나로 부의금을 내고, 분향하고, 조의를 표하는 것까지 더 많은 장면이 찍혔다. 영빈은 경호가 그의 병원에 입원해서 잠시 소강상태를 보일 때, 아이들하고 노는 장면을 찍어놓고 싶어하는 영묘의 부탁을 들어주려다가 말도 안 되는 호령 한마디로 무참히 거절당한 생각이 나 분연히 카메라를 피하려고 했다. 그런 영빈을 송 회장이 넌지시 붙들면서 설교하는 투로 말했다. 우리 집안이야 번족하지만 아이들 외가야 누가 있습니까? 다녀가신 기록을 남겨놓아야 합니다. 다 아이들을 위해서 이러는 겁니다. 애비 모르고 자랄 손자들한테 애비 장례식을 얼마나 성대하게 치렀는지를 보여주고 싶습니다.

그러면서 눈물을 보였다. 영빈이 보기에 송 회장은 영원히 저장될 슬픔을 위하여 연기를 하고 있는 것처럼 보였다. 역겨웠지만 그의 상대역을 면할 수는 없었다. 그런가 하면 송 회장은 또 재계나 정계의 유명인사가 나타날 적마다 영빈의 소매를 잡아당기면서 그가 누구라는 걸 자랑스럽게 귀띔해주기도 했다. 영묘는 전화로 한 번 통곡 소리를 들려줬을 뿐 영빈이 보는 앞에서는 한 번도 눈물을 보이지 않았다. 얼굴은 표정과 핏기가 함께 탈색한 듯했고, 말라빠진 몸은 철사가 관통하고 있는 것처럼 꼿꼿했다. 송씨집 사람들 중 카메라를 의식 안 하는 건 영묘밖에 없는 것 같았고, 그게 되레 송 회장을 난처하게 하는 것 같았다. 우리 며늘아기가 오랜 병구완에 지쳐 넋이 나갔다고 묻지도 않는 변명을 하곤 했다.

지금도 아마 그런 표정으로 서 있을 것이다. 영빈은 먼발치로 하관의 절차를 이교도의 의식처럼 낯설게 바라보면서도 꼬챙이에 상복을 걸쳐놓은 것 같은 영묘의 뒷모습이 애처로워서 차마 자리를 못 떴다. 그가 지켜보고 있다는 걸 영묘가 느끼고 힘이 되길 바랐다. 그래서 영안실에도 시간 나는 대로 매일 가 있었다. 미국에 있는 형에게도 전화로 알렸더니 즉시 조전과 함께 영안실로 조화가 배달되어 왔다. 웬만한 조화는 리본만 떼서 벽에다 걸고 집어치울 정도로 주체할 수 없이 많은 조화가 들어오는 가운데서도 눈에 띄는 특별한 조화였다. 두 개의 꽃바구니에 난 종류의 향기 높은, 작고 흰 꽃들이 자연스레 흘러넘치는 게 기품 있고 우아해서 삼단 사단짜리 턱 없이 키 큰 조화들을 당장 멍청이로 만들어버렸다. 흰 꽃이라지만 그냥 하얗기만 한 게 아니었다. 꽃심으로 깊어지면서 선연한 연녹색이 느껴지는 게 조화(弔花)라기보다는 생명력과 환희의 상징처럼 보였다. 하나는 형의 이름으로 하나는 형수 이름으로 돼 있었다. 영묘가, 큰올케 이름이 김명숙이라는 거 처음 알았어요, 하고 영빈에게 처음으로 말을 시킨 것도 그 꽃바구니 때문이었다. 그때 영묘의 표정에 미미하게 생기가 도는 걸 보면서 얼굴도 잘 생각나지 않는 형이 제때에 꼭 필요한 큰일을 해준 것 같아서 속으로 얼마나 고마웠는지 모른다. 지구 반대편에서도 돈만 있으면 당장 꽃배달을 시킬 수 있다는 것쯤은 조금도 신기할 게 없는 현대의 풍속도라지만 그런 특별한 꽃은 아무나 배달시킬 수 있는 게 아니었다. 돈도 안 아꼈겠지만 형의 특별한 마음을 담아낼 수 있는 손길을 국내에 확보하고 있다는 증거인 것만 같았다. 영빈이 송씨 집안에 대해서 느끼는 섭섭한 마음속엔, 인정하기는 싫었지만 열등감 같은 것도 있는지라 형이라도 신비화시키고 싶었나 보다. 허영심 많은 송씨집에서도 그 꽃바구니만은 어떤 명사가 보낸 것보다 소중하게 여겨 끝까지 영정 앞을 지키게 하다가 장지까지 가지고 왔다.

드디어 하관시간이 된 모양이었다. 흩어져 있는 중요한 사람들을 불러모았다. 영묘가 찾을 것 같았다. 카메라의 눈을 피할 계제가 아니었다. 사방에서 무명천을 잡은 손들이 느릿느릿 신중하게 관을 광중에 함몰시켰다. 그러고는 관 위에 떨어진 흙을 깨끗이 쳐내고, 명정을 덮고 나서, 나무판으로 차곡차곡 덮어갔다. 횡대가 망자의 가슴 부위를 덮기 전에 영묘가 앞으로 나서서 흰 봉투를 내밀면서 애아빠한테 보내고 싶은 선물이라고 했다. 편지인 듯했다. 사전에 그렇게 하기로 계획되고 합의가 된 것인지, 아니면 영묘 혼자서 그렇게 하고 싶었는지 영빈으로서는 알 길이 없었지만 그건 아무도 이의를 제기할 엄두를 낼 수 없을 만큼 경건하고 자연스럽게 보였다. 망자의 가슴 위로 흰 봉투가 사뿐히 내려앉자 마지막 횡대가 손톱 하나 들어갈 잇짬도 없이 완벽하게 맞물렸다. 매제가 지상에서 영원히 사라졌구나. 영빈은 소리내어 울고 싶은 걸 이를 악물어 참았다. 그러나 영묘의 무표정엔 아무런 변화도 없었다. 가족과 친지들이 한 줌씩 흙을 보태고 일꾼들이 흙과 석회를 개어서 당구질을 하는 동안 출장 요리 차가 당도하고, 서늘하고 경치 좋은 데를 골라 쳐놓은 차일 밑으로 사람들이 이동했다. 가족들은 남아서 당구질하는 일꾼들이 쳐놓은 새끼줄 사이사이마다 만 원짜리를 꿰주어 당구질의 장단을 돋구었다. 만 원짜리가 만국기처럼 펄럭이고, 차일 아래 모인 문상객들이 입맛 따라 맥주나 소주를 청하면서 야유회 나온 사람들처럼 홍청거리는 걸 뒤로 영빈은 슬쩍 묘지를 빠져나왔다.

어머니가 걱정되었다. 어머니는 최근까지도 경호가 나을 수 있는 병에 걸린 걸로 알고 있었다. 속이려 해서가 아니라 한동안 어머니를 달래고 위로해야 할 일이 귀찮아서였을 것이다. 경호의 임종 소식도 아내한테만 전화로 알렸더니 제일 먼저 하는 소리도 어머니한테 알리느냐 마느냐였다. 당신이 알아서 어머니에게 가장 충격이 덜 가게 알리라고 했더니, 어떻게요? 가르쳐줘요. 그럼, 그대로 할게요. 그런 아내의 말투에는 비꼬임과 무성의가 섞여 있었다. 당신 도대체 집에서 뭐 하는 사람인데 그것도 알아서 해결 못 해? 이렇게 역정을 내고 말았던가, 잘 생각나지 않는다. 그 후 영빈은 한 번도 집에 들어가지 않았다. 이틀 밤을 영안실에서 눈을 붙이는 둥 마는 둥 하고 병원으로 곧바로 출근하곤 했다. 조문객이 넘치는 상가에서 굳이 그렇게 했던 것은, 오빠가 있다는 게 영묘한테 힘이 될 것 같아서였을 것 같기도, 어머니를 피하고 싶어서였던 것 같기도 하다. 영빈은 장지를 일찍 뜨면서 누가 물어본 것도 아닌데 어머니 때문이에요. 지금 어머니 심정이 오죽 하시겠어요. 어서 가서 위로해드려야 해요. 내내 이런 생각을 하면서 그가 정작 가고 있는 데는 현금의 아파트였다. 쉬고 싶었다. 그리고 위로받고 싶었다. 그는 아직 누구를 위로할 준비가 되어 있지 않았다. 조강지처와의 섹스는 첫날밤부터 권태기였지만 혼외정사라고 해서 번번이 신선한 자극이 있는 건 아니었다. 대낮에 나쁜 년하고 나쁜 짓을 즐긴다는 짜릿한 죄의식도 아내의 무신경 때문에 어느 틈에 관습적인 게 되고 말았다. 그는 구태여 낮에 시간을 내지 않아도 되게 되었다. 일주일에 한 번 정도는 자고 들어갔다. 처음엔 밤새 지켜봐야 할 위중한 환자가 있는 것처럼 꾸며대기도 했지만 나중엔 그런 거짓말을 시키지 않아도 못 들어간다는 전화 한마디면 으레 그러려니 했다. 몇 시쯤 들어오느냐, 저녁은 집에서 먹을까 나가서 먹을까, 병원으로 전화를 걸어오는 건 되레 아내가 아니라 현금이었다. 그런 전화 때문에 현금이네 갈 때가 됐다는 걸 알아차릴 때도 있었다. 이제 현금이의 혀는 더 이상 메롱, 하던 열네 살 계집애의 분홍빛 혀가 아니었고, 그녀의 몸도 살아 있는 물고기처럼 매끄럽고 싱싱하지도, 그의 소유욕을 안타깝게 하지도 않았다. 그녀는 이제 따뜻한 물처럼 저항하지 않고 편안하게 자기 주장 없이 그의 욕구에 순종했다. 그가 허전해할 때는 알아서 빈 곳에 스며들어 충만하게 해주었고, 추위를 탈 때 녹여주었고, 의기소침할 때 띄워주었다. 언제부터 우리 관계가 그렇게 변한 것일까. 그런 생각을 하면서 그는 회심의 미소를 지었다. 나쁜 년이란 말이 가장 잘 어울리는 고 못된 여자를 물처럼 순종적으로 길들였다는 걸 생각하면 절로 으쓱해졌다. 그런 만족감 말고도 현금이 필요한 것은 현금이네서는 한 남자 노릇만 하면 되는데 집에서는 우선적으로 아들 노릇, 다음으로 아빠 노릇, 그다음이 남편 노릇인 일인 다역이 버겁고 피곤했다. 요즘 들어 부쩍 어머니가 그를 심 박사라고 부르면서 온갖 아픈 데를 호소하고 친척의 병까지 걱정하고 의논하려 드는 것도 참아내기 힘들었다. 영빈은 스스로도 자기가 못됐다고 생각하는 것 중의 하나가 남의 어리광을 못 견디는 거였다. 육친의 어리광은 더했다. 아마 직업에서 오는 나쁜 버릇일 수도 있었다. 더 힘든 건 아내와 어머니와의 관계였다. 두 사람은 결코 불화를 밖으로 드러낼 사람들이 아니었다. 처음부터 좋은 며느리와 좋은 시어머니가 되기로 각오하고 거기 필요한 각자의 룰을 가지고 있는 사람들이었다. 그런 줄 알고 있는데도 한시도 마음이 안 놓이는 게 이 의좋은 고부간이었다. 그들의 룰은 중간에서 영빈이 균형을 안 잡아주면 언제든지 깨질 수 있는 룰이었다. 현금을 알고

부터 그 긴장감이 싫어졌다. 하루라도 그 관계 사이에서 놓여났다가 일상으로 돌아오면 한결 사는 게 즐거워졌다. 이런 걸 충전이라고 하나 싶게 환자 보는 일에도 새로운 보람을 느낄 수가 있었다. 이제 영빈은 그 여자가 아직도 그냥 거기 있을까? 가슴을 두근거리며 초인종을 누르지 않아도 된다. 그도 그녀의 아파트 열쇠를 가지고 있다. 그만큼 서로 의심하지 않고 그만큼 서로 관습화돼버렸다. 울렁거림은 사라졌지만 보장된 안식이 있다. 그녀가 설사 집을 비웠다고 해도 그녀의 체취가 남아 있는 정결한 침대에 몸을 던지면 당장 꿀 같은 잠이 엄습할 것이다. 자다가 더듬으면 그녀의 풍만하고 말랑하고 따뜻한 가슴이 만져질 것은 의심의 여지가 없다. 그런 생각을 하며 영빈이 손수 열쇠를 따고 들어갔지만 현금은 집에 있었다. 골똘하게 티브이를 보고 있었다.

"너 요새도 몸매관리 하냐? 안 해도 예뻐. 그만이야."

"오래간만에 듣는 아부성 발언이네."

그러면서도 티브이에서 시선을 떼지 않았다.

"뭘 그렇게 열심히 보냐? AFKN 같은데 알아듣긴 하는 거야?"

"나 이래 봬도 유학까지 갔다 왔다는 거 모르냐. 결혼식장에 생부가 데리고 들어가는 게 옳으냐, 계부가 데리고 들어가는 게 옳으냐, 뭐 그런 거 가지고 토론을 벌이고 있는데 재밌어."

"그런 게 왜 재밌는데?"

"알았어. 끄고 너한테 관심 가져줄게. 참 시장해? 지금 어중간한 시간인데, 어째 배고파 보인다. 안 그래?"

"마음이 쓸쓸해서 그럴 거야. 나 지금 기분이 엉망이야. 장지에서 곧장 빠져나오는 길이거든. 매제가 기어코 죽었어."

"어머 그래? 영묘 씨 불쌍해서 어떡허지. 나한테도 알려주지 그랬어."

"알면, 뭘 어쩌려고?"

"그렇긴 그렇네. 그러니까 내가 무슨 투명인간이 된 것 같아 묘해지잖아."

"투정 부리는 거야?"

"아니. 투명인간은 내 어릴 적 꿈이었는걸. 사람이 그 나이에 어떻게 그렇게 갑자기 죽을 수가 있지? 영묘 씨 잘 견뎌내야 할 텐데……."

"그 사람 갑자기 죽지 않았어. 서서히, 젖은 장작 타듯이 지루하게 죽어갔어. 그러니까 영묘도 잘 견딜 거야. 걱정 말아."

"무슨 말투가 그러냐? 꼭 네 따위가 무슨 걱정이냐, 이런 식으로 들리잖아."

"그렇게 들렸다면 미안해. 나 지금 신경이 좀 곤두서 있어. 쭈욱 못 잤거든. 자고 나면 모든 것이 다 괜찮아질 거야."

말만으로 참았던 잠이 엄습해 그는 비틀대며 침실로 직행했다.

그리고 푹 엎어졌다. 익숙한 침대의 감촉을 두 팔 벌려 안으며 아아, 이 평화, 이 무책임, 이것보다 더 좋은 건 없다고 생각하며 곧장 수면의 나락으로 굻아떨어졌다.

삼우제 날 영빈은 묘소에서 처음으로 송씨집의 차남과 삼남의 약혼녀와 인사를 나누게 되었다. 발랄하고 예쁘게 생긴 아가씨들이었다. 장례 때도 왔었는지는 생각나지 않았다. 신경 써서 무채색 옷으로 골라입은 거련만 미끈하게 드러난 각선미 때문에 축제의 옷처럼 보였다. 아마 그동안 후줄근해진 영묘의 상복과 대조되어 더 그래 보였을 것이다. 삼우제는 인원이 최대한 동원된 성대한 장례식에 비해 가족만이 참석한 조촐한 거였다. 그런 모임에 아직 식을 올리지 않은 며느릿감이 둘씩이나 참석해서 어른들을 부축하고 잔심부름을 하면서 날렵하게 나대는 것도 영빈이 보기에는 곱게 보이지가 않았다. 마치 영묘를 따돌리려는 계획된 시위처럼 보였다. 영묘를 불쌍하게 보지 말아야지, 애써 태연하려 해도 송씨 집안에서 영묘의 입지가 좁아지고 밀려나는 것만 같아 불안해지곤 했다. 약혼녀들뿐 아니라 송 회장을 비롯해 민호, 광호 형제가 유들유들하고 건강하고 행사 자체를 즐기는 것처럼 활기 차 보이는 것도 영빈의 눈에 거슬렸다. 특히 송 회장은 장례 때도 머리에 포마드 기름을 처바르고 주연배우처럼 행동하더니 삼우제 때도 마찬가지였다. 그러나 전시효과에 유난히 신경을 많이 쓰는 송씨집 가풍에 질린 눈으로는 뜻밖에 조촐한 삼우 제였다. 영묘를 위해서 마음이 놓였다. 차려가지고 온 음식도 간략해서 술 한잔 붓고 절하고 음복하는 걸로 끝내고, 시간 맞춰 올라온 아랫마을에 산다는 묘지기한테 이것저것 조경을 부탁하고, 비석이랑 상석 꽃병 등 석물에 관해 지시하고 나서 남은 음식을 몽땅 안겨서 돌려보냈다.

송 회장이 영빈에게 시내에서 가족끼리 점심을 하기로 예약이 돼 있다며 같이 가자고 붙들었다. 오후 진료를 핑계로 거절하고 싶었으나, 영묘의 표정을 보니 나중에 양해를 구하고 일찍 일어나더라도 우선은 참석해야 할 것 같았다. 영묘는 비탄에 잠겼을 때보다 자기 편이라곤 없이 고립된 게 더 안돼 보여서 차마 혼자 두고 발길이 떨어지지 않았다. 차를 갖고 갔기 때문에 영빈이 따로 예약된 일식집에 도착했을 때는 가족만 남고 약혼녀들은 보이지 않았다. 영묘에 대한 배려인 것도 같고 가라앉은 분위기로 봐서 중요한 얘기가 있는 것도 같아 영빈은 속으로 긴장했다. 며칠 사이에 날씨는 완연히 가을로 접어들었는데, 정결하고 외진 별채의 다다미 방은 냉방이 지나쳐 오싹 한기가 돌았다. 영빈은 기름기 없이 바스라진 얼굴에 오스스 좁쌀 같은 소름이 돋은 영묘가 안쓰러워 에어컨 바람 먼저 줄이고 나서 영묘 곁으로 가 앉았다. 가라앉은 분위기에 비해 송씨 집안 남자들의 식욕은 왕성했다.

아들과 남편이 맛있게 먹는 걸 흡족하게 바라보던 사부인이 영빈에게 말을 시켰다.

"사부인이 상심이 크시죠? 상중에도 못 뵌 것 같은데……."

"상심도 상심이시지만, 사돈어른들 뵐 면목이 없다고 하셔서……."

영빈은 말끝을 흐렸다. 안 할 말을 한 것 같아 아차 싶었다. 장례 치르던 날 현금이네 집에서 충분한 휴식을 취하고 집에 들어갈 때, 영빈은 으레 어머니가 울고불고하다 지쳐 머리 싸고 누워 있으려니 했다. 어머니 어떡허고 계셔? 현관에서 아내에게 제일 먼저 물은 것도 그 말이었다. 그때 아내는 입을 삐죽하며, 석고대죄하고 계시다우, 했다. 그게 무슨 뜻인지, 안방문을 열고 어머니가 걱정이 태산 같은 표정으로 우두커니 앉아 있는 걸 보고도 알 수 없었다. 영빈을 보자 기다렸다는 듯이 던진 첫 마디가 시집보낸 지 삼 년 안에 과부가 됐으니 무슨 면목으로 사돈어른들을 뵙냐는 것이었다. 사위 죽은 게 딸 죽은 것보다 낫다는 사람도 있더라만 나는 안 그렇다, 나는 안 그래. 생전 남의 가문에 못할 노릇한 것처럼 얼굴 못 들고 사느니 차라리 가슴에 자식 하나 묻고 사는 게 낫지, 그년이 유복녀로 태어날 때 벌써 팔자가 드세려는지 알아보긴 했지만 그렇게 일찍 남편을 잡아먹을 줄은 몰랐다는 심한 말까지 했다. 딸 가진 어머니의 그런 시대착오적인 자격지심은 영빈이 듣기에도 민망한데 아내는 오죽하랴 싶었다. 그렇게 듣기 싫던 어머니 말을 그대로 대변하고 만 것이다.

"의당 그러실 겁니다. 그러문요."

사부인은 그의 말을 수긍하고 반기기까지 하는 것 같았다. 결정적인 실언이었다. 그러나 한번 뱉은 말을 주워담을 수는 없었다. 영빈은 유구한 여성잔혹사를 유지시켜온 집단최면의 힘에 아연했다.

"삼우도 지나고 했으니 상국 에미를 며칠 친정에 보내주시죠. 어머니도 보고 싶어하시고 누이도 자기 건강을 추스릴 시간을 가져야 하지 않겠습니까."

영빈은 실언을 만회하고 싶은 마음에 조금 딱딱하고 당당하게 말했다. 송씨집 식구들이 일제히 언짢아 하는 기색으로 영빈을 쳐다봤다. 송 회장이 근엄하게 말했다. 꾸짖는 투였다.

"너무 급하시군요. 탈상도 하기 전입니다. 삼년상을 치르자는 것도 아니고, 기껏 백일 탈상입니다. 부모를 앞서갔다고는 하나 자식까지 남긴 저희 집 맏자식입니다. 사십구재까지는 칠 일에 한 번씩 그 후 백일 탈상까지는 초하루 보름, 한 달에 두 번씩 상식을 지내도록 할 작정입니다. 친정에 가서 쉴 새가 어디 있겠습니까."

이어서 사부인이 영묘에게 말했다.

"에미야, 이제 너는 남편은 없고 어린아이들만 남았다. 아이들의 후견인은 우리 조부모와 애들 삼촌들 아니겠니. 오늘부터 아이들을 너한테 보내주긴 하겠다만 자주자주 아이들을 데리고 방배동 집에 출입해야 한다. 너 하기에 따라서 아이들과 삼촌들의 관계가 결정된다."

삼우제 날의 회식은 이렇게 해서 서먹하게 끝났다. 송 회장이 일어서니까 식구들이 다 따라 일어섰다. 송 회장이 영묘와 영빈을 번갈아 바라보며 인심쓰듯 말했다.

"아가, 김 기사 대기시켜놓을 테니 넌 나중에 천천히 와도 된다. 박사님 쟤가 아직 철부지랍니다. 많이 위로하고 타일러주세요."

둘만 남자 영묘가 영빈을 표독하게 노려보며 말했다.

"오빠까지 왜 그래, 정말. 나 때문에 그이가 죽은 거야? 나 때문에 그이가 죽었어도 그렇지 출가외인이라고 칼같이 금을 글 땐 언제고, 지금 와서 왜 짓지도 않은 죄까지 친정에서 뒤집어쓰지 못해 난리야? 누구 좋으라고. 시집에서도 처음엔 집터가 나쁘다고 이사까지 시키더니 슬그머니 내 사주가 세다는 쪽으로 몰고가서 피가 거꾸로 설 뻔했는데……. 난 엄마나 오빠가 왜들 그러는지 알아. 처음부터 난 불길한 아이였던 거야. 태어날 때부터 애물덩어리였지 그치? 아니라고는 하지 마. 난 내가 어떤 대접을 받고 태어났는지 다 아니까. 철들면서는 물론 귀염도 많이 받았어. 말 잘 듣고, 공부 잘 하고, 인물 괜찮고, 남들이 내 칭찬을 할 때마다 엄마가 유난히 좋아한 것도 나를 사랑해서가 아니었어. 불안했기 때문이지. 화근에서 좋은 싹이 나와봐? 신기하지만 불안하지. 올 것이 왔구나 역시나 하는 눈으로 볼 생각을 하면 나 친정에 가고 싶지 않아. 견딜 수 있어. 시집살이도 했는데 아이들 기르며 나 혼자 못살겠어. 아이들도 내 식으로 기를 테고 내 일도 찾을 거 야. 시아버지한테 일자리를 요구하든지 공부를 계속하든지 하여 튼 사는가 싶게 살아볼 거야. 걱정하지 마요. 그리고 제발 우리 시집 식구들 앞에서 면목없어 하지 마. 그이가 죽은 게 왜 내 탓 이야? 오빠 의사야. 누구나 제 명으로 죽는 거지 남의 죽음을 대 신하거나 이어줄 수 없다는 거 알잖아."

"그래, 네가 그렇게 씩씩하게 나오니까 안심이다. 그렇지만 이 제 겨우 삼우 지났다. 시댁 어른들 앞에서는 너 살 궁리를 드러내 지 않도록 언행을 신중하게 해야 한다."

"알았어요. 오빠 우리 시집이 얼마나 계획적인 집인지 모르지. 나도 미리미리 내 인생에 대한 계획을 갖고 있지 않으면 그분들 계획에 흡수되고 말 것 같아. 더는 당하기 싫어."

영빈이 앞에서 그렇게 씩씩하게 군 영묘였지만 백일 탈상하기 까지는 백일기도 기간보다 더 힘들고 우여곡절도 많았다. 아이들을 데려다 같이 지낼 수 있는 건 좋았지만 일주일에 한두 번 파출부만 쓰려고 했는데 굳이 시집에서 아이 길러주던 아줌마까지 딸려보낸 건 부담스러웠다. 전에도 음식을 가지고 뻔질나게 드나들던 아줌마였지만 시집 식구만 같아서 신경이 써졌다. 이레마다 한 번씩 상식을 지내고 그때마다 시집 식구들이 몽땅 모여서 잔칫집처럼 웅성대며 아침을 해결하는 것도 견디기 어려운 고역이었다. 시아버지는 그때마다 백항아리에 든 것을 내오라 해서, 자아, 한 고뿌씩 먹고 기운 내자, 하면서 아들들한테도 권하고 자기도 먹었다. 그거 먹자마자 피 토하고 죽은 남편 생각이 나서 만지기도 싫어 못 버리고 있던 걸, 이게 얼마나 비싼 건 줄 아냐고 번번이 값을 따져가며 나눠 마시고 번드르르한 입가를 닦는 걸 보면 게울 것 같아서 같은 식탁에 앉기가 싫었다. 시아버지가 에미는? 하고 찾으면 시어머니가 영감님 옆구리를 쿡 찌르며, 놔둬요. 나중에 따로 먹겠죠. 쟤가 워낙 '시' 자만 들어가도 금세 고슴도치가 되는 애 아뉴, 하는 소리가 부엌까지 들렸다. 사십구재는 옛날 격식대로라면 소상격이니 거기 걸맞게 차리라고 해서 그렇게 했고, 영빈에게도 참석해달라고 부탁했다. 그 후에는 이레마다 지내던 상식을 보름에 한 번씩 지내게 되어 그나마 한결 편해졌다.

하도 모여서 먹는 날이 많아서 아직은 경호의 월급이 그대로 나오는 데도 살기가 빠듯했다. 영묘가 모은 돈이라고는 시어머니의 권유로 들어둔 보험이 전부였다. 그 액수가 상당해서 경호가 건강할 때도 늘 안달을 하며 살아야 했는데 다행히 피보험자 유고시에는 만기일에 관계없이 약정액 전액이 지급되는 상품이었다. 목돈으로 받을 수도 일 년에 몇백만 원씩 나눠서 받을 수도 있다고 했다. 영묘는 목돈으로 받고 싶은데 시어머니는 네가 어디다 쓰려고 큰돈을 갖고 있으려고 하냐고 싫은 눈치를 보였다. 말이 좋아 부잣집 며느리이지 가진 게 너무 없길래 허전해서 그랬으면 한 것뿐인데 시아버지한테서 회사로 좀 나오라는 호출이 왔다.

"네가 목돈이 필요하다고 해서 무엇에 쓸 건지 알고 싶구나."

"그냥 제 돈이 좀 있었으면 해서 그래 본 겁니다. 그게 제가 생활비 절약해서 부은 유일한 저축이니까요."

"그것도 다 느이 시어머니 덕 아니냐. 그냥 적금을 부었으면 사람이 죽었다고 약정액을 다 주는 게 아니거든."

"그걸 고마워하라는 말씀이신가요?"

영묘가 발끈했다. 기죽지 않으려고 애쓴다는 게 결과적으로는 늘 그렇게 되고 말았다.

"느이 시어머니는 네가 '시' 자만 들어도 고슴도치가 된다고 하는데 정말이구나. 그러나 너 전엔 안 그랬다. 말수가 적으면서도 상냥하고 고분고분하고 점잖아서 천생 맏며느릿감이었지. 남편이 없을수록 시집 식구들을 피붙이처럼 대하는 게 너한테는 물론 아이들한테도 유리하단다. 알겠느냐."

회장실에서 독대한 송 회장은 집에서 시아버지 노릇 할 때보다 오히려 덜 권위적이어서 영묘도 마음이 놓였다. 미리 연락이 돼 있었던 듯 민호가 회사에 남아 있던 경호의 유품을 챙겨 가지고 왔다. 회사에서 이제 민호는 죽은 형의 자리를 차지하고 있었다. 수첩, 사전, 쓰다 남은 외화, 각국의 주화, 선글라스, 가족사진이 든 액자, 슬리퍼 등 잡동사니들이었다. 저금통장도 세 개나 되었지만 다들 일이만 원 정도 남아 있는 것들이었다. 손아귀에 넣고 대각대각 소리를 내며 굴리는 호두 같은 것도 있었다. 반들반들하게 잘 길들인 거였지만 영묘는 경호가 그걸 갖고 손장난을 하는 걸 한 번도 본 적이 없기 때문에 아무런 느낌도 없었다. 송 회장은 감회가 남다른 듯 두 손으로 한참을 어루만지다가 내놓았다. 여비서가 엽엽하게 쇼핑백을 갖다주길래 영묘는 그런 것들을 주섬주섬 주워 담았다. 영묘는 주위의 눈길들이 자기를 관찰하고 있는 것만 같아 어서 그 자리를 면하고 싶었다. 그러나 송 회장은 왜 목돈이 필요한지를 재차 물었다.

"혼자된 며느리가 목돈 좀 가지고 싶어하는 게 그렇게 못마땅하신가요? 달래는 것도 아닌데. 아버님은 돈이 많으시니까, 돈이 위로가 되고 힘이 된다는 걸 잘 모르시나 봐요. 아주 말이 나온 김에 말씀드리자면 앞으로는 저도 뭔가 할 일이 있어야지 않겠어요. 아버님이 저에게 할 일을 주시면 더 바랄 게 없지만, 그래 주실 것 같지는 않고, 하던 공부를 계속하고 싶은 마음도 있습니다. 그러려도 제가 자유롭게 쓸 수 있는 돈이 있어야 하구요."

"하던 공부라면 고시공부 말이냐? 아까운 공부를 집어치우고 경호하고 결혼한 건 나도 안다."

"그때는 조금도 안 아까웠습니다, 아버님. 이렇게 됐으니까 다시 한 번 도전해보려는 거죠."

"그렇지만 에미야. 우리 회사엔 이미 유능한 고문변호사가 있단다."

"네? 아버님. 전 Y그룹에 필요한 사람이 되려는 게 아니라 사회적으로 필요한 사람이 되었으면 하는 겁니다."

"요점은 밖으로 나돌고 싶다 이건데 그건 안 된다. 요행 몇 년 걸려 고시에 합격했다고 치자. 너 얼마나 벌 수 있을 것 같냐? 우리 그룹 자산 중 Y호텔만 해도 얼만 줄 아냐. 조가 넘어. 아무리 명변호사가 돼도 절대로 벌 수 없는 액수야. 그 호텔은 상훈이 몫으로 생각하고 있는 알토란 같은 자산이다. 상훈이 상국이 성인 될 때까지 송씨집 귀신 될 게 틀림없다는 자질을 보이면 그건 네 거나 마찬가지야. 넌 바보가 아니니까, 알아서 처신할 줄 믿는다."

그리고 비서를 시켜서 방 차장이라는 사람을 올라오게 했다.

경호 생전에도 회사일보다 집안일을 더 많이 보던 사람으로, 상
전 앞에서 손 비비는 재주가 유별난 것 같아 별로 좋아하진 않았
지만 영묘도 알고 있는 사람이었다. 경호 사후에 처리할 잡다한
서류상의 문제를 방 차장이 처리해주기로 했으니 무조건 협조해
주라고 했다. 그 후 인감증명이나 인감도장 같은 걸 가지러 자주
집에 들르게 되어 번번이 그냥 내주는 것도 바보 같아 어디다 쓸
거냐고 물어보면 보험이나 은행통장 정리 등에 필요하다고만 했
다. 더 자세한 건 알고 싶어해도 가르쳐줄 것 같지 않은 얼굴이기
도 했지만, 모두 돈에 관계되는 일 같고, 탈상도 하기 전에 돈문
제를 꼬치꼬치 알고 싶어하는 것처럼 보이고 싶지 않은 것도 부
잣집에 시집 온 중산층 며느리다운 허세였다. 그러나 영묘는 그
동안 쭉 바보에 대해 생각했다. 최면에 걸린 것처럼 바보에서 헤
어나지 못했다. 나는 바보가 아니다,와 나는 정말 바보가 아닐까?
사이를 오락가락했다. 조는 아마 시아버지의 과장일 것이다. 영
묘는 자신의 상상력이 미치지 못하는 조 단위를 한 단계 낮춰서
몇천 억 정도로 생각하려 들었다. 그건 아이들에 대한 약속일 뿐,
그 큰 덩어리를 나를 준다는 건 아니다. 아이들이 그걸 원하게 키
우고 싶진 않지만, 아이들이 그걸 원할지 안 원할지도 알기 전에
미리 그걸 박탈해버릴 수도 없지 않은가. 조(兆) 그건 얼마나 굉
장한 기득권인가. 방 차장은 보험금도 영묘가 원하던 대로 일시

불로 타다 주었다. 몇 천만 원만 해도 영묘가 생전 처음 만져보는 거액이었다. 시집에서 반대할 때는 투쟁이라도 해서 손에 넣고 싶은 액수였다. 그러나 방 차장이 잔심부름하듯이 아무렇지도 않게 전해주니까 고작 일억도 안 되는 돈을 가지고 괜히 시부모한테 찍힐 짓을 했다는 생각이 들었다.

백일 탈상을 며칠 앞두고 다시금 영묘가 이해할 수 없는 일이 생겼다. 방 차장이 나와서 아파트 내부구조와 가구의 배치 등을 요모조모 살피며 소파는 뒷베란다로, 의자와 조립이 되는 식탁은 접어서 앞베란다 쪽으로, 하는 식으로 어떡하면 실내공간을 넓힐 수 있나를, 영묘하고는 의논도 안 하고 혼자서 끄덕끄덕 궁리도 하고 수첩에 그려도 보다가 돌아갔다. 영묘를 무시하고 마치 제 집처럼 굴었다. 영묘는 그에게 직접 무례를 따지는 것도 까닭을 물어보는 것도 자존심이 상해서 회장실로 전화를 걸었다.

"넌 신경 쓸 거 없는 일이다. 그룹 차원의 일이니까. 백일 탈상도 사십구재처럼 조촐한 가족행사로 치르려고 했는데 중역들이 그럴 수 없다고, 건의가 빗발쳐서……. 그룹 차원으로 내빈도 초청하고 연수관 강당에서 성대하게 거행해야 한다고 야단들인 것을, 내가 억지로 축소해서 집에서 그냥 하기로 했다만 아무래도 중역들은 와야 할 것 같고, 장례 때 크게 도와준 무시 못 할 외부 인사도 몇몇은 초대해야 될 것 같고 그러자니 집이 너무 좁을 것 같아서……."

그래서 사전답사를 시켰다는 것이었다. 송 회장의 백일 탈상 구상은, 하루 전에 집안의 가구를 베란다나 주차장 등으로 치우고 당일날은 문상객을 위해서 아파트 입구에다 방명록을 펼쳐놓고 안내요원을 배치하고, 현관문 앞에서 승강기 쪽으로 화분을 배치하고, 아파트 입구에는 상가 표시판을 설치해서 외부에 알리고 이 모든 광경을 비디오 촬영팀을 불러 촬영토록 한다는 것이었다.

"그렇게는 못 합니다. 지금 우리 집은 아이들하고 저, 살아 있는 사람들의 집이지 유택이 아닙니다. 어떻게 그렇게 아버님 마음대로 하시려고 그러세요. 가구를 내놓는다고 집이 넓어지면 얼마나 넓어지겠어요, 넓어진다고 가정집이 행사장이 됩니까? 차라리 벽을 다 허물어버리지 그러세요?"

영묘의 격앙된 목소리를 송 회장의 추상 같은 호령이 잘랐다.

"너 그게 무슨 말버릇이냐? 아무리……."

"아무리 뭡니까?"

송 회장이 잠시 뜸을 들이는 사이 영묘가 악을 쓰며 끼어들었다.

"아니다. 나까지 하고 싶은 말 다 하면 같은 사람 되고 말지. 다네 위상을 높여주고, 아직은 아무것도 모르는 아이들이 훗날 애비가 얼마나 중요한 인물이었는지, 긍지를 갖게 해주고 싶어서 그러는 거란다. 이건 회사일이기도 하고 우리 집안의 법도이기도 하니 너는 나서지 않는 게 신상에 좋을 거다."

송 회장은 반협박조로 말하고 나서 전화를 뚝 끊어버렸다. 원래 연결되기 힘든 전화였고 큰며느리라고 신분을 밝혔으니까 통화가 가능한 전화였다. 다시 걸 용기가 나지 않았다. 다시 걸어봤댔자 십중팔구는 통화도 안 될 것이다. 그러나 친정과 많이 다른 집안의 많이 다른 풍속에 어지간히 길들여진 영묘도 이번 일만은 도저히 참아내지 못할 것 같았다. 상가(喪家) 안내판을 달다니. 이사 오자마자 병구완과 장례 등 큰일을 치르느라 이웃과는 아무하고도 인사 한 마디 없이 지내온 터였다. 아파트란 워낙 그런 곳이다. 행복한 가정이라고 표나게 행복할 필요도, 불행한 집이라고 지지궁상을 떨 것도 없는, 오직 평준화된 경제 수준만이 안전한 익명성을 보장해주는 곳이었다. 안 알리려 해서가 아니라 알릴 필요도, 알려고도 하지 않아 영묘가 과부가 됐다는 걸 아는 사람은 아무도 없었다. 그런데 상중도 아닌 백일 탈상에 상가라는 안내판을 써붙여 단지 내에다 나 과부 됐네, 광고를 치라구. 상훈이 상국이 요새 한참 나가자고 보채는 아이들을 동네 사람들한테 불쌍한 아이로 손가락질당하라구. 그것만은 무슨 수를 써서든지 막아야 한다. 영묘는 시할머니한테 도움을 청하기로 했다. 최 도사나 백항아리 생각만 하면 시할머니가 저승사자처럼 무섭고 싫었다. 그러나 나중에 안 일이지만 식구 중에 할머니 혼자만이 경호가 죽을병에 걸린 걸 모르고 있었다. 그러니까 할머니의 정성은 경호가 나을 수 있다는 걸 마음으로부터 믿고 드린 진짜 정성이었다. 영묘는 그게 고마웠다. 병원까지 따라가서 맏손자의 임종을 지켜볼 수밖에 없었던 할머니는 그 충격으로 자리에 누운 후 아직도 바깥출입을 못 하고 있었다. 상식 때나 사십구재 때도 참석하지 않았다. 정신은 말짱했지만 사자머리처럼 엄엄한 두상이 다 쪼그라든 것처럼 보일 정도로 전체적인 쇠약이 눈에 띄었다. 영묘가 가끔 뵈러 갈 때마다 손을 붙들고, 이를 어쩐다냐? 이 나이에 청상이 됐으니, 하면서 애처로워했고, 상식 때마다 온 집안 식구가 우르르 몰려가는 걸 무슨 경사난 집처럼 군다고 못마땅하게 여긴다고 했다.

전화로 할머니 목소리가 들리자 영묘는 저절로 울음이 나와 속으로 잘됐다 싶었다. 할머니 마음을 약하게 하려면 일부러라도 눈물을 짜내야 할 것처럼 느끼고 있던 차였다. 아가, 무슨 일이냐? 응 말 좀 해라, 할미 가슴 벌렁거려 죽겠구나. 이렇게 절절매는 소리를 들으며 영묘는 울먹이는 소리로 어린 손자들을 생각해서 백일 탈상을 너무 크게 벌이지 말아달라고 호소했다. 오냐 오냐, 그럼 그럼, 저런 지각 없는 것들 봤나. 영묘가 일일이 고자질을 할 때마다 시할머니는 이렇게 맞장구를 치면서 영묘 편이 돼

주었다. 나중에 시어머니가 전화를 걸어 대뜸 한다는 소리가,

"야, 넌 네 남편 유품을 보고도 눈물 한 방울 안 흘렸다는 아이가 할머니한테는 어떻게 그렇게 잘 울고불고 난리를 쳤냐? 할머니가 홀딱 넘어가서서 너 하자는 대로 다 해주라신다. 아무리 가족적으로 조출하게 한다 해도 사십구재 때보다는 외부 손님이 좀 있을 테니 알아서 집안이나 좀 치워놓거라. 네가 사람 싫어하는 거 번연히 아니까 따로 사람을 보내진 않으마."

그러면서도 요리사는 부르는 게 좋을 거라고 충고처럼 일러주었다. 아무튼 동네방네 소문낼 탈상제는 면했지만 그 전날부터 꽃바구니는 꽤 들어왔다. 송 회장이 일일이 점검을 하고 영묘한테도 수첩에 보내온 인사나 기관의 이름을 적어두라고 일렀다. 나중에 따로 식사라도 대접해야 한다는 것이었다. 꽃바구니가 처치곤란으로 넘쳤지만 영묘는 영빈에게 마지막 행사니 꼭 와줄 것과 올 때 따로 부조할 것은 없을 것 같지만 꽃바구니 하나쯤은 들고 와줬으면 좋겠다고 연락을 했다. 최소한으로 줄인 거라고 하는데도 요리사를 부르지 않았으면 어쩔 뻔했나 싶게 많은 손님을 치렀다. 그러나 몸살을 할 새도 없이 민호 광호 두 시동생의 받아놓은 혼인날짜가 한 달 간격으로 임박해 있었다. 이제부터 좋은 일 차렌가 보다. 시어머니도 어지간히 지쳐 있는지라 억지로라도 좀 더 기운을 내야 싶을 때마다 이런 소리로 자신을 독려했다. 영

묘도 명색이 맏며느리인데 가만히 보고만 있을 순 없었다. 시어머니가 가자는 대로 여기저기 마음에도 없는 데를 끌려다니면서 살 것도 사고, 예약할 것도 해야 했다.

"말이야 바른 대로 말이지, 생때같은 맏자식 땅에 묻은 집에서 무슨 경황이 있겠냐, 소소한 건 대충대충 해도 흉 될 게 하나도 없다, 그렇지만 우리만치 사는 집에서 귀금속이야 번듯하게 해야 하지 않겠니? 너도 받아봐서 알겠지만 남의 식구 데려올 때 패물처럼 새식구 마음을 사로잡는 것도 없잖냐?"

"전 잘 모르겠는데요."

"네가 모르면 어떡해? 난 며느리 층하했다는 소리 듣고 싶지 않으니까 너하고 똑같이 해주고 싶어서 그런다. 꼭 같은 종류라야 한다는 건 아니지만 대충 액수는 맞춰야 뒤에 군말을 안 듣거든."

그러면서 보석상 갈 때는 특히 영묘를 끼고 다니려고 했다. 영묘는 정확한 값어치는 물론 자기가 뭘 얼마나 받았는지 자세한 품목도 생각나지 않았다. 집에 가서 한 번 확인해봐야지, 하다가 불현듯 결혼예물을 몽땅 은행에 맡긴 생각이 났다. 집에 두는 게 안전성에 문제가 있다고 생각해서 그렇게 한 건 아니었다. 시어머니로부터 그게 얼마나 비싼 건지를 하도 여러 번 들어서 지니기가 버거웠고 특별히 애착이 가는 물건이 있는 것도 아니어서 이불 밑이나 옷장 바닥 등 몇 군데 분산해서 간직하고 있던 차에 경호가 그걸 내놓으라고 했다. 아버지가 은행 금고에 맡기라고 했다는 거였다. 말이 난 김에 시어머니한테 그 얘기를 했더니 자기는 모르는 일이라고 깜짝 놀라면서 회장님한테 알아보마고 했다.

"어떻게 이제야 그 얘기를 하냐? 궁금하지도 않던."

"궁금하지 않으라고 은행에 맡기는 거 아닌가요?"

그러고는 태평으로 있는데 방 차장을 통해 어느 은행이며 비밀번호나 암호는 어떻게 되느냐고 물어왔다. 영묘는 그중 아는 게 아무것도 없었다. 어디 적어놓은 데 없나 찾아보라는 시아버지의 분부가 떨어졌고 시어머니로부터도 생각나는 게 그렇게 없냐는 성화가 열불이 나게 왔지만 영묘는 일부러 생각하고 말 것도 없었다. 확실한 건 그때 경호가 아버지가 하라는 대로 했다는 것밖에 없었다. 아무것도 몰라도 못 찾는 건 아닌 듯했다. 은행마다 협조를 요청해놓고 기다리는 중이라고 했다. 찾으면 주겠지, 영묘가 하도 담담하니까 시어머니가 되레 답답해하는 것 같았다.

"넌 좋겠다. 오라버니가 의학박사구 친정이 아주 못살진 않으니. 만약 아주 없는 집에서 널 데려왔어 봐라. 이럴 때 당장 보석을 빼돌렸다는 의심을 받을걸."

시어머니는 언젠가도 한 번 그런 소리를 한 적이 있었던 생각이 났다. 그때는 친정 식구가 Y그룹에 붙어서 먹고산다는 시어머니가 불쌍해 보였다. 지금은 식구끼리 그런 야비한 의심을 할 수 있는 사람들과 한가족이라는 게 께름칙하면서도, 의심이라는 건 전염성이 있는 건지 자꾸만 이상한 생각이 들려고 했다. 원본이 없어도 둘째 셋째 며느리 패물 장만은 순조롭게 진행됐고 받아놓은 날짜도 금방금방 닥쳤다. 혼인날 전에 봉치함 보내느라 봉치시루 찌는 일이며, 함 지고 갈 친구들 음식 대접하는 일이며, 아무리 시어머니가 아랫사람들 거느리고 다 한다고 해도 맏며느리로서 할 일은 따로 남아 있었다. 집안 경사 나 몰라라 제 설움에 빠져 있다는 소리 안 들으려고 영묘는 안 해도 될 일까지 찾아 했으므로 큰일을 앞두고는 거의 시집에서 지내다시피 했다. 특히 시할머니가 그런 영묘를 대견해했고, 같이 와서 법석을 떠는 증손자들 때문에 되레 기력을 회복해간다고 시아버지도 좋아했다. 맡겨놓은 귀중품의 행방에 대해 은행에서 무슨 연락이 있었는지 없었는지 아무도 알려주지 않았고, 영묘도 그다지 궁금해할 새 없이 동서를 연달아 둘이나 보고 나니 기다렸다는 듯이 집문제가 불거져나왔다.

한 해가 그렇게 부지런히 흐른 것이다. 영묘는 패물에 대해 무관심했듯이 자기 집 전세기간에 대해서도 아무것도 모르고 있었다. 경호가 퇴원하기 전에 집터가 좋다고 어른들 맘대로 옮겨놓은 집이었다. 그렇게 좋은 집터라면서 왜 법적으로도 보장된 이 년 계약을 하지 않고 일 년 계약을 했는지 모를 일이었다. 경호만 살았으면 사주려고 그랬지만 지금은 그럴 필요가 없어진 거 아니냐고 했다. 시집에 들어와 살아야 한다는 거였다. 영묘는 한 번도 생각 안 해본 일을 시집 식구들은 정해진 당연한 절차처럼 말했다. 영묘는 그것만은 못 하겠다고 처음으로 강경하게 맞섰다. 바지도 안 되고, 종아리가 보이는 옷도 안 되고, 그래서 한복 아니면 발 뒤꿈치까지 오는 홈웨어를 입고 손님용으로 온종일 대기상태로 있어야 하는 시집살이라는 걸 다시 하고 싶지 않았다. 오죽해야 지금도 영묘는 호텔이나 고급레스토랑 입구에 온종일 서서 예쁘게 웃는 게 직업인 아가씨를 보면, 나라면 차라리 주방에서 지지고 볶거나 접시를 닦지 저 노릇은 못 할 것처럼 여기곤 했다. 그런 직업을 무시해서가 아니라 죽었다 깨도 안 되는 적성의 문제였다. 내 자식도 내 소신껏 기르고 싶었다. 경호도 생전에 자기가 받아온 가정교육에 대해 생각하기도 싫어하는 소리를 여러 번 했었다. 말만 그렇게 했지, 그들 모자가 독립적으로 살 수 있는 기반이라곤 땡전 한 푼 안 남겨주고 가버린 것이다. 그러고도 어떻게 눈을 감았을까? 경호에 대한 원망이 거기까지 이르자 퍼뜩 눈뜨고 죽은 경호의 죽음이 떠올랐다. 전신에 오싹 소름이 돋았다. 새삼 경호의 죽음이 무서워진 건 아니었다. 산 사람들이 무서웠다. 경호가 죽는 순간까지 암에 걸렸다는 걸 모르도록 주위 사람들이 그렇게 용의주도하게 신경을 쓴 것은 그가 처자식을 위해 아무것도, 유언마저도 남길 기회를 주지 않기 위해서가 아니었을까. 그런 고약한 생각은 일단 들기가 잘못이었다. 증거가 있는 것도, 누가 일러준 것도 아닌 저절로 우러난 생각을 확신을 가지고 믿어버리게 되니 말이다. 그러나 그건 어디까지나 목격이지 망상은 아니라고 생각했다. 그들이 무엇을 했는지 보아버린 이상 그들로부터 놓여나고 싶었다. 범죄의 현장을 본 목격자가 고발을 생각하기보다는 범죄자들로부터 도망부터 치고 싶은 것처럼. 그러나 현실적으로 그녀는 전세계약서 하나 갖고 있지 않았다. 아들을 둘씩이나 낳은 Y그룹 맏며느리가 전세아파트 얻을 돈이 없어 거리로 나앉게 됐다는 걸 누가 믿을까마는, 그 지경까지 몰린 것 또한 누군가가 계획적으로 그렇게 몰아붙이지 않고는 될 수 없는 일이었다. 전세계약도 송 회장 이름으로 돼 있었고, 송 회장은 방 차장을 통해 계약금으로부터 중도금까지 다 챙겨가고, 영묘가 할 일은 이사할 일밖에 안 남아 있었다. 영묘가 가진 돈이라고는 보험금 몇 천만 원이 전부였다. 언제 그렇게 되는 줄도 모르는 사이에 이렇게 완전히 다리 팔이 잘릴 수도 있구나, 영묘는 비로소 자신의 처지를 제대로 보며 울음도 안 나오는 기분이었다. 작은 전세나 사글세라도 얻어서 독립하겠다고 하자 시어머니가 딱한 듯이 말했다.

"느이 시아버지가 금싸라기 같은 당신 손자를 변두리 서민아파트에서 기르게 할 성싶으냐? 어림도 없지. 집만 있으면 먹고사는 건 또 어떡허구. 네가 아무리 많이 배웠다고 해도 회사에 일자리 하나 마련해주시겠지 하는 생각은 꿈도 꾸지 마라. 그 양반은 내가 더 잘 알아. 홧김에 딴 데 취직해서 돈 번네 하고 나돌아다녀 봐야 그 꼴 또한 못 보실 게다. 당신 손자 아가방이다 놀이방이다 하는 데루다 내돌리는 건 더군다나 못 참으실 테고. 까딱 잘못하다간 너 친권 포기하게 하실지도 몰라."

고시공부까지 하다 만 주제에 친권 포기라는 말은 그 실용성을 떠나서도 생생한 위협이 되었다. 머릿속에서 법학도의 전문적인 지식은 하얗게 증발해버리고 법은 강자의 편이라는, 일자 무식도 아는 상식만이 남았다. 배반감과 무력감으로 와들와들 떨렸다.

"당분간 친정에 가 있겠어요. 오래 얹혀 살기야 하겠어요. 오빠가 도와줄 거예요."

"네가 걸어나가는 거야 네 자유지. 그동안 아이들은 어떡헐 건데?"

"데리고 가야죠. 그걸 말씀이라고 하세요."

"만약 네가 아이들을 친정에서 기른다면 아마 회장님은 호적까지 파다가 심씨네 자식으로 키우라고 하실 거다. 능히 그럴 분이야. 그 어른이 뭐가 무섭냐. 아들이 둘이나 더 있고, 결혼시켜 놨겠다, 앞으로 거기서도 손자들이 쑥쑥 태어날 건데."

시어머니는 워낙 말을 막 했다. 호적 파가라는 무지막지한 말을 그렇게 쉽게 입에 올리는 것도 그의 성격 탓일 테지만 시어머니보다는 그런 성격이 형성된 환경에 더 진저리가 쳐졌다. 돈과 혈통의 동일시와, 그 두 가지를 꼭 한 묶음으로 지켜내려는 가부장의 인정사정 없는 의지와 맞서기에는 자신이 너무 나약했다. 아이들만은 혈통과 돈을 분리해서 키울 수 있을지도 모른다. 그러나 아이들이 성인이 되어 자기 몫도 못 챙겨준 엄마를 원망 안 하란 법도 없다. 다행인지 불행이지 둘 다 아들이 아닌가. 송 회장이 음흉한 미소를 띠고 보장한 조 단위의 돈이 넌 그렇게 바보냐고 비웃는 것 같았다. 시어머니가 영묘의 흔들리는 마음을 읽었는지 목소리를 부드럽게 다시 말을 이었다.

"요새 세상에 시집살이 좋달 사람 없다는 거 나도 안다. 들어와 살 때 네가 얼마나 힘들어 했다는 것도 알고. 네 아랫동서도 혼인하자마자 딴살림 내주니까 얼씨구, 눈치도 없이 입이 다 째지더라. 사돈도 고마워서 어쩔 줄을 모르고. 나도 너 들어와 사는 거 반갑지 않아. 우리 집에서는 할머님이 실권자고 여왕마마잖냐? 할머님이 너만 귀애하시니 아랫사람들 보기에도 나만 더 초라해지는 거지 뭐. 그때도 내가 너 시집살이시킨 건 아니잖아. 할머님이 너 예뻐서 그저 자랑이 하고 싶으셔서 만날 손님 청하고 또 데리고 다니시고 그러셨지. 그렇지만 경호 잃고 할머니도 근력이 팍 주셨어. 남 부끄럽다고 외출도 안 하시고 친구도 안 청하셔. 연세도 있고 앞으로 얼마 못 사신다. 지금 우리 집도 할머니 명의로 돼 있는데 너만 잘하면 상훈이 상국이한테 물려주실지도 몰라. 워낙 경호를 사랑하셨거든. 우린 다 포기했는데도 그 어른은 경호를 꼭 살려낼 수 있다고 믿으셨으니까. 방배동 집이 좀 좋으냐. 삼대 사대까지 살려고 설계한 드넓고 편리한 집에다가 아이들이 마음대로 뛰놀 수 있는 넓은 정원에다가, 그런 내 집을 놔두고 뭣하러 아파트에서 아이들을 키우려고 그러냐? 너 바보가 아니면 내 말 무슨 뜻인지 알 거야."

영묘는 거기 넘어갔다기보다는 이사 올 사람은 잔금 다 치르고 밀고 들어오는데 갈 데가 없어서 이삿짐 차 따라 시집으로 들어왔다. 시할머니는 그녀를 반기며,

"경호 뒤따라갈 날이 얼마 안 남았는지 만날 꿈에 보인단다. 나라도 느희 식구 품고 있어달라고 부탁하는 것만 같아서 데리고 있길 소원했더니 이렇게 와주어서 고맙다. 나 하나도 너 힘들게 안 할 테니 걱정 마라, 아이고 불쌍한 것."

시할머니는 이러면서 영묘를 반기고 어루만졌다. 그 두둑하던 손등에서 살이 빠지니까 저승꽃만 무성했고, 봉의 눈도 짓무르니까 무력해 보였다. 정말이지 어려운 건 아무것도 없었다. 여전히 가정부가 둘이나 되었고, 손님도 예전 같지 않았다. 무엇보다도

시할머니 혼자서만 경호가 죽을 줄을 모르고 있었다는 게 영묘의 마음을 움직여 그 어른을 위해 좋은 일을 하고 있다는 만족감이 시집살이를 아무렇지도 않게 했다. 생활은 풍족했고, 노인들은 인자했고, 연못과 폭포까지 있는 아름다운 정원에서 아이들이 깔깔대며 뛰노는 걸 한 폭의 풍경화처럼 바라보는 것도 나쁘지 않았다. 그러다가도 문득 할머니를 위해라는 건 자기기만일 뿐, 이 고여 있는 시간 속에 뱀눈처럼 숨어 있는 건, 이 저택과 조 단위의 재산을 노리는 욕망뿐일지도 모른다는 생각이 들곤 했다. 영묘는 아직도 그 욕망을 자기 것으로 하지 못하고 있었다. 다만 바보가 아닌 다음에야 그걸 간단히 포기할 수 없다는 걸 알고 있을 뿐이었다. 송 회장이 못 박았듯이 그걸 포기하는 건 바보 짓이다. 그러나 바보 짓을 안 하려니까 자신이 서서히 박제(剝製)가 되어가고 있다는 게 확실하게 느껴지는 건 또 어떡하나. 살아 있는 채로 생기는 야금야금 증발하고 꺼풀만 반듯하게 보존되는 과정이, 영묘가 느끼는 오늘이 어제와 다른 유일한 변화였다. 이 젊은 나이에 자신이 박제가 돼버리도록 내버려두는 거야말로 정말 바보 짓이 아닐까. 어떤 게 진짜 바보 짓인지 알아야 한다.

다섯 통의 이메일

첫번째 편지

형님, 미안하고 고마워요. 어머니 잘 도착하셨다는 전화 받고 나서 바로 쓰는 겁니다. 여긴 병원 제 방인데, 입원환자들이 산책하기 좋게 설계된 소공원과 그 너머로 숲이 보이는 전망 좋은 방이에요. 공원에 사람이라곤 그림자도 안 보이는 걸 보니 오늘도 아마 지독한 더위일 듯싶네요. 일기예보에 의하면 벌써 며칠째 금년 최고기온을 갱신하고 있는 중이랍니다. 숲의 녹음도 틈새 하나 없이 우거져 미동도 안 하니까 애국가 가사처럼 철갑을 두른 것 같아요. 거대하고 시퍼런 경직(硬直)이 사막의 황폐보다 더 공포스럽군요.

송 서방이 죽은 날도 이렇게 더웠다우. 시신을 냉동할 수 없었던 예전엔 복중의 죽음이 어떠했을까요. 아무리 영혼의 불멸을 믿는다 해도 그건 위로받을 수 없는 끔찍한 일이 아니었을까요. 내일 모레면 송 서방 일주기가 됩니다. 견디어낸 누이에겐 미안하지만 세월이 빠르다는 소리밖에 할 말이 없군요.

그동안 툭하면 형한테 제발 어머니 좀 데려가달라고 비명을 지르다시피 한 게, 막상 소원대로 되고 나니 어리광이었다는 생각이 들어요. 안 그러고도 견딜 수 있었다는 얘긴데, 이 나이에 어리광이 통하는 상대가 있다는 게, 또 얼마나 좋은지요. 형이 있어서 행복해요. 좀 늦었지만 하나 엄마하고 단둘이서 단출하게 여름휴가를 떠나야겠어요. 어머니의 부재를 마음껏 즐기게요. 바로 이 소리 때문에 이 편지를 이메일로 쓰는 거예요. 우편으로 부치면 어머니가 먼저 뜯어볼지도 모르잖아요. 형도 생각나죠? 우리 자랄 때 어머니한테 그런 일 얼마나 많이 당했수. 편지는 그래도 약과지 꾸겨버린 낙서랑 일기장까지 뒤져보고 우리들의 정신세계를 환히 꿰뚫어보고 있다고 여기셨으니까요.

형, 우리들의 장한 어머니 잘 부탁해요. 형수님한테도 내가 얼마나 고마워하는지 잘 전해주세요. 그리고 어머니가 오시고 싶은 눈치 보이시면 즉시 나한테 알려줘요. 내가 먼저 어머니한테 전화 넣어서, 왜 이렇게 안 오시냐고, 형한테 어머니 뺏긴 것 같아 섭섭하다고, 아이들도 만날 만날 할머니 보고 싶다고 조른다고, 어머니의 빈자리가 얼마나 크다는 걸 강조할게요. 형이 애걸복걸

해서 어머니를 모셔갔듯이 저도 애걸복걸해서 어머니가 당당하게 돌아오시도록 하고 싶어요.

—부족한 동생 영빈 올림

두번째 편지

형, 나야. 영빈이. 떨어져 산 지 하도 오래돼서 편지로 말하기도 서먹서먹하더니 두번째는 한결 수월하네. 혀가 풀렸나 봐. 답장도 안 해주는 형한테 또 쓰고 싶어진 걸 보면 혀가 풀려도 제어할 수 없이 풀린 게 아닌가 슬그머니 걱정이 되네. 매일매일 컴퓨터를 켤 때마다 편지부터 열어보게 돼. 그 기대감이 나쁘지 않아. 하소연만 하고 싶은 게 아니라 위로받고 싶나 봐. 쓸잘 데 없는 편지함의 잡동사니들을 다 지워버리고 나면 오늘도 아무것도 못 건졌다는 게 그렇게 처량할 수가 없네. 여긴 돌연 가을이야. 철갑을 두른 것처럼 견고하던 숲에 쇠잔의 기미가 멀리서도 완연하게 느껴지네. 아직 단풍 들기 전인데도 지난 여름의 열기와 햇빛의 낭비가 믿어지지 않아. 마치 지나가버린 청춘의 충동과 광기가 믿어지지 않듯이.

여름휴가는 못 가고 말았어. 내가 먼저 부산을 떨고 날치니까 하나 에미가 트집을 잡는 거야. 어머니를 미국에 보내고 너무 시원해하는 게 부자연스러우니 그만두라는 거야. 마치 서툰 연기 때려치우라고 야지 놓는 관객처럼 최대한 경멸스럽게. 나는 여자가 이렇게 멋대가리가 없냐고 한바탕 화를 내고 딴 데로 새버렸어. 어디로 샜냐는 말 안 할게. 아이들 핑계로 일 년에 한두 차례는 가족여행이 가능했는데 이제는 그 시기도 지났나 봐. 하나도 두나도 따로따로 캠핑을 갔거든. 물론 즈이 에미가 알아보고 안전하고 유익한 데를 골라서 보냈겠지. 그런 건 잘해. 나도 얼렁뚱땅 따로 놀게 되었지만 가정 외적인 장소에서도 해방감을 맛볼순 없더라구. 도무지 살맛이 안 나게 내 마음을 옥죄는 답답증이나, 난 왜 이렇게 못났을까 싶은 열등감은 다 어머니 때문인 줄 알았어. 영묘가 시집으로 들어가고 나서 어머니가 영묘 때문에 속상해하시는 건 송 서방이 죽었을 때보다 더하셨거든. 출가외인인데 그 집에서 구워먹든 삶아먹든 상관 말라고 하셨다가, 우리 영묘 그 인정사정 없는 흉악한 집 귀신 되게 내버려둘 거냐고 펄쩍펄쩍 뛰시다가, 나만 보면 부침개질 뒤집듯이, 하신 말씀을 계속해서 번복해가며 들볶으시는데 정말이지 힘들었어. 형만 있었어도 영묘의 앞날에 대해 친정에서 이렇게 발언권이 없지는 않았을 거라고 나를 모자라는 자식 취급하시는 것도 참아내기 힘들었고. 당분간만이라도 어머니하고 떨어져 있을 수 있었으면 숨통이 좀 트일 줄 알았는데 그렇지도 않네. 어머니만 안 계시면 연년생 어린 아들이 둘이나 딸린 젊은 과부가 세도 막강한 시집 어른들의 알뜰한 보호를 받고 있다면 불행 중 다행 아니냐고, 남들이 말하는 대로 편안해지려니 했는데 그것도 잘 안 되고.

참 지난여름의 끝에는 송 서방의 일주기가 있었구나. 백일 탈상을 했으니까 기(忌)제사처럼 가족끼리만 지낸다면서도 나한테도 참석해달라더군. 나 빼고는 알토란 같은 그 집 식구만 모인 간소한 일주기였지만 뒷마무리는 끔찍했어. 이른 시간에 제사를 지내고 나니까 저녁 먹기 알맞은 시간이 되더군. 노할머니는 내다도 안 보고 누워 계시고, 사돈어른 내외와 영묘 삼모자, 그리고 둘째, 셋째 아들 내외가 교자상 둘을 붙이고 둘러앉았는데 어찌나 명랑하게 떠들고 왕성하게 먹어대는지 한구석을 차지하고 조용히 뭉쳐 있는 영묘 삼모자는 마치 섬처럼 보였어. 저것들을 어쩔 것인가, 가슴이 메이는데 식후의 여흥처럼 비디오를 틀어주는 거야. 송 서방 장례식과 탈상 때 찍은 장장 두 시간이 넘는 비디오를 보면서 그 집 식구들이 입에 올린 대사를 이루 다 어떻게 전하겠어. 염하고 입관하는 장면까지 적나라하게 찍어서 시신에 익숙한 나 같은 의사도 차마 바로 봐지지가 않던데 그 사람들은 자기 모습 찾기가 바쁜 거야. 즈네가 데뷔한 영화 시사회 줄 아는지 자기가 잘 나왔나 못 나왔나에만 관심이 있는 거야. 그 집 둘째며느리는 제 모습이 비칠 때마다 신랑 옆구리를 꾹꾹 찌르면서 저때는 저렇게 날씬했는데 지금은 이게 뭐냐고 앙탈을 하는데 보아하니 허리가 두루뭉수리한 게 임신 중이더군. 그렇지만 그게 그 자리에서 할 소리야. 젊은것들은 철이 없어서 그렇다 치고, 송 회장이 나한테 찰싹 붙어앉아서 화면 속 명사들의 쟁쟁한 사회적 지위를 브리핑하는 건 정말 참아내기 힘들었어. 장례식 때도 조문객들이 들고 날 때마다 나한테 귓속말로 알은체하던 바로 그 짓거리를 또 하는 거야. 그 많은 명사를 그러모은 걸 생각하면, 왜 그들이 와주었나에 상관없이 그냥 좋기만 한가 봐. 어떻게 그런 끔찍한 천격하고 사돈을 맺게 됐는지. 이번엔 그 사람들의 신상이 일 년 동안에 어떻게 부침했나까지 추가되는데, 그걸 그렇게 빠삭하게 꿰뚫고 있다는 걸 왜 나한테 과시하고 싶어하는지, 그건 존중도 친애감도 아닌, 재계나 정계에 연줄이 없는 문외한에 대한 연민과 경멸을 겸한 게 분명했는데도 박차고 일어나질 못했어. 마땅한 기회를 못 잡고 안절부절하다가 시간이 다 가버린 거야. 형, 난 왜 이 모양일까, 소심하고 우유부단하고, 싫은 내색 못 하고. 만약 형이 영묘 오라비 자격으로 그 자리에 있었다면 어떻게 행동했을까, 생각해봤지만 그것도 모르겠더라구. 형은 이제 내 상상력이 미치는 한계 밖에 있어. 우린 너무 오래 떨어져 살았어. 어쩌면 한 번도 귀국하지 않고 거기 그렇게 눌러 살 수 있는 거야? 독해, 형은.

—형만 못한 아우가

세번째 편지

형, 나야, 영빈이. 듣고 있는 거지? 답장 없는 이메일 정말 맥빠지네. 난 그래도 형이 한 번쯤은 영묘 문제를 더 자세히 알고 싶어할 줄 알았어. 난 왜 형처럼 냉철할 수 없을까. 그까짓 출가외인 신경 끊어야지 싶다가도 그게 잘 안 돼. 여자는 왜 지 잘살 때는 출가외인이 됐다가 안 좋은 일만 생기면 친정 식구 안으로 돌아와 핏줄을 타고 애간장을 녹이려 드는 걸까. 현재 어디 몸담고 있나 하는 거처의 문제가 아니라 의식의 문제로 그렇다는 거야. 난 요새 꼭 어머니가 그랬던 것처럼 영묘 고년 이왕 출가외인 된 거 모른 척한들 누가 뭐랄 거냐 싶다가, 그 불쌍한 거 끌어안고 보듬어서 스스로 변화할 수 있는 힘을 찾도록 내가 안 해주면 누가 해주나 싶다가, 하루에도 몇 번씩 마음이 바뀐다우. 우리 어머니는 참 지독한 분이야. 당신 생각을 고스란히 나에게 전염을 시키고 떠나셨으니 말야. 며칠 전에는 송 회장이 우리 식구하고 회식을 하자고 해서 신라호텔에서 비싼 저녁을 얻어먹었다우. 그런 일이 처음 있었던 건 아니구, 일주기 전에도 한두 달에 한 번꼴로는 주로 송 회장이 먼저 제안해서 양가가 만나곤 해왔지. 우린 별로 친정 나들이를 안 하는 영묘에 대한 배려 같아서 기쁘게 받아들이곤 했어. 물론 그런 자리엔 늘 어머니도 참석을 하셨고 송 회장이 그런 모임을 가족모임이라고 말함으로써 사돈간의 거리감을 없애려는 것처럼 구는 것도 좋게 보였고. 그런데 이번엔 처음부터 분위기가 좀 이상했어. 그 집에서 며느리들까지 전원이 다 참석을 했고 우린 달랑 두 내외만 갔더니 수적인 열세도 자꾸만 마음에 걸리더라구. 우린 평소보다 어머니 한 분 빠진 건데 그 빈자리가 그렇게 클 줄은 몰랐어. 하이 체어를 하나는 둘째아들 며느리 사이에 하나는 셋째아들 며느리 사이에 놓게 하고는 상훈이 상국이를 각각 거기 앉히더라구요. 처음에는 큰아가 식사 좀 편히 하거라, 그러길래 그런 줄로만 알았지. 딴 며느리들은 다 수수한 평상복인데 영묘만 날아갈 듯한 한복인 게, 어린것들 돌보기엔 맞지 않는다 싶은 것도 그런 좌석 배치를 자연스러워 보이게 했구. 그날 영묘는 남색 치마에 옥색 저고리에 자주 고름을 매고 있었는데 눈이 부시게, 아니지 섬뜩하게 예뻤어. 하나 에미 말이 옷감은 본견 숙고사라나 봐. 요란한 금박이나 자수 없이 옛날식으로 고상하게 지은 옷이 어쩌나 잘 받는지 영묘는 귀족 같고 딴 여자들은 다 저 아랫것들 같더라니까. 그럼에도 불구하고 딴 사람들 옷은 다 제가 입은 것 같은데 영묘 옷은 입혀준 옷 같았어. 그날의 표정이나 행동이 다 자의식이 있는 사람의 그것이 아니었으니까. 식사 도중 송 회장은 나에게 정색을 하고 자기 아들들을 상훈이 상국이의 든든한 후견인으로 소개하고, 또 며느리들한테는 송씨가에서는 모든 권한이 장자 우선이라는 걸 잊지 말라고,

마치 호령하듯이 이르는 거야. 저희끼리 해도 될 저희 집안의 위계질서를 왜 느닷없이 내 앞에서 천명을 하고 난리냐 말야. 그게 무슨 뜻인지 잘 모르는 채 증인처럼 돼버린 내 입장이 참 난처하더라구. 영묘의 표정에서 뭔가를 읽어내고 싶었지만 그 애는 초연한 건지 맹한 건지, 조금도 도움이 안 됐어. 문득 그 대책 없는 년 전체가 나에게 눌어붙는 것 같더라고. 가슴이 열불이 나게 답답해서 고작 넥타이 매듭이나 한두 번 쥐고 흔들었지.

형, 형의 예언은 적중한 거야. 영묘 태어난 날 형은 신생아실 유리창 너머로 그 애하고 첫 대면을 하자마자 뭐랬는지 생각나? 대뜸 재수 나쁜 계집애라고, 그래서 그 계집애가 싫다고 했어. 어떻게 고 예쁜 신생아를 보고 그런 말을 할 수가 있냐고 내가 항의했더니, 형은 그 애가 형의 짐이라고, 짐을 어떻게 예뻐할 수가 있냐고 했지. 나 그때 이만저만 쇼크 받은 거 아니다, 형. 그때처럼 형이 정떨어지게 느껴진 적도 없었을 거야. 이제 와 생각하니 그게 형하고 나하고의 근본적인 차이점이 아니었을까. 인간성을 말하려는 게 아냐. 장남과 차남의 차이랄까. 시대적으로도 궁핍한 시대였지만 우리 집은 또 얼마나 어려운 때였수? 아버지 그렇게 돌아가시고는 사회적으로도 고립무원이었지만 경제적으로도 최악이었지, 그때 우린 다 같이 철모르는 소년이었는데 형은 홀로 소년을 훌쩍 건너뛰어 그 애에게 가부장의 책임감을 느꼈던 거야. 난 그냥 소년이었구. 그때 내가 소년다울 수 있었던 걸 형한테 감사해. 나는 그 신생아실의 인상을 평생 가장 놀랍고 아름다운 것으로 간직할 수 있었으니까. 의사로서도 그때의 인상은 히포크라테스 선서 이상의 영향을 나에게 미치고 있다고 생각해. 의사라는 직업처럼 모든 사람으로부터 생명 존중을 강력하게 위임받은 직업도 없지 않수? 그렇지만 온종일 병든 사람하고만 상대하다 보면 인간에게 정떨어질 적이 가장 많은 직업 또한 이 노릇이야. 기계나 약물의 도움으로 인체를 샅샅이 투시하고 탐색하고 실험할 수 있다 보니 사람이 물질에 불과하단 생각도 피하기 어렵고. 스스로의 존엄성도 지키지 못하고 추하게 죽는 사람은 또 얼마나 많수. 그럴 때는 사람이 짐승보다 나은 근거가 뭘까 싶기도 하고. 그래도 형, 이 아우는 비록 세상이 다 알아주는 명의는 아닐지 모르지만 환자를 대할 때 생명에 대한 외경을 의술 이전의 본능인 양 벗어나본 적이 없다는 것 하나는 믿어주구려. 그건 생명에 대해 내가 가장 순결했던 시절이 내 안에 확실하게 입력돼 있기 때문이 아닐까. 그래서 나는 내 환자를 얼마만큼 살려냈느냐에 상관없이 나를 스스로 좋은 의사라고 느낀다우. 형 건강 조심해.

—의사 영빈이가

네번째 편지

형, 나야. 답장을 못 받고도 또 쓰네. 그동안 꿩 구워먹은 자리, 함흥차사…… 그런 생각도 해보았고, 과연 편지가 형한테 가기나 한 걸까, 전자통신이라는 걸 의심해보기도 하고 그랬어. 그래도 또 쓰고 싶은 걸 보면 답장을 받기 위해 쓰는 게 아니라 쓰고 싶어 쓴다는 게 맞을 것 같아. 만약 형이 답장을 주었더라면 쓰기 위해 쓰는 즐거움을 영 모르고 말았을 테니 그것도 형한테 감사할 일이네.

어제는 어머니하고 통화했어. 음성이 어찌나 밝고 활기차신지 이러다간 형네서 영 눌러 계시게 되는 게 아닌가 하는 생각이 얼핏 스치더라구. 그렇지만 절대로 희망사항은 아냐. 어머니가 자존심 상하지 않게 돌아오시게 하려면 지금부터 어서 오시라고, 우리 다들 기다리다 지쳤다고, 졸라야 할 시기가 됐다는 걸 알면서도 못 그랬어. 전화값 많이 나온다고 긴 얘기할 틈도 안 주셨거든. 워낙 예민한 분이니까 당신이 알아서 아들에게 마음에 없는 말할 기회를 안 주신 게 아닌가 싶기도 해. 어젠 비디오로 영화를 하나 봤는데 친구는 선택할 수 있어도 가족은 선택할 수 없다는 대사가 인상적이었어. 별것도 아닌 소리지. 그까짓 게 무슨 명언은 고사하고 명대사 속에나 들겠어. 그렇지만 정신이 궁지에 몰리면 어디서든지 아전인수할 건덕지를 찾게 되는 것 같아. 계속해서 그 생각만 하느라고 영화 줄거리는 놓쳐버리고 말았으니까. 아아, 그래서 어머니를 떨쳐버림으로써 영묘 문제도 떨쳐버릴 수 있다고 생각했는데 그게 안 되는구나, 형이 아무리 가족을 외면 하고 싶어도 아우의 편지로부터 결코 자유로울 수 없을걸, 따위 생각 말이유.

영묘가 친정에서 며칠 쉬다 갔어. 어머니 미국 가시고 나서는 어머니 계실 때보다는 좀 자주 친정에 들르곤 했더랬어. 안 계신 게 도리어 편했나 봐. 쳐다보고 안쓰러워하는 시선이 얼마나 부담스러웠겠어. 물론 아이들과 함께였지. 그래도 매번 당일치기지, 한 번도 자고 간 적은 없었어. 밤늦게라도 시집에서 차를 보내왔거든. 어머니가 계셨더라면 어떠셨을지 모르지만 난 그게 영묘하고 아이들이 그 집에서 대우받고 산다는 증거 같아서 은근히 흡족했어. 근데 이번엔 처음으로 혼자였고 일주일쯤 쉬었으면 하더군. 송 회장도 나에게 따로 전화 넣어서 너무 아이들한테 들볶이는 것 같아 떼어놓고 가라고 했다면서 잘 부탁한다고 하더군. 볼 때마다 느껴온 거였지만 그동안 너무 못쓰게 됐더라구. 이상해서 자꾸 물어보니까, 특별히 아픈 데는 없어도 잠을 못 자는 게 가장 고통스럽다고, 실토를 하는 거야. 가슴이 덜컥 내려앉더라구. 의사로서의 육감이랄까, 여지껏 그 애의 표정에서 막연히 느껴온 나쁜 예감하고 딱 맞아떨어지는 것 같아서였어. 안방이 비어 있으니까 거기 혼자 있게 했는데 밤새도록 그 애가 못 자고 바스락대는 게 느껴져서 나까지 한잠도 못 잤어. 환청이었는지도 모르니까 다음 날 확인 같은 건 안 해봤어. 그 대신 저녁엔 집에 일찍 들어가 같이 고수부지로 조깅도 나가고, 늦도록 베란다에 마주 앉아 포도주도 마시면서 술주정이라도 좋으니 하고 싶은 얘기를 담아두지만 말고 털어놓도록 유도를 했지. 술이 하루하루 세지면서 차츰 말을 하기 시작하더군. 그 애는 시집 식구들이 합세해서 교묘하게 송 서방과 자기를 속여먹었다고 믿고 있어. 송 서방이 암이라는 걸 알까 봐, 온 식구가 그렇게 철통같이 뭉쳐서 그가 죽는 순간까지 비밀을 지킨 것은 순전히 송 서방이 처자식을 위해 유언이나 그 밖에 대책을 세울 기회를 안 주기 위한 거였다는 거야. 어때? 형, 고 세상물정 모르는 아이의 상상력치곤 너무 끔찍하잖아. 그렇지만 난 지금까지의 각종 정황으로 미루어 그게 사실이라는 걸 믿어. 송 서방도 그 애도 철저하게 속은 거야. 송 서방은 모르고 속고, 그 애는 알고도 속아주고. 둘 다 속여먹기 좋은 순진덩어리들이었으니까. 그 맹한 계집애는 이제 와서 Y그룹 맏며느리가 어떻게 이렇게 아무것도 가진 것 없이 맨손인가, 그걸 아무도 믿어주지 않을 것을 생각하면 미치고 팔짝팔짝 뛸 것 같은가 봐. 만약 송 서방이 정신이 혼미해지기 전에 자기 몸 안에서 무슨 일이 일어나고 있는지를 바로 알았더라면 이렇게 처자식을 위한 아무런 대책 없이 죽을 수는 없었을 거라는 거지. 원망이나 후회, 의심 따위가 결국은 다 돈 문제로 귀결되더라구. 우린 가난뱅이도 아닌데 그 모든 게 다 돈 때문이었다고 생각하니 왜 그렇게 이가 갈리는지. 영묘 말에 의하면 식구 중에선 시할머니 한 분만 손자가 죽을병 걸린 걸 모르고 끝까지 살려보려고 애썼다는 걸 알기 때문에 정이 가고 의지가 됐었는데 지금은 또 한 번 속는 것 같아 그분도 밉다는 거야. 하루하루 치매기가 더해가는 할머니 시중을 영묘한테만 전담시키면서 시어머니가 한다는 소리가 잘만 하면 할머니 명의로 돼 있는 이 집을 너한테 물려주실지도 모르니까 잘해보렴, 비꼬는 건지 부추기는 건지 종잡을 수 없는 소리를 한다는군. 송 회장은 송 회장대로 몇천억짜리 Y호텔은 상훈이 거라고, 아들들 앞에서까지 분명히 몫을 지어주었지만 그게 영묘하고 무슨 상관이냐는 거야. 그건 마치 영묘더러 상훈이 성인 될 때까지 굴비 한 번 쳐다보고 밥 한 숟갈 떠먹는 자린고비의 자식들처럼 살라는 소린데 그게 말이나 되는 소리야. 행복이건 불행이건 실지로 맛볼 수 없는 삶이 무슨 의미가 있어. 과부 된 것도 억울한데 지금이 어느 때라고 과부는 산송장으로 살라는 거야 뭐야. '메리 위도우'라는 소리도 못 들었냐? 너보다 못 배운 우리 엄마도 혼자서 삼남매 잘 길러내셨는데 넌 왜 못하냐. 당장 애들 데리고 그 집 나와버려. 일거리도 찾고, 다시 연애도 걸고……. 이왕이면 청상과부로 살지 말고 메리 위도우로 살아, 이것아. 이 오라비가 힘껏 도와줄게. 나도 술김에 이렇게 호기를 부렸지. 아니 술의 힘을 빌린, 오래전부터 하고 싶은 얘기였어. 영묘가 뭐랬는 줄 알아. 아이들만 데리고 나올 수 있으면 땡전 한 푼 없이도 벌써 나왔을 거라는 거야. 우리가 몰라서 그렇지 아들자식, 특히 장손에 대한 집착과 돈 욕심은 한몸뚱이처럼 절대로 서로 떼어놓고 생각할 수 없는 게 송씨 집안의 전통적인 사고방식이자 가훈이라는 거야. 그들이 얼마나 비인간적으로 그들의 돈을 지켜냈는지를 봐버린 영묘는 수틀리면 그들 모자를 떼어버릴지도 모른다는 데 거의 공포감을 가지고 있더라구. 망녕난 할머니도 툭하면 너 행여 심심하다고 사회활동하려 들지 마. 까딱 잘못하면 바람났다는 덤터기 쓰고 내쫓길지도 모른다고 생각해주는 척 위협을 한다니 할머니도 영묘 편은 아닌 거지.

형, 그러니 이 노릇을 어떡허우. 더 기막힌 건 영묘가 밥 한 숟갈 떠먹고 굴비 한 번 쳐다보기를 앞으로 이십 년을 더 견디어낸다고 칩시다. 그런데 매달린 굴비가 참굴비가 아니라 종이로 그린 가짜 굴비라면 영묘 신세는 뭐가 되는 건지. 이건 가상이 아니라 재계에 있는 친구로부터 Y그룹이 속 빈 강정이란 소리를 들어서 그래. 알짜배기는 호텔밖에 안 남았는데 회생하는 길은 그걸 처분하는 수밖에 없다고도 하더군. 우리하고 사돈간이라는 거 아니까, 그렇다고 그 집 식구 생계 걱정을 하면 넌 진짜 저능아라고 날 우습게 보더군. 고등학교 때 나보다 성적은 휘얼 떨어지는 친구였는데 나 모르는 데서는 나를 준(準)저능아 정도로 평가했었나 봐. 걱정 마, 걱정 마, 그러구도 잘 굴러갈 수도 있으니까, 거품도 구르는 재주만 있으면 비누덩어리가 될지 누가 알아. 이렇게 날 야유하고 나서 그 얘긴 그만뒀지만, 안 들으니만 못한 얘기였어. 우리나라에서는 도저히 있을 것 같지 않은 황당한 소문도 지나놓고 보면 다 사실이더라구. 우리 사회가 그만큼 황당한 사회가? 특히 어느 재벌이 곧 부도날 거라는 소문은 백발백중이라는 게 아이엠에프 사태 겪으면서 이 저능아가 터득한 사회성이라우. 실상 Y그룹은 항간에 소문이 나돌 만한 기업도 못 되는, 자칭 재벌인 주제에 재벌의 못된 점만 닮으려고 기를 쓰니 우리가 어쩌다가 이런 고약한 사돈을 만난 건지 생각할수록 억울해 죽겠어.

　설사 송 회장이 약속한 아이들의 재산권이 확실한 거라도 지금 그 어린것들한테 엄마를 원하냐, 조 단위의 재산을 원하냐 택일하랄 수는 없는 거 아냐. 그야 아이들은 장차 재산에 연연하지 않을 수도, 제 권리를 찾아먹고 싶을 수도 있겠지. 다 제 되기 나름이지만 우선 에미의 책임은 아이들의 타고난 능력이 개화할 수 있도록, 그리하여 자유롭게 태어난 목적을 찾아갈 수 있도록, 그때까지는 최선을 다해 보살피고 도와주는 게 아닐까. 영묘가 아이들과 절대로 떨어질 수 없어 하는 건 당연한 일이야. 형, 우리는 그 애를 지지해줘야 해. 그러자니 죽어도 그 집 문지방을 베고 죽으라는 고색창연한 처방밖에 없으니. 내칠 수 있는 건 여전히 시집 쪽이더라구. 열흘이고 한 달이고 마음대로 가 있으라는 송 회장의 허락을 받고도 영묘의 친정나들이는 일주일도 못 갔다우. 왠 줄 알우? 아이들 목소리 들으려고 매일 시집에다 전화했는데 예의상 시어머니한테 먼저 애 보기 힘드실 텐데 죄송해서 어떡허냐고 사죄를 했을 거 아뉴. 어느 날 시어머니 말씀이 아이들이 어찌나 힘들게 구는지 늙은이 힘으로 당할 수가 없어 상훈이는 큰삼촌네로 상국이는 작은 삼촌네로 보냈으니 내 걱정은 말고 있고 싶은 만큼 있으라고 하시더래. 나도 그 소리 들으니 양가가 회식하던 날의 후견인 구도가 생각나서 피가 거꾸로 서는 것 같았는데 그 애 심정은 오죽했겠어. 그날로 보따리 싸가지고 시집으로 돌아갔지 뭐. 낸들 어쩌겠어. 그 애가 기를 쓰고 그 집에 붙어 있어야 하는 까닭이 돈 때문이라면 내가 왜 안 말렸겠어. 불면증이라도 치료해서 보내고 싶었지만 그런 불안상태라면 불안의 원인 제거가 우선이지. 신경안정제만 처방해서 보냈어.

　　　　　　　　　　　　　　　　　　　　　　　—무력한 아우가

마지막 편지

형이 정말 나하고 피를 나눈 친형일까, 물어보고 싶네. 그건 형한테가 아니라 어머니한테 여쭤봐야 할 질문인데 어머니가 그런 소리 들으시면 뭐라실까. 농담이야. 이런 실없은 소리 듣기 싫으면 제발 답장 좀 해봐. 쓸 때마다 자꾸만 자라나는 내 편지가 형이 생전 읽어도 못다 읽을 만큼 자라기 전에 답장을 줘요. 내가 형의 이름을 아주 잊어버리기 전에, 내 편지의 답장을 내가 쓰기 전에, 그렇게까지 비참해지기 전에 형이 먼저 답장을 줘요. 나는 싫고 무서워요. 이 이메일이라는 것이요. 내 편지가 이렇게 자꾸 길어지다간 언젠가는 태평양을 건너고, 대륙을 횡단해 형의 몸에 휘감길 수 있는 길고 긴 촉수가 될까 봐도 두렵지만, 아무도 구겨버리거나 태워버리지 않아도 감쪽같이 없어질 수도 있다는 것은 더 무서워요. 나의 집요함도 싫지만 그 허망함은 또 얼마나 견디기 어려운지요. 우체국에 안 가고도 내가 믿는 문자로 즉각 소통이 가능한 이 편리한 세상보다는 꿈자리나 육감에 의지하던 때가 훨씬 더 행복했으리라는 생각이 드네요. 그때는 적어도 핏줄이 켕기는 시대였을 테니까요. 형이 무조건 핏줄이 켕기는 관계를 얼마나 혐오했는지 알아요. 형이 떠나간 후 한 번도 다시 찾지 않은 건 이 나라가 아니라 가족이라는 것도 알아요. 형은 가장 장남다운 장남이었기 때문에 누구보다도 장남 노릇을 버거워했다는 것도 이해가 되구요.

어제는 어머니 쪽에서 전화하셨는데도 너무 빨리 끊으셔서 어서 오셨으면 하는 말씀을 드릴 기회를 또 놓치고 말았어요. 어머니는 전화하실 때마다 형네가 거기서 얼마나 엄청난 부자로 산다는 자랑을 늘어놓으시면서도 어서 끊자 전화값 많이 나올라, 하면서 남의 말의 중툭을 자르시는 건 내 쪽에서 전화 드렸을 때하고 똑같으시다우. 그래서 따로 편지로 말씀드리기로 했어요. 형한테도 이메일 그만하고 할 말 있으면 편지로 할 게요. 전자우편도 문자라고 생각했는데 걷잡을 수 없이 늘어나는 거 하며, 뒷맛이 허전한 거 하며 수다 쪽에 더 가까운 것 같아 될 수 있는 대로 참아볼래요. 건강하세요. 제임스, 조지 두 조카에게도 안부 전해주세요. 우리 아이들 이름은 하나 두나예요. 모르고 있을까 봐 가르쳐주는 거예요. 이러다간 또 말이 길어질 것 같아 이만 줄입니다.

—영빈 올림

마흔여섯 송이 장미

　오전 진료를 마치고 잠시 자기 방에 들러 자동응답기에 남겨진 메시지를 듣던 영빈은 아내의 다급하고 격앙된 목소리가 같은 소리를 두 번이나 반복해서 남겨놓은 걸 듣고 고개를 갸우뚱 신문을 찾았다. 아내의 목소리는 오늘 아침 신문 봤느냐, 아직 안 봤으면 빨리 찾아보고 집으로 전화 좀 걸어달라는 거였다. 아내는 방학 중이었다. 영빈은 방으로 배달된 신문이 있었지만 급한 마음에 집으로 전화 먼저 걸었다.

　"신문 봤어요? 아직도 안 봤다구요? 아이구 이런 무심한 양반. 당신 형님이 신문에 났다구요. 증말이라니까. 모교에다가 발전기금으로 자그만치 10억 원을 기부한다구 났어요. 인터넷 관련 기업으로 성공한 교포 갑부라고 소개하고 곧 자신이 경영하는 투자상담회사의 미국인 동업자와 함께 방한할 예정인데 그때 H대학에서 발전기금 전달식을 가질 예정이라구요. 어머님한테 시아주버님이 통 크고, 수완 좋다는 얘기는 많이 들었지만 이 정도인 줄은 몰랐어요. 당신을 빗대놓고 하시는 소리만 같아서 잘 대꾸도 안 해 드렸는데…… . 당신 듣고 있수? 이제야 기사 찾고 있다고요? 어딘 어디예요. 명사들 동정란 있잖아요. 거기를 보려면 신문을 일면부터 넘기지 말고 뒷면부터 보는 게 빨라요. 두세 장만 넘기면 명사들 얼굴이 우표딱지만 하게 나오고 무슨 상을 탄다, 기공식을 한다, 발대식을 한다, 자선음악회를 연다,라고 근황을 광고 치는 난이 나온단 말예요. 같은 동정란이라도 당신 형님은 사진이 맨 위에 명함만 하게 나고 인물소개도 더 자세하게 해놨어요. 아마 해외인사라서 특별대우를 한 건가 봐. 하긴 10억 원이면 그럴 만도 하지 뭐. 이제 찾았다구요? 그럼 끊어요. 전화."

심영준이란 한자 이름도 함께 난 사진은 틀림없는 그의 형이었다. 어머니를 통해서라도 미리 귀띔을 좀 할 것이지 이런 식으로 사람을 놀래킬 건 또 뭔가. 영빈은 스스로 생각해도 옹졸하다 싶을 만큼, 형이 자랑스럽다기보다는 여간 섭섭한 게 아니었다. 느닷없이 뒤통수를 얻어맞은 것처럼 얼얼한 배신감을 겨우겨우 삭이고 나서도 이 세상에 믿을 건 내 처자식밖에 없지 싶은 게 그래도 한 가닥 위로가 되었다. 쓸쓸하고 초라한 마음으로 영빈은 딴날보다 일찍 집에 들어갔다. 아내는 아직도 흥분을 못 가라앉힌

듯 걸음걸이도 목소리도 붕 떠 있었다. 영빈은 아내를 따라 식탁에 가서 마주 앉았다. 단둘이 마주 앉는다는 건 좋은 일이었다. 그 집에 부부가 얼굴을 마주하고 앉을 수 있는 데는 식탁밖에 없었다. 어머니가 계실 때는 삼각형 구도였고 아이들까지 다 모이면 오각형이 되었다. 어머니는 영빈이 아무리 배가 고파도 식탁에 미리 와 앉는 건 질색이었다. 식당이 따로 분리돼 있지 않고 싱크대가 보이는 데다 식탁을 놓고 쓰는 구조를 어머니는 못마땅해했다. 그래서 조리가 끝나기 전에 식탁에 앉으면 남자가 부엌에 들어왔다고 혀를 차며 내몰았다. 어머니가 안 계시니까 옷도 안 갈아입고 곧장 식탁에 가 앉아도 그만이고, 아내가 그에게 요것조것 잔심부름을 시켜도 누가 뭐랄 사람이 없었다. 아내가 시키는 대로 그는 식탁 위에서 손에 흙을 묻혀가며 쪽파를 다듬기도 하고 완두콩을 까기도 했다. 아내는 그에게 앞치마를 벗어주며 설거지를 시킬 적도 있었다. 그 정도의 서비스는 핵가족 속의 요즘 아내라면 누구나 받아보는 거라는 걸 알기 때문에 영빈은 군말없이 하라는 대로 했다. 그러나 귀가시간이 늦고 외식할 기회가 많은 그가 이렇게 풀 서비스를 할 수 있는 기회는 많지 않았다. 그 대신 아무리 늦어도 일단 식탁에 가서 잠깐이라도 둘이 마주 앉아 하루의 피곤을 확인하는 게 어머니의 부재중 새로 생긴 습관이었다. 중년으로 접어든 부부의 새삼스러운 마주 앉음이랄까.

"사람도 참, 뭘 그까짓 걸 가지고 그렇게 야단법석이야. 형님은 워낙 그렇게 엉뚱한 데가 있는 분이야. 통도 크고."

"단지 통만 크다고 10억이란 돈을 투자도 아니고 모교에다 그냥 내놓을 수는 없는 거 아녜요. 그보다 몇 십 배의 재산이 있고 앞으로도 얼마든지 더 벌 자신이 있으니까 할 수 있는 일이지. 형님은 아마 우리가 생각하는 것보다 훨씬 더 성공한 사업갈 거예요. 어마어마한 갑부일지도 모르고. 난 아까 그 신문 보고 어찌나 놀랐는지 애 떨어지는 줄 알았다니까요."

"참 호들갑도, 이제 그만해둬. 그거 큰일날 증세니까. 경제가 어려울 때 여자 정신질환자 중 가장 흔해빠진 게 뭔 줄 알아. 자기가 정주영의 숨겨놓은 딸이나 왕년의 애첩이었다고 믿는 환자라구. 무슨 생각을 하고 그렇게 좋아하는지 몰라도 형이 미국서 성공한 게 우리하고 무슨 상관이야. 그리고 그까짓 10만 달러도 안 되는 돈 좀 내놓은 것 갖고 갑부는 무슨, 촌스럽게……."

"아유, 당신 셈 어두운 거 하나는 알아줘야 한다니까. 10억 원이 어째서 10만 달러도 안 되냐구요. 거진 100만 달러라구요. 밀리언, 밀리어언, 이제 좀 정신이 나요?"

"그게 그렇게 되나? 가만있자, 계산 좀 해보고. 1달러면 천 얼마더라? 그깐 우수리는 생략하고 그냥 천 원 치고, 십 달러면 만원, 백 달러면 십만 원……. 어, 당신 계산이 맞잖아. 근데 10억 원

이라고 하면 별로 많은 것 같지 않은데 백만 달러라고 하니까 왜
이렇게 많은 돈 같지?"

영빈은 계산을 잘못한 걸 이렇게 얼렁뚱땅 얼버무렸다.

"왠 왜겠어요. 우리가 다 간뎅이가 부어서 그렇죠. 모처럼 일
찍 들어오셨으니까 그동안 기회만 보고 못 한 얘기 하나 할게요.
이번에도 건성으로 들으면 용서 못 해요."

아내의 표정이 갑자기 굳어졌다.

"뭔데?"

영빈은 좀 경망스럽게 놀라고 나서 움찔했다. 노련한 도둑은
제 발이 저리면 안 되지, 그는 곧바로 매사에 무심한 일상적인 표
정을 회복했다.

"나 며칠 전에 학교에 사표 냈어요. 새학기부터 학교 안 나가
요."

아내의 굳은 표정에 장난기 같기도 하고 기대감 같기도 한 파문
이 일렁였다. 너무나 뜻밖의 말에 영빈은 분노를 걷잡지 못했다.

"당신 정말 돌았군. 형님이 빌 게이츠만큼 돈을 벌었어도 우리
에게 땡전 한 푼 줄 사람이 아냐. 또 그걸 바라서도 안 되고. 우리
힘으로 이만큼 살면 됐지 뭘 바라. 우리가 거지야? 당신은 자존심
도 없어? 떡 줄 사람은 생각도 안 하는데 김칫국부터 마시는 건
속이 헛헛한 사람들이나 할 짓이지 우리는 바야흐로 비만을 걱정

해야 하는 중상류층이라구. 여지껏 한 번도 생활로나 생각으로나 허황되게 굴어서 나를 실망시킨 일이 없는 당신이 어쩌면 그까짓 손바닥만 한 신문기사 한 토막에 이렇게 천박하게 변할 수가 있어. 당신 말짝으로 간뎅이가 부은 거 아냐."

"여전히 당신은 제 말을 하나도 귀담아듣지 않고 건성으로 듣는군요. 난 분명히 며칠 전에 사표를 냈다고 했어요. 당신 형님이 백만장자인지 억만장자가 된 걸 안 건 오늘이구요. 당신은 혼자서 우리 식구 벌어먹이는 게 그렇게 겁나요? 제발 겁내지 마, 박사님."

영빈이 할 말을 잃고 머쓱해지건 말건 아내의 얼굴엔 유순하고도 살가운, 마치 손위누님 같은 표정이 구름이 걷히듯이 서서히 떠올랐다. 그건 영빈이 오랫동안 잊어버리고 산 아내의 본디 표정이었다. 마주 앉아 있던 아내가 일어나 영빈의 등 뒤로 돌아가더니 어깨에 손을 얹고, 다른 한 손으로는 그의 깔깔한 턱을 어루만지는 척하면서 머리를 지긋이 가슴에 끌어안았다. 이 착한 여자는 내가 상습적으로 나쁜 짓을 하고 있다는 걸 모른다. 착한 여자는 대개 눈치가 없다. 그래서 착한 여자는 남자들의 큰 복이다. 영빈은 아내의 품에 안긴 머리로 이런 생각을 굴렸다.

"미안해, 화부터 낸 거 사과할게. 나 혼자서 우리 식구 책임질 수 없어서 이러는 게 아니란 거 당신도 알잖아. 당신이 집에서 살림만 하면 둘이 벌 때보다 더 생활이 윤택해질 수 있다는 것도 알구. 그렇지만 우리 어머니 얼마나 어려운 분이란 건 당신이 더 잘 알잖아. 지금까지 우리 집안이 이만큼 구순하게 산 건 어머니가 주부 노릇을 계속하실 수 있었기 때문이야. 부엌에 여자가 둘이라는 건 동서고금을 막론하고 집안이 화평할 수 없는 화근 덩어리야. 이건 아주 중대하고도 큰일이라구. 우리 집안의 지각변동을 의미한다고 봐야 돼. 당신 그런 중대한 일을 왜 나하고 단 한 마디의 사전상의도 없이 저지른 거야. 난 차후 일을 생각만 해도 아찔한데."

"어머니는 지금 미국에 계신데 왜 그렇게 겁을 내고 그래요."

"당신, 어머니를 형네 아주 떠맡길 속셈이었군. 그래서 그렇게 형네 부자 된 걸 기뻐했구나. 나쁜 사람 같으니라구."

말은 그렇게 하면서도 영빈은 화를 내지 못했다. 이미 화는 너무 많이 내버렸고, 누구보다도 자기가 어머니의 부재를 적극적으로 즐겼다는 자격지심이 뒷심을 딸리게 했다. 뒤에서 아내의 체중이 그의 양어깨에 실리면서 따뜻한 입김이 그의 귓바퀴를 간지럽혔다. 이럴 땐 어떻게 하는 게 가장 자연스러울까, 그가 미처 머리를 굴릴 새 없이, 그녀가 귓속으로 혀를 밀어넣듯이 나긋하고 육감적인 소리로 속삭였다.

"여보 나 애 가졌어요. 신기하죠?"

"뭐라구? 다시 한 번 말해봐."

영빈이 앉은자리가 용수철이 된 것처럼 벌떡 솟구치며 악을 쓰자 아내도 놀랐는지 한 걸음 물러났다가 영빈이 앞으로 와 마주 앉았다.

"왜 그렇게 사람을 놀래키고 그래. 그게 될 법이나 한 소리야."

영빈은 아내의 충분히 경직된 표정을 보자 놀란 걸 쑥스러워하며 안도의 한숨을 내쉬었다.

"당신, 내 말 건성으로 듣는 건 하여튼 알아줘야 한다니까."

"건성으로 들으니까 정신 좀 차리라고 귓전에다 그런 폭죽을 터뜨렸다는 거야 뭐야."

"아까 내가 애 가졌다고 했을 때는 들은 척도 안 했잖아요?"

"언제 당신이 애 가졌다고 했어?"

"형님이 신문에 난 거 보고 너무 놀라 애 떨어질 뻔했다고 안 그랬어요."

"그건 우리나라 사람들이 습관적으로 흔하게 쓰는 수사법일 뿐이야. 남자들도 무심히 쓸 적이 있다구."

"비유가 아니라 사실이에요. 임신이라는 걸 병원에서 확인 받은 지 벌써 며칠 되고. 역시 당신 안 기뻐하는군요."

아내가 그의 얼굴을 빤히 바라보며 말했다. 영빈은 아내의 눈길을 바로 받지 못하고 고개를 돌렸다. 그래도 마주 보는 위치가 거북해서 그는 일어나서 생각을 가다듬으려고 왔다 갔다 했다. 사실인 것 같기는 한데 단지 곤혹스러워하고 있다는 걸 아내에게 들켜서 트집 잡히고 싶지 않았다. 내 나이가 지금 얼만가, 사십보다 오십에 가까운 나이에 아내의 임신에 티브이 연속극처럼 오두방정을 떨 수도 없고, 솔직히 안 기쁜 걸 어쩌란 말인가.

"당신 나이가 올해 몇이요? 내 나이도 그렇고 이게 어디 덮어놓고 기뻐만 할 일이요."

"늦둥이란 말도 못 들었어요? 요새 유행이잖아요. 내 나이면 아직 늦둥이도 아니죠. 박사 따고 교수까지 되고 나서 결혼한 내 동갑내기 친구는 첫애를 임신 중인 걸요."

"그렇게 된 게 실수였소?"

"무슨 뜻이죠?"

"여지껏 피임은 당신이 알아서 해왔잖소. 내가 하나 두나로 만족하자고 했을 때 당신은 그러자고 동의했고, 알아서 할 테니 나더러는 신경 쓰지 말라고 하길래……."

"그 문제는 내가 주도권을 갖고 있었으니까 내가 알아서 할 수 있었던 거죠."

"그럼 실수가 아니었단 소리군."

"실수가 아니라 성공인 셈이죠. 작년부터 내가 얼마나 노력을 했다고요."

"나한테 먼저 의논 한 마디 없이 어떻게 그럴 수가……."

"미친 척하고 해본 짓인데 뭐하러 의논을 해요."

"하나 두나 건강하고 똑똑하게 자라면 됐지 웬 자식 욕심이 그리 많소. 미친 척까지 할 정도씩이나."

"하나 두나는 딸이잖아요. 어디 자식 축에나 드나요. 난 아들을 낳고 싶었다우."

그녀는 아직도 서성대는 영빈을 충돌할 듯이 가로막으며 말했다. 아내가 그런 눈빛을 할 수 있으리라고는 상상도 못 해본 도전적인 눈빛이었다. 영빈은 못 볼 것을 본 것처럼 섬뜩했다.

"꼭 아들을 못 낳아서 구박받고 산 것처럼 구는구려. 내 핑계는 대지 말아요. 그 문제라면 하늘에 맹세코 난 결백하니까."

"맞아요. 당신 한 번도 나한테 그런 눈치 준 적 없어요. 어머니 보시기에 그게 얼마나 변변치 못한 별종으로 보였는지 당신 알아요? 저년이, 아들도 못 낳는 저년이 무슨 여우짓을 했길래 내 잘난 아들이 저렇게 끽소리 못 하고 사나, 어머님은 그게 늘 불만이셨죠. 당신이 술김에라도 아들 타령을 해서 나를 주눅들게 했으면 내 시집살이가 훨씬 편했을 텐데."

"아들 없는 게 당신 책임인가, 왜 당신을 주눅들게 해."

"바로 당신의 그런 태도가 어머니는 못마땅하셨던 거예요. 늘 아범이 겉으로는 아무렇지도 않은 척해도 그 속이 오죽하겠냐고 제 비위를 긁으셨죠. 남자는 칠십 팔십까지 애 낳을 수 있다는 건 또 무슨 뜻이겠어요? 이 세상에 여자는 지 마누라밖에 없는 줄 아는 공처가 믿지 마라. 그런 사람이 마음 변하면 더 무섭단다. 나는 미국에 장대 같은 아들 손자가 둘씩이나 있는데도, 하나 두나 예뻐하다가도 문득 저까짓 쓸데없는 계집애들, 하고 속이 허전하고 손모가지에서 매가리가 다 빠지고 마는데 아범 속은 오죽할까. 밤늦게 들어와서도 아이들 방을 열고 우두커니 서 있다 제 방으로 들어가는 아범의 축 처진 뒷모습을 보면 내 속이 쓰리고 아파. 내가 어머님의 이런 푸념 듣고 산 거 당신은 모르지. 알 리가 없지. 마음은 늘 콩밭에 가 있는 사람이니까. 나도 차츰 당신이 딸만 있다는 걸 섭섭해하는 소리를 한 마디도 안 하는 게 되레 부담이 되기 시작했어. 마치 크나큰 자비라도 입고 사는 것처럼 굴욕감까지 느끼게 되더라구요. 특히 영묘 아가씨가 그렇게 되는 거 지켜보면서 이 나라에서 딸의 부모 노릇 한다는 것의 의미를 곰곰이 심각하게 생각하게 됐나 봐. 그런 굴욕을 아들 없이 견딘다는 건 너무 비참할 것 같잖아요."

"진정해요. 당신 지금 지나치게 흥분하고 있어. 배 안의 아기가 당연히 아들처럼 말하는 것도 듣기 거북하군."

"어머나 내가 그랬었나. 창피해라. 너무 간절히 바라다보니, 희망사항을 기정사실로 여겼나 봐."

영빈이 무심히 한 말에 그녀는 필요 이상 부끄럼을 타며 어쩔 줄을 몰라했다.

"거봐, 두나 가졌을 때도 당신이 얼마나 마음을 졸였다는 걸 알기 때문에 또 그런 실망을 되풀이하는 거 보고 싶지 않았어."

"당신도 이번엔 아들이었으면 하고 바라는 마음이 아주 없는 건 아니군요."

"하나 두나가 다 아들인데 당신이 세번째 임신을 했다면 이번엔 딸이었으면 하는 게 인지상정이 아닐까. 고작 그 정도야."

"역시 당신은 이 유구하고도 심각한 문제를 정면돌파하기를 꺼리는군요. 겁쟁이, 당신 같은 도덕군자가 여자들을 얼마나 골탕먹이는지 알기나 알아요?"

"이제 그만해둡시다. 나도 태중의 생명에게 책임감을 느끼고 있어요. 그게 아들이길 바라는 마음보다 더 중요하다고 생각해. 그 애는 나에게 예기치 않은 아이지만, 환영받지 못하는 아이를 만들고 싶진 않소. 그러기 위해 노력할 테니 나에게 그 이상을 요구하지 말아요."

"역시 냉정하군요. 당신은 나무랄 데 없는 남편 같으면서 얼마나 악질 남편인지 알아요? 나이 먹는다는 게, 제 남편 제 마누라 소중한 걸 알아가는 과정이라고도들 하던데, 어떻게 된 게 당신은 점점 나한테는 꺼풀만 주고 알짜배기는 빠져나가려는 사람처럼 느껴지죠. 어머님은 핑계고 그런 허전함 때문에 아이라도 하나 더 낳고 싶었는지도 몰라요."

아내가 눈물이 핑 돈 눈으로 그를 쳐다보며 말했다. 영빈은 뜨끔해서 짐짓 호탕한 소리로 딴청을 부렸다.

"갱년기 우울증 같은 소리 하지 말아요. 애까지 가진 전성기 여자가. 애 하나 더 낳으려면 학교 그만둔 건 백 번 잘한 일인데, 어머니도 오시라고 해야 하는 거 아닐까. 임신 중에도 그렇고 산후조리를 위해서도 그렇고, 어머니가 계신 게 훨씬 안심이 될 것 같아. 하긴 오시라 말아라 할 것도 없지 뭐, 애 가졌단 것만 아셔봐, 아마 한달음에 뛰어오실걸. 당신 소망대로 아들이라도 낳으면 가장 좋아하실 분도 그분이고."

"싫어요. 어머님이 먼저 미국 큰아들 집에 싫증내서 오시고 싶다면 모를까, 그전에는 암말 말아요. 아들이 아닐지도 모르잖아요. 아들, 아들, 하는 스트레스를 어떻게 받으라고요."

"당신이 원하면 그렇게 할게. 부탁인데 나한테서는 그런 스트레스 받지 말아요. 그동안 당신의 며느리 설움을 너무 몰라라 한 건 내가 사과할게. 우리 사회가 여자에게 얼마나 악랄하고 불리하게 돼먹었다는 건, 영묘 때문에 속 썩이면서 치 떨리게 겪었잖아. 인간이 인간에게 도저히 그럴 수는 없는 일이야. 인간이 이성으로 고쳐나가지 못하면 천벌이라도 받아 마땅하다고 생각할 정도였으니까. 시정해야 한다는 당위성에 비해 힘이 딸리는 건 아직도 딸의 부모들이 딸 가진 설움을 아들에 의해 보상받으려는 구닥다리 생각에 젖어 있기 때문이야. 보상받을 길 없는 딸딸이 아빠가 늘어날수록 딸들이 사람 노릇 할 수 있는 정당한 노력이 힘을 받게 될 거 아닌가. 나는 기쁘게 딸딸딸이 아빠도 될 수 있으니 절대로 나 때문에 스트레스 안 받기, 알았지?"

"우리 동료 교사가 한 소린데 페미니스트인 척하는 남자를 젤루 조심해야 된대. 위선자일 가능성이 가장 높은 족속이래나봐."

아내는 눈을 흘기며 애교스럽게 말했지만 영빈은 뜨끔했다. 하나 두나가 과외공부에서 돌아오고 네 식구가 식탁에 둘러앉았다. 영빈은 아이들에게 미국에 있는 큰아버지가 모교에다 큰돈을 기부해서 신문에 났다는 얘기를 해줬다. 아이들은 한 번도 큰아버지를 본 일이 없기 때문에 해외토픽처럼 들어넘기고 곧 즈이들하고 싶은 얘기를 조잘댔다.

잠자리에서 아내가 그의 손을 배꼽 밑으로 끌어갔다. 집요한 손길이었다. 태동이 느껴지려면 아직 멀었으련만 중년살 때문에 불룩했다. 그는 아내가 잠들 새를 못 참고 손을 빼낸 김에 일어나서 잠자리를 빠져나왔다. 목이 말라 나온 것처럼 일부러 소리내어 냉장고 문을 열었다 닫고 다용도실로 갔다. 난방이 안 들어오

는 다용도실 속 공기는 상큼했다. 오랜만이었다. 현금이와의 아
찔한 혼외정사가 관습적인 게 되고 나서 일부러 다용도실에 들어
가는 일도 안 하게 되었다. 그는 오래간만에 강변북로의 불빛을
바라보면서 애틋한 그리움이 되살아나는 걸 느꼈다. 아내한테서
임신 소식을 들으면서 뜨끔했던 것은, 반사적으로 떠오른, 현금
이와의 관계를 청산해야 할 것 같은 생각 때문이 아니었을까. 그
게 아마 그의 최소한의 양심이었을 것이다. 그러나 아니었다. 그
렇게는 못 할 것 같았다. 나는 새로운 공기가 필요해. 양심이고
나발이고 없었다. 이 케케묵은 족보 냄새에 질식하지 않으려면
별 수 없다고 생각했다.

영빈은 단지 내 꽃집에서 마흔여섯 송이의 장미를 샀다. 가상
이는 붉고 안으로 들어갈수록 노을빛으로 흐려지는 신종 장미였
다. 그 이중성, 그 요염함이 현금을 닮은 것 같다고 생각하면서
영빈은 혼자서 빙글거렸다. 현금이한테 꽃을 사가지고 가는 게
이번이 처음은 아니었다. 돈 많은 여자에게 기뻐할 만한 선물을
하기는 쉽지 않았다. 영빈이 선물의 필요성을 느낀 것은 현금과
의 정사가 당초의 신선한 긴장감이 풀리고 차츰 느슨해지고부터
였다. 뭔가 새로운 자극이 필요하다고 느낄 때마다 머플러나 브
로치 같은 소품을 그가 생각하기엔 파격적인 고가품으로 사다줘

봤지만 의례적인 고맙다는 인사밖에 기대한 찬사를 끌어내진 못했다. 현금이는 취미가 괴팍한 편이었다. 상식적으로 전혀 안 어울릴 것 같은 색상도 그녀의 몸에 걸치면 별수 없이 서로 조화를 이루면서 그녀의 자태를 돋보이게 했다. 그렇다고 옷걸이가 좋으니까 의상엔 신경 안 쓴다는 식의 자신 있는 소리를 하는 것도 아니었다. 도무지 종잡을 수가 없었다. 어떤 때는 그가 사다준 물건을 대놓고 타박할 적도 있었다. 너 같은 사람 덕에 물건을 이렇게 조잡하게 만들어놓고 비싸게 파는 날강도들도 먹고살게 되어 있다는 식이었다. 몇 번의 실패 끝에 꽃 선물이 가장 무난하다는 걸 알게 되었다. 꽃도 꽃만 달랑 사가야지, 거기다 망사 치마에다 레이스 목도리를 두르고 리본으로 칭칭 동여매주는 꽃다발은 질색이었다. 꽃보다 쓰레기가 더 많다고 투덜대며 그런 것들을 북북 뜯어냈다. 마흔여섯 송이의 꽃다발을 안고 영빈은 모처럼 연인을 위해 최상의 선물을 발견한 것처럼 붕 뜬 걸음걸이로 현금이네로 향했다. 마흔여섯이란 나이가 그렇게 마음에 들었다. 현금이처럼 성질 고약하고, 몸뚱이는 갓 잡은 물고기처럼 언제 빠져나갈지 모르게 남자를 애타게 하는 여자가 마흔여섯이라니, 영빈은 콧노래라도 불러 가임기를 벗어난 여자의 나이가 얼마나 매혹적인지 찬양하고 싶었다.

"아아, 예쁘다, 웬 장미?"

현금이가 꽃다발을 받으며 탄성을 질렀다. 그녀가 화병에 꽃을 꽂는 동안을 못 참고 영빈은 뒤에서 그녀를 안으며 목덜미에 난폭한 입맞춤을 했다. 오래간만에 최상의 섹스를 기대하는 마음으로 그는 이미 터질 듯했다.

"이런 장미 비쌀 텐데 많이도 샀네."

전지 가위로 가시 돋친 줄기를 조심스럽게 자르며 현금이 가라앉은 소리로 말했다.

"마흔여섯 송이야. 네 나이. 사랑해 널. 네 나이까지 사랑해."

대답 없이 현금은 몸을 뒤틀었다. 꽤 완강한 거부의 몸짓이었다. 괜히 나이 소리는 해서 자존심 상했나, 잘난 척 잘하는 너도 별수 없구나, 영빈은 이렇게 가볍게 생각하고 더는 치근덕대지 않고 거실 소파에서 얌전히 기다리기로 했다. 꽃꽂이를 끝낸 현금은 그의 곁으로 오지 않고 식탁으로 가서 앉으며 차 뭘로 할래? 하고 딱딱하게 물었다. 치근덕대는 걸 거부하겠다는 분명한 태도에 영빈은 머쓱했다. 아니, 나이를 가지고 연막을 치려면 상대를 보고 쳐야지 초등학교 동창한테 쳐? 하여튼 여자들이란. 영빈은 이렇게 현금을 딱해 하며 너하고 같은 걸로,라고 짐짓 호기 있게 대답했다. 원두커피는 다 어디 갔는지 현금은 찬장 속을 들들들 뒤져서 인스턴트 커피 병을 찾아내더니 프림 설탕 다 듬뿍 넣고 두 잔을 진하게 탔다.

"너 오늘 왜 이렇게 기분 좋은데?"

현금은 툭하면 비꼬긴 잘했어도 그렇게 차가운 시선으로 그를 바라본 적은 일찍이 없었다.

"너네 집에 오는데 그럼 기분이 안 좋아?"

영빈은 거의 더듬거렸다.

"무슨 좋은 일이 있는지, 내가 알아맞춰볼까?"

현금은 계속해서 웃음기 없이 냉랭하게 말했다.

"너 점 배우러 다니냐? 좋으실 대로."

"너 곧 애기 아빠 될 거잖아. 그게 그렇게 좋으니?"

영빈은 놀라서 무슨 맛인지 모르게 독하기만 한 커피를 반쯤 엎지르며 급한 소리를 질렀다.

"네가 그걸 어떻게? 이럴 수가."

"초능력으로 안 건 아니니까, 그렇게 놀랄 건 없구, 묻는 말에 나 대답해. 그렇게도 좋으냐구?"

"난 이미 두 아이 아빠라는 건 너도 알잖아. 이 자식 기르기 어려운 세상에 뜻하지 않은 셋째아이가 뭐 그렇게 기쁘겠냐?"

"둘 다 딸이잖아, 이번엔 아들이라도 안 기쁘겠냐? 이번엔 아들이야."

"너 정말 왜 이러니? 어디서 무슨 소리를 듣고 이러는 거야? 도대체. 너 혹시 그동안 우리 집사람하고 통해온 거 아냐? 그건 있을 수 없는 일이지만, 안 그렇다면 이건 더욱 있을 수 없는 일이야."

"그렇게 펄쩍펄쩍 뛰지만 말고 침착해라, 응. 나 요새 많이 슬 픈데 네가 그러는 걸 보니까 더 슬퍼져서 울 것 같아. 나를 그렇 게 마녀처럼 쳐다보지 말고, 제발."

"알긴 아는구나. 니가 지금 남의 눈에 어떻게 보인다는 걸."

"남 걱정 말고 네 걱정이나 해. 너도 과히 좋게 보이진 않으니까. 우리 헤어지는 마당에 추태는 최대한 억제하고 좋게 헤어지자."

"헤어지다니 누구 맘대로?"

"내 맘대로다 어쩔래. 그럼 걷어채일 때까지 붙어 있을 줄 알았 냐? 너 입 다물고 조용히 끝까지 내 얘기 듣고 갈래? 아니면 지금 당장 우리 집에서 내쫓길래? 아무것도 못 알아내고 내쫓기는 게 네 신상에 편할지도 모르지만 사람이 진실을 모르고 사는 거 그 거 할 노릇 아니다. 불면증에다 좌불안석 결국은 네 마누라나 못 살게 굴어서 볶게 하고 가정파탄 부르게 될걸. 어쩔래? 심 박사."

영빈은 입 다물고 끝까지 들어주겠다는 쪽을 골라잡았다.

"처음엔 네 마누라인 줄 몰랐어. 한 선생이 소개해줄 때까지. 한 선생이 누구냐고? 아, 그 질문 하나는 봐줄게. 한광이라고 우 리 초등학교 동창 있잖아. 너처럼 의사 돼서 산부인과 하는. 한광 불임클리닉 유명하잖아. 걔 그걸로 돈 많이 벌었어. 아들만 골라 서 낳게 하는 시술도 하고 있었으니까. 내가 거길 다녔다는 거 아니냐. 아들은 무슨, 내가 지금 아들 딸 가리게 됐냐? 뒤늦게 내 아이를 낳고 싶은 욕심이 생겨서. 너한테 전에 한 번 얘기한 적이 있는 것도 같은데, 내가 정식 결혼해 살면서 한 번도 아이를 가져본 적이 없는 것은 내가 어디가 모자라서가 아니라 피임을 철저히 했기 때문이라고. 그 남자도 모르게 혼자서 그렇게 피임을 지독하게 할 수 있었던 것은 내가 열 달 동안 내 뱃속에 넣고 내 뼈와 살을 아낌없이 나눠야 할 생명의 반쪽은 그 남자의 거라는 게 싫었어. 어느 만큼 싫었냐 하면 만약 피임에 실패했다면 떼어버릴 작정을 할 만큼, 그건 살의야. 이 세상에 살의(殺意) 이상의 증오가 어딨겠어. 내 자식에 대한 그 남자의 반쪽의 기여(寄與) 반쪽의 권리도 참을 수 없는데 한술 더 떠서 그 남자도 그렇고 그 남자 부모도 그렇고 툭하면 아이 하나만 낳아달라고 조르는 거야. 낳아주긴, 내가 왜 내 속으로 낳은 내 새끼를 느네한테 주나 말야. 그건 그냥 우리나라 사람의 말버릇일 뿐 즈네들하고 같이 사는 한 문제 될 것이 없을지 모르지. 그래도 싫었어. 그 말버릇을 무심히 수락하고 사는 한 내가 안 살고 싶을 때는 내 새끼에 대해 내가 권리 주장하기가 얼마나 어려우리라는 게 불을 보듯이 뻔한 거야. 그러니까 그 결혼은 처음부터 그만둘 때 자유로울 것을 전제로 하고 시작한 거였어. 그렇지만 나도 사람인데 종족 보존의 본능이 왜 없겠어. 본능이란 생명의 행로 같은 거라고 생각해. 아무리 내가 어디 매이는 걸 싫어해도 인간에게 입력된 생명의 회로를 벗어날 순 없었나 봐. 너하고 살면서 그 본능이 발동을 하더라구. 아주 활발하게. 너라면 내 새끼의 반쪽을 기증받아도 괜찮을 상대라는 생각이 일단 들자 걷잡을 수가 없는 거야. 절대로 놓칠 순 없다고 생각했지. 그렇다고 널 애아빠 시켜먹을 생각을 했던 건 아냐. 너한텐 말 안 하고 감쪽같이 나 혼자만의 새끼로 키우려고 했지. 그래도 꼭 너라야 된다고 욕심을 냈던 건, 내 새끼의 모습에 애비가 반쯤 섞여 있어도 기분 좋게 바라볼 수 있을 것 같은 게 바로 너였기 때문이야. 그런 걸 사랑이라고 말하진 않을래. 우린 곧 헤어질 거니까. 구질구질하게 헤어지는 건 딱 질색이거든. 네가 그런 이상한 얼굴 하니까 말이 옆길로 샜잖아. 어디까지 했더라. 불임클리닉 다닐 때까지 했지. 한광이는 처음부터 너무 늦었다고 했어. 겉모양에 비해 자궁은 너무 늙었다나. 곧 폐경기가 올 거래. 그래도 나 걔한테 졸랐다. 어떻게 좀 해달라구. 배란을 촉진하는 주사도 맞고 수태할 확률이 높은 날을 잡아달래서 너한테 전화 걸어 오늘 밤에 와달라고 꼬시기도 하고. 어떻게 되긴 뭐가 어떻게 되냐? 보시다시피 번번이 꽝만 뽑았지. 니 탓 아냐. 타이밍이 안 맞은 게지. 마흔여섯은 너무 늦은 나이래. 한광이 제발 그만두랬어. 백 분의 일의 확률도 안 된다고. 단념할 때까지 일 년은 걸렸을 거야. 그동안 거기서 느이 마누라와 사귀게 된 거야. 우리가 조강지처와 소실 사이라는 건 서로 알 리가 없지. 그런데도 이상하게 마음이 끌리드라. 한광이네 병원 아주 잘해놨어. 안락하고 고급스럽게 꾸며놓은 휴식공간도 있고, 수술을 했거나 프라이버시를 드러내 보이고 싶지 않은 환자들이 따로 쉴 수 있는 밀폐된 공간도 있고. 불임이나 아들 딸 가려낳고 싶은 이들은 환자가 아니잖아. 이 병원의 성공률은 몇 퍼센트쯤 되는지 탐색하는 마음도 있고 해서, 눈치 봐가며 비슷한 고민을 해결하러 온 줄 알면, 서로 슬금슬금 가까이하게 되더라고. 동병상련이지 뭐. 난 원래 여자들한테는 관심이 없어. 남자만 좋아하지. 여자들도 날 안 좋아하고. 근데 느이 마누라, 지금부터는 수경이라고 부를게. 그래도 괜찮아. 수경인 나를 언니라고 했으니까. 통성명하고 나이를 밝히고부터였어. 나도 수경이를 내 동갑내기 정도로 봤는데 수경이도 그랬나 봐. 여섯 살이나 아래더라. 너 마누라를 얼마나 고생시켰길래 그렇게 겉늙었냐? 나이 차이 같은 건 우리가 꿍짝이 잘 맞는데 전혀 지장이 안 되더라. 그래도 저마다 지 걱정이 우선이니까 수경이는 나를 아들 낳고 싶어서 온 줄 알고, 나는 수경이를 불임 때문에 온 줄 알았어. 수경이가 아들 낳기 위해 딸을 두 번이나 지운 거 너 모르지. 됐어. 남편한테 비밀로 그렇게 한 거 아니까 그렇게 놀랄 거 없어. 놀라지 말라니까. 너 그렇게 과장되게 놀라면 꼭 너는 아무 잘못 없다는 발뺌 같아서 꼴도 보기 싫어. 몸은 떠나도 정이라도 쪼매 남기고 싶으면 제발 그 싸구려 분노의 포즈 좀 그만 잡아. 구역질나니까. 알았지? 수경이가 첫번째 뗄 무렵은 우린 서로 친하지 않을 때니까 몰랐지. 서로가 왜 거기 다닌다는 사정을 알고 나서 그 여자가 두번째도 또 딸이어서 수술을 하게 됐을 때, 나에게 그 핏덩이를 옮겨줄 수 있으면 얼마나 좋을까 하면서 막 울더라. 나도 그 여자가 불쌍해서 울고 샘 나서 울고 질질 짜고 말았어. 그리고 처음으로 자매애랄까 우정 같은 걸 느꼈지. 나도 하는 데까지는 했어. 그 짓 안 하게 하려고. 당연히 남편이나 시집에서 아들 못 낳는다고 구박하냐고 물었지. 차라리 구박이라도 했으면 오기로라도 있는 딸이나 잘 기를 생각하지, 그런 짓 안 할 거라는 거야. 구박은커녕 이 세상에 아들 딸 문제가 있다는 것도 모르는 것처럼 시치미를 떼고 사는 남편도 싫고, 다만 그것 때문에 시집 식구한테 기를 못 펴고 꽉 쥐어 사는 것도 너무나 굴욕적이어서 하는 데까지 해볼 결심을 했다고 하더군. 대단한 여자였어. 남편이 어떤 사람인지 뭐 해 먹고 사는 사람인지 바늘구멍만 한 힌트도 안 줬는데도 나도 괜히 그 남자가 미워서 같이 이 세상 남자들을 싸잡아 욕해 줬지. 욕 안 해줬어도 수경이에게 내가 위로가 됐을 거야. 세번째 임신하고 진찰 온 날 나는 하필 다시 올 것 없다는 선고를 들은 날이었어. 다시는 만나지는 일이 없을 것 같아 차나 한잔 하자고 했지. 나는 수경이의 이번 임신이 아들이기를 바라는 덕담을 했고, 수경이는 무자식 상팔자라고 나를 위로했고, 그러고 있는데 동네 다방이라 한광이가 들어온 거야. 우리가 친한 걸 보더니 놀라면서, 너 심영빈이 와이프 언제부터 알고 지냈냐고 나한테 묻더군. 그래서 알아버렸지. 그렇게 된 거지, 한광이가 자기 환자의 신상을 함부로 발설할 의사는 아니다, 너. 느이 마누라가 지 환자였다는 것도 아마 무덤 속까지 가지고 갈 애구. 그 점은 믿어도 돼. 의사의 윤리의식을 믿으라기보다는 범인이 범죄행위를 발설하지 않을 거라는 걸 믿으라는 게 더 설득력이 있겠다. 느이 마누라도 공범이야 추궁하지 마. 모른 척해. 오죽 절박했으면 남편 동창한테 가랑이를 벌리고 아이를 두 번씩이나 지웠겠냐. 오직 너한테 떳떳하려고, 네 대를 이어주려는 일념이 그 못할 짓을 할 수 있는 용기가 된 거야. 마침내 뜻을 이루자 나한테 제일 먼저 전화하는 거라면서 들뜬 소리로 알려주더라. 바로 엊그저께 일이야. 나 마음으로부터 축하해줬다. 수경이도 이미 저질러버린 끔찍한 일은 벌써 잊어버렸나 보더라. 아들 못 낳는 여자에게 그 같은 구원의 길을 열어준 현대의학과 한광 같은 의사가 있다는 것만을 한없이 행복해하더라구. 그런 수경이를 보면서 난 무지 헷갈렸어. 그 부도덕한 짓을 보면서 처음으로 너와 나의 관계를 도덕적인 눈으로 보게 됐으니 신기하잖아. 생전 처음 느껴보는 느낌이었어. 처음 결혼을 돈 때문에 한 것 말고는 끌리는 남자하고 자는 데 나는 아무런 거리낌이 없었거든. 돈도 나를 움직일 수 없고 도덕적인 비난 같은 건 안중에도 없고, 난 그게 내가 도달한 최고의 경지, 자유라고 생각했는데 아니더라구. 그 착한 여자에게서 남편을 빼앗는 건 옳지 못한 짓이라는 생각이 드는 거 있지. 남자 여자가 서로 원하면 그만이지 거기에 옳고 그름의 잣대가 왜 필요하냐구? 그건 공자님이라 해도 도덕의 잣대로 재서는 안 되는 비경 아닌가. 근데 엉뚱하게도 가장 부도덕한 짓거리를 보고 나서 내 도덕심이 움직였으니 헷갈리지 않고 배겨. 너도 알다시피 난 복잡한건 질색이잖아. 헷갈리는 게 젤루 복잡한 거 아닌가. 그래서 내나름으로 간단하게 정리했는데 그런 파렴치하고 부도덕한 여자하고 한 남자를 공유하기 싫다 이거야. 껄쩍지근해서 그렇게는 못하겠어. 나가. 니가 왜 내쫓겨야 하는지 알겠어?"

영빈은 구정물을 뒤집어쓴 개보다 더 비참하게 내쫓겼다. 그날 밤 그는 거의 날이 새도록 다용도실에 웅크리고 강변북로의 불빛을 바라보았다. 관능적인 쾌락을 빼고 나면 남는 게 무엇이란 말인가. 이럴 수는 없어. 이건 악몽이야. 그는 위로받을 길 없는 허전함을 현실로 받아들이기가 싫다. 그 여자는 언제까지 거기 있을까. 어느 날 그 여자는 거기서 감쪽같이 사라지고 말 것이다. 그러고 나면 저 가로로 질주하는 불빛을 보고 가슴을 울렁거리는 일도 없을 것이다. 가슴 울렁거릴 일이 하나도 안 남은 인생을 어찌 견딜 것인가. 나를 그렇게 모질게 내쫓은 그 여자, 별의별 이상한 논리를 가지고 배배 꼬아서 말했지만 결국은 내 아이를 갖고 싶어했던 여자는 지금 어떡하고 있을까. 단순 명쾌하고 직설적인 여자가 왜 아이 문제는 그렇게 난해하게 만들어가지고 자기도 못 풀고 말았을까. 여성성의 요점은 성적 매력인가, 임신할 수 있는 능력인가. 현금은 아내보다 열 살은 젊어 보인다. 그러나 실제의 나이는 아내가 현금이보다 여섯 살이 어리고 그게 가임과 불임의 분기점이 됐다. 그 잘난 척하기 좋아하는 여자가 얼마나 자존심이 상했을까. 현금의 패배감이 애달프고 불쌍해서 보듬고 다정하고 섬세하게 위로해주고 싶다. 그는 마음과 몸의 갈망을 구별하지 못하고 뜨겁게 헐떡인다.

조금이라도 눈을 붙여야 할 것 같아서 기어 들어간 안방에 큰 대 자로 누워서 코를 고는 아내를 보자 영빈은 뒷걸음질 칠 것처럼 놀란다. 이건 얼마나 미련하고도 당당한 현실인가. 이걸 극복할 수 없는데 어찌 뜬구름을 잡을 것인가. 내 앞에 육중하게 버티고 있는 이 현실에서 내가 도망가봐야 얼마나 멀리 갈 수 있을까. 육중한 것일수록 인력이 세다는 걸 그는 몸 전체로 느낀다. 아내의 몸은 실상 조금도 육중하지 않다. 현금이보다 오히려 작다. 시숙이 백만장자가 됐다는 소리에 애가 떨어질 뻔하게 놀랄 정도로 간뎅이도 작은 여자다. 그러나 나의 영역에서의 저 당당함이라니. 아내의 몸 속에는 내 아들뿐 아니라 이 나라의 유구한 여성잔혹사가 압축돼 있다. 어찌 육중하지 않겠는가. 현금의 명령 한마디로 맥없이 물러난 내 힘으로는 털끝 하나도 움직일 수 없으리라. 그는 다용도실에서 밤새 차게 식은 몸이 아내에게 닿을까 봐 침대 가장자리에 새우처럼 몸을 오그렸다.

봄이 오고 아내의 배가 반달만큼 부풀었을 무렵 현금이한테서 전화가 걸려왔다. 뜻밖이었다. 차분히 가라앉은 부드러운 목소리였다.

"저녁 먹으러 오지 않을래?"

그렇게 쫓겨나고 나서 영빈이 전화를 안 해본 건 아니었다. 처음 얼마 동안은 발작적으로 자주 치근댔는지도 모른다. 매번 매몰찬 냉대만 당했지만. 어느 정도 마음을 잡고 나서도 한 번쯤은 둘이서 치러야 할 절차가 남아 있는 것처럼 막연히 느끼고 있었기 때문에 허둥거리지 않고 반가워할 수가 있었다. 확실히 청산되지 않은 느낌은, 정욕이 아니라 우정이었구나. 영빈은 현금의 목소리를 들으며 자신에게 일어난 잔잔한 반응을 이렇게 해석하며 마음을 다독거렸다.

"웬일이야? 전화 걸어주는 것도 황송한데 초대씩이나 해주고……."

"이제 피차 마음 잡았을 때가 됐잖아."

"누구 마음대로 피차야. 난 아직 아닌데."

"까불지 마. 우리 나이값 하자."

현금이 정해준 시간에 딱 맞춰 당도했더니 벌써 식탁이 차려져 있었다. 식탁 위에 늘어진 고풍스러운 등의 알맞은 밝기, 얼음 속에 비스듬히 하체를 담그고 있는 포도주병, 다이아몬드처럼 교만한 크리스탈 잔, 새하얗게 날이 선 냅킨, 앙증맞은 꽃병의 프리지어 향기와 갓 구워낸 고기 냄새의 묘한 어울림, 그러나 영빈을 엄습한 건 식욕이 아니라 사라짐에 대한 불안이었다. 그 집에서 영빈에게 길들여진 세계는 이제 식탁밖에 남아 있지 않았다. 모든 가구는 포장되어 거실 가득 산적해 있었다. 식탁 등의 동그란 밝기 안의 은성함이 별세계 같았다.

"이사 가는구나."

"응, 갑자기 그렇게 됐어. 도망가는 것처럼 가긴 싫어서 부른 건데 괜한 걱정이었나. 너 하나도 안 놀라는구나."

"멀리서 너희 집 쪽을 바라볼 때나, 너희 집에 올 때나, 네가 과연 거기 그냥 있을까 늘 불안해했었거든. 너와 나 사이의 불안은 이미 친숙한 감정이야."

"친숙한 불안도 있나. 친숙해질 수 없는 게 불안인 줄 알았는데."

"그래 그건 불안이라기보다는 전율이었을 거야. 매번 처음처럼 새로운……."

현금이 포도주를 따는 동안 영빈은 대꾸하지 않고 처음 온 손님처럼 실내를 두리번거렸다. 부엌 구석에 곱게 말린 마흔여섯 송이의 장미가 매달려 있었다. 현금이는 저걸 가지고 갈까, 저대로 두고 갈까. 저 장미는 기억될까, 잊혀질까. 영빈은 궁금했지만 묻지는 않았다. 소년처럼 퇴행해가는 감정을 드러내고 싶지 않았다.

"미안해, 빈손으로 왔어. 허둥거렸나 봐."

영빈은 마흔여섯 송이의 장미를 쳐다보며 열없게 웃었다. 말없이 포도주 잔을 부딪히고 나서 영빈이 쓸쓸하게 말했다.

"내가 할 일은 하나도 안 남겨놓고 이렇게 완벽하게 준비를 해놓으면 어떡하냐?"

"넌 내 신랑이 아니라 손님이잖아."

"현금아, 이게 최후의 만찬이라고는 말하지 마, 제발."

영빈이 이것저것 음식 맛을 보며 말했다.

"네 마음의 불꽃이 꺼졌는데 남의 마음에 불씨가 남아 있다고 생각하지 마."

"그렇다면 왜 이사는 가려고 하냐?"

"넌 내가 널 피해 가려는 줄 아는구나. 아냐. 일터 가까이 가려는 거야. 여기선 거기가 너무 멀거든."

"일터? 네가 기어코 취직을 했단 말이지."

"기어코라니? 내가 언제 취직하려고 벼르기라도 했단 말야."

"너 요리 배우러 다니면서 그랬잖아? 네 요리 솜씨를 직업화시켜보겠다구. 하도 진지하고 그럴듯해서 감동했었는데."

"그랬었나. 그랬으면 그때는 정말 그러고 싶었겠지 뭐. 나 거짓말 잘 못하는 건 너도 알잖아?"

꼭 관심도 없는 남의 말하듯 했다. 영빈은 하마터면 '나쁜 년' 하고 욕을 할 뻔했다. 악의는 없었다. 레지던트 삼 년차 때 한광이 결혼청첩장을 가지고 와 흥분해서 한 말이 생각나서였다.

어렵게 제 년을 찾아냈더니 글쎄 벌써 결혼을 했더라구. 나쁜 년. 그뿐인 줄 아냐? 제 년이 그때 우리를 찍은 것도 까맣게 잊어버렸더라구. 일부러 시치미를 떼는 게 아니라 정말 잊어버린 게 확실하더라구. 거짓말쟁이, 나쁜 년, 나쁜 년…….

그는 한광한테 배운 그 소리를 현금이 뜻대로 길들여지지 않을 적마다 속으로 얼마나 많이 써먹었는지 모른다. 앞으로 그런 말에 쾌감을 느끼는 일도 없으리라.

"그럼 그 일자리가 뭐 하는 덴지 말해줄 수는 있구?"

"친구가 하는 재즈카페에서 피아노 치는 일. 왜 그렇게 놀라. 나 피아노 전공했잖아."

"나 음악에 대해 아무것도 모르잖아. 음대 나와 유학까지 했으면 클래식만 하든지 후진 양성을 하든지 둘 중의 하나만 해야 되는 줄 알았어."

"그런 게 어딨냐. 카페 개업한 친구도 음대 동창이야. 나보다 훨씬 촉망받던 친군데 성형외과 의사한테 시집가서 돈을 주체 못하게 잘산다는 소문이더니 퍼질러 사는 데 지쳤다고 시작한 사업이 재즈카페야. 네 논리대로라면 그 친구도 사업을 하려거든 카네기홀 같은 거라도 창업해야 마땅하겠네."

"그건 어거지고, 그 일자리에 얼마나 붙어 있을지, 적이 의심스러워서 그런다."

"넌 아마 내가 그런 데서 일하긴 아깝다고 생각할 거야. 먹을 게 없는 것도 아니겠다, 자존심 상해서도 못 있을 거다, 그런 생각이겠지. 나는 솔직히 막간에 솔로를 할 실력도 못 돼. 나이 지긋한 퇴물 뮤지션들이 나와서 육자배기 소리로 재즈로 편곡한 우리 가곡을 부를 때 반주하는 것도 겨우겨우야. 그렇지만 피아노 앞에 앉으면 편안하고 자연스러워져. 억지로 배운 건데도 뭘 하나 전공했다는 게 이렇게 무서운 거더라고. 이제야 내 정체성을 찾은 것 같아. 쉽지 않다는 것까지 마음에 들어."

"너 요리 솜씨로 밥벌이하겠다고 설칠 때도 지금처럼 그렇게 의욕이 넘쳤었다. 물론 넌 생각 안 난다고 하겠지만."

"비꼬지 마. 요리 솜씨도 썩히진 않을 테니까. 이사까지 가야

하는 게 카페 때문만은 아니야. 실은 요리 솜씨 때문이야. 내가
전서부터 인연을 맺고 다니던 고아원이 있거든. 다달이 송금도
하고 명절이 돌아오면 선물을 사가지고 방문도 하고 했었는데 그
럴 때마다 친한 척하느라 식사를 같이하다 보니, 만날 비슷하게
맛없는 것만 얻어먹는 그들이 안돼 보여 원장의 허락을 받아 걔
네들을 집으로 초대한 적이 있어. 우리 집 밥을 먹고 얼마나들 좋
아하는지 눈물겹더라구. 아주 큰 고아원이라 다는 못 초대하고
나하고 생일달이 같은 애들만 초대하기 시작해서 다달이 날을 정
해서 생일잔치를 해줘 버릇 하기를 일 년을 해왔어. 나 기특하지?
하나도 안 기특한 얼굴이구나. 나도 아이들을 공평하게 한 바퀴
를 돌리고 나서 큰 일 한 것처럼 개운해하니까 원장 보기에도 내
가 그 일을 계속할 것 같지 않았나 봐. 새로운 제안을 하더라구.
원장 좋은 사람이야. 혹시 사기꾼이 아닐까 하는 선입관 갖고 듣
지 말란 소리야. 원장 말로는 성년이 되면 규정상 고아원에서 나
가야 하지만 그 전에 대개 도망을 치거나 일자리를 찾아 떠난다
는 거야. 정년을 채우든 도망을 치든 바깥세상에 대한 적대감과
두려움은 그 애들 공통의 정서라는 거지. 원장의 요청은 그 애들
이 세상에 대한 최소한의 믿음이라도 갖고 떠날 수 있게 나더러
도와달라는 거야. 어린이는 빼고 사춘기 아이들만 날짜 정하지
말고 마음 내킬 때 수시로 데려다가 집 밥도 먹이고 같이 노래도

불러주고 수다도 떨고 그래달라는군. 몇 차례 그래봤어. 날짜 안 정하니까 스트레스 안 받아 좋고, 큰애들만 오니까 심부름도 시켜가며 식사 준비할 수 있어 좋고, 그 방법이 내 마음에 들더라고, 그게 아이들에게 실질적인 이익이 되는지는 두고 봐야지 지금 무얼 알 수 있겠어. 문제는 내가 내 생활에 생긴 그런 새로운 리듬을 즐기고 있다는 거야. 네가 내 생활에 미친 떨리는 리듬하고는 또 다른 거지만, 난 이게 훨씬 더 좋고, 생전 처음 보람이라는 것도 느끼고 있어. 좋아하다 보니 힘 덜 들이고도 잘 되더라구. 앞으로 더 잘하려고 노력할 거야. 그 고아원과 카페의 중간지점쯤으로 이사가려는 것도 둘 다 잘하고 싶고 또 아이들한테 심정적으로 더 다가가려는 의미도 있어. 너의 정부 노릇 할 때도 나름대로 행복했었지만, 일단 도덕적인 잣대로 재고 나니까 말할 수 없이 비참해졌어. 내 정체성에 균열이 생긴 기분이랄까. 어느 날 갑자기 거울에 비친 내 얼굴이 깊은 주름으로 팔십 노파처럼 처참하게 갈라져 있대도 이보다는 덜 무섭고 혼란스러웠을 거야. 아주 고약하더라구. 그렇지만 어쩌겠어. 도덕적인 것도 내 일부인 것을. 생긴 대로 살 거야. 분열된 내 정체성을 정직하게 드러내고 잘 살아낼 테니 두고 봐."

저녁을 다 먹고 나서 설거지는 영빈이 했다. 주방용품도 최소한의 조리기구와 식탁의 그릇밖에 남아 있지 않았다. 그래도 그것들을 취급하기 쉽게 포장까지 하는 건 쉽지 않았다. 현금은 거들지 않고 구경만 하면서 전문가가 하는 것보다 아마추어가 하는 게 훨씬 보기 좋다며 야죽거렸다.

"카페 하는 친구 남편이 의사라고 했지? 어느 의대 출신인가? 이름이 뭐야?"

"건 왜 묻냐, 유치하게. 닭살이다. 정말이지."

"아는 친구일 수도 있잖아. 직접 아는 친구가 아니라도 한두 다리만 건너면 다 알게 돼 있는 게 좁아터진 한국 사회야."

"건 알아서 뭣에다 쓰려고?"

"쓰긴. 궁금해서 그런다. 돈을 그렇게 많이 벌었다며 여편네 카페까지 시켜서 더 벌면 어쩌겠다는 거야."

"돈 벌려고 하는 거 아냐. 돈 쓰려고 한다더라. 아직 뜨지 못했거나, 뜨고 싶은 뜻 자체가 없는 뮤지션한테 멍석도 깔아주고 생활 걱정도 안 하게 하는 게 목적이래. 세상이 알아주기 전에 내가 먼저 알아봤다, 뭐 이런 식으로 자기 안목을 시험해보고 싶은 자만심도 있겠지. 나도 처음에는 그게 좀 가소롭다 싶었는데 그게 뭐 대수야. 너 못 가봐서 그렇지 모든 게 얼마나 완벽하다구. 너무 크다는 것 빼고는. 무명의 뮤지션한테는 꿈의 무대지 뭐."

"난 왜 네 그 뮤지션 소리가 이렇게 닭살이냐."

영빈은 과장스럽게 어깨를 으쓱하면서 진저리를 쳐보였다.

"너 샘나지, 그치? 아이 꼬소해. 더 샘나는 얘기해줄까. 내 친구는 툭하면 지 의사 남편을 불러내 웨이터 시켜먹는다. 그 남자지 몸 관리를 아주 잘했더라구. 배가 하나도 안 나오고 다리도 긴데 몸에 짝 붙는 청바지를 입고 날렵하게 주문도 받고 맥주도 나르는 걸 보면 얼마나 성싱한지 삼십도 채 안 돼 보여. 의사도 천충만층이더라. 너보다 몇 살 위일 텐데도 너처럼 팍 삭지도 않고, 너처럼 밤낮없이 바쁘지도 않구. 내 친구는 지 남편이 청바지 입고 맥주 나를 때처럼 섹시해 보일 적도 없다고 대 만족이야. 너 왜 그렇게 벌레 씹은 얼굴로 듣냐? 돈을 주체 못 하는 동업자한테 열등감 느낄 거 없다, 너. 네'의사 짓이 인술이라면 그 사람 의사 짓은 패션 산업이니까, 동업자도 아닌 거 아니니?"

현금은 그가 청하지도 않았는데 명함을 한 장 주었다. 명함에는 '돌피'라는 카페 이름과 그 약도까지 있었지만 현금의 이름은 없었다.

"찢어지는 명함이야."

"무슨 뜻이야?"

"요샌 안 찢어지는 질긴 명함도 많잖아. 생각나면 한 번 들러. 찢어버리고 싶어도 할 수 없구."

이 세상엔 없는 곳

영준은 모교에 십억 원씩이나 기부를 한 성공한 재미실업가답
지 않게 캐주얼한 차림으로, 건들거리며 귀국했다. 마치 사업가
로 변신한 왕년의 인기스타가 자기 상품 홍보차 내한한 양 멋있
고도 약삭빨라 보였다. 그러나 동행한 두 사람의 백인은 방금 월
스트리트에서 빠져나온 것처럼 세련된 정장에 보디가드 같은 눈
빛을 하고 있었다. 영준이 먼저 영빈을 포옹했다. 미국에서 만날
때도 안 하던 짓을 영준은 썩 능숙하게 했고, 영빈은 형의 어깨
너머로 형이 동행한 백인들을 관찰했다. 포옹을 풀자 형은 영빈
에게 그들을 동업자라고 소개했다. 그때까지도 영빈은 형을 마중
나온 사람은 자기 혼자밖에 없는 줄 알았다. 그러나 곧 그들은 많
은 환영객들에게 둘러싸였다. 영빈은 뒷전으로 물러나면서 대학
측에서 그렇게 여러 사람이 마중을 나왔으려니 했다. 십억 원이

면 백만 달러나 되는 거액이니까. 저거야말로 금의환향이다. 영빈은 환영객들한테서 비켜난 자리에서 형이 융숭한 대우를 받는 걸 흐뭇하게 지켜보았다. 영준은 환영객들 앞에서 백인들 등을 툭툭 두드리면서 뭐라고 농담을 하는지 분위기가 화기애애해지는 것 같았다. 자기가 못 가진 면을 가진 형이 영빈은 부럽기도 하고 불안하기도 했다. 형을 에워싼 일행이 움직였다. 영빈은 영준이 돌아보기를 바라고 뒤에서 따라 움직였다. 영준은 청사 밖까지 나와서야 생각난 듯이 사람을 찾는 시늉을 했다. 영빈이 얼른 여기요, 하면서 팔을 들어보였다.

"영묘도 같이 나오려고 했는데, 오늘 시집에 무슨 일이 있다나 봐요. 워낙 행사가 많은 집안이거든요."

사람들을 헤집고 막 자기 앞으로 다가온 형에게 한 첫마디가 왜 그 말밖에 없었는지 영빈은 말하고 나서도 곧 머쓱해졌다. 영빈은 자기가 보낸 이메일을 형이 받았는지 못 받았는지 아직도 궁금해하고 있었다. 영묘 말이 나오자 형의 표정이 잠시 굳어지는 것 같았다.

"나중에 연락할게. 마중은 뭐 하러 나왔냐?"

나중에 언제?,라고 물으면 너무 비참해질 것 같아서 멍청하게 서 있었다. 영준을 위해 대기시켜놓은 듯한 검은 승용차가 스르르 와 멎자 사람들이 일제히 길을 열었다. 영빈은 형과 두 명의 백인이 각각 다른 사람들과 짝지어 다른 차로 나뉘어 타는 걸 우두커니 바라보았다. 더러운 기분이었다. 집에서 아내는 저녁 준비를 하고 있을 터였다. 같이 마중 나오지 않길 얼마나 잘한 일인가 싶었다. 같이 나가자고 하니까 음식도 차려야 하지만 몸매가 안 나서 싫다고 했다. 형은 영빈이 결혼할 때도 귀국하지 않았다. 두 사람은 아직 만난 적이 없다. 아내는 무거운 몸으로 상을 차려놓고 나서 한복으로 갈아입고 귀한 손님을 기다릴 것이다. 어머니가 쓰던 안방엔 침대도 들여놓았다. 안 그래도 될 것 같은데 이십 년이나 침대 생활 하던 사람을 어떻게 바닥에서 재우냐고 했다. 영빈은 핸드폰으로 형이 집에 못 갈 것 같다고 알렸다. 아내까지 더러운 기분이 되지 않도록 신경을 쓰다 보니 그가 공항에서 본 것을 과장되게 말할 수밖에 없었다.

"형이 그 정도의 거물이 되어 돌아올 줄은 몰랐어. 환영 나온 사람들은 학계 재계 언론계 인사가 고루 섞인 것 같았는데 서로 모셔가려고 어찌나 난리들을 치는지 도저히 빠져나올 수가 없겠더라구. 나도 어떻게든지 빼내보려고 애는 써봤지만 혼자서는 역부족이었어. 나? 난 지금 닭 쫓던 개처럼 서 있다우. 밀리지만 않으면 한 시간 안에 도착하겠지. 저녁은 우리끼리 먹어야지 뭐. 당신 괜한 헛수고 시켜서 미안하게 됐어요."

영빈이 풀이 죽어 들어간 것과는 딴판으로 아내는 싱글벙글 들

떠 있었다.

"어쩜, 그 정도예요? 설마 그 정도로 성공했으리라고는 상상 안 해봤는데……."

발동이 걸린 아내의 상상력은 예고 지망생인 하나가 예고에 실패할 경우 곧장 줄리어드로 보낼 수도 있다는 데까지 발전했다. 순식간이었다. 오밤중 같기도 하고 새벽녘 같기도 한 시간에 걸려온 영준의 전화 목소리는 뜻밖에 취기 없이 맹숭맹숭했다. 사무적인 목소리답게 지금 묵고 있는 호텔이 어디라는 것만 알려주고 끊으려는 걸 영빈은 빌붙듯이 투정을 하기 시작했다.

"그런 법이 어딨어? 우린 형이 으레 집에 묵을 줄 알구, 부랴부랴 안방을 양식으로 꾸미고 음식 차리느라 법석을 떨었는데. 애엄마도 애엄마지만 아이들 보기 챙피해서 혼났어."

"미안하다, 너도 봤잖냐? 사적으로 온 게 아니니까 양해해라."

"형 모교에서 그렇게 융숭한 대접을 한 거야?"

"아냐, 그쪽에서도 나오긴 나왔지만 같이 온 파트너한테 얹혀서 받은 대접일 거야."

"으응 그 백인들? 누구야, 그 사람들."

"투기꾼들이지 뭐, 인정사정 없는."

"형하곤 어떤 사인데?"

"파트너라고 했잖아, 순 이해관계로 맺어진."

"거물이야? 그렇게."

"미국이 워낙 큰 나라잖냐. 그렇게만 알아두렴."

"형, 내 이메일 받았어?"

"그럼, 프린트까지 해놓고 자세히 읽은 걸, 사태 파악은 정확하게 해야 하니까."

"설마 그냥 그 호텔에 있다가 갈 건 아니지?"

"발전기금 전달하고 한 건 올리고 나면 집에 가서 며칠 쉬려고 해. 너희 식구들만 안 불편해한다면."

"그걸 말이라고 허우. 영묘도 그때나 돼야 만나겠네, 그럼."

"그 안에 만날 기회를 만들어볼게. 참 내가 우리 대학에 발전기금 전달하는 날, 다 같이 만나는 게 어떨까. 대학 측에서 전달식을 꽤 성의 있게 하려나 봐. 식이 끝난 후 총장하고 만찬을 같이 하기로 했는데 가족들을 다 초대하고 싶대. 최소한 열 명 이상을 잡더라구."

"정말 백만 달러를 현금으로 가져왔어?"

"입금은 벌써 했어. 전달식은 형식적인 거지."

옆에서 전화 거는 소리를 다 듣고 난 아내가 신기한 듯이 당신이 어떻게 한 마디도 어머니 안부를 안 묻고 전화를 끊을 수 있냐고 비아냥거렸다. 그러면서도 기분은 매우 좋아 보였다. 총장의 초대까지 있었다고 하자 아내는 한복까지 새로 맞추고 법석을 떨었다. 페티코트를 받쳐입게 되어 있는 신식 한복은 아내의 배를 충분히 가리고도 남았다. 그래도 아내는 불안한지 몇 번이나 영빈이 앞에서 맴을 돌며 아무도 못 알아볼 거라는 확인을 받고 싶어했다. 어머니가 아시면 한달음에 달려오실 테고 해산달까지 행여 아들일까 해서 떠받들어지다가 또 딸을 낳으면 그 면목없음을 어찌 견디겠느냐는 게 아내가 어머니에게 임신 사실을 안 알리고 싶어하는 한결같은 이유였다. 아내는 이제 학교도 그만뒀겠다 시어머니를 뺀 알토란 같은 제 식구끼리의 살림재미를 야금야금 즐기고 있었다. 영빈은 아내의 표정에서 저 여자가 저런 여자였던가, 문득 믿어지지 않을 정도로 낯선 생동감을 발견하곤 했다. 시어머니를 식구로부터 떼어내니까 저렇게 신바람이 나는 것을, 뭐하러 아들은 낳으려고 그런 못할 짓을 두 번씩이나 한 것일까. 그보다 더 견디기 어려운 건 아내는 뱃속의 아기가 아들이란 걸 모르는 것처럼 구는 거였다. 가만히만 있어도 좋을 텐데 이번에도 또 딸이면 당신이 얼마나 실망할까, 그 생각만 하면 잠이 안 온다는 둥, 같이 만든 애를 왜 나만 이렇게 마음을 졸여야 하는지 억울해서 미치겠다는 둥, 눈물까지 그렁이며 푸념을 했다. 그럴 때마다 딸이라도 하나도 안 섭섭해하고 공주처럼 떠받들겠노라고 맹서를 해야만 아내의 읍소를 잠재울 수 있었다. 영빈의 손을 태동하는 배에다 끌어다 대며 노는 게 꼭 딸인 것 같다고 근심 어린

어리광은 또 얼마나 자주 부리는지, 아들을 낳았을 때 남편의 기쁨을 극대화시키고 싶어서 저러는구나, 이해하려고 해도 의사 한광이하고 공모해서 저지른 짓을 생각하면 오만 정이 떨어졌다. 그러나 모르는 척해야 된다, 알고도 모르는 척, 모르고도 모르는 척. 부부간의 파국을 각오하지 않고서는 자기가 다 알고 있다는 걸 나타낼 수 없다는 걸 그는 알고 있었다. 그건 자신이 얼마나 너그럽지 못하고 융통성 없이 막힌 인간이라는 걸 알고 있는 것만치나 확실한 사실이었다. 그는 가족이라는 게 이렇게 엉성한 허구 덩어리라는 걸 알고 있으면서도 만약 이 세상에서 가장 소중한 게 뭐냐고 묻는다면 가족이라고 대답하는 게 가장 정답인 걸로 돼 있는 모범적 시민에 지나지 않았다. 모범생이 다 그렇듯이 그는 정답에 약했다. 그래서 사실이 밝혀질까 봐 조심조심하는 건 아내가 아니라 영빈이 쪽이었다.

기금 전달식 날 영빈은 아내와 두나까지 데리고 행사에 참석했다. 과외공부와 피아노 레슨 때문에 하나는 시간이 나지 않았다. 식장에는 뜻밖에도 영묘는 물론 송 회장과 그의 아들 광호 내외도 와 있었다. 광호도 그 대학을 졸업했을 뿐 아니라 기(期)동문 회장이라는 것도 영빈은 처음 알았다. 아직 식이 시작되기 전부터 송 회장은 주빈인 영준 옆에 바싹 붙어앉아서 뭐라고 귀엣말을 주고받는 게 초면인 것 같지 않았다. 영빈은 소외감을 느끼기 전에 걱정부터 됐다. 미국의 투기꾼들하고 합작해서 한바탕 사기를 치러 온 게 아닌가 하는 생각까지 들었다. 사돈집에 대한 감정이 좋을 리 없는 아내도 영빈을 구석으로 끌고 가 형님이 백만 달러를 정말 가져왔을까요? 하며 근심스러운 얼굴을 했다. 현금으로 벌써 입금시켰다고 하더라니까 그럼 됐다고 마음을 놓는 눈치였다. 영빈은 영준 뒷자리에 앉았다. 그 사람 유대인이라 어떻게 앞뒤를 재고 따지는지 좀 힘들 겁니다. 술도 안 하죠. 여자도 안 밝히죠. 또 가리는 음식은 어찌나 많은지, 맨 안 먹는 거 천지구요, 우리 상식으로는 저러구 어떻게 장사를 해먹을까 싶죠. 하여튼 상종하기 더러운 친구들이에요. 영빈은 형의 어깨 너머로 대강 이런 말을 주워들었다. 짐작건대 같이 입국한 파트너에 대한 브리핑인 것 같기도 하지만, 아닐 수도 있었다. 두 사람은 매우 가까워 보였고 특히 송 회장의 태도는 아부하고 싶어서 안달이 난 사람 같았다. 광호 내외도 그 어느 때보다도 사돈집 식구들한테 정중하게 굴었지만, 무엇보다도 기분 좋은 건 영묘가 생기 있고 당당해진 거였다. 뭔지는 모르지만 그동안 형이 큰일을 해낸 게 아닌가 싶었다.

전달식은 십억 원이라는 거액에 걸맞은 깍듯한 것이었다. 총장은 이 성공한 재미 동문을 최고의 수사로 추켜세웠고 영준의 답사는 간결하고 겸손했다. 동문회장의 축사도 넘치지 않고 적절했고 음대 졸업반의 축주는 아마추어답게 순결하고 아름다웠다. 영빈은 자기가 나서서 뭐라고 말할 기회는 없었지만 학교 측에서 신경 써서 마련한 이 행사가 절도 있고 품위 있게 진행되는 걸 고마운 마음으로 지켜보았다. 으쓱하기조차 했다. 아마 송 회장을 의식해서 더욱 그러했을 것이다. 교수회관에 마련한 만찬장도 우아했고, 음식도 좋았다. 영빈이 보기에 모두들 대 만족이라고 얼굴에 써 있는 듯했다. 특히 송씨집 식구들이 영준을 바라보는 어딘지 비굴해 보이는 표정을 영빈은 놓치지 않았다. 그 후 며칠 안 있어 영준은 파트너를 먼저 떠나보내고 영빈네로 옮겨왔다. 공교롭게도 세계 호흡기내과 학회가 국내에서 열리고 있는 동안이었다. 회의장이 지방이었고 영빈도 논문을 발표하기로 돼 있어서 이틀이나 집에 들어올 수 없었다. 영준도 집으로 들어오긴 했어도 뭐가 그렇게 바쁜지 아직 밥 한 끼를 제대로 못 먹여봤다고 아내가 안달을 했다. 전화로 그런 소리를 들으면서 영빈은, 여자들은 시집만 가면 시 자 들어가는 건 시금치도 싫어진다더라,는 소리까지 있는 세상에 아내가 그 시숙하고는 가까워지고 싶어서 안달하는 건 돈이 많아 보이기 때문일 테지, 하는 비꼬인 생각을 했다. 동기간이 돈을 많이 벌었다는 건 좋은 일이나 돈도 못 버는데, 툭하면 돈밖에 모르는 부도덕한 족속으로 매도당하는, 의사라는 직업이 처한 현실과 비교되어 열등감이 느껴지는 걸 어쩔 수가 없었다. 영빈이 학회에서 돌아온 날, 아내는 형제간의 회포를 실컷 풀라며 안방에다 자리를 나란히 마련해주었다. 영준은 다음 날 아침에 떠난다고 했다

"침대는 뭐 하러 샀냐. 방바닥이 이렇게 좋은데. 여기서 나 혼자 잘 때도 침대 안 썼다. 호텔에서 느이 집으로 옮긴 것도 구들장 지고 자는 맛보고 싶어서였거든."

"됐네요. 집에 가면 형수님 곁에 누워서 딱딱한 방바닥에서 잤더니 어깨가 결리네, 허리가 아프네, 엄살을 떨 거면서 뭘 그러우."

"어떻게 그렇게 잘 아냐. 그저 내 사는 데가 천국이거니, 추켜주고 비위 맞춰가며 사는 것도 행복하게 사는 비결 아니겠냐. 한국 사람은 그저 바닥에서 자야 돼. 왠 줄 아냐?"

"글쎄, 척추에는 딱딱한 바닥이 좋다고들 하지만 침대도 침대 나름이고, 한국 사람 척추가 특별히 더 보호받아야 할 만큼 약한 것도 아닐 테고……."

"야, 의학적으로 말구, 정서적 문화적으루다 말야. 가족이나 친척, 친구와의 관계가 백인들보다 흉허물이 없고 끈끈하기 때문이란 생각 안 드니. 한방에 얼마든지 끼어 잘 수 있잖아. 방이 하나밖에 없는 집에서도 모처럼 집에 온 손님 날 저물면 으레 자고 가라고 붙들 수 있는 배짱이 어디서 나왔겠냐. 한방에서 여러 식구

가 끼어 잘 수 있는 문화에서 나온 것 같지 않니?"

"그건 옛날 얘기야, 누가 요새 아무나 자고 가라고 붙들어."

"요새도 옹색한 집에 부모형제를 재워 보내야 할 일이 왜 없겠
냐? 그럴 때 바닥에서 자는 문화가 훨씬 편할 거란 얘기지. 붙어
서 자는 게 노부모에겐 불편보다 기쁨을 드릴 수 있다는 이점은
또 얼마나 감동적이냐."

"형이 집으로 오지 않고 호텔로 간 걸 난 되게 섭섭해했었는데
지금 들어보니 되레 형이 나한테 많이 섭섭해한 것 같은 의심이
드네."

"얜, 누굴 밴댕이 소갈머리 취급하구 있어. 설사 내가 너한테
섭섭한 마음이 있었다고 해도 그렇게 배배 꼬아 말할 성싶냐, 즉
석에서 내뱉지. 미안한 건 나야. 계수씨가 신경 써서 준비해놓고
기다린 것 같은데 오자마자 떠나야 할 생각하니 정말 미안하다."

"그동안 뭐가 그렇게 바빴수. 형 온 지 이 주일이야. 장학금 전
달식 날 아니었으면 오늘 처음 보는 거야. 그 밥맛 없이 생긴 백
인들하고 일급호텔에 묵으면서 비즈니슨지 투자상담인지 한답
시고 기업가들만 만나고 다녔을 테니 오래간만에 고국에 돌아왔
다는 기분을 맛볼 새나 어디 있었겠수. 혹시 한국이 더 미국 같지
않습디까?"

"하긴 헷갈리더라. 그래도 재미볼 건 다 봤다. 눈치가 빠르면

절에 가서 새우젓 얻어먹는다는 소리도 못 들었냐?"

"흥, 누가 한복 곱게 차려입은 고전적인 미인이라도 한 명 붙여
줬나 보지."

"야, 우릴 그 정도로 과대평가해주는 어수룩한 장사꾼은 아직
한 사람도 못 만났다. 이건 순전히 나 혼자 발굴해서 나 홀로 즐
긴 건데 너 혹시 찜질방 아냐?"

"사우나가 아니구."

"사우나는 호텔마다 있지만 너무 호사스럽게 잘 돼 있어 재미
없구, 찜질방 말야? 모르는구나. 한국 갔다온 사람이 귀띔해줘 찾
아봤더니 쌔고 쌘 게 찜질방이던데. 좀 옛날 동네에 있는 게 아파
트 동네에 있는 것보다 더 정겹더라. 시설보담은 사람들 말야. 단
골이 생겨서 거의 매일 시간을 내서 다녔는데 하루하루 몸이 가
뿐해진다는 게 느껴지더라구. 하여튼 이십여 년 동안 살갗 밑에
축적된 버터기름이 깨끗하게 빠져나와 버렸다니까. 그것도 기분
좋았지만 더 좋은 건 여러 사람들하고 어울려 넓은 방바닥에 아
무렇게나 드러누워 휴식을 취하는 거더라구. 여기는 내 나라다,
나는 마침내 고향에 돌아왔다, 아저씨 아주머니들과 찜질방에 같
이 누워 있을 때처럼 그 느낌이 기분 좋게 온몸에 퍼질 적도 없더
라구. 반드시 핏줄이 통하는 것만 가족이 아냐. 적어도 그 시간만
은 다들 가족이었으니까."

"아저씨 아주머니라니? 찜질방은 남녀 혼탕인가?"

"너 정말 찜질방 못 가봤구나. 가운 입고 휴식을 취할 때는 남녀 가리지 않던데. 나도 처음에는 내 바로 앞에 아주머니가 아무렇지도 않게 네 활개 펴고 누워 있는 게 좀 이상해 보이더니만 차츰 아름답게 보이더라구. 우리나라 여자들 어쩌면 그렇게 남자 앞에서도 주눅 들지 않고 자연스럽고 당당한지 저게 여성해방이지 별건가 싶더라니까. 아주머니 아저씨들이 기탄없이 주고받는 얘기 듣는 건 또 얼마나 유익하다구. 신문 텔레비전 볼 시간도 없었는데 찜질방에서 망중한을 즐기다 보니 이쪽 사회 정치 경제 돌아가는 켯속이 환히 보이더라구. 내가 혀 꼬부라진 소리 안 하고 이만큼 우리말을 유창하게 하게 된 것도 다 찜질방에서 학습한 덕이 아니겠냐. 미국 가면 찜질방이 가장 아쉬울 것 같다."

"아직 없나 보지. 하나 차리구려."

"가서 찾아봐서 없으면……. 참, 영묘를 미국으로 유학 보내기로 송 회장하고 합의했는데 넌 어떻게 생각하냐. 내가 그동안에 그 노인을 내 손 안에서 놀게 했다는 거 아니냐? 아니 왜 그렇게 놀라냐?"

"형 돌았어. 아이들은 어쩌구? 형이 뭘 몰라서 그렇지, 영묘 걔 애들 못 떼놔. 아이들 남겨놓고 그 애만 그 집에서 빼내려면 나도 벌써 했다우. 그건 은근히 그 집에서 기다리고 바라고 있는 일이기도 하구. 누구 맘대로 그 집에서 원하는 대로 우리가 해줘? 영묘가 그러고 싶다고 해도 우리가 적극적으로 말려야 되는 거 아냐."

"난 아니다. 만약 영묘가 혼자서라도 자유로워지기를 원한다면 쌍수를 들어 환영할 것 같다. 그렇지만 영묘가 결코 그럴 위인이 못 된다는 걸 내가 왜 모르겠냐. 구구절절 니 편지가 바로 그 소리였는데. 아이들하고 같이 보내주기로 했어."

"그러면 오죽이나 좋아. 그렇지만 형이 무슨 수로 그 애의 유학비용이랑 아이들 양육비랑 감당하려 그래. 정말 그렇게 돈 많이 번 거야. 벌써부터 궁금했어. 형의 부자 노릇은 나한테는 암만 해도 미스테리야. 설사 그렇게 돈이 많다고 해도 그 집 자식까지 형이 책임지는 건 좀 그렇잖아. 없는 집이라면 모를까 나 보기엔 있는 건 돈밖에 없는 집이거든."

"염려 말아. 생활비도 학비도 다 송 회장이 책임지겠다고 했으니까."

"정말? 그렇게 호락호락한 사람들이 절대로 아닌데. 송 서방이 단명했던 건 영묘 팔자라고 쳐도, 인품이 그렇게 돼먹지 않은 집에다 영묘를 시집보낸 생각을 하면 아직도 억울해."

"그런 사람들의 특징이 뭐겠냐. 약자에겐 강하고 강자에겐 약한 거 아니겠냐."

"뭐가 뭔지 모르겠어. 도대체 뭘 해서 갑자기 그렇게 돈을 많이번 거야. 내가 형네 가본 게 한 오 년 됐나. 그때도 부자동네서 백인들한테 소외되지 않고 잘 어울려 사는구나 정도였지 백만 불 씩 기부할 정도의 부자 같진 않았는데……."

"미국은 기회의 땅 아니냐? 게다가 사상 최고의 호황이야. 나도 그 덕을 좀 봤지. 주식 투자도 하고 한인들이 하는 망해가는 식당이나 가게를 싸게 인수해서 조금만 돈 들여서 장사되게 해가지고 비싸게 파는 사업도 노름처럼 손속이 붙으니까 못 말리겠더라구. 난 학생 때부터 돈이 잘 붙잖냐. 그런 걸 가지구 내 입으로 말구 그럴듯한 양놈 입을 빌려 기업사냥꾼 어쩌구 나발을 불게 하면 뭔가 대단해 보이는 거지 뭐."

"마치 송 회장 속여먹기 위해서 돈을 번 것처럼 말하는구려."

"속여먹긴. 나 하나도 사기친 거 없다. 돈으루다 돈을 야유하고 싶은 생각은 좀 있었지만, 너도 봤지만 그게 얼마나 재밌냐, 돈이 하나도 안 아깝더라."

"송 회장이 형 대하는 것 보니까, 형을 실제보다 많이 부풀려서 알고 있는 것 같았어. 그가 사람 보는 기준은 순전히 얼마나 가졌나, 인데 도대체 얼마나 뻥을 쳤길래 그를 그렇게 구워삶은 거야? 뒤로 알아보고 말짱 거품이었다는 걸 알면 며느리 손자 통째로 내놓지 않을지도 몰라. 정말이야, 조심하라구."

"그를 굴복시킨 건 내 돈이 아니라 내 돈의 씀씀이야. 그 졸부,

모교에다 조건없이 백만 불 절대로 못 내놔. 하긴 지 이름이 붙은
건물이라도 하나 지어준다면 또 모르지만. 자기가 죽었다 깨어나
도 못할 일을 하는 걸 보고 질린 거야. 내가 강자로 보인 건 그런
점이지 실질적인 재산의 비교가 아니니까 그런 걱정 할 것 없어."

"어련하겠수. 그나저나 영묘 그 나이에 공부가 될까?"

"우선 그 집 그늘을 벗어나보는 거지 뭐. 이 나라를 벗어나면
그 집의 이목으로부터 자유로워지는 거니까, 우선 자기가 뭘 원
하는지 생각할 시간을 갖는 게 중요하지 않겠냐. 그러다가 공부
대신 사업이나 취직을 할 수도 있는 거구. 사람이 사는 데 팔자라
는 것도 무시 못 하겠더라. 누가 아냐. 새로운 사람을 만날 기회
가 그쪽에 기다리고 있을지. 송 회장한테는 영묘 꼭 국제변호사
만들어 금의환향을 시키겠노라고 장담을 했지만 그것도 지 마음
이지 강요할 생각은 없다. 강요해서 될 일도 아니고, 국제변호사
라니까 왜 그렇게들 껌뻑 죽는지, 그렇게만 된다면 가문의 영광
이라나 뭐라나. 대단한 권력이라고 생각하는 것 같아. 아마 그래
서 자진해서 학비도 대겠다고 했을 거야. 영묘가 딴짓 하면 당장
공수표 되는 거지 뭐. 그 대신 즈네들도 닭 쫓던 개 울 쳐다보는
꼴 되는 거구. 목적은 성공이 아니라 자유라야 한다고 생각한다.
변호사 되는 것도 그 애가 마음만 먹으면 여건은 충분하다고 생
각해. 여기서 하다만 것도 고시공부였고, 무엇보다도 시집 식구

346

들한테 양심 같은 걸 갖고 있더라구. 고시공부하는 데 그건 아주 중요한 에너지 아닐까. 또 어머니가 거기 계시니까 안심하고 아이들 맡길 수 있고, 그 애한테는 마지막 기회지."

"어머니를 그렇게 마냥 미국에 붙들어둘 수 있다고 생각해, 형은?"

"좋으면서 뭘 그러냐. 노인들이란 자기를 필요로 하는 자식하고 같이 사는 게 젤이야. 잘난 척을 할 수가 있거든. 노인들을 가장 비참하게 하는 게 뭔 줄 아냐? 잘난 척할 기회를 아무도 안 주는 거야. 잘난 척이 뭐겠냐. 자기 표현욕군데 그걸 봉쇄해놓으면 죽은 목숨하고 뭐가 다르냐."

"형 말대로라면 만사형통인데 어머니 문제는 좀 복잡해질 것 같은데, 형도 눈치챘겠지만 하나 엄마 임신 중 아뉴. 예정일이 두 달도 안 남았는데 아직 어머니한테는 알리지도 않았어. 애엄마가 또 딸 낳을까 봐 하도 벌벌 떨어서."

"계수씨하고 너 없을 때 얘기해봐서 나도 다 안다. 계수씨 학교 그만뒀다며? 시어머니 없이 자기 손으로 애 한번 길러보고 싶은 거야. 계수씨도 한번 사는가 싶게 살아봐야 할 게 아니냐."

"형 무슨 말을 그렇게 해. 우리 어머니 모시면서 그렇게 큰 희생을 하고 있다고 생각한 적 한 번도 없어. 이제 와서 형이 나서서 교통정리 안 해줘도 돼."

"야, 뭐 그까짓 걸 가지고 발칵 화를 내고 그러냐. 너 보기엔 저 할 도리 못 한 장남 콤플렉스처럼 보였는지도 모르지만, 내 진심은 여자들 문제를 남자들 위주로만 생각하지 말고 여자들하고 한번 입장을 바꿔 생각하자, 이거야."

"왜 하나 엄마가 형한테 도움이라도 청합디까?"

"큰일날 소리 그만해라. 내가 왜 내 마누라 눈치를 살피지 네 마누라 눈치를 살피냐. 어머니가 이번처럼 미국에 오래 머문 적이 없는 건 느이 형수가 밤낮없이 바쁘기 때문이야. 돈 버는 일은 줄이고 하고 싶은 공부를 해보겠다고 날치는데 늦게 공부하겠다는 것도 내적인 욕구라기보다는 일종의 풍조인 것 같더라만 어쩌겠니, 두고 보는 수밖에. 무엇보다도 그 사람이 집안일 돌볼 시간이 모자라는 게 어머니를 편하게 하는 것 같아 다행이더라구. 그래도 그 사람의 완전 미국식 사고방식 때문에 어머니한테 눈치보일 적이 많아. 어머니도 그걸 못 느끼시지 않으련만 꾹 참고 눌러 계신 걸 보면 청상이 된 딸을 가까이 두고 보면서 속 끓이시기가 싫으신 거야. 안 보면 괜찮을 줄 알았는데 왜 이렇게 가슴에 얹혀 있는지 모르겠단 푸념을 자주 하셔. 앞으로 영묘가 새롭게 출발하는 데 어머니가 큰 도움이 될 거야."

"내 편지 때문에 그 모든 일을 차곡차곡 꾸민 거야? 그렇다면 미안해."

"우린 한가족이야. 미안할 게 뭐 있어."

"형은 가족의 이름으로 얽매이는 걸 젤 혐오했잖아? 가족으로부터 자유로워지려고 미국으로 뜬 거 아니었어? 형한테 편지 쓰고 또 쓰면서도 형이 옛날에 끊어버린 가족이란 끈을 내가 헛되이 이으려는구나, 자신이 초라해지곤 했더랬어."

"떠날 때는 그런 마음이 있었는지도 모르겠다. 그때의 각오나 심정 같은 건 다 잊어버렸지만, 마침내 한국적 상황에서 놓여났다는 황홀한 자유의 느낌은 지금도 생생한데 그게 그런 거였는지도 모르지. 그렇지만 네가 그렇게 말하니까 슬그머니 억울해지려고 한다. 그동안 한 번도 난 가족으로부터 자유로워진 적이 없거든. 그건 가족이 구속이 됐다는 뜻이 아니라 힘이 됐다는 뜻이야. 가족으로부터 힘을 받지 못했다면 무슨 수로 살아남았겠냐. 그건 나만이 아니라 다들 그래. 물론 2세들까지 그렇다는 소린 아냐. 나 내 자식은 일부러 그렇게 안 길렀다. 가족들로부터 힘 받지 않고도 능히 살아남을 수 있도록 강하고 고독하게 키웠지. 그렇지만 도망을 갔든, 이민을 갔든, 유학을 갔든, 한국 국적인 거주자들은 다들 가족이 동기가 되어 공부도 열심히 하고, 학위도 빨리 따고, 돈도 개같이 벌고, 차별대우를 감수하고, 아무렇게나 살고 싶은 유혹을 이길 수 있는 거라구. 엄마가 집에서 기다려주지 않으면 백점 받은 시험지가 아무짝에도 소용없는 초등학생과 다를

바 없어. 너 우리 어렸을 때 형, 형 하고 따르던 이웃집 대학생 생
각나니? 왜 있잖아. 살기도 어려운 홀어머니 자식이 서울대학 들
어가서 동네에서 선망의 대상이 됐던. 우리도 그냥 형이라고 부
르다가 서울대 형이라고 바꿔불러서 그 형이 제발 그러지 말라고
계면쩍어 했었잖아. 그래, 졸업하자마자 미국 유학 간 그 형 말
야. 그때 미국 유학이 참 드물고 어려웠을 땐데 그 형이 장학금
받고 간다고 해서 도대체 공부를 얼마나 잘하면 저렇게 될 수가
있을까 하늘의 별처럼 우러러보였지. 그 형이 유학 간 이듬해든
가 다음다음 해든가 자기 어머니 생신에 생일카드를 부쳐왔는데
그 안에 백 불짜리가 한 장 들어 있었던 거야. 엄마하고 그 집에
마실을 가서 그 집 엄마가 꺼내서 자랑하던 백 불짜리를 구경하
던 생각을 난 오랫동안 못 잊었다. 백 불이 왜 그렇게 큰돈으로
보이던지. 60년대 초쯤이니까 다들 어렵게 살긴 했어도 우리가
특별히 못살거나 그러지는 않았는데도 그 집을 바라만 봐도 큰
부잣집처럼 보였어. 그건 어린 마음에도 백 불이 얼마나 큰돈이
냐보다는 잘난 아들과 부자 나라에 대한 경탄이었을 거야. 도대
체 그 나라는 어느 만큼 부자면 남의 나라 젊은이를 데려다 거저
로 가르치고 먹이고 입히고 남아서 송금까지 할 수 있게 하나 하
는. 어머니한테 백 불을 부치기 위해 얼마나 피나는 절약을 했을
까, 그때 우리가 그걸 어떻게 상상이나 할 수 있었겠니. 나도 미

국 가서 고생할 때 그 백 불 생각 많이 했어. 지금 여기서는 흥청
망청 돈 잘 쓰는 사람 많은데도 20년 전 30년 전에 이민 가서 한
번도 못 나와 본 노인들은, 언제고 한국 나갈 때 선물할 봉다리
커피나 싸구려 영양크림을 사모으느라 절약절약하기도 하고, 그
보다 젊은 세대들도 양친 부모 모셔다가 엘에이 갈비도 실컷 대
접하고, 여행도 시켜드릴 꿈에 부풀어 밤낮없이 두세 군데 직장
을 뛰고도 고된 줄을 모르지. 한국 사람이 왜 박사학위도 빨리 따
고, 돈도 억척스럽게 벌 수 있는 줄 아냐. 가족한테 보답하려고
자랑하려고 그럴 수 있는 거야."

"형 그건 어째 좀 옛날얘기 같다. 지금은 돈 많은 부모들이 돈
을 처들여서 조기유학 제일 많이 보내는 데가 미국이야."

"그것도 가족의 힘이야. 걔네들이 무슨 결정권이 있냐? 가족의
결정으로 그렇게 되는 거지. 그 아이들한테 막대한 돈을 쏟아붓
는 것도 가족이고, 내 자식은 일류대학 갔다고 으스대는 부모 앞
에서 내 자식은 미국 유학 갔다고 으스대고 싶은 것도 가족이고.
단지 하바리 대학 가는 꼴은 못 보겠어서 일찌거니 유학을 보냈
다고 해도 부모의 기대가 우리처럼 집요한 나라 자식들은 탈선도
마음대로 못해. 못되는 경우가 아주 없는 건 아니지만 워낙 많이
가니까. 양에서 질이 나오는 게 어떻게 고질만이겠어, 저질도 있
으려니 해야지."

영준은 다음 날 아침 들어올 때처럼 서류가방만 하나 달랑 들고 떠났다. 영빈은 아내가 마련한 밑반찬을 극구 사양하는 형에게 가족의 힘을 이렇게 무시할 거냐고 위협하다시피 해서 들려보냈다. 공항까지 배웅 나가는 것도 하도 싫어하길래 공항터미널까지만 바래다주었다. 그 후 두 달 후 한여름에 영묘도 남편의 이주기를 치르고 나서 훌쩍 자란 두 아이를 데리고 미국으로 떠났다. 우선 방문비자로 떠나는 것 같았다. 영빈이 보기에 과연 그렇게 될까 마지막까지 믿을 수 없었던 일이 물 흐르듯이 유연하게 이루어졌다. 물론 영준의 치밀한 물밑작전이 있었을 것이다. 영빈은 영준한테 들은 것 이상은 알려고 하지 않았다. 무심해서가 아니라 형을 믿거라 해서였다. 공항에는 할머니만 빼고 송씨가의 온가족이 배웅을 나와 성수기 공항의 혼잡에 한 부조를 했다. 짐부치는 일까지 회사에서 나온 듯싶은 청년이 도와주고 있어 영빈은 얼굴을 비쳤다는 것 말고는 나설 일이 별로 없었다. 이 사람 저 사람에게 고루 적절한 석별의 정을 나타내느라 정신이 없는 누이와, 생전 처음 보는 많은 사람들 속에서 엄마를 놓칠까 봐 양쪽에서 잔뜩 치마꼬리를 부여잡고 있는 상훈이 상국이 삼모자를 바라보면서 영빈은 저 세 식구는 송씨 집안에서 친 가장귀일까, 심씨 집안에서 친 가장귀일까 하는 부질없는 생각을 굴렸다. 저식구들을 공항에서 맞아 아이고 내 새끼, 하며 어린것들을 얼싸

안고 눈물 젖은 뺨을 차례로 부벼댈 어머니의 모습도 떠올랐다. 저들에게 양쪽 가족은 힘이 될까, 굴레가 될까. 힘을 받아 굴레를 끊을 만큼 강해지거라. 영빈은 누이에게 배반을 사주하는 시선을 보내는 걸로 작별의 말을 대신했다.

　진료실 앞에 치킨 박의 아내가 기다리고 있었다.
　"아, 아직도 못 찾았나요?"
　"예 워낙 갈 만한 데가 마땅찮은 사람이라……."
　"여행을 갔을 수도 있잖습니까?"
　"돈이라고는 한 푼도 안 가졌는데 어떻게 여행을 가요?"
　"부인 모르게 비상금 정도는 갖고 있을 수 있는 거 아닙니까."
　"아니에요, 절대로 아녜요. 우리 그인 그런 사람 아니에요."
　그 여자는 남편의 비상금이 남편의 숨겨놓은 여자라도 되는 것처럼 있는 힘을 다해 부정하려 들었다. 예약된 환자들이 미리 와서 기다리고 있는 대기실이었다. 영빈은 이야기가 길어질 것 같아서 오후 회진 때 뵙죠. 걱정되시겠습니다, 하고 진찰실로 들어가려고 했다.
　"혹시 그이가 자기가 죽을병 걸린 걸 안 게 아닐까요?"
　그 얘기가 하고 싶은 거였구나, 영빈은 알아차리고 그렇다고 간단히 대꾸하고는 오후에 자기 방에서 만나자고 말하고 진찰실로 들어가버렸다.

치킨 박의 이름은 박성남이었다. 동네 병원에서 큰 병원으로 가보라고 해서 왔다는 것밖에는 전혀 자각증상이 없는 환자였다. 아파트 상가에서 양념치킨 집을 경영한다고 했다. 동네 병원에 가게 된 것도 상가에 가게를 가진 동업자들끼리 어울리는 자리에서 누군가가 큰 기업체에 취직해서 다니면 정기적으로 건강진단이라는 걸 받기 때문에 나쁜 병도 조기 발견을 할 수가 있다는데, 우리 같은 구멍가게 사장들 건강은 스스로 챙기지 않으면 다 늦게 병원 가 사형선고 받고 나오기 십상일 거라고 했다. 착실한 자영업자들인 이들은 우리나라가 세계에서도 중년의 사망률이 가장 높다는 신문기사 때문에 은근히 불안하던 차에 우리도 건강진단을 한번 받아보자는 데 쉽게 합의했고, 시간과 돈이 많이 들 것 같은 큰 병원보다는 상가 이층에서 개업한 내과 병원에 단체로 가서 좀 깎아달라는 게 어떻겠느냐는 의견도 나왔다. 그걸 실행에 옮겨 가장 큰 덕을 본 게 박성남이었다. 다들 건강한 사람들이니까 가슴사진, 혈액검사, 소변검사 등 몇 가지 기초적인 검사만 한 상가의 병원장이 박성남한테만 큰 병원에 가보라고 했으니까. 아무 이상이 없다는 소리를 들은 다른 사람들은 괜히 돈만 버렸다고 억울해했다. 영빈이 박성남을 처음 진찰할 때였다. 그는 자기 가슴이 열여섯 처녀 가슴이라도 되는 것처럼 내놓기를 매우 부끄러워하면서 의사 앞으로 당겨 앉아야 할 의자를 자꾸만 뒤로 물리려고 했다. 제 몸에서 치킨 냄새가 날까 봐 그런다고 했다. 그런 냄새 나지도 않지만, 나면 또 어떠냐고 해도 믿지 않고 계속 신경을 쓰면서 묻지도 않는 말을 했다. 십 대에 전기구이 통닭집에 취직해서 오늘날 양념치킨집 사장이 되기까지 한결같이 닭을 원료로 한 직업만 전전하다 보니 몸에 닭 냄새가 배어 있을 거라는 거였다. 그건 자격지심이 아니라 사실인 게, 같이 목욕을 다니는 친구들이 너는 발가벗어도 살에서 치킨 냄새가 난다며 다들 자기를 치킨 박이라고 부른다는 소리까지 해서 영빈을 웃겼다. 영빈은 그 자리에서 그냥 웃어넘기고 말았지만, 정밀검사를 위해 입원하고 나서 박성남은 곧 간호사나 수련의들 사이에서 치킨 박 환자로 통하게 되었다. 그는 누가 피를 빼러 오든 체온을 재러 오든 자기 몸에 손이나 기계를 대려고만 하면 먼저 치킨 냄새가 날 테니 양해해달라고 청하고 나서, 오죽해야 자기 별명이 치킨 박이겠느냐고 말해버리고 나서야 안심을 했기 때문이다. 그의 아내가 따끈한 양념치킨을 한보따리 가져와 그 병동 간호사와 수련의들한테 치킨 냄새를 한바탕 옮겨주고 간 것도 그를 더욱 유명하게 만들었다. 정밀검사 결과 치킨 박은 폐암이었다. 송경호가 죽은 암하고 같은 선암이었지만 다행히 초기였다. 수술로 완치할 수 있는 암인데다가 조기 발견이니 더 바랄 게 없었다. 아무리 운

수 좋은 환자라도 이보다 더 좋을 수는 없는 일이라고 영빈은 자기 피붙이 일처럼 기뻤다. 영빈은 치킨 박이 좋았다. 마침내 사장이 된 자부심과, 몸에 밴 치킨 냄새에 대한 수줍음은 얼마나 애교스러운 이중성인가. 영빈은 주치의가 환자에 대해 갖는 관심과 책임감 이상의 친밀감을 그에게 느끼고 있었다. 친밀감이 지나쳐서였을까, 검사결과도 알리고 수술일정도 잡을 겸해서 먼저 치킨 박의 아내하고 면담을 했을 때, 그 여자는 비교적 담담했다. 남편에겐 말 안 했지만 동네 병원 의사한테 암일 수도 있다는 귀띔을 들은 것 같았다. 그 여자는 수술날짜를 잡는 데는 별 관심이 없고, 남편이 암이라는 사실을 모르게 해달라고만 신신당부를 하는 것이었다. 영빈은 순간 치킨 박 못지않게 좋게 생각했던 그 여자가 뜨악해졌다. 살릴 생각보다 죽은 후의 대비를 위한 음모에 돌입한 게 아닌가 하는 필요 이상의 의구심이 스멀대는 걸 느꼈다. 영빈은 특별히 정신이 허약한 환자만 아니라면 자신의 몸에서 일어나고 있는 사실에 대해 누구보다도 본인이 정확하게 알고 있어야 된다는 강한 소신을 가지고 있었다. 그건 아무도 침해할 수 없는 환자의 권리이다. 환자의 이런 중요한 권리를 묵살할 수 있는 가족애라는 미명 뒤에 실은 얼마나 더러운 욕심과 무자비한 이기심이 숨겨져 있는지 누이가 혼자되는 과정을 통해 적나라하게 봐버린 연후가 아닌가. 대부분의 환자 가족들은 자신의 충격 때문에 환자가 같은 충격을 받을까 봐 염려하는 마음으로 의사한테 단도직입적으로 듣게 하는 것보다 가족이 서서히 알리는 쪽을 택한다. 그러나 치킨 박의 상태는 수술시기를 빨리 잡을수록 완치 가능성이 높다. 그렇다고 본인에게 안 알리고 수술을 할 수도 없고, 영빈은 알리지만 말아달라고 하면서 아무것도 결정을 못하고 마냥 끌 것 같은 그 여자의 꿍꿍이속을 도무지 알 수가 없다. 음모를 꾸미는 게 아니면 지독하게 무식한 여자라는 생각밖에 안 들었다. 무슨 눈치를 챘는지 치킨 박이 영빈의 방을 찾아왔다. 영빈은 사실대로 말하고 수술만 하면 완치가 가능하다는 걸 누누이 강조했다. 그런 줄 알았노라고, 알게 되어 속이 시원하다고, 선생님만 믿을 테니 수술날짜는 선생님이 알아서 잡아달라고 부탁하고 나서 씩씩하게 그의 방을 걸어나간 사람이 그날 이후 행방이 묘연했다.

"오늘이 사흘째지요? 정말 그렇게 알아볼 만한 친척이나 친구가 없습니까? 하다 못해 평소에 같이 여행했던 인상 깊었던 데라던가, 그런 데를 찬찬히 생각해보세요."

"그이 부모님은 이북서 단신 내려온 분들이라 친척도 없는데다 돌아가셨고 누님 한 분이 있긴 있다는데 어려서 집 나가서 어디 사는지도 모른대요. 저는 고아원 출신이구요. 친척 같은 거 없어요. 생전 놀러도 못 가봤구요. 우린 그렇게 살았어요. 상가 친구들이 더 잘 알아요. 다들 경찰서에다 연락부터 한 걸요. 비관해서 어디서 무슨 일 저지른 게 아닌가 하고."

"그렇다고 그렇게 나쁜 쪽으로만 생각을 하시면 어떡헙니까. 박성남 씨는 세상을 비관할 아무런 까닭이 없다니까요. 수술만 하면 자신이 살 수 있다는 걸 조금도 의심 안 했어요. 그게 사실이기도 하구요."

"암인데 정말 수술하면 살 수 있을까요?"

이제 와서 그걸 다시 묻다니, 영빈은 맥이 스르르 빠지면서 내심 이 여자는 남편이 살기를 바라지 않을지도 모른다는 해괴한 의구심이 도지는 걸 느꼈다. 그 여자한테서는 정말 치킨 냄새가 많이 났지만 행방불명이 된 남편에 대한 근심은 어딘지 붕 떠 보였다.

"지가 차마 못 한 얘기를 대신 해주셔서 고마워요, 선생님."

원망을 하러 온 줄 알았는데 고맙다는 인사만 남기고 가는 여자를 영빈은 종잡을 수 없는 기분으로 배웅했다. 정말 그렇게 갈 데가 없는 사람이 없어졌다면, 그도 독자적으로 알아보는 데까지 알아봐야 할 것 같았다.

다음 날, 절정을 향해 가쁜 숨을 몰아쉬는 복더위의 열기가 대기에 충만한 날, 아내가 아들을 순산했다. 그는 아내에게 수고했다고 간단히 말하고 나서 더 벅찬 감격을 기대하는 아내의 시선을 슬그머니 외면했다. 끝까지 속이려는 아내와 끝까지 알고도 속아줘야 하는 자신의 시선이 정면으로 부딪히는 걸 피하고 싶었다. 아내를 오랫동안 속여먹은 건 나다, 내가 아내보다 훨씬 더 가증스럽다. 그렇지만 난 감쪽같이 속여먹었으니 아내가 괴로워할 필요도 없었다. 알고도 모르는 척하기가 얼마나 괴롭다는 걸 저 여자는 모르리라. 더군다나 아내가 속여먹은 건 신비감이다. 영빈은 그의 팔에 안겨진 어린것을 곰곰이 들여다보며 영묘를 맞을 때 같은, 하나를, 두나를 맞을 때 같은 신비감이 우러나기를 기다렸다. 그때 심영빈 선생을 찾는 원내방송이 들렸다. 흔히 있는 일상적인 일인데 나쁜 짓을 하다 들킨 것처럼 영빈은 화들짝 놀랐다.

치킨 박의 목매단 시신이 지하 기관실 구석에서 발견됐다. 눈에 안 띄는 구석배기라 부패가 시작된 뒤에야 발견된 것이다. 영빈은 주치의로서 형사들의 신문에 응해야 했지만 분명한 유서를 남겼기 때문에 병원 측에서 책잡힐 일은 없었다. 절차상 남아 있는 부검도 영빈이 관여할 몫은 아니었다. 치킨 박이 아내에게 남긴 유서는 이러했다.

사랑하는 미숙이에게

나 먼저 갈게. 걱정 말아 나 하나도 안 무서우니까. 죽는 것보다 더 무서운 건 우리 집하고 가게하고 들어먹는 거야. 그거 우리 둘이서 어떻게 장만한 건데 내가 다 들어먹고 가겠어. 선생님은 나백 퍼센트 살릴 수 있다고 그랬지만 난 안 믿어. 암 걸린 사람들은 백발백중 전재산 다 들어먹어야 죽더라고. 우리 아버지 어머니는 생전에 자기 집 한 칸 못 써보고 돌아가셨다는 거 당신도 알지. 아버지 만날 술만 퍼마시면서 이놈의 세상은 다 붓대로 먹고사는 먹물들 세상이다. 그것들은 배운 거 없는 막노동꾼을 실컷 부려만 먹고 절대로 집 한칸 안 주는 욕심꾸러기들이다. 이렇게 세상 욕만 하다가 셋방에서 돌아가셨지. 그런데 나는 당신같이 좋은 여자 만나 배운 거 없이도 집 장만하고 사장 소리까지 들었잖아. 난 해낸 거야. 우리 아버지가 못한 걸 난 해냈어. 그만하면 이 세상에 와서 할 도리 다한 거라고 생각해. 가게하고 집만 있으면 당신 혼자서도 우리 아이들 왕자나 공주 부럽지 않게 키울 수 있을 거야. 부탁해. 이만하면 할 도리 다하고 간다고 칭찬해주길 바라.

당신의 남편 치킨 박이 세상을 하직하면서.

종합병원에선 하루도 사람이 안 태어나는 날이 없고, 하루도 사람이 죽어나가지 않는 날이 없다. 그중의 하나가 내 아들이었고, 또 하나는 내가 남달리 좋아했던 사람이라고 해서 그게 어쨌단 말인가. 득남 턱을 하라고 동료의사가 한 명 짓궂게 구는 걸,

내가 아들 기다렸다고 누가 그러더냐고 말도 안 되는 핀잔을 줘서 따돌리고는, 제풀에 무안해져서 혼자서 들른 스텐드바에서 한잔 걸치고, 한꺼번에 확 취한 영빈은 이렇게 자신에게 시비를 걸면서, 카운터로 가서 여봐란 듯이 골드카드가 즐비한 지갑을 펼쳐 보이며 그중의 하나를 뽑으려는데, 그 뒤에 숨어 있던 명함이 한 장 뚝 떨어졌다. 카운터 밖에서 팁을 기다리고 서 있던 웨이터가 얼른 집어서 공손하게 내밀었다. 몇 달 전 현금이 준 카페 돌피의 명함이었다. 명함을 그렇게 은밀한 데다 숨겨두는 성질이 아니었다. 술김에 영빈은 그게 마치 현금이 어디서 느닷없이 나타나 분홍빛 혀를 날름대며 메롱 약 오르지롱 하고 놀려먹는 것처럼 느껴졌다. 요 계집애를 내가 그냥 놔두나 봐라, 그는 택시를 잡아타고 운전기사한테 이리로 갑시다 하고 돌피 명함을 내밀었다.

마신 주량에 비해 훨씬 더 정신이 오락가락한다고 생각했다. 어두컴컴한 실내에서 타악기, 현악기, 건반악기, 사람의 목청이 서로 난투극을 벌이고 있었다. 영빈은 그를 테이블로 안내한 웨이터에게 너 의사지? 하고 시비를 걸었지만 그는 못 알아들은 것 같았다. 그는 곧 귀머거리가 되었고 폭력적인 음향은 그의 두개골을 사정없이 난타했다. 다행히 그가 앉은 자리에서는 피아니스트가 잘 보였다. 그는 피아노를 빠갤 듯이 두드리면서 두억시니 같은 흰 가발로 허공을 미친 듯이 태질하고 있었다. 여잔지 남잔지도 구별할 수 없었지만, 미친 년, 하는 욕이 저절로 나왔다. 맥주를 가져온 웨이터에게 돌피 명함을 주면서 피아노 치는 여자에게 전해달라고 했다. 자기네 카페 명함을 보고 의아해진 웨이터가 머뭇거리자, 돌려준다고만 말하라고 악을 썼다. 현금이 그의 옆자리에 와 앉았다. 가발을 벗었는지, 그가 본 피아니스트가 현금이 아니었는지, 보통때보다 더 얌전한 머리를 하고 있었다. 이윽고 폭력적인 음향은 사라지고 기타 소리만 남았다. 기타 소리는 아직도 먹먹한 그의 귀를 거치지 않고 곧장 심금에 와 닿았다. 기다리고 있었다는 듯이. 우울하고 신산한 기타 소리였다. 어떤 우울에도 견딜 만한 감미(甘味)는 스며 있게 마련인데 그게 전혀 없는 우울 그 자체 같은 선율에 영빈은 경악했다.

"뭐 저런 음악이 다 있어? 그만두라고 해, 당장."

영빈은 자신이 우울, 비애, 절망과 갈망 외의 아무것도 아닌 것 같은 느낌을 견딜 수가 없었다.

"〈파리 텍사스〉의 주제곡이야, 끝날 때가 되면 끝날 테니 참아."

"텍사스에도 파리가 있냐?"

"없지. 사람들은 다들 이 세상에 없는 데를 가고 싶어해."

"그럼 느네 집도 거기 있겠구나. 그리로 날 보내줘."

"취했어, 가봐. 차 태워줄게."

이건 아냐, 이럴 순 없어, 연신 주절대며, 그러나 현금이 부축해주는 대로 순순히 거리로 나왔다. 현금이가 떠다미는 대로 택시 안으로 구겨박질러지면서, 또박또박 한 자도 안 틀리고 기사에게 그의 아파트 주소를 일러주는 현금의 목소리를 마지막으로 들었다.

개와 늑대의 시간
—순치되지 않는 생명력

이선옥(문학평론가)

올해는 작가 박완서가 등단한 지 30년이 되는 해이다. 사십의 나이에 늦깎이로 출발한 작가가 칠순이 되는 해이기도 하다. 그런 사실만으로도 박완서의 새로운 장편소설을 만나는 기쁨은 좀 특별하다. 작가들의 수명이 길지 않은 문단의 풍토 속에서 오랜 시간 우리의 마음을 사로잡은 그녀의 마력은 무엇일까.

박완서는 이야기의 주술성을 믿는 작가이다. 그러한 주술성의 기원은 어머니가 들려주었던 수많은 이야기들의 기억에 기인한다. 배고픔을 잊게 해주었던 감미로운 사탕이기도 하고, 늦은 밤 무서움을 쫓아주는 놀이이기도 하고, 그 어머니가 딸에게 보여준 신여성의 꿈이기도 했던 그 이야기들의 효능을 그녀는 믿고 있다. "어머니만큼 뛰어난 이야기꾼은 못 되지만 남이야 소설에도 효능이 있다는 걸 의심하건 비웃건 나는 나의 이야기에 옛날 우리 어머니가 당신의 이야기에 거셨던 것 같은 다양한 효능이 있기를 꿈꾸고 있다"(「작가노트」, 『우리시대 우리작가』 17권, 동아출판사, 1987, 415쪽)는 고백에서도 이야기의 효능에 대한 작가의 기대를 엿볼 수 있다.

14권의 장편과 11권의 단편집, 그 외에도 수필집과 동화, 콩트, 칼럼에 이르기까지 그간에 발표된 수많은 작품들을 둘러보면서, 그녀의 기대가 결코 헛되지 않았음을 확인하게 된다. 전쟁의 상처(『나목』, 「엄마의 말뚝」 1·2·3, 『그 많던 싱아는 누가 다 먹었을까』, 『그 산이 정말 거기 있었을까』 등)와 가부장적 이념의 굴레(『서 있는 여자』, 『그대 아직도 꿈꾸고 있는가』, 『꿈꾸는 인큐베이터』 등), 자본주의의 강력한 속물성(『휘청거리는 오후』, 『도시의 흉년』, 『닮은 방들』, 「지 알고 내 알고 하늘이 알건만」 등)으로 인해 상처 입는 우리네 삶을 헤집고, 악을 쓰고, 쓰다듬고 핥아주는 그녀의 이야기는 억압된 것들을 불러내고 재통합하는 힘을 지니고 있다. 그 때문에 그녀의 글은 한바탕 굿판과도 같다. 박완서의 소설에서 굿판을 연상하는 이유는 단지 무녀의 사설처럼 풀어져 나오는 언술의 특징 때문만은 아니다. 30년 동안 작가 박완서가 매달려왔던 전쟁의 상처와 죽음의 문제나 가부장적 이념의 굴레, 자본주의의 속물성이 사실은 한데 덩어리져서 어디가 가닥인지조차 찾기 어려운 복합성을 그대로 작품에 담아내기 때문이다. 박완서의 작품은 지루

할 정도로 반복되는 특징을 보이는데, 이는 어느 한쪽만 슬쩍 잡아당겨도 '놀라 자빠질' 만치 추악한 아우성이 쏟아져 나오는 현실의 얽힘을 푸는 과정이라 볼 수 있다. 바로 이러한 반복적인 치유의 과정이 굿판을 연상하게 되는 이유가 아닐까 싶다.

새로운 장편 『아주 오래된 농담』도 돈의 물신성이나 가부장적 이념이 죽음과 탄생을 얼마나 무력하게 하는가를 다룬다는 점에서는 그간의 소설과 크게 다르지 않다. 같은 이야기를 반복해서 다룬다 해도 박완서의 소설은 늘 새로웠다. 오빠의 죽음과 엄마와 나의 갈등을 다룬 자전적 소설들의 예는 특히 그러하다. 죽음의 의미와 갈등의 실체가 무엇인가를 찾아가는 과정에서, 우리는 이야기의 진실에 접근해가는 힘에 매료되었다. 그것이 굿판을 연상시키는 박완서 소설의 힘이 아니던가. 그런데 이번에도 또 똑같은 이야기를 하고 있다니!

자칭 재벌인 Y건업의 장남 송경호의 죽음을 둘러싸고 벌어지는 가족들의 이기적인 행태와, 돈을 둘러싼 암투 정도야 「지 알고 내 알고 하늘이 알건만」에서 이미 충분히 이야기된 주제일 터인데. 물론 그와 대조적으로 가난한 가장 치킨 박의 슬픈 자살이 그려지기도 하고, 죽음의 소외와 맞물려 탄생의 불모성에 대한 이야기가 겹쳐지기도 한다. 그런저런 생각을 더듬으면서 별 감동

없이 자본주의와 가부장적 이념에 대한 비판이라는 길고 지루한 글을 써내려가기 시작했다. 그런데 계속 내 마음은 이 작품의 한 장면에 붙들린 채 맴돌고 있었다.

그 장면은 능소화가 만발한 베란다에 서서 여주인공 현금이 불타오르는 마녀가 된 환각에 빠지는 부분이다. "능소화가 만발했을 때 베란다에 서면 마치 내가 마녀가 된 것 같았어. 발밑에서 장작더미가 활활 타오르면서 불꽃이 온몸을 핥는 것 같아서 황홀해지곤 했지."(41쪽) 현금의 '생뚱스러운 말투'로 들려오는 이 대목 때문에 나는 이 작품을 처음부터 다시 읽어야만 했다. 그녀의 생뚱스러움은 무엇인가. 환각과도 같은 능소화의 난만함은 무엇을 의미하는 것일까. 등단작 『나목』에서부터 『그 산이 정말 거기 있었을까』에 이르기까지 박완서 문학에서 색에 대한 기억과 묘사는 매우 독특하다. 그런 특징을 염두에 둔다면, 이 작품도 주홍빛 능소화가 주는 강렬한 인상을 따라 다시 읽어야만 할 것 같다.

이 작품은 크게 두 가지의 이야기로 구성되어 있다. 화자 심영빈의 매제인 송경호의 죽음을 둘러싼 이야기가 그 하나이다. 에피소드로 제시되긴 하지만 가난한 치킨집 주인 치킨 박의 자살 이야기가 의미상 대비되고 있다. 그리고 다른 한 축은 심영빈의 결혼생활과 일탈, 현금과의 불륜의 관계에 대한 이야기이다. 얼핏 이 두 가지 축은 별 연관성이 없어 보이기도 한다. 하지만 자세히 들여다보면, 여기에는 죽음과 탄생의 이야기라는 대비가 숨겨져 있다. 동전의 앞뒷면처럼 죽음과 탄생은 모두 돈의 속물성이나 가부장적 이념의 강고함으로 뒤틀려 있고, 죽음도 탄생도 인간으로서의 존엄성을 지니지 못한다는 점에서는 마찬가지이다. 탄생의 이야기를 먼저 살펴보기로 하자.

이 작품에서 현금은 자본의 지배력이나 가부장적 제도 밖에서 떠도는 유일한 인물이다. 물론 그녀도 철저히 돈의 노예였던 시절이 있었다. 그러나 이혼 후 그녀의 삶은 그 모든 이념이나 제도로부터 일탈된 시공간에 놓여 있다. 초등학교 동창이었던 심영빈에게는 순수한 시절을 불러일으키는 대상이기도 하고 모든 짐으로부터 벗어나는 안식처이기도 하다. 그녀 역시 그와 만나 처음으로 아이를 갖고 싶다는 욕망을 느낀다. 제도 밖에서 이루어지는 생생한 생명력과 자유로움에 대한 기대, 그러한 그녀의 위치를 이 작품은 '개와 늑대 사이의 시간'으로 비유하고 있다. "집에서 기르는 친숙한 개가 늑대처럼 낯설어 보이는 섬뜩한 시간이라는 뜻"(97쪽)이다. 일탈과 순종의 경계, 문명적 제도와 야성의 사이에 그녀가 존재하는 것이다. 능소화의 난만함은 어떤 제도나 압력에도 완전히 순치되지 않는 이러한 야성의 생명력을 상징하는 것이라 볼 수 있다.

하지만 그녀의 소망은 이루어지지 않는다. 이미 폐경기에 다다

른 그녀의 몸은 불임의 자궁이다. 산부인과의 출산 테크놀로지로
도 돌이킬 수 없는 몸의 쇠퇴는 그녀가 꿈꾸는 생생한 생명에 대
한 꿈이 불가능함을 말하고 있다. 그녀의 불임은 어떤 의미로 해
석할 수 있을까. 생명이 생명 자체로 존재하고, 사랑이 사랑 자체
로 존재한다는 환상은 환상일 뿐, 현실에서 그녀의 존재는 처와
첩의 대립에 불과하다는 인식을 반영한다. 결국 가부장적 질서
밖으로의 일탈이 아니라 그 질서의 이분법 안에 현금이 존재한다
는 깨달음은 그녀를 현실로 끌어내리게 되고, 따라서 생생한 생
명에 대한 그녀의 욕망 역시 불가능하게 된다.

그와 대비되는 아내 수경의 임신에 대해 살펴보기로 하자. 고
등학생이 된 두 딸을 두고도 그녀는 사십의 나이에 세번째 아이
를 임신한다. 그녀의 임신은 아들을 낳기 위한 피나는 노력의 결
실이었으며, 그 임신 이후 아내는 그야말로 당당한 아내의 자리
를 과시한다. 딸의 아버지로 살아가는 일에 전혀 불만이 없는 남
편 영빈과 무관하게 그녀는 아들의 어머니가 되고 싶어했던 것이
다. 그녀는 남편의 친구이기도 한 산부인과 의사 한광의 병원에
서 딸아이를 두 번 유산시키고 마침내 아들 만들기에 성공한다.
출산 테크놀로지의 무참한 승리인 아들 낳기에 대해 영빈은 혐오
의 감정을 느낀다. 자신의 친구와 그 앞에서 가랑이를 벌리고 누
운 아내가 공모해서 만들어낸 작품이기 때문이다. 아내의 감동에

모르는 척 속아주지만 결코 감동할 수 없는 그의 감정은 가부장적 이데올로기와 장삿속이 결합된 탄생에 대한 강한 비난을 담고 있다. 이처럼 수경의 아들 낳기는 어머니로서의 지위가 아들을 통해 확보되는 것이라는 굳은 믿음이, 생명에 대한 신성함도 무력하게 만드는 전형적인 예이다.

몸은 살아 있지만 정신이 먼저 소멸한 수경의 출산과, 열망은 살아 있지만 이미 몸이 쇠퇴한 현금의 불임은 이 작품이 말하는 개와 늑대의 시간 그 양쪽을 의미하는 것으로 보인다. 철저히 제도에 순치된 삶 속에도 완전한 일탈에도 우리 문명의 가능성은 존재하지 않는다는 진단이다. 현금의 그 생뚱스러움과 열정은 바로 그 사이에 존재하는 것이기에 의미가 있고, 우리를 매혹시키는 것이다. 억눌린 제도 밖으로 나아가고 싶은 열망, 제도가 완전히 복종시키지 못한 우리 안의 낯선 시간 속에 우리 문명의 가능성이 존재하는 것이 아닐까.

죽음의 대비 구조를 통해서도 이러한 의미가 반복되고 있음을 확인할 수 있다. 몸의 소멸보다도 먼저 정신의 소멸을 겪게 되는 송경호의 죽음과 죽음의 한순간에 빛나는 정신의 힘을 보여주는 치킨 박의 죽음은 수경과 현금의 대비와 동일한 구조를 지닌다.

사람은 태어날 때 비슷하게 벌거벗고 순진무구하게 태어나지만, 죽을 때는 천태만상 제각기 다르게 죽는다. 착하게 살았다고 편하게 죽는 것도 아니고, 남한테 못할 노릇만 하며 살았다고 험하게 죽는 것도 아니다. 남한테 욕먹을 짓만 한 악명 높은 정치가가 편안하고 우아하게 죽기도 하고, 고매한 인격으로 추앙받던 종교인이 돼지처럼 꽥꽥거리며 죽기도 한다. 아무리 깔끔을 떨고 살아봤댔자 자식들한테 똥을 떡 주무르듯 하게 하다가 죽을 수도 있다.

(중략)

이렇게 사람은 각각 제나름으로 죽는다. 이 세상에 안 죽을 사람 없다는 걸 알면서도 죽을 때는 자기만 죽는 것처럼 억울해하는 건 이런 불공평 때문일까. 무(無)도 없는 무, 호기심조차 거부하는 미지(未知)에 대한 두려움 때문일까. 육신의 사멸은 의학이 예측할 수 있는 경과를 밟지만 정신의 사멸은 전혀 아니다. (144~146쪽)

이 대목은 죽음의 악몽에 대해 풀어내면서, 정신의 사멸은 육신의 사멸과 전혀 다를 수 있음을 강조하고 있다.

자칭 재벌의 장남인 송경호의 죽음은 돈의 위력과 돈을 둘러싼 가족 간의 암투에 휩싸여 있다. 암인지도 모르고 죽어가는 그와 속수무책인 아내 영묘를 제외한 채 그의 죽음은 송씨 일가 전체의 기획에 의해 착착 진행(?)된다. "오빠, 그 집은 좀 이상해. 우리 집하고 많이 달라. 그렇지만 우리 집이 옳고 그 집이 틀린 건 아

닐 거야. 서로 다를 뿐이지"(82쪽)라며 시집의 질서에 순응해보려
했던 영묘의 기대는 어이없이 기만당하고 만다. 좀 이상한 가족
의 질서가 사실은 무지막지한 자본의 논리임을 몰랐던 것이다.
아들의 치료에서도 돈과 권력의 과시가 앞서는 아버지 송 회장의
속물성은, 아들의 장례식을 찍은 장편의 비디오에서 극에 달한
다. 뭐뭐한 인사가 참석했으며, 장례식이 얼마나 화려하고 성공
적으로 치르어졌는가를 과시하는 대목에 이르면, 우리 삶의 치부
를 보는 것 같아 끔찍해진다. 결국 아들에게 병명을 숨긴 것도 아
들의 여린 마음에 대한 배려가 아니라 실상은 유산에 대한 그의
결정권을 배제하기 위한 기획이었음이 드러난다.

그렇다고 해서 혈통에 대한 집착이 남보다 덜한 것은 결코 아니
다. 오히려 송씨 일가의 가부장권과 이를 계승하기 위한 집착은
병적일 정도이다. 송씨 일가의 혈통에 대한 집착이 육친에 대한
애정이냐 돈의 계승에 대한 집착이냐를 따지는 일은 어쩌면 불가
능한 일인지도 모른다. 자본의 증식 욕망은 이들의 욕망구조 전체
를 지배하고 있어서 가족의 번영, 혈통의 증식 방식 전체를 지배
하고 있기 때문이다. 몸의 쇠퇴는 돈의 힘으로 대체되고—보부아
르는 『노년』에서 자본주의 사회에서의 늙음과 쇠퇴는 계층에 따
라 다르다고 지적하고 있다—소멸은 돈의 계승으로 보상된다. 개
체가 사라진 돈의 계승만이 존재하는 삶의 방식에 휘둘리면서 송

경호는 몸의 소멸보다 먼저 정신의 소멸을 겪는 인물이다.

이 이야기의 반대쪽에 치킨 박의 죽음이 놓여 있다. 치킨 박은 이제 겨우 자신의 가게와 집을 마련한 가난한 가장이다. 그는 암 선고를 받고 자살을 택한다. 조기 발견으로 수술만 하면 살 수 있다는 의사의 진단에도 불구하고, 아내와 아이들에게 집과 가게나마 남겨주기 위해 그는 죽음을 택하게 된다. 그는 "그만하면 이 세상에 와서 할 도리를 다한 거"니 "칭찬해주길 바란다"는 유서를 남긴다. 물론 그의 죽음도 돈의 힘이나 가장의 도리로부터 자유롭지 못하다. 그러나 그 소멸의 순간에 빛나는 정신의 선택은 장황한 송씨 일가의 죽음의 절차에 대비되면서, 송씨 일가가 지배하는 우리 문명의 질서 이면에 또 다른 죽음의 의미들이 존재하고 있음을 보여준다. "이 세상의 하나밖에 없는 가장 확실한 나의 것이기도 하고 내가 일생 받들어 모신 나의 주인"(134쪽)이기도 한 그 몸에 대해 마지막으로 선택할 권리를 갖는다는 것. 그리고 그 선택이 남겨진 사람들을 위한 배려와 사랑이 된다는 것. 그런 죽음도 존재한다는 사실은 아주 진부하지만 또한 우리가 잊고 사는 진실이다. 굳이 '몸의 시민권'을 들먹이지 않더라도 우리가 우리 몸의 주인이 된다는 것만큼 중요한 일은 없으리라.

이들의 죽음을 통해서 우리가 발견하게 되는 진실은 또다시 능소화의 상징으로 돌아가게 된다. 낯선 시간으로 돌아가는 그 순간 죽음의 공포로부터 오히려 삶의 진실을 발견하게 되는 빛나는 시간. 그것이 우리 안에 존재하는 낯선 시간이고, 우리를 인간답게 만드는 힘일 것이다.

이 작품은 죽음에 대한 악몽이고 또한 탄생에 대한 악몽이다. 그러나 낯선 시간을 꿈꾸는 우리의 힘을 발견했을 때, 엘리엇의 시 「황무지」에 등장하는 쿠마의 여신을 떠올리게 된다. 아폴로 신으로부터 손 안에 든 먼지만큼 오래 살 수 있는 장수의 축복을 받았지만, 영원한 젊음도 함께 달라는 요청을 안 했기 때문에 늙고 메말라 조롱에 갇힌 쿠마의 여신. 아이들이 "무녀야, 넌 무얼 원하니?" 하고 묻자 그녀는 대답했다. "난 죽고 싶어." 우리의 죽음이나 탄생을 황폐하게 만드는 현실의 질서 속에서 '난 죽고 싶어'라고 말할 수 있는 정신의 힘이 존재한다면, 우리는 다시 시작할 수 있을지도 모른다. 단지 자본주의 질서나 가부장적 이념에 대한 비판과는 다른 시각에서 이 작품의 의미를 발견하고 볼 수 있도록 함께 해준 후배와 만발한 능소화를 보러 가고 싶다.

실천문학에서 지난 일 년 동안 분재했던 장편이다. 5년 만에 쓰는 장편이라 의욕에 비해 힘이 달렸다. 그러나 다행스럽게도 즐길 만큼 힘들었다. 이제 와서 작가가 무슨 말을 한다는 것은, 기껏 하고 싶은 얘기 다 하고 나서 지금 무슨 얘기를 했다고 사족을 붙이거나, 간추려서 요점을 말하는 것만치나 부질없는 짓이어서 영 내키지가 않는다. 궁여지책으로 연재를 시작할 때 의욕에 넘쳐 한 말을 꺼내 읽어보았다. '장차 이 소설을 이끌어갈 줄거리는, 환자는 자기 몸에서 일어나고 있는 일—생명의 시한까지도—에 대해 주치의가 알고 있는 것만큼은 알 권리가 있다고 생각하는 의사와, 가족애를 빙자하여 진실을 은폐하려는 가족과, 그것을 옹호하는 사회적 통념과의 갈등이 될 것이다. 그리고 이 소설을 통해 작가가 궁극적으로 말하고 싶은 것은 자본주의에 대해서이다.' 여기까지 읽다가 피식 웃음이 나면서 뭘 자본주의씩이나 적나라하게 그냥 돈으로 했으면 좋았을 것을, 하는 생각이 들었다. 돈에 대해서 말한다는 게 여성의 현실에 대해 말하는 게 돼버린 것도 독자가 눈여겨봐주었으면 하는 바람이다.

재미와 뼈대가 함께 있는 소설이 내 소원이다. 아직도 소설 쓰는 고통을 즐길 만한 기운이 남아 있으니 언젠가는 소원 성취할 날도 있으리라.

나를 쓰도록 부추기고 책으로 내는 데 최선을 다해준 실천문학사 여러분에게 깊은 감사를 드린다.

2000년 10월

박완서

아주 오래된 농담

2000년 10월 26일 1판 1쇄 펴냄
2010년 5월 10일 1판 43쇄 펴냄
2011년 1월 26일 2판 1쇄 펴냄
2024년 9월 30일 2판 11쇄 펴냄

지은이   박완서
펴낸이   윤한룡
편집   신한선
디자인   윤려하
관리·영업   이소연

펴낸곳   (주)실천문학
등록   10-1221호(1995.10.26)
주소   남양주시 퇴계원읍 퇴계원로 52 405호
전화   02-322-2161~3
팩스   02-322-2166
홈페이지   www.silcheon.com

ⓒ 박완서, 2000

ISBN 978-89-392-0648-9 03810